세상끝에서

김문수 실화 장편소설

징검다리

목 차

추천사

「세상 끝에서」를 보면서
- 세상의 출발에서 본 삶의 의미

소설이라는 것을 인간의 욕망이라고 풀이한 비평가가 있다. 또 다른 삶을 한번 더 살아보고 싶은 욕망이 소설을 통해 표현된다고 보았기 때문이다. 인간은 누구나 타자의 생에 대한 관심을 가지고 있다. 이러한 관심이 없이는 소설이 이루어지지 않는다. 모든 소설의 이야기는 언제나 인간을 중심으로 생겨난다. 이야기의 중심에 인간을 내세우고 인간의 삶의 과정 자체가 이야기의 줄거리를 이룬다. 이렇게 본다면, 소설은 그 자체가 곧 인간이라고 할 수 있다.

김문수 군은 이제 막 세상의 삶의 출발지점에 나선 젊은이다. 그의 첫 소설 〈세상 끝에서〉는 아주 조심스럽고 진지하다. 세상의 끝이 곧 새로운 세상의 출발이라는 그 놀라운 역설을 이렇게 솔직하게 이야기 할 수 있다는 것이 부럽다. 김 군의 이야기에는 젊음의 패기 대신에 젊음이라는 이름으로 자랑할 수 있는 활달함이 있다. 젊음의 열정 대신에 젊음이라는 이름 속에 담겨있는 깊은 아픔도 자리하고 있다. 밝은 웃음 뒤에 드리우는 어두운 그림자를 이처럼 직설적으로 그려내기는 쉽지 않다.

소설 〈세상 끝에서〉의 숨겨진 미덕은 이야기를 이끌어 가는 솜씨를 통해 더욱 분명하게 확인할 수 있다.

이 소설에서 김 군은 작가로서의 입장보다 자신의 삶을 탐색하는 쓸쓸한 영웅의 모습으로 나타난다. 잃어버린 신화를 찾아 나서는 현대의 영웅은 숱한 인간들과 조우하면서 자신의 정체성을 확립한다. 진지하게 자신의 삶을 확대해 가는 이 영웅의 모습에서 삶에 대한 진정성을 느낄 수 있다는 것이 미덥다.

　이 소설의 문장은 매우 가볍고 활달하다. 깊이가 있는 주제를 다루기에는 무언가 소홀하다는 생각도 든다. 그러나 이같은 느낌은 문체의 감각을 제대로 이해할 수 있는 사람에게만 포착될 수 있는 것이다. 작가의 길은 궁극적으로 자기자신의 문체를 가지는 것이다. 말을 다스리지 못하고 어찌 삶을 이야기할 수 있을 것인가?

　다시 한 마디 덧붙이거니와 글을 쓴다는 것은 자신과의 깊은 대화를 의미한다. 자신을 감추고는 글이 이루어지지 않는다. 나는 김문수 군의 솔직함이 내비치는 이 소설을 보면서, 그 솔직함을 작가로서 잘 간직하는 것이 중요하다는 사실을 강조하고자 한다. 그리고 세상이란 언제나 출발이 곧 끝이 될 수 있다는 이 참된 삶의 명제를 더욱 빛나게 키워가길 바랄 뿐이다. 모든 독자들과 함께 이 새로운 작가의 등장에 박수를!

서울대 교수(인문대학장)
문학평론가
전 하버드대 교수
권영민

프롤로그

현수에게

현수야 안녕? 잘 지냈어?

나 벌써 잊진 않았겠지? 하긴 우리가 헤어진지도 어느새 5년이 흘렀구나.

돌아보면 바로 어제 일 같은데, 난 왠지 자꾸 니가 희미해져만 가는 것 같애. 생각나니? 우리가 헤어지던 그 추운 겨울날 말야. 올해처럼 흰눈이 유난히 많이 내리던 그날, 난 너무 어려서 너에게 아무 말도 해주지 못한 채 고개만 숙이고 울고 있었지. 니가 싸온 도시락도 먹지 못하구 말야.

그래. 그땐 그랬어. 내가 감당하기에 넌 너무 벅찬 사람이었으니까. 넌 고려대학교 법대에 수석으로 입학한 대학생이었고, 난 겨우 중학생이었으니까 말야. 널 감싸주기엔 난 너무 어렸던 것 같애.

이제 겨울이 다섯 번이나 지났어. 나 작년에 서울대 들어갔다. 잘났지? 그래 이제 나도 그 잘난 서울대 학생이다. 그리고 지금 사법고시 공부하고 있어. 더 잘나보려고.

근데 이상하게 나 아직도 막 두렵다. 자꾸 뭔가를 잃어버리는 것 같애. 모르겠어. 과외해서 돈도 많이 벌고 학점도 잘 나오고 가고 싶었던 유럽 여행도 갔다 왔는데, 난 분명히 점점 더 많은 걸 얻고 있는데…… 난 점점 더 무섭기만 해. 니가 보고 싶어.

나 아직도 너무 나약하고 어린가봐. 니 앞에 있던 그 중학생처럼 나 자꾸 눈물이 나. 너처럼 강하게 살 수 없을 것 같애.

나 작년에 고려대 법대 썼다가 안 갔어. 니가 선배라는 사실을 감당할 수가 없을 것 같아서. 근데 거기서 우연히 니 애기 듣게 됐어. 너 대학교 한 학기만에 그만두었다면서? 왜 그랬니? 전체 수석에 4년 장학생이었으면서…… 학생운동도 했다던데…… 또 다시 방황하기 시작한 거니? 나를 만나기 전처럼 말야.

현수야 어딨니? 또 공장에서 일하고 있니? 설마 술집 같은데 있는 건 아니지? 이 글 보면 나한테 연락 좀 해줄래?

바보같고 어렸어도 난 니 첫사랑이었잖아. 나 정말 너 사랑했었다. 아니? 나 너무 어리고 약해서 널 지켜주지 못했지만 그래도 널 사랑했었어.

현수야 보고 싶어.

- 바보같은 문수가 -

1
무너지는 꿈의 성

"이건 제2의 경기고인 우리 학교를 파괴하려는 경기고 출신 정부 관료들의 공작이에요. 자신들 이외의 다른 명문이 생겨 세대 교체가 일어나는 것이 두려워 교육부에 압력을 넣은 거예요. 게다가 외고란 명목으로 여러 외국어고 출신들이 뭉치면 기존의 KS보다 훨씬 큰 영향력을 미치게 될 테니까요. 그래서 교육 정상화란 명분하에 특수고를 죽이고 있는 거예요. 결국 서울대를 못 가면 외고고 뭐고 다 끝장이니까요."

교실 문을 열자 혜림이가 뻘개진 얼굴로 팔까지 휘저으며 이렇게 열변을 토하고 있는 게 보였다.

"솔직히 우리가 왜 340점 대보다 더 낮은 평가를 받아야 하는 거예요? 왜 370점이 나와도 내신에서 50점이 깎여 320점 취급을 받아야하는 거냐구요? 그게 평등이에요? 이대로 물러설 순 없어요. 헌법 소원도 실패할 가능성이 크고 서울대 총장한테 단체로 보낸 편지도 소용이 없잖아요. 뭔가 대책을 세워야 하잖아요!"

언성을 높이는 혜림이의 입에서는 침이 마구 튀었다. 역시 입만 살아 있는 놈들이라 일반고에서는 매우 어색한 광경인 이런 토론도 곧잘 이루어진다. 모두 똥덩어리를 두어 알 씩 먹은 표정인 걸로 보아 또 비교내신제 폐지에 대한 성토장이 벌어진 모양이다.

요즘 들어 부쩍 늘어난 이런 성토바닥에서는 별별 이야기가 다 나온다. 몇 달 전만 해도 점잖게 이런 제도 개선은 영재 육성과 세계화라는 정부 취지에 배치되니 현상 유지를 건의하자는 식의 얘기가 오갔지만, 전학 가능 시기 마감이 코앞에 닥친 지금은 이야기가 훨씬 노골적이다.

자기는 비교 내신제가 폐지되는 줄 모르고 왔으니 가겠다는 아이나 어차피 서울대를 가기 위해 외고에 왔으니 전학 가겠다는 아이들은 그나마 양반이었다.

우리가 전국 최강이니 외고끼리 연합해서 모두 연ㆍ고대를 가자는 아이들도 있었다. 그렇게 해서 연ㆍ고대를 서울대보다 더 명문으로 만들자는 것이었다.

당차다고 해야 될지, 어이없다고 해야 될지 모르는 이런 이야기는 우습게도 꽤 많은 아이들의 호감을 샀다. 그도 그럴 것이 당시 학생들은 역대 최강이었고 작년에 우리 학교에서만 서울대를 200명 넘게 들어갔기 때문이었다. 즉, 모든 외고, 과학고, 지방 명문고를 합치면 서울대를 들어갈 2,000여명이 연ㆍ고대로 가기 때문에 대세를 뒤집을 수 있다는 것이었다. 하지만 언뜻 들어도 가망 없는 이 이야기는 외고의 콩가루적 기질 때문에 더더욱 어려운 것이었다.

서울대에서도 우리 학교 동문회는 유명했다. 1,000명 가까이 되는 재학생들 중에서 동문회 참석 인원이 30명을 밑돌기 때문이었다. 지방의 이름 없는 학교의 동문회보다 적은 이 참석 인원은 외고의 단결력이 얼마나 약한지를 단적으로 보여 준다.

이런 생각을 하며 멍하니 뒷문에 기대고 서있던 나는 갑자기 이상한 기분을 느껴 정신을 차려 흐릿했던 눈동자의 초점을 맞췄다.

순간 반 아이들이 일제히 날 쳐다보고 있다는 것을 알게 되었다.

너무나도 썰렁해 적막감이 느껴지는 교실 안에서 좀비 같은 아이들이 일제히 날 노려보고 있었다. 그 눈빛은 내 망막을 거쳐 내 심장까지 파고들었다. 심장이 이내 저려왔다.

언제나 느껴야 했다. 이 냉소적인 시선들. 인생이 전쟁터라면 이곳은 그 중에서도 가장 전투가 치열한 최전방일 것이다. 질투와 경계심이 넘쳐나는 최전방······.

"씨발······."

난 욕을 낮게 뇌까리며 이 상황을 외면하려 했다. 그리고 자리에 힘겹게, 그러나 태연한 척 하며 앉았다.

"너 전학 가려고 한다며?"

내 짝 정안이의 말이 조용한 교실에 에코를 내며 울려 퍼졌다.

그 울림은 조금은 가라앉으려던 아이들의 분노에 또다시 파문을 일으켰고 내 마음에도 파문을 일으키기에 충분했다. 순간 파문이 수많은 눈빛 화살로 변해 내 이마로 와 꽂혔고 내 이마는 또다시 수많은 눈물을 흘려야 했다. 어느새 난 아이들의 공적(公敵)이 되어 있었다. 난 벌겋게 된 얼굴을 들어 뭐라 반박을 하려 했지만 이내 내가 그럴 용기가 없다는 것과 설사 용기를 낸다고 해도 지금 이들의 분노에 기름을 뿌릴 말 밖에는 할 수가 없다는 걸 깨닫고는 고개를 다시 떨굴 수밖에 없었다. 사실 이런 분노에는 전학 가는 사람에 대한 일종의 부러움이 섞여 있기 때문에 가만히 있는 것이 상책이었다. 결국 난 배신자로 낙인찍힌 채 숨죽이며 초침 소리를 느껴야 했다.

"자, 이제 그만 다시 수업하자."

여태껏 나의 고통을 즐기며 방관하던 선생이 전학 선물이기라도 한 듯이 분위기를 수업 쪽으로 돌렸다. 그리고 장날 뒷판 같던 썰렁함과 어색함은 이내 사그라졌다.

나는 고개를 돌려 창 밖을 보았다. 온갖 초목들이 8월의 향기를 내뿜으며 한껏 푸르러 가고 있었다. 창 밖의 능수버들이 싸한 바람에 흔들리는 모습은, 창을 닫은 이 교실의 무거움과 묘한 대조를 이뤘다. 언덕 위에 있는 능수버들이 바람에 날릴 때는 가슴이 저며 오곤 하였다. 창 밖의 푸르름과 그 사이로 언뜻언뜻 보이는 서울의 모습은 정말로 숨이 목구멍까지 올라오게 했다.

교장이 싼 땅 값 때문에 산비탈에 학교를 지어 학교에서 온 서울 시가 한 눈에 들어왔다. 비록 야간 자율 학습에 모두 정신이 없었지만 가끔씩 눈을 돌릴 때마다 펼쳐지는 주황색 별들의 축제에, 지친 우리의 머리는 현기증이 날 정도로 찌릿찌릿해졌다.

특히 여름밤의 야경은 너무나 황홀했다. 어디까지가 땅이고, 어디까지가 하늘인지 모를 암흑 속에서 어느 것이 별인지, 어느 것이 네온인지 모르게 모든 것이 빛나고 있었다. 우리는 비록 어둠이었지만 별을 꿈꾸었다. 불가능해 보이는 그 꿈을 생각하며 우리는 쉬는 시간에 밖에 나와 하늘을 보며 산의 내음을 들이마시고는 했다. 이젠 이 야경도 이 내음도 그만이겠구나……

운동장이 내려다 보였다. 멀리 또 다른 내가, 반바지와 T-셔츠 차림의 내가 숨을 몰아쉬며 코트를 뛰어다니다가 나무 그늘에 앉아 음료수를 마시는 것이 보였다. 친구들과 수돗가에서 물을 뿌리며 노는 장면이 눈에 아른거렸다.

작렬하는 태양 아래 부는 시원한 바람 소리……. 농구 한 게임……. 내가 아직 젊다는 것을 느끼는, 나에게 아직 가슴이 두근거리는 열정이 있다는 것을 느끼는, 이 학교에도 우정이 있다는 것을 느끼는 유일한 순간이었다.

이렇게 생각하는 순간 교실의 에어컨이 꺼졌다. '윙~' 하는 소리가 그치자 교실은 다시 특유의 무서운 정적 속으로 빨려들어 갔다. 외고 특유의 조용함은 차라리 적막감이었다. 이런 정적은 시끄러움보다 오히려 사람의 주위를 더 환기시킨다. 이런 공간 속에서 간간이 들려오는 선생의 목소리는 동굴 속에서의 외침처럼 메아리 쳐 내게 들려 왔다.

'이제 가야할 때가 왔다.' 고……

60세 노선생의 수학 시간보다 더 견디기 힘들고 지루한 수업이 끝나고 난 2층에 있는 교무실로 내려갔다. 그리고는 교무실 뒷문의 벗겨진 창가리개 사이로 안을 빼꼼히 엿보았다. 어떤 아줌마가 우리 담임과 심각한, 아니 불편한 표정으로 이야기하고 있는 것이 보였다.

엄마였다.

아까 수업 도중 불려갔을 때보다 훨씬 더 언성이 높아져 있었다. 아직은 둘 다 격식을 차리고는 있었으나 가시 돋친 말들이 오고가고 있었다. 교감을 포함한 주위의 선생들은 애써 태연한 척을 하며 업무를 보고 있었으나 슬쩍슬쩍 던지는 시선 속에는 짜증이 섞여 있었다. 엄마와 담임 사이에 지리한 대화가 계속 오고가는 것 같아 난 참지 못하고 이내 교무실 문을 열었다.

"선생님 저 전학 가고 싶은데요."

난 무표정하게 말했다.

"왜지?"

선생도 거듭되는 논쟁이 지겨운 듯 나의 갑작스런 말에도 별로 놀라지 않는 눈치였다.

"제 전공 성적 아시잖아요. 전공어가 수업 시간의 반이나 되는데 너무 지루하고 힘들어요."

나는 어제 했던 말을 또 다시 되풀이했다. 나 역시 지쳐 있었다.

"정확히 말해서 전공어와 영어가 합쳐서 반이야. 그리고 정말 적성이 안 맞아서 가는 거니?"

담임의 무테 안경에 차가움이 언뜻 지나갔다.

"그냥 보내주세요!"

엄마가 우리의 말을 자르면서 싸늘하고 화가 난 목소리로 말했다.

"안 됩니다. 아드님이 다른 학생과는 달리 내신이 아닌 이유로 전학을 가겠다는 점은 잘 알겠지만, 지금은 어떤 학생도 전학이 불가능합니다."

선생도 지지 않고 맞받아쳤다. 담임의 목소리엔 이미 날이 서 있었다.

"저는 이 학교에서 내신뿐만 아니라 너무도 많은 것을 잃어버렸어요. 저는 그걸 다시 찾을 권리가 있다구요! 시간을 되돌릴 순 없지만 이보다 더 많은 걸 잃어버리고 싶지 않아요!"

그랬다. 난 이 학교에서 너무나 많은 것을 잃어버렸다. 내가 소년 시절에 가질 수 있는, 아니 가져야만 하는 많은 감정과 생각을 잃어버렸다.

이 말이 끝난 뒤 우리 사이에는 아무 말도 오가지 않았다. 교무실 전체가 우리의 언성 때문에 동굴 속처럼 조용해져 한 마디만 하면 쩌렁쩌렁 울릴 것 같았다. 이런 침묵은 계속 되었고 특히 엄마는 무슨 결심이나 한 듯이 표정마저 경직되어 있었다.

이런 침묵은 교무실 문이 열리기까지 계속되었다.

"끼이익"

쉰 문소리가 나고 정적 속으로 한 녀석이 들어왔다. 그는 이런 정적은 아랑곳하지 않고 너무도 당당하게 한 선생에게 다가갔다. 이렇게 조용한 교무실에 조금의 주저함이나 망설임 없이 쉬는 시간에 자기 교실 들어오듯이 그는 당당하게 들어왔던 것이다.

민수였다. 그는 우리 학교 최고의 양아치 싸이코 김민수였다!

그는 성큼성큼 그의 담임에게로 다가갔다. 그리고 약간의 침묵이 흐른 뒤 그는 그 많은 시선을 뒤로 한 채 입을 열었다.

"저 전학 갈꺼예요."

나는 눈이 번쩍 뜨여 그가 서 있는 곳을 보았다. 일순간에 교무실의 그 많은 시선이 그에게 갖다 꽂혔다.

"뭐, 뭐라구?"

그는 그 많은 시선에도 아랑곳하지 않고 너무도 당차게 서 있었다.

"저는 전학가기로 마음먹었습니다."

그는 엄마도 데려오지 않고 서류도 갖춰오지 않은 상태로 혼자와서 이 많은 선생들과 한판 전쟁을 할 셈인 듯이 커다란 목소리로 말했다.

"뭐…… 뭐…… 저런 게 다 있어!"

다혈질인 체육 선생이 자리를 박차고 일어나며 성을 버럭 냈다.

"야! 아무리 네가 무대뽀라고 해도 갑자기 교무실에 들어와 이렇게 소란을 피워도 되는 거냐! 여긴 니 아버지뻘 되는 분들이 일하시는 곳이야!"

그의 담임도 체육 선생에 지지 않는 성깔로 화를 냈다.

"이것은 나의 권리입니다. 쉬는 시간에 교무실에 들어 와서 당당한 나의 권리를 요구하는 것과 아버지뻘 되는 사람들이 일하는 것과는 아무런 관계가 없습니다. 억지부리지 마세요."

민수는 평소 그의 태도대로 너무나 태연하게 담임의 말을 동강내버렸다.

"어, 억, 억지? 너 어디다가 그런 말을 쓰냐? 넌 권리만 있고 의무는 없냐? 예의를 지킬 의무 말야?"

그의 담임은 이성을 잃은 것 같았다.

"자자. 이선생 이제 그만해요. 민수 너도 그러는 게 아니다."

별명이 여우인 교감이 이 둘의 싸움을 말렸다.

"이 선생도 그렇게 애랑 똑같이 싸우고 화를 낼 필요는 없지 않소."

교감이 오히려 담임을 먼저 다그쳤다. 분명히 나중에 더 많이 민수를 다그칠 작정인 것이다. 먼저, 두둔할 쪽을 다그치고는 다음에 적을 몰아세우는 것은 여우들의 공통 전략이다.

"하지만 저 녀석이 선생의 권위에 도전하잖아요. 우리를 우습게 봤다구요."

아둔한 민수의 담임은 싸움질한 초등학생이 선생님께 변명하는 것처럼 교감에게 변명하며 말끝을 흐렸다.

"됐어요. 됐어. 그리고 민수 너! 선생님에 대한 태도도 태도지만 학교의 허락 없인 누구도 전학이 불가능하다. 이건 우리의 방침일 뿐 아니라 정당하게 주어진 우리의 권리야. 학교가 학생의 최종 전학 승인권을 가지고 있다는 건 너도 잘 알고 있겠지?"

교감은 역시 기술적으로 민수를 조여오고 있었다. 교감의 말대로 이상하게 학교가 학생의 전학권을 가지고 있었다.

"하지만, 저를 보내는 것이 학교 발전에 도움이 되고 학생들의 전학도 더 잘 막는 효과가 있을텐데요?"

민수는 자신의 부정적 이미지를 오히려 승부수로 띄우고 있었다.

"그렇지 않아. 선생님들이 너를 혼낸 건 니가 잘 되기를 바랬기 때문이야. 아무도 너를 미워한 적은 없어. 안 그렇소, 이선생?"

"옛? 예, 예……"

교감은 뻔한 말로 상황을 합리화시켰고 민수의 담임은 얼떨결에 대답을 했다.

그런데 그때 쉬는 시간의 끝을 알리는 종소리가 스피커에서 울려 왔다.

"자 이제 종이 쳤으니 그만 가보렴."

교감은 재빨리 기회를 포착했다. 시간을 끌어 봐야 별로 유리할 것이 없는 게임인데다가 내일이 방학이라서 시간을 조금만 끌면 그대로 눌러 앉힐 수 있기 때문이다. 굳히기 작전은 상대에게는 더럽다는 소리를 들을지 몰라도 자신들에겐 언제나 유리한 작전이었던 것이다.

"지금 계속하시는 것이 덜 피곤하실 텐데요. 쉽게 물러설 제가 아니니까요."

말 그대로 쉽게 물러설 민수가 아니었다. 민수의 눈에선 오기가 피어올랐다. 저런 건방진 태도 때문에 그는 학교에서 왕따가 된 것이다.

"음……"

교감은 잠시 생각을 하는 듯 했다. 역시 상대가 보통의 학생이 아니라는 점을 고려하고 있는 모양이었다.

"좋다. 수업 시간을 많이 빼먹으면 안 되지만 사안이 사안인 만큼 오늘은 너를 위해 상담을 해 주도록 하지."

"김선생, 나 이 학생과 잠시 상담 좀 할게요."

교감이 지금 민수의 반에 수업 들어가는 지리 선생에게 양해를 구했다. 생각해 보건데 아무래도 학생이나 선생의 출입이 잦은 쉬는 시간보다 아무도 없는 수업 시간에 이 일을 처리하는 것이 낫다는 게 교감의 의도인 것 같다. 즉, 어차피 민수는 끝까지 물고 늘어질 것이므로 파급 효과를 최소화하기 위해서는 수업 시간에 승부하는 것이 낫다는 생각이다. 민수는 학교 입장에서는 반드시 넘어야할 산이었다. 이렇게 해서 민수와 교감과의 설전은 본격화되었다.

"학교는 오래 전부터 저를 원하지 않았어요."

민수는 예상대로 내신이나 적성 얘기는 꺼내지도 않고는 바로 자신의 학교 내 위치를 무기로 삼았다.

"그렇지 않아 우리 학교의 모든 선생님들은 니가 바른 학생이 되길 원해서 그러신 거야."

교감이 둘러쳤다. 하지만 결코 학교가 민수에게 어떤 해도 끼치지 않았다는 말은 하지 못했다. 학교가 민수에게 행한 보이지 않는 탄압은 교감이나 민수나 너무도 잘 알고 있었기 때문이다.

"그럼 결국 저는 바른 학생이 아니군요."

민수가 말꼬리를 잡고 늘어졌다.

"그런 이야기가 아니고 니가 좀 더 사람들과 잘 융화될 수 있기를 바랬다는 말이야. 솔직히 니가 다른 건 다 좋아도 사람들과 쉽게 친해지는 타입은 아니잖니?"

교감이 비껴갔다.

"하지만 그건 전적으로 제 선호의 문제죠. 제가 대인 관계에서 얻는 것보다 자유롭게 행동하는데서 얻는 만족이 더 크기 때문에 마음대로 행동하는 거예요. 일종의 기회 비용의 개념이죠. 따라서 선생님들이 이걸 억지로 바꾸려고 하실 필요는 없어요. 저에게 그렇게 터치를 많이 하시는 건 제 스타일을 무시하고 학교에 길들이려고 애쓰는 의도라고 생각되는데요?"

민수가 교감에게 직격탄을 날렸다.

"그럼 왜 전학을 가려고 하니? 어차피 넌 니 마음대로 살 거고 사람들을 멀리 할 건데 전학은 왜 가니? 여기나 다른 데나 달라질 것이 없잖아? 니가 정말 혼자라면 말이야."

교감이 화제를 바꾸는 동시에 공격을 했다.

"저는 제가 혼자라는 말은 하지 않았어요. 거기에 전학을 가는 이유가 있죠. 여기에 있는 놈들은 메스꺼워요. 그 놈들도 제가 메스껍겠죠. 그러니까 우리는 극과 극이고 따라서 제가 여길 떠나야 하는 거예요. 절이 싫으면 중이 떠나야겠죠? 학교라도 다 같은 학교가 아니에요. 더 잘 아시잖아요. 매주 월요일 구령대에서 명문, 명문 하시던 분이시니까요. 여기라는 사회는 저와 맞지 않아요. 그래서 더 더러운 인간 관계를 갖게 되는 거구요. 다른 곳으로 가면 이 곳보다는 더 나을 것 같아요. 전 여기서 인간성을 잃어버렸으니까요. 여기서 얼마나 많은 아이들이 경쟁에 지쳐 서로를 불신하고 있는지 아세요?"

정말로 공감이 가는 부분이었다. 민수는 교감의 공격을 완벽하게 방어했을 뿐 아니라 전학을 가는 명분까지 얻어냈다.

"너는 그 경쟁이 우리 학교를 명문고로 만들고 너희들을 국가의 인재로 만들고 있다는 사실을 간과하고 있구나. 경쟁 속에서만이 인간은 발전하고 강인해지는 거야."

교감이 논리를 폈다.

"지쳐갈 수도 있겠죠."

민수가 말했다.

"경쟁 속에서 실력이 향상하는 아이들도 있겠죠. 하지만 경쟁에 지쳐 낙오하는 아이들도 많아요. 중학교 때는 나름대로 수재였던 아이들이 낙오하게 되면 보통 아이들보다 더욱 큰 자괴감에 빠져들게 되죠. 그리고 승리한 소수의 아이들도 앞으로 다가올 또 다른 경쟁에 불안해하며 결국은 성격이 이기적이고 냉소적으로 변하게 되죠. 한 문제만 틀려도 48등이 되고 그것이 자신의 인생이 달린 대학 진학과 직결되는 상황에서 남을 배려할 줄 아는 의리는 어디서 찾죠? 그래서 우리 학교가 콩가루인 것이고 정서 불안인 학생이 많은 거 아녜요? 이런 지옥 같은 전쟁이 결국에는 지금의 전학 열풍을 부른거고요. 이곳에는 희망이 없어요. 모두가 치열한 전쟁 속에서 좀비처럼 미쳐 죽어가고 있다구요! 그게 제가 전학을 가려는 이유예요."

민수는 교감을 앞에 두고 학교의 민감한 부분을 신랄하게 비판하면서 지금까지 무의미해 보였던 논쟁을 교묘하게 자신의 전학 문제와 결부시키면서 자신의 전학에 대의적 정당성을 부여하고 있었다.

"그럼 넌 이 곳에 왜 들어왔냐? 그렇게 지옥 같고 모두가 너를 싫어하는 곳에 왜 시험 봐서 제 발로 걸어 들어왔느냐고?"

교감이 정곡을 찔렀다. 사실 민수는 누가 봐도 이 곳에 적당한 아이가 아니었다.

"소위 우리 나라 최고의 명문이라는 곳은 어떤 교육을 하고 그 속의 아이들은 어떤 사고로 어떤 토론을 하는지 알고 싶었어요. 전 처음엔 아무런 선입견이 없었어요. 그치만 다니다 보니 이 학교가 획일적이고 지겨운 교육으로 아이들의 인내심을 시험하고 결국 인내심이 강한 자만이 살아남게 된다는 걸 알게 됐죠. 이게 우리 나라의 미래라면 그 미래는 어둡기만 할 거예요. 말로만 개성을 강조하고 실은 자신과 다른 자는 싸이코로 몰아가는 게 현재 우리 나라의 전반적인 분위기가 아닌가요. 자신만의 생각을 가진 자는 왕따가 되죠. 그에 비해 이곳에서 자란 화초들은 기득권에 기대어서 편하게 살려고 하죠. 명문 중학교를 나와 외고나 과학고를 가서 결국엔 서울대를 가겠죠. 그리고는 고시를 보거나 유학을 가서는 사회의 엘리트로 자리잡겠죠. 결국 그들은 한 번도 세상을 제대로 알 기회를 갖지 못하고 누에고치처럼 자기 자신의 환경이 절대적으로 올바른 것으로 믿게 되죠. 엘리트들은 자신들이 만든 틀 속에 철저히 갇혀 날마다 그 틀을 더 견고하게 만드는 자기증폭 작용을 하고 있어요. 그리고 그 틀 밖에 있는 사람들은 모두 왕따가 되는 거죠. 여기 있는 아이들은 모두 자기 앞의 교과서와 문제집에 충실할 뿐이죠. 그리고 그 교과서와 문제집은 유교적 기득권 문화를 강요하고 우리 나라의 엘리트들이란 자들은 그 교과서를 가장 열심히 외우는 자들이죠. 그런 자들이 있는 한 어른들이 말하는 유교 예절의 붕괴는 일어나지 않아요. 충실한 사회의 개들이 지도층이 되어 그걸 지킬 테니까요. 여기에도 그 개들이 한 떼가 있네요. 저는 이 개들과 함께 있고 싶지 않아서 떠납니다. 이곳의 아이들은 시험할 필요조차 없는 철저한 멍청이인데 기대를 건 것이 잘못이라면 거기에 대한 책임은 제게 있겠죠. 어쨌든 조금의 기대라도 한 제가 바보입니다. 결국 우리는 모두 바보가 되는 거군요.”

민수의 말을 듣고 나서 나는 갑자기 이 상황에 이방인이라도 된 듯한 느낌을 받았다. 난 전혀 이 상황에 참여하고 있는 것 같지 않았다. 난 다만 관객처럼 이 상황을 바라보고 있었다.

이상했다. 정말 이상했다.

겨우 전학을 가는 문제를 가지고 왜 우리 나라의 교육 문제까지 나와야 하는 것일까?

왜 우리는 이런 곳에서 이런 교육을 받아야 하는 것일까?

도대체 우린 무엇을 위해 싸우고 있는 것인가?

이런 내 머릿속엔 ‘서울대’ 라는 세글자 밖에 떠오르지 않았다. 사실 그 단 세글자를 위해 우리의 모든 것이 다 휘날리고 있었다.

이렇게 멈춰만 있을 것 같은 시간도 흐르긴 흘러서 어느새 10분이 흘러갔다. 이제 20분 후면 종이 치고 모든 것이 새로워진다. 순간 내 머릿속엔 번뜩이는 칼날 같은 섬광이 스쳤다.

'민수를 막는다!'

그렇다. 교감의 목적은 오늘까지 민수를 막는 것이었다. 그렇다면 지금까지 민수가 퍼부은 비판을 교감이 참은 것은 시간을 벌기 위해서란 말인가! 그러면 지금까지의 논쟁은 민수가 주도해온 것 같지만 사실은 교감의 승리였단 말인가! 역시 교감은 여우다. 탁상공론은 지금 쓸모가 없다. 단지 실력행사만이 승리와 쟁취의 유일한 방법이었다. 민수조차 그런 방법을 생각해 내기엔 역부족인 것 같았다.

'그,그럼……. 나, 나는!'

난 지금까지 민수와 교감의 싸움에 도취되어 나의 생각을 너무 까맣게 잊고 있었다.

나의 분수령도 지금이다. 내일이면 모든 것이 끝난다. 이제 종이 치고 선생들이 밀려 들어오면 모두가 바쁜 척 소란을 피우며 우리의 말을 무시할 것이다. 그리고 건성으로 교감처럼 버틸 것이다. 그러면 전학이 물 건너가는 것이고 서울대가 물 건너가는 것이고 결국 인생이 물 건너가는 것이다. 그렇다면 나는 내 인생을 위해 무엇을 해야 하는가? 이대로 나의 인생이 끝나기를 보고만 있어야 하는가?

난 내 자신이 갑자기 관중에서 배우로 바뀌어 가는 것을 느꼈다. 그리고 무대 공포증이 있는 사람처럼 당황하여 어쩔 줄을 몰랐다. 어떻게 할 것인가? 이대로 끝날 것인가?

해결책이 필요하다. 절대적인 해결책이……

나의 머릿속은 온갖 생각들로 뒤죽박죽이 되어 평온을 찾지 못하고 있었다. 그러나 그런 혼란 속에서 어떤 해결책이 나올 가능성은 애당초 없었다.

"교감선생님!"

지속되어온 오랜 침묵을 깬 사람은 놀랍게도 엄마였다.

"예, 옛?"

민수의 말을 기다리고 있던 교감도 깜짝 놀라 엄마를 바라보았다.

"교감 선생님, 이번이 마지막 기회가 될 것 같군요."

엄마도 지금 이 순간의 중요함을 직감한 것 같았다.

"저는 지금까지 학부형회의 임원으로서 열심히 일하여 왔고, 정신적 물질적으로 학교를 후원해왔습니다. 그리고 부득이한 사정으로 제 아들을 전학시켜야 했을 때도 학교측에 예의를 갖춰 전학 붐이 불기 오래 전부터 상담해 왔습니다. 하지만 지금 학교가 저에게 보여주고 있는 태도는 그에 비해 매우 실망스럽군요."

난 엄마의 말을 저지시키려다 말았다. 엄마는 더 이상 그런 방법은 통하지 않는다는 것을 모르는 것 같았다.

"어머님이 그 동안 저희 학교의 발전을 위해 지대한 공헌을 하신 것은 익히 알고 있으며 학생의 전학 사유가 다른 학생과는 달리 적성의 불일치에 따른 것이란 것 역시 잘 알고 있습니다. 허나 지금은 어느 누구도 전학을 가지 못하는 시기이고 전학은 이미 저의 재량권을 떠나 있습니다. 조금만 기다리시면 방학 중에 전학 업무를 꼭 처리하여 드리겠습니다. 죄송합니다."

"그렇다면 저도 죄송한 말씀을 드려야겠습니다. 제가 학교의 재정 기반과 입학 업무 등에 관해 알고 있는 정보를 밖으로 내보내야겠습니다."

나와 민수 그리고 교감의 동공이 일제히 확대되면서 눈빛이 엄마에게로 비춰졌다.

'협박!'

"제가 학부형회 일을 하면서 얻은 정보 뿐 아니라 개인적으로 친분이 있는 분들이 가지고 있는 정보도 있습니다. 그리고 그것은 구체적인 물증으로 이루어져 있습니다."

교감의 눈동자가 흔들렸다. 사립학교인 이곳은 해마다 엄청난 흑자를 기록하고 있었는데, 일반고보다 3배 정도 비싼 학비를 고려하더라도 그 정도의 흑자는 힘들었다. 다시 말해 비리가 있다는 뜻이었다.

"무슨 말씀을 하시는지 모르겠군요."

교감이 시치미를 뗐다.

"지금 언급을 해 볼까요, 교감 선생님? 제가 알지도 못하는 내용으로 허풍을 떨 사람으로 보이십니까? 저에 대해 잘 아실 텐데요? 무슨 말인지 모르시겠다면 알게 해드리죠."

엄마의 눈꼬리가 올라갔다..

"지금 협박을 하시는 겁니까?"

교감이 처음으로 당황해하는 모습을 보였다. 그의 목소리 끝이 가늘게 떨리고 있었다.

"거래입니다."

엄마가 웃으며 말했다.

교감의 양미간이 으스러졌다. 이것이 바로 진정한 실력 행사인 것 같았다.

빈대 잡자고 초가 삼간을 태울 수는 없다. 한 명의 전학을 막기 위해서 학교의 문을 닫고 재산을 몰수당할 수는 없는 일이었다. 교감은 이미 선택의 여지가 없었다.

급반전이었다. 나에게는 너무나 생소한 장면들이었다.

어른들의 세계…… 처음 그 한복판에 서 있었다.

교감도 이미 나의 전학을 결심한 듯이 보였다. 내일 조용하게 처리한다면 더 이상의 전학은 막을 수 있기 때문이었다. 다만 체면치레를 위한 시간만이 남아있을 뿐이었다.

수업 시간이 끝나갈 무렵 마침내 교감이 입을 열었다.

"전학을 보내드리겠습니다."

이렇게 해서 게임은 우리 쪽이 이기게 되었다. 그리고 덤으로 민수도 전학을 가게 되었다. 민수가 학교에 비리가 있다는 것을 안 사실은 둘째치고라도 나 혼자만 전학을 가게 되면 아무래도 학교 측에서 역시 켕기는 것이 많기 때문이다. 즉, 민수는 일종의 시선 분산용인 것이었다. 게다가 어차피 민수는 학교의 골칫덩어리가 아닌가!

이 와중에서도 교감은 교감답게 민수와 엄마에게 전학을 비밀로 해달라는 조건을 달았고 물론 엄마와 민수는 흔쾌히 동의를 했다. 목적은 전학이지 소문을 내는데 있지 않았기 때문이다.

다음 날이 밝았다. 전학을 갈 수 있어서 그런지 기분이 나쁘지는 않았지만 그렇다고 썩 좋지도 않았다. 아무리 싫은 학교였지만, 떠나는 데는 약간의 미련이 있는 듯 싶었다.

난 교문을 들어서서 교실로 향했다. 교실이 3층에 있었으므로 교실로 가기 위해선 2층에 있는 교무실을 거쳐야 했다. 그런데 교무실 앞이 학생과 학부모들로 장사진을 이루고 있었다. 그리고 그 학부모들 속에 파묻힌 교감의 얼굴이 보였다. 교감은 교무실 앞에 서서 교무실 안으로 밀고 들어오려는 학부모들을 막고 있었고 곳곳에서 학부모들의 고성이 터져 나왔다.

"아래 무슨 일이냐?"

교실에 들어선 나는 냉담해진 아이들 속에서 그나마 어느 정도의 관계를 유지하고 있는 정안이에게 이렇게 물었다.

"니 덕분에 모두 전학 가겠다고 들고 일어서서 그렇다, 왜? 너도 알고 있었잖아."

정안이가 차갑게 말했다. 따지고 보면 이런 상황은 어제 내가 유도한 것이었으나 실제로 눈앞에 펼쳐진 이런 광경은 나에겐 당혹감이었다. 어른들처럼 행동하기엔 아직 내게 약간의 양심은 남아 있는 것 같았다.

"야! 전학 다 보내준대!"

혜정이가 뒷문을 열고 소리쳤다. 순간 교실은 웅성거림으로 뒤덮였고 아이들은 속속 집에 전화를 걸려고 나가기 시작했다. 남의 전학을 비난하면서도 속에는 숨기고 있던 추악함이 드디어 밖으로 나오기 시작한 것이다. 어차피 이런 극도의 이기심 속에서의 붕괴는 예견된 일일지도 몰랐다. 하지만 붕괴의 속도는 상상을 초월할 만큼 빨랐다. 마치 둑에 난 작은 구멍이 결국 둑을 무너뜨리는 것처럼 나의 작은 파문은 일파만파로 번져나가고 있었다.

제일 먼저 빽이 가장 좋은 제1파벌이 무너졌다. 제1파벌은 압구정 애들을 가리키는 것으로 이들은 출신 중학교에 따라 동문회를 열며 어렸을 적부터 알기 때문에 특유의 배타성을 가지고 있었다. 다음으로 제2파벌인 반포가 무너졌고 3파벌 목동, 4파벌 논현동이 차례로 무너져 내려갔다. 그리고 이런 자기 증폭작용을 통해 결국은 전학을 원하는 그 어떤 학생도 학교가 막지 못하는 꼴이 되어버렸다. 즉, 학교는 나로 인해 망해가고 있었다.

극성 엄마는 우리 엄마만이 아니었다. 외고 학부모들은 전부 자식을 위해서라면 불 속에까지 뛰어 들어가는 사람들이었다.

난 답답한 마음에 화장실로 갔다. 그리고 도중에 3반 앞에서 압구정에 사는 은진이를 만났다.

"너 전학 가니?"

난 그냥 지나칠까 하다가 궁금한 마음에 이렇게 물었다.

"응, 현대고로 가."

은정이는 별 생각 없는 목소리로 말했다.

"뭐, 현대고?"

현대고는 8학군 압구정 한가운데 있는 학교이다. 그리고 그 곳은 내신이 이 곳보다는 나았지만 역시 매우 빡쎈 학교였다.

"응, 압구정 애들 다 자기 집 근처로 가. 그리고 압구정에 안 사는 애도 일부러 주소 옮겨서 현대나 압구정, 청담으로 많이 가."

"왜? 거기가면 내신에 더 불리하잖아? 차라리 후진 학교가서 까먹은 내신 채우는 게 더 유리하지 않냐?"

"그렇긴 그렇지만, 그런 분위기에서 공부가 되겠니? 괜히 그런 애들한테 물들어서 연·고대도 못 가고 인생 조지면 어떡해? 그런 쓰레기들 속에서 성격 버리느니 차라리 우리끼리 뭉쳐서 내신 깎이는 게 나아."

"하지만 그러면 차라리 여기 있는 게 낫잖아?"

"여긴 서울대 갈 가망이 아예 없잖아. 희망은 있고 쓰레기는 없는 곳! 안전한 선택 아니니?"

"그렇지만 압구정 애들도 니네가 몰려가면 내신 까져서 싫어할 텐데?"

"알 바 아니지."

"그래?"

"너도 우리 상관 않고 혼자 전학가려고 했잖아?"

은진이는 지독하고 싸늘한 미소를 짓고 있었다.

난 이 말을 듣고 심장을 찔린 듯 해서 얼른 화장실로 들어가 버렸다.

등뒤에서 날 비웃고 있을 은진이의 모습이 날 괴롭혔다.

"쏴~아 엎~어푸."

난 모멸감을 씻어버리기 위해 얼굴의 살들을 물로 밀쳐냈다. 하지만 아무 것도 걷어지지는 않았다. 모두가 똑같았다. 누가 누굴 욕할 수 있을지 궁금했다. 아무래도 오늘 제대로 이 교문을 나설 수 없을 것 같았다. 결국 난 또 다시 엄마에게 전화를 걸 수밖에 없었다.

지옥 같은 시간은 계속됐다. 무너져 가는 학교에 이런 슬픔을 느끼는 것은 이런 사태를 내가 저지른 것이기 때문만은 아니었다. 그건 무너지는 학교와 동시에 나의 꿈 역시 무너지고 있었기 때문이다.

난 아무도 없는 운동장으로 나갔다. 아침의 따사로운 햇살이 운동장 가득 내리쬐고 있었다. 난 내가 처음에 이 학교에 입학하던 날을 떠올렸다. 기대와 설렘으로 잠을 이루지 못하던 입학식 전날을 생각해 보았다. 여기에 들어오기 위해 중학교 때 공부하던 일, 첫 모의고사, 농구대회, 친구 하숙방에 놀러갔던 일……

난 분명 이곳을 원해서 들어왔고 여기에서 내 소년 시절의 중요한 부분이 지나갔다.

비교 내신제가 폐지되기 전까지 이 학교는 언제나 내 맘속에 싱그럽게 빛나는 엘도라도였다. 난 이 학교에서 열정과 야망, 경쟁이라는 단어를 배웠다. 남녀 합반의 설렘도 학문에 대한 진지함도 이곳에서 처음으로 느꼈다.

하지만 이제 내가 그토록 가길 원했던 학교가 그토록 떠나길 원하는 학교가 되었다.

'그래 어쩌면 서울대도 이런 신기루에 지나지 않을지도 몰라.'

이런 어렴풋한 생각 속에서 나의 꿈의 성은 무너져 가고 있었다.

학교는 결국 방학식조차 못한 채 끝나버렸다. 학생들은 아직 교실에서 전학 서류를 쓰거나 선생을 기다리느라 모두 남아 있었지만, 이제 이 학교와는 더 이상 아무런 관계가 없는 내가 있어야 할 이유는 없었다. 결국 난 혼자 터벅터벅 정문을 걸어나왔다. 이 학교 들어 올 때 기분, 지금의 나의 위치, 학교에 대한 배신감과 미안함이 교차되어 내 마음은 엉망이 되어 있었다.

"야!"

뒤에서 누군가 부르는 소리가 났다. 하지만 난 뒤돌아보지 않았다.

"야!"

뒤를 돌아보았다. 정안이었다.

"너 그렇게 가기냐? 이 비겁한 놈아! 내신이 그렇게 중요하냐? 서울대가 그렇게 중요하냐구?"

난 내신 때문에 가는 것이 아니라고 하려 했으나 이내 그만두었다. 그러면 내 자신이 정말로 추악해 보일 것 같았다.

"왜 아무 말이 없냐? 넌 그렇게 이기적인 놈이었냐?"

정안이가 악을 쓰며 소리를 질러댔다.

"이 학교가 나를 그렇게 만들었어. 어차피 우린 이익을 위해 만났잖아? 그 이익이 다했으니 모두 흩어져야지……."

나도 돌아서 소리쳐 말했다.

"넌 이 학교가 그렇게 지겨웠니? 그럼 이 학교는 왜 왔니? 난 이 학교가 좋았어. 분위기도 그렇고…… 꼭 서울대를 못 간다해도 여긴 우리 희망이었잖아."

"이젠 꿈은 무너져 버렸어. 추악한 현실만 남았다구."

"그렇지 않아. 난 여기서 우정을 느꼈어. 학교 생활도 즐거웠고…… 너와도 즐거운 시간이었어!"

"이제부터 그렇지 못 할꺼야. 시간은 되돌릴 수 없으니까. 무너져 버린 것은 이미 무너져 버린 거야. 다시 세우려고 하면 할수록 상처만 남아. 우리의 학창 시절, 우리의 젊음은 이렇게 끝났어."

우린 한참 동안 말이 없었다. 난 미련이 더 남을 것 같아 발을 돌렸다.

"야! 잘 가 이 새끼야! 다음에, 다음에 크면 보자!"

정안이가 나를 보며 안타까운 얼굴로 인사를 하고 있었다. 난 정안이에게 한번 웃어 보였다. 아래에서 날 기다리고 있는 엄마가 손짓하고 있었다.

순간 난 이런 현실이 견딜 수가 없었다. 난 빠르게 뛰어 엄마를 지나쳐버렸다. 엄마의 부름을 뒤로하고 난 지하철역으로 뛰어갔다. 그리고 서둘러 5호선을 잡아탔다.

수많은 영상들이 저 밖에서 달려와 나의 머리를 뚫고는 달아나 버렸다. 지난 2년간의 유령들이 모두 살아나 한꺼번에 나에게 달려들고 있었다.

　난 현실을 방관하며 그것을 합리화시키는 것 이외에 할 수 있는 일이 없었다. 왜냐하면 지금 나의 이름은 18세이기 때문이었다. 텅 빈 5호선 안이 나의 외로운 방과 같았다. 지하철이 어두운 터널을 지나며 울부짖고 있었다.

　"끼히잉～끼이잉～깡～깡 쉬이힉～흐하학～청청"

　5호선이 나와 함께 울부짖고 있었다. 나의 입술은 이에 짓눌려 피를 흘리고 있었다.

　완전히 순진하지도 않고, 완전히 비열하지도 않은 그런 18세 소년이 그곳에 있었다.

2
폭주

"야! 니같은 새끼가 살아서 뭐하냐? 나가 뒈져버려! 이놈아 기껏 길러놨더니 양아치나 되고! 엠병!"

고래고래 소리를 지르는 주정뱅이 앞에 한 아이가 고개를 숙이고 있었다.

"아! 딴 새끼 애들은 속도 안 썩인다는데, 니 새끼는 어디 가서 맨날 사고나 치고 다니냐! 미친 놈, 니 새끼 대가리 꼴이 그게 뭐냐?"

주정뱅이는 아이의 대가리에 싸대기를 갈겼다. 아이의 고개가 오른 쪽으로 홱 돌아갔다.

그러나 이들을 말려야 할 엄마는 보이지 않았다.

"에이! 니미 좆같은 인생! 꼬일려니까 되는 게 없네! 개 좆같이 마누라는 집나가고 개딱지같은 직장도 부도다 뭐다 해서 다 망하고 남은 애새끼도 이 모양이니!"

아이의 엄마가 집을 나간 후 아버지는 술만 퍼마셨다.

"야! 이 새끼야! 엄마가 없으면 정신을 차리고 공부를 해야지! 제길! 이 미친 놈아!"

주정뱅이는 다시 아이의 머리를 때리려고 했다. 하지만 고개를

든 아이의 그 매서운 눈빛에 손이 주춤하고 말았다.

"뭐야? 이 새끼가?"

"그럼 아빠는 왜 정신 못 차리고 매일 술만 마셔요오~!"

"뭐야! 이 개새끼가!"

주정뱅이는 아이에게 주먹을 날렸다. 하지만 아이는 가볍게 그 주먹을 막아내었다.

아이의 눈동자에 섬광이 지나갔다. 아이는 더이상 아이가 아니었다.

"더 이상 나한테 니 주먹이 통할꺼라고 생각하지마! 공부? 니 새끼가 공부할 돈이나 줬어? 내가 어쨌다고? 니가 엄마 나갔다고 매일 술만 퍼마시고 정신 못차리고 지랄하니까 집이 이 모양이 된 거 아냐?"

"뭐야! 이 새끼가 이젠 애비도 몰라보네!"

주정뱅이는 주먹을 마구 휘둘렀다. 몇 번 피하던 아이도 참지 못하고 주정뱅이의 배를 갈겨버렸다.

"어~억! 아~훅! 이, 이 새끼가!"

"씨발, 오래 전부터 우린 가족이 아니었어. 제길 그냥 죽지 못해 살았던 거야. 씨발 더이상 끝이라고 말할 것도 없어! 다시 내 눈앞에 나타나면 그땐 죽여버릴꺼야!"

아이는 미친 듯이 문을 박차고 뛰어 나왔다. 가지고 올 짐도 없었다.

밖으로 나온 아이는 바이크 위에 앉았다.

"이 씨바바아아아알! 우아악!"

아이는 미친 듯이 괴성을 지르며 어디론가 바이크를 거칠게 몰고 나갔다. 바이크를 모는 아이의 눈빛이 매섭게 빛났다.

"야! 씨발 땡겨! 저 씹쌔끼들 밀어버려! 개 좆같은 새끼들 여기가 어디라고 와서 지랄이야!"

"니미 그렇게 쉽지 않아! 저거 야마하 YZF-R1이야! 저거 1500만 원에다가 998CC짜리란 말이야! 밟으면 300km까지 나온다고! 씨발, 이건 저거에 비하면 완전 세발 자전거야!"

"야! 씨발! 닥쳐! 걍 땡겨! 우후우! 헤헤헤헤에! 야호!"

2시가 넘은 여의도 윤중로엔 지독한 정적 속에 두 대의 오토바이가 굉음을 내며 폭주하고 있었다. 차들이 떠나간 외로운 아스팔트 대로 위를 달리던 서로 다른 두 바이크 사이에 레이스가 붙은 것이었다.

"야, 좀 더 밟아. 밀리잖아!"

"씨발 지금 170km야. 더 안 나가. 그리고 레이스에 집중하게 좀 닥쳐!"

두 바이크는 어느새 아파트 사잇길을 빠져 나와 원효대교로 향하는 텅빈 12차선 대로로 접어들고 있었다. 그리고는 무서운 속력으로 순식간에 원효대교를 지나쳐 벚나무가 줄지어 있는 고수부지 길로 우회전을 하고 있었다.

한여름의 고수부지엔 어두운 배경과는 달리 푸른 내음이 진동하고 있었다. 강에 비춰지는 술에 취한 듯한 야경들. 그 흐늘흐늘거리는 야경 사이에 드리워지는 수많은 불빛. 그리고 찬란하고 어두운 네온등빛을 가르는 바이크의 고요하면서도 강렬한 질주.

현실은 상협을 억압하기만 할 뿐이었다. 불안한 사회, 어두운 집구석, 문제아로 낙인찍힌 학교. 어떤 것도 생각하고 싶지 않았다. 현실도피라고 남들이 욕해도 언제나 달리며 살고 싶었다. 평생 바람을 맞으며 한강변을 달릴 수만 있다면 현실이 아무리 자신을 구속해도 살 수 있을 것 같았다. 평달빛보다 강렬한 네온등이 가루가루 흩날리는 차가운 도로를 달릴 수만 있다면 모든 것이 부서져도 살 수 있을 것 같았다.

모든 것이 정지된 풍경 속에서 혼자 폭주하는 그의 바이크. 끝도 없는 도로는 하나의 점이 되어 블랙홀처럼 바이크들을 빨아들이고 있었다. 상협은 저 멀리 있는 그 점을 향해 바이크를 몰아쳐 나간다.

이런 생각을 하던 상협은 눈동자를 조여 초점을 맞췄다. 벌써 앞 바이크는 마포대교 앞을 지나고 있었고 닌자와는 간격이 제법 나 있었다.

어쩌면 이대로 승부가 끝나버릴지도 모른다. 아무리 아름다운 레이스지만 승부는 승부였다.

"야! 씨발 이대로 지는 거 아냐? 승부해! 저 건방진 새끼들 안 밀어버릴 꺼야?"

상협의 귓가에 대고 성택이 소리쳤다.

"몰라! 저 새끼들이 앞서 있으니까 도로 선택권은 저 새끼들한테 있어."

"야! 알았어. 관두자. 오늘 이만하면 됐다. 옆으로 빠지자."

'옆으로 빠지자.'

순간 이 말이 이상하게도 상협의 머리를 찔렀다.

"그래, 난 항상 옆으로 빠져 살아왔어. 제길. 아무리 멋있는 순간에도 현실은 결국 현실이구나. 그래, 난 항상 남한테 밀리기만 했어. 이번만은 옆으로 빠지지 않을 꺼야!"

상협이 낮은 목소리로 혼잣말을 했다. 그리고 동시에 상협의 심장이 격렬하게 요동치기 시작했다.

"간다!"

상협의 목소리가 낮게 깔렸다.

"야! 너, 너 왜 그래?"

성택이가 걱정했다.

"이긴다 이긴다 이긴다 이긴다아아아아!"

상협이 소리쳤다.

"야! 너 왜 그래? 너 무슨 일 있었어?"

성택의 걱정은 점점 현실로 나타나고 있었다.

"넌 잊고 있냐? 우린 아주 오래 전부터 막가는 인생이었어. 우리 삶에 내일이 있었냐? 지금 이 순간에 우리 모든 걸 거는 거야! 우린 이것 밖엔 없거든. 언제까지 밀리고 살 수는 없다구! 응?"

상협이 갑자기 목소리를 높이며 말했다.

'그래 어차피 우리 인생에서 미래란 없었어. 단지 순간의 연속만이 존재했던 거야. 하지만 왠지 오늘만은 여기서 이 레이스를 끝내고 싶다. 이 불안함은 뭐지?'

성택은 상협이 오늘처럼 불안해 보이기는 첨이었다.

그리고 문득 머릿속에 이런 말이 스쳐지나갔다.

'널 위해서 지금 돌아가고 싶어. 널 위해서, 널 지켜주기 위해서.'

하지만 성택은 결국 이 말을 하지 못한 채 상협의 말을 따랐다.

R1은 마포대교를 지나 여의도 공원을 지나 국회의사당 길에 접어들고 있었다.

두 바이크는 숨막히는 스피드 경쟁을 벌이고 있었다. 닌자는 R-1에 바싹 붙어 있어 서로의 얼굴이 보일 정도였다.

상협은 상대의 헬멧에 비치는 자신의 얼굴을 보자 더욱 화가 났다. 갑자기 상협이 몸을 오른쪽으로 기울였다. 순간 닌자의 동체가 오른 쪽으로 틀어져 R-1과 슬쩍 충돌하였다.

"끼기긱~~"

R-1과 충돌한 닌자는 급한 곡선을 그리며 도로에 자국을 남기며 밀려갔다. 여러 차례 비틀거린 끝에 닌자는 겨우 균형을 잡았다. 그러나 아직도 속도계는 100을 가리키고 있었다. R-1도 앞좌석에 있는 녀석이 재빨리 몸을 오른쪽으로 기울여 목숨을 부지할

수 있었다. 이런 스피드에서 바이크의 접촉은 자동차 충돌과는 달리 양쪽 모두의 죽음을 의미했다.

"미친 새끼야! 뭐 하는 짓이야! 죽고 싶어!"

성택이 상협에게 고래고래 소리를 질렀다.

"야! 씨발! 저 새끼들 아직도 살아 있어! 저 개새끼들 가만 안놔 둘꺼야! 죽었어! 이번에 완전히 밀어 붙이자!"

"너 미쳤어? 왜 그렇게 흥분하고 그래! 또 밀면 우리도 죽어!"

"안 무서워! 어차피 살아도 별거 없잖아!"

"그만해! 너 미쳤어! 오늘 왜 그래?"

"몰라! 씨발!"

R-1과의 충돌이 있은 후 한동안 둘은 말이 없었다. 바이크는 어느새 KBS앞을 지나고 있지만 아직도 R-1이 보이지 않았다. 닌자도 이제 균형을 찾았고 속도도 80으로 떨어졌다.

"야! 미안해!"

상협이 먼저 입을 열었다.

"니 새끼 생각을 미처 못 했어. 너까지 죽을 뻔 했으니……."

상협은 마음을 가라앉히며 말했다. 닌자는 다시 맨 처음 경쟁의 출발점인 윤중로로 들어섰다.

"이이이잉"

그러나 그때 뒤에서 무엇인가가 매우 빠르게 쫓아오는 소리가 들렸다.

"짭새다!"

"아냐! 더 빨라! 적어도 시속 170km야!"

상협은 핸들을 땡겨 속도를 올렸다. 어둠 속에서 엄청난 무엇이 그들을 무서운 속도로 덮쳐오고 있었다. 아니 어쩌면 어둠 그 자체가 밀려들어 오고 있는 지도 몰랐다.

마침내 어둠 속에 한 줄기의 빛이 그들을 향해 밀려오고 있었다.

그들은 매우 조용하게 그러나 벗어날 수 없는 빠른 속도로 닌자를 엄습해 왔다.

R1이었다. 뒤에서 따라갈 때의 야마하의 화려한 모습과는 달리 쫓아오는 야마하는 정말로 맹렬했다.

벌써 상협의 눈앞에는 63빌딩이 보이기 시작했고 승부를 직감한 그는 침착하게 왼쪽 코너 링을 시작했다. 이렇게 된 이상 정면 승부가 불가피하게 보였기 때문이었다.

"왼쪽이다."

상협은 동체를 기울이며 성택에게 말했다. 동체의 무게 중심 자체가 움직이는 코너링에선 뒷사람의 도움이 필수적이기 때문이었다.

"야! 저 새끼들 벌써 우리 똥꼬까지 따라 붙었어!"

하지만 불안해진 성택은 레이스에 집중하지 못했다.

"왼쪽으로 기울여!"

"이 씨발! 설마 갖다 박진 않겠지?"

"왼쪽!"

상협이 소리를 지르자 그때서야 성택은 몸을 왼쪽으로 구부렸다. 하지만 타이밍이 늦은데다 예고 없이 몸을 기울여 동체는 오히려 무게 중심을 잃고 휘청대고 말았다.

"끼이이잉!"

동체는 왼쪽으로 너무나도 급하게 쏠렸다. 상협의 눈앞엔 순간적으로 바닥이 밀려왔다. 마치 바닥으로 미끄러지듯이 닌자는 누워버렸다.

"치지지직~~~"

상협의 왼쪽 점퍼가 땅에 닿아 긁혔다.

바이크는 중심을 잃고 오른쪽으로 심하게 밀려가고 있었고 옆바퀴는 바닥에 긁혀 도로에 검은 자국을 진하게 남기고 있었다. 바이크 오른 편에 도로의 펜스가 가까이 다가왔다.

펜스 너머는 그대로 절벽이었다.

상협은 몸과 핸들을 재빨리 오른쪽으로 틀었고 성택도 반사적으로 몸을 일으켰다. 닌자는 날카로운 소리를 내면서 비틀거리며 힘겹게 일어났다. 하지만 일어나는 도중에 중심이 오른쪽으로 이동하면서 바이크가 오른쪽으로 쏠렸다.

"챙챙채잉챙~~"

바이크의 꼬리가 오른쪽 펜스에 닿았다.

"이런 씨발!"

상협이 다시 핸들을 왼쪽으로 옮겼다. 그런데 그때 왼쪽을 달리던 야마하가 보였다.

"젠장!"

펜스와 야마하 사이에 닌자는 샌드위치처럼 끼어버린 것이었다.

야마하와의 접근 거리가 30cm도 안 돼 보였다. 상협은 다시 쿠션을 오른쪽으로 주었다. 그러나 이미 기울어진 닌자는 다시 야마하에 부딪혔다.

야마하와 닌자는 동시에 반대 방향으로 밀려났다.

야마하는 심하게 밀려 거의 넘어질 뻔 했으나 부딪히는 동시에 상대 바이커가 오른쪽으로 몸을 기울이는 바람에 겨우 넘어지지 않았다.

닌자의 기울인 동체가 또다시 오른쪽 펜스에 닿았다. 왼쪽에는 다시 야마하가 따라 붙었기 때문에 공간이 없었다. 닌자는 계속 좁은 공간에서 비틀비틀 균형을 유지해야 했다.

닌자와 야마하는 다시 가볍게 붙었다. 이번엔 야마하가 밀리지 않고 공격해 왔다.

"씨발 이렇게 된 이상 붙어보는 수밖에 없지!"

상협도 밀리지 않고 적극적으로 대처했다. 더이상 도망갈 수 없는 처지였기 때문이었다.

"야! 씹새끼야! 이거나 먹어라!"

그런데 그 순간 성택이가 상대방에게 주먹을 날렸다. 이런 고속 주행에서는 상상도 할 수 없는 일이 벌어졌던 것이다.

그렇지만 주먹은 빗나가 뒤에 탄 사람의 등 부분만을 스쳤고 그 충격으로 닌자는 중심을 잃고 기우뚱거렸다. 그리고 야마하는 그들을 지나쳤다.

"어? 저 새끼들 왜 그냥 가지!"

"아뿔사!"

상협이 말했다. 상협의 말이 끝나기도 전에 야먀하의 뒷부분이 닌자의 앞바퀴를 밀어 젖혔다. 자전거를 타 본 사람은 알겠지만 뒷바퀴로 앞바퀴를 밀면 뒤의 차만 넘어진다. 앞바퀴는 좌우로 움직이기 때문에 앞의 차가 동체로 밀면 민 쪽은 이상이 없지만 밀린 쪽은 핸들이 돌아가기 때문이다.

상협의 바이크는 카운터를 맞은 복싱 선수의 아구리가 피와 침을 튀기며 날아가듯이 길바닥으로 날라가 버렸다.

"끼이이이이이이익!!"

장난감 같은 바이크는 마치 후진을 하듯이 뒤로 밀려나왔다. 상협에게는 아득히 야마하가 멀어져 가는 것이 느껴질 뿐 더이상 아무 것도 느껴지지 않았다.

"채채채채챙! 끼이이잉!"

이내 바이크는 바람에 날리는 신문지처럼 밀려가 펜스에 꼬리가 부딪혀 불꽃을 튀기고 있었다. 그토록 강하던 바이크가 단지 한 번의 부딪힘으로 이렇게 연약한 존재로 되어버렸고 그토록 강하던 상협과 성택 역시 이렇게 한 순간에 무너져 버렸다.

정지된 시간 속에서 바이크만이 빠르게 미끄러지고 있었다. 하이얀 세상에 있던 바이크는 펜스와의 부딪힘으로 인해 비로소 현실로 돌아왔다. 바이크는 펜스에 부딪혀 아스팔트 바닥에 나뒹굴었고 두 녀석은 펜스 너머 언덕 아래로 곤두박질쳤다.

다시 시간은 정지해 버렸고 상협과 성택은 먼 어떤 공간을 향해 떠올라 있었다. 새하얀 공간 속에 두 남자는 부웅 떠 있었고 어떠한 감각이나 생각도 존재하지 않았다. 상협의 머릿속엔 이 시간이 무한할 것이라는 생각이 들었다.

'내가 널 지켜 줄께!'

그런데 갑자기 공중에 떠 있는 상협의 귀에 저 먼 어떤 곳에서부터 이런 소리가 들려 왔다.

'내가 널 지켜 줄께!'

어디선가로부터 이 소리를 듣자 상협의 눈 앞엔 세상이 무서운 속도로 펼쳐지기 시작했다.

미친 듯이 회전하는 잔디밭, 거꾸로 흐르는 강물, 길바닥에 널부러져 있는 닌자, 기다란 선을 긋고 있는 네온등…….

정지된 시간 속에 공중에 떠 있는 그에게는 모든 사물이 눈이 시리도록 정확히 보였다.

그동안의 모든 것을 한꺼번에 보여주려는 듯 수많은 장면이 동시에 겹치고 뒤죽박죽이 되어 빙글빙글 돌고 있었다.

성택의 모습만 빼고는 모든 것이 펼쳐져 있었다.

성택! 그렇다! 성택이 없었다! 상협은 그 순간에도 성택의 부재를 직감하고 있었다.

순간 검고 긴 무엇인가가 그의 시야를 가렸다.

'뭐지?'

이윽고 그 검은 물체는 상협을 끌어당겨 그의 등뒤를 감싸 안았다. 그리고는 상협의 머리와 몸통 그리고 팔과 다리마저 휘감아버렸다. 상협의 모든 것을 감아버린 그것의 감촉은 엄마의 자궁 속처럼 포근했다. 상협을 꼬옥 끌어안은 검은 물체가 상협의 귀에 작고 부드럽게 속삭였다.

"내가 너만은 지켜줄게. 아무 것도 해 주지 못했지만 이 순간만은 지켜줄게."

상협은 끝을 알 수 없는 따뜻함을 느끼며 눈을 감았다. 그리고 검은 물체는 상협을 안고 땅으로 떨어졌다. 상협은 잠에서 깬 아이처럼 천천히 일어났다.

세상의 모든 것이 알 수 없는 낯설음에 젖어 있었다. 귀속에서는 윙윙 소리가 났고 눈은 초점을 잡기 어려웠다. 그는 막 세상에 나온 아가처럼 주위를 두리번거렸다.

그리고는 땅바닥에서 목이 비틀어진 채 웃고 있는 성택을 바라보았다. 상협은 아무 말 없이 성택을 지나쳤다. 그리고는 언덕을 향해 넋빠진 사람처럼 올라갔다. 아무 것도 느껴지지 않았다. 아무런 생각도 나질 않았다. 다만 살아있는 몸을 움직여 쓰러져 있는 바이크 옆으로 한 걸음, 한 걸음 다가갈 뿐이었다.

바이크는 도로에 닿은 부분의 리어 휀더와 프론트 페어링, 배기통이 심하게 긁혀 거의 날아갔고 윈드 스크린은 거의 흔적조차 없었으나 아직도 엔진은 돌아가고 있었다.

상협은 말없이 바이크를 일으켜 세웠다. 그리고 핸들바를 잡아 땡겼다. 닌자는 둔탁한 소리를 내며 기어갔다. 엔진을 발로 걷어챘다. 그제서 퉁퉁거리던 엔진이 제대로 돌아가기 시작했다.

100m 정도 전방에 이쪽을 살피는 두 남자가 보였다. 모두 헬멧을 벗고 이쪽의 상황을 응시하고 있었다. 상협이 바이크를 세워 그들 곁으로 오자 그들은 허둥지둥 바이크에 올라타고 있었다. 상협은 말없이 그들 곁으로 갔다.

야마하가 전방 50m 앞으로 다가왔다.

"이이이이잉!"

상협은 그대로 돌진했다.

야마하가 10m 앞으로 다가왔다. 곧 닌자가 야마하를 밀어붙일 기세였다. 야마하는 있는 힘을 다해서 닌자를 뿌리치고 도망치려 했지만 아직 가속도가 나지 않은 상태였다. 상협의 닌자는 야마하를 거의 따라 잡았다. 이제 응징할 시간이 다가온 것이다.

하지만 순간 돌연 닌자가 속도를 줄였다. 야마하가 닌자와의 거리를 벌리며 상협의 시야에서 멀어져 갔다. 그리고 속도를 줄여 뒤처진 상협은 멀어져 가는 야마하를 말없이 바라보고 있었다.

포기한 것 같던 닌자가 야마하의 뒤를 다시 쫓고 있었다. 상협은 이제 거의 야마하에 붙어 있었다. 그들은 서로 엎치락뒤치락 동체 싸움을 벌이고 있었는데 야마하도 이젠 이판사판이라고 생각했는지 주저없이 상협을 날려보내려고 발악을 하고 있었다.

"바아아앙~"

사람의 숨소리도 없는 이 차가운 묘비같은 마천루 숲 사이를 거친 두 대의 차디찬 기계가 폭주하고 있었다.

찬바람이 불었다. 시커먼 하늘의 창백한 달빛은 차가웠다. 주택이라고는 하나도 없는 이 여의도라는 사막의 밤 역시 차가웠다. 그리고 상협의 눈빛 또한 차가웠다.

순식간에 이 도시는 얼음성으로 변해 버렸고 모든 것이 차갑게 굳어져 갔다. 상협은 쌍용빌딩을 지나자 오른쪽에서 왼쪽으로 급하게 야마하를 밀어붙였다.

"끼이이익~!"

야마하는 닌자에 밀려, 넘어지듯 급하게 포물선을 그으며 중앙선을 넘어 빌딩 사이로 빨려들어 갔다. 하지만 닌자는 능란한 카우보이처럼 빌딩 사이에서도 속도를 줄이지 않고 야마하를 몰고 다녔다. 도로는 8차선으로 줄어들었으나 아직도 충분히 넓었고 차는 아직 한 대도 없었다. 마치 이 둘을 위해 거대한 도시가 무대를 비위준 것 같았다.

상협의 눈빛은 아직 시들지 않았고 그의 집중력은 최고조에 달해 있었다. 빌딩 사이에 부는 폭풍같은 바람이 미친듯이 그를 할퀴고 내달아났다. 상협은 다시 야마하를 왼쪽으로 밀어부쳤다.

마침내 두 바이크는 좁은 골목 사이로 접어들었으나 속력은 아직도 100km를 상회하고 있었다. 상협은 변함없이 뒤에서 야마하를 추격하고 있었다.

"헤이, 안녕!"

마침내 야마하를 따라잡은 상협이 야마하에 바짝 붙어 이런 말을 했다.

야마하의 헬멧에 상협의 눈동자가 비쳐졌다. 야마하의 기수가 흘끔 눈을 돌려 상협을 보았다. 그러나 상협은 정면을 뚫어지게 바라보고 있을 뿐이었다. 그때 뒤에 탄 녀석이 앞으로 시선을 돌렸고 순간 그 녀석의 동공이 엄청나게 확대되었다.

'과속 방지 턱!'

엄청난 속력으로 질주해오던 야마하는 그 순간 공중으로 '부웅' 하고 떴다. 마치 하늘을 나는 새처럼 이 순간의 야마하는 너무도 아름답게 하늘을 날고 있었다. 야마하는 허공을 향해 도약하는 한 마리 표범처럼 우아하고 위엄있게 점프했다. 바이크는 공중에서 헛바퀴질을 하며 기우는 달처럼 서서히 움직였다. 그리고는 길바닥에 곤두박질쳐 처박혀 버렸다.

"콰과과꽝. 끼기기기긱. 채애애앵."

앞바퀴가 땅에 닿으면서 뒤틀려 바이크는 산산조각이 나고 바이커들은 튕겨져 나가 다시 한 번 날았다. 상협은 재빨리 오른쪽으로 쿠션을 넣어 균형을 잡고는 매우 길게 브레이크를 잡았다. 이상하게도 그 방지턱은 오른쪽에 언덕이 없는 부분이 넓었다. 3년 넘게 이곳에서 바이크를 타온 상협은 이곳의 지리를 훤히 알고 있었던 것이다.

야마하는 나뒹굴어져 박살이 나있었다. 거의 10m를 점프해서 오른쪽 동체가 이것저것 할 것 없이 다 걸레가 되어 있었다. 앞 뒤 휠도 날아가 있었고 좌석의 시트까지 찢겨져 안의 스폰지까지 긁혀 있었다. 앞바퀴는 걸레가 되어 길바닥에 나뒹굴고 있었고 여기서 고무 타는 냄새가 심하게 났다.

그리고 한 5m쯤 떨어진 아스팔트 위에 두 물체가 꿈틀대고 있었다. 상협은 말없이 그것들에게로 다가갔다. 그리고 아무 말 없이 그들을 내려다보았다.

뒤에 탄 놈은 머리가 깨져 대뇌가 터져 나온 채로 즉사했다. 위쪽 두개골이 심하게 터져 버려 뇌의 거의 4분의 1쯤이 바깥 공기를 마시고 있었는데 대뇌 피질이 밖으로 나와 마치 송충이들이 뇌를 파먹는 모습과 같았다. 그리고 그 뒤로는 시럽같이 끈적끈적한 피들이 배경을 이루고 있었다. 녀석의 오른쪽 팔은 긁히다 못해 살점이 다 떨어져 나가고 뼈가 드러나 있었으며 심하게 뒤틀려져 거의 떨어져 나간 것과 다름없었다. 눈은 겁에 질린 채로 하늘 위로 치켜 떠져 있었고 오른쪽 얼굴도 심하게 긁혀 일그러져 있었다.

'지금 성택이도 이렇게 하고 있을까?'

상협은 이런 생각을 하며 뒤에 탔던 녀석을 지나쳐 기수(騎手)에게로 다가갔다.

기수는 오른쪽 몸이 도로에 긁혀 날라가 버렸지만 아직도 숨은 헐떡이고 있었다. 오른 쪽 팔과 다리는 이미 너덜거리며 피를 울컥 울컥 뿜어내고 있었으나 뇌와 심장은 무사한 것 같았다. 그렇지만 그대로 두면 출혈 과다로 죽을 것 같은 상황이었다.

"확실히 야비한 놈은 오래 살아."

상협이 중얼거렸다. 상협은 한동안 조소어린 눈빛으로 그렇게 상대를 내려다 보았다.

"야! 씹새끼야! 맛이 어떠냐? 시원하냐? 그럼 좀 더 고통을 즐겨라!"

상협이 갑자기 흥분해 소리를 질렀다.

한참을 알아듣지 못할 말로 떠든 뒤, 상협은 한동안 말없이 그를 노려보았다. 상협의 눈에는 아무런 저항도 못하고 당하기만 하는 하나의 불쌍한 생명이 비쳐졌다. 차츰 그 눈엔 두려움과 서글픔이 차기 시작했다.

여의도의 강바람은 차갑게 그들을 휩싸고 성택을 향해 내달아났다.

"하지만 이렇게 된 이상 누구의 잘잘못을 말하겠냐!"

상협은 긴 한숨을 쉬었다.

"성택이가 먼저 시비를 걸었고 네 녀석도 성택일 죽일 생각은 없었을 테니까……."

상협은 말없이 발을 돌려 닌자에게로 향했다.

그러나 그때 갑자기 상협이 발을 돌려 상대의 목을 발로 밟아버렸다.

"크아악! 크억! 컥!"

그는 피가 목에 걸려 소리도 제대로 못 내고 고통스러워하며 몸을 비틀어댔다.

"생각해 봤더니 네 녀석은 용서가 안돼! 그리고 성택이도 널 용서할 만한 성격을 가진 놈이 아냐!"

상협은 계속 상대를 발로 짓밟아댔다.

"으아아아아악! 으악! 헉!"

하지만 상대 역시 목숨이 질긴 놈이었다.

"왜 안 죽어! 니가 이렇게 지독하니까 성택이를 죽였지! 성택이를!"

상협이 마지막으로 온 힘을 다해 배를 발로 찍어 버리자 늑골이 으스러지는 소리가 나며 상대의 몸이 스프링처럼 튀어 올랐다.

"파아아아학!"

그리고 그의 입에서는 분수처럼 한바닥의 검붉은 피가 허공을 향해 세차게 뿜어져 나왔다.

상협의 바지 끝은 튀긴 피가 흥건히 젖어 뚝뚝 떨어지고 있었다. 상협의 몸은 옷을 입고 수영장에 들어갔다 나온 사람처럼 땀에 둘러싸여 있었다. 그리고 그 녀석은 한 말 가량의 피를 얼굴에 뒤집어쓰고 혀는 길게 내밀고 눈을 하늘을 향해 부릅뜬 채로 죽어버렸다.

"허억. 허억. 으아아아아아아악! 으아! 악!"

그의 죽은 모습을 보자 상협은 정신이 번뜩 들었다. 성택이가 죽었다는 사실도 그가 사람을 죽였다는 사실도 이제 선명하게 생각이 났다.

상협은 뒤도 돌아보지 않고 닌자에게 달려갔다. 그리곤 닌자를 땡겨 일으켜 시동을 걸었다. 하지만 시동이 걸리지 않았다. 다시 한 번 핸들을 땡겼다. 그러나 시동은 역시 걸리지 않았다.

문득 상협은 이상한 느낌이 들어 고개를 들어 위를 쳐다보았다. 엄청난 굉음 때문에 주변 아파트의 불이 거의 모두 켜져 있었다. 겁쟁이들도 아파트 위에선 아무런 두려움 없이 창 밖으로 고개를 내밀 수 있었기 때문에 하늘 위에선 수 백, 수 천 개의 눈이 상협을 직시하고 있었던 것이다. 그때서야 상협의 심장은 미친 듯이 뛰기 시작했고 마음은 다급해지기 시작했다. 곧바로 짭새들의 싸이렌 소리가 나기 시작했다. 상협은 마지막 힘을 다해 핸들에 힘을 넣었다.

"잉~잉~ 이이이잉~"

마침내 시동이 걸렸다.

"퍼~벅~퍼버벅"

하지만 걸레가 된 엔진은 과열되어 이내 꺼져 버렸다. 벌써 멀리서 빽차가 보이기 시작했다. 상협은 한쪽 발만 내린 채로 엉거주춤 망설이고 있었다.

"에잇! 쌍!"

마침내 상협은 닌자를 버리고 아파트 사이의 숲으로 달려가기 시작했다. 경찰차는 순식간에 사고 현장을 덮쳤다.

"카~앙! 캉!"

날카로운 금속음이 하늘을 깨울렸다. 짭새가 차에서 내리자마자 공포탄을 쏜 것이다. 상협은 순간 멈칫하고 뒤를 돌아보았다. 20m쯤 뒤에 짭새 세 명이 보였다.

"멈춰! 움직이면 쏜다. 손을 머리 위로 올려!"

그중 가장 나이든 자가 외쳤다.

상협은 순간적으로 앞으로 도망가는 대신 옆으로 비켰다.

"탕!"

짭새가 상협을 향해 실탄을 쐈지만 상협이 옆으로 피한 탓에 허공을 가르고 말았다.

상협은 자신이 살아있다는 것을 깨닫자 정신없이 내달리기 시작했다. 있는 힘을 다해 달리고 달려 아파트 사이를 지나 도로를 건너 다시 아파트 사이로 들어갔다. 뛰면서 뒤를 돌아보니 아직도 그 경찰이 쫓아오고 있었다.

'절대로 트인 곳으로 가면 안 돼.'

상협은 총을 생각해 이렇게 중얼거렸다. 그렇지만 다리는 점점 아파지기 시작했고 발걸음도 느려졌다.

'앞으로 조금만 더 가면 여의도 광장이다. 그곳은 너무 트여서 총 맞기 십상이지. 게다가 여기는 섬! 밖으로 나가려 해도 다리를 건너야 한다. 게다가 왼쪽으로 꺾으면 대로가 나와서 차의 추격을 받기 쉽다. 그렇다면 승부다!'

상협은 어두운 나무 그늘 사이로 들어갔다. 짭새도 멈춰 섰다. 잠시 동안 정적이 흘렀다. 상협은 그곳에서 살금살금 아파트 벽을 향해 다가갔다.

"찌직"

"타~앙"

상협이 나뭇잎을 밟자 경찰이 즉시 총을 쐈다.

"나~나와! 안 그러면 주~죽인다!"

짭새 역시 떨고 있기는 마찬가지였다. 상협의 주변은 아무 것도 보이지 않을 만큼의 진한 어둠에 덮여 있었으나 경찰이 있는 곳에는 희미하게나마 네온등이 비추고 있었다.

'빨리 어떻게든 끝내지 않으면 총소릴 듣고 짭새들이 몰려올 거야'

이런 생각과 동시에 상협은 경찰에게 달려들었다. 그리곤 경찰의 오른 손목을 힘껏 잡았다.

"탕!"

공중을 향해 또 한 발의 총이 발사되었다. 상협은 짭새의 손목을 꺾으려고 했다.

"아악!"

짭새가 소리를 지르며 필사적으로 저항했다. 저항하던 경찰이 상협의 정강이를 발로 찼다. 아까 바이크에서 떨어질 때의 상처에 맞아 고통이 전신에 울려왔다.

두 명이 작은 금속 덩어리를 사이에 두고 치열하게 힘싸움을 벌이고 있을 때도 시간은 계속 가고 있었다. 경찰이 상협을 노려보며 이를 악물고 있었다.

'이대로 가단 그냥 죽는다! 그냥 죽는다!'

상협의 심장이 더욱 거세게 요동쳤다. 상협은 있는 힘을 다해 손가락 두 개를 올렸다. 그리곤 방아쇠를 당겼다.

"쾅!"

총소리가 울렸다. 동시에 상협은 짭새를 잡은 손을 놓았다. 순간 당황해하는 경찰의 둥글고 큰 눈이 보였다. 멈칫 하던 경찰은 얼른 방아쇠를 당겼다.

"틱!"

그런데 총알이 나가지 않았다.

"티딕! 틱! 탁!"

"씹새끼야, 여섯 개 다 썼어!"

상협이 말했다.

경찰은 싸움을 하기보다는 반사적으로 총알을 찾았다. 그러나 경찰이 주춤하며 주머니를 뒤져 총알을 찾고 있을 때 무언가 눈 앞을 확 지나쳤다. 그리곤 짭새는 눈앞에 불이 번쩍 오르는 것을 느꼈다. 상협의 현란한 발차기 연타가 경찰의 안면으로 들어갔던 것이다.

상협의 계속되는 공격을 받은 짭새는 피를 흘리며 땅바닥에 쓰러져 비틀거렸다. 생각할 겨를도 없이 상협은 재빨리 그의 주머니를 뒤지기 시작했다. 마침내 상협은 총알을 찾고는 재빨리 장전을 했다.

"쾅! 쾅!"

그리곤 아무 망설임 없이 경찰의 심장을 향해 총 두 발을 박아주었다. 증인을 없애기 위해서였다.

경찰을 죽인 상협은 총을 가지고 도망가기 시작했다. 미친듯이 달려가던 상협은 아파트 앞에 주차되어 있는 바이크를 보았다. 허겁지겁 바이크에 올라탄 그는 전선 한 다발을 뽑아 능숙하게 시동을 걸었다.

"부아아앙!"

바이크는 아스팔트 위를 미끄러지듯 기분좋게 달려나갔다. 그는 속력을 붙여 행주대교 위를 달려나갔다. 바람은 시원했고 경찰은 쫓아오지 않고 있었으며 상협의 기분도 나쁘지는 않았다. 상협은 그저 지금 이 순간의 바이크가 좋았고 자신이 살아남았다는 사실이 다행스러웠다. 그의 얼굴에는 네온등 불빛이 빠르게 지나가고 있었다.

상협은 이 강변도로의 어두운 태양같은 네온등이 좋았다.

흩날리는 네온 가루들이 그의 얼굴에 시원스레 부딪히면 세상이 그를 위해 축제를 준비한 것 같은 생각이 들었다.

그렇게 그는 성수대교까지 멈추지 않고 달려나갔다.

상협은 자신을 그렇게 아끼던 성택을 버리고 혼자 도망쳤다는 죄책감에 핸들을 꺾고 싶었지만, 상협은 어금니에 힘을 주고는 핸들을 돌리고 싶은 마음을 참았다.

"미안해, 성택아 미안해! 미안해! 내가 잘못했어. 하지만 나 살아야 되겠어."

상협의 눈에선 뒤늦은 눈물이 흐르고 있었다.

뜨거운 눈물이 바람에 날려 차가운 아스팔트 위에 '툭' 하고 떨어졌다.

"성택아~!!"

상협이 목을 뒤로 젖히고 하늘을 향해 울부짖었다.

그리고 오직 네온만이 이런 상협을 지켜보고 있었다.

3
첫 만남

"모두 조용히 햇!"

교실에 들어선 담임의 신경질적이고 날카로운 목소리가 교실 가득 울려 퍼졌다. 그리고 이내 교실은 조용해졌다. 하지만 완전한 고요는 아직 찾아오지 않았다,

"야! 넛! 조용히 하란 소리가 무슨 뜻인지 몰랏!"

담임이 누구인지 모를 아이를 향해 이렇게 소리를 질렀다. 난 말 없이 밖에 서서 신경질을 부리는 담임을 바라만 보고 있었다. 교실 안의 아이들이 얼핏 보였으나 어떤 느낌을 받을 정도로 자세히 보이진 않았다.

"야! 뭐하냐아! 안 들어오곳!"

담임이 우리에게 빨리 들어오라고 재촉했다. 목소리엔 아직도 신경질이 가시지 않았다.

조금 전 나와 같이 전학수속을 마친 세영이의 얼굴이 더욱 빨개졌다. 난 크게 심호흡을 한 번 했다. 그리고 세영이의 어깨를 한 번 꽉 쥐고는 교실로 발을 내딛었다. 학생들의 소란으로 탁해진 공기가 가장 먼저 내게 다가왔다. 그리곤 교실이 한 눈에 내 시야를 향해 확 쏟아져 들어왔다.

아이들 개개의 얼굴은 보이지 않았다. 그냥 전체적으로 어릿어릿한 얼굴들이 눈앞에 펼쳐졌다. 교실은 우리에 대한 이야기로 인해서인지 시끌시끌했다.

"자자! 조용! 조용! 아! 오늘 새로 세 명의 학생이 우리 학교로 전학을 왔다! 모두 외고에서 왔는데 잘 지내도록!"

이 말이 끝나자 외고란 말에 신경이 쓰였는지 반이 더욱 시끄러워졌다. 그리고 특히 세영이는 곱상하고 여자같은 얼굴 탓인지 아이들이 손가락으로 가리키며 수군대고 있었다.

등에서 식은땀이 흘렀다. 왠지 나병 환자촌으로 발을 내딛는 것 같은 느낌이 자꾸만 들었다.

"아! 그럼 각자 자신을 소개하도록! 야! 거기 새로 전학 온 녀석 이리 나와!"

난 시선을 돌려 우리 학교에서 나와 함께 전학을 왔다는 아이를 쳐다 보았다. 맨 끝에서 한 녀석이 허리를 들었다

허억! 민수! 그는 놀랍게도 민! 수! 였다.

"안녕하세요. 대영 외국어고등학교 불어과에서 전학 온 한오월 이라고 합니다. 반갑습니다. 전학 와서 모르는 것이 많으니 많이 도와주세요. 앞으로 잘 지내요. 잘 부탁드립니다."

난 형식적이지만 당당하고 또렷한 목소리로 나의 소개를 했다. 그러나 아이들이 나를 뚫어지게 볼 뿐 이렇다 할 반응을 보이지 않아 난 당혹스러움을 감출 수가 없었다. 결국 난 냉소적인 분위기를 느끼며 어정쩡하게 뒤로 물러나올 수 밖에 없었다.

"민수다. 저 녀석하고 같은 학교에서 왔어. 잘 지내자."

민수는 저번 교무실에서의 말투처럼 차갑고 적대적인 말투로 말했다.

"뭐야? 양아치냐? 외고에도 양아치가 있냐?"

"죽을래? 묘지 상담은 876-2896으로 해라!"

민수의 소개 뒤에는 이런 소리가 들렸다. 대체로 반응이 좋지 않았다. 민수의 소개가 이렇게 끝나고 마지막으로 세영이의 차례가 되었지만 세영이는 아직도 고개를 숙이고 있었다.

'아무리 이 학교가 무섭다고 저렇게까지야.'

이런 생각이 들 무렵 마침내 세영이가 교탁으로 나갔다.

"야! 게이! 웬일이냐!"

세영이가 교탁에 서자 멀리서 이런 소리가 들렸다. 나는 아이들의 얼굴을 쳐다보았다. 상당히 많은, 적어도 20명 이상의 아이들이 세영이를 보고 이죽거리며 웃고 있었다.

"에이! 게이 니가 왜 다시 왔냐? 게이도 양아치 된 거냐?"

아마도 아이들은 세영이를 이미 아는 것 같았다.

'아! 그래서 아까부터 세영이가 쫄았던거구나! 근데 세영이의 별명이 게이라니.'

난 비로소 세영이의 공포를 이해할 수 있었다. 세영이가 안돼 보였다. 하지만 한편으로는 게이라는 별명이 괜히 붙은 것은 아니라는 생각 역시 들었다. 그러나 나의 이런 못된 생각은 교탁 앞에서 고개를 떨군 채 아무 말도 없이 울고 있는 세영이를 보자 이내 사라졌다.

담임도 아직 사태를 잘 파악하지 못하고 당황하고만 있었다. 아마도 세영이는 이 동네에 살거나 이 고등학교와 붙어있는 중학교를 나온 모양이었다.

"자! 이제 그만 들어가라."

담임은 아이들의 말을 못 들은 체 하며 사태를 덮어두려고 했다. 아무리 무섭다 해도 담임이 할 수 있는 일은 이런 조치가 고작이었다.

나는 세영이가 내 미래의 모습같이 보여 불안함을 떨쳐버릴 수가 없었다. 옆을 보니 민수는 아무 표정없이 그 광경을 바라보고 있었다. 난 민수가 이 학교에 어떻게 오게 됐는지도 궁금했지만, 그보다 이 학교에서 지낼 것인지가 더욱 궁금했다.

"민수와 오월이는 저기 있는 두 자리에 앉고 세영이는 자리가 없으니 저기 민아 옆에 앉아라!"

담임이 즉석에서 임의로 자리를 정했는데 여자가 많아 남자의 자리가 더 이상 없었으므로 세영이는 여자 옆에 앉아야 했다. 보통은 여자 옆에 앉는 것은 부러운 일이었으나 이런 세영이에겐 오히려 지옥같은 일이었다.

"에힛! 확실히 게이니까 여자 취급을 하는구나!"

어딘가에서 나온 이 소리에 온 교실은 웃음바다가 되었고 세영이의 눈에선 이내 무엇인가가 바닥으로 떨어졌다.

"저 자식 봐! 울잖아! 미친놈! 게이 자식! 불알 떨어진다!"

"야! 그래도 민아 옆에 앉는 게 얼마나 영광인데."

"민아야! 조심해라! 게이가 채찍으로 때릴라. 야! 저 새끼 얼굴 빨개진 것 봐! 생리하나 봐!"

난 그들의 잔인함에 치가 떨렸지만, 내가 할 수 있는 것은 아무것도 없었다. 나도 녀석들이 겁났기 때문이다. 담임도 어떻게 할 수 없는지 아이들의 놀림을 방관만 하고 있었다. 나는 아까 담임의 허풍을 생각하며 이를 갈았다.

"아휴! 저 새끼 나이가 몇 살인데 아직도 우냐! 저거 완전 애 아냐! 빤쓰에 오줌싸겠다!"

"저거 중학교 때 그렇게 당했으면 됐지 뭐 하러 또 다시 기어오냐!"

아이들의 야유는 점점 심해지고 있었다.

"조용히들 못하나! 세영이도 울지마!"

마침내 듣다 못한 담임이 아이들에게 소리를 질렀다. 이윽고 반은 조용해졌고 세영이의 훌쩍임만이 교실을 울렸다.

'개학식 날부터 엉망이로구나! 이 녀석이 아무리 여자 같다고 해도 괜히 이럴 정도는 아닐 거야! 여기의 시달림도 각오해야겠구나!'

이런 생각을 하며 난 자리로 걸어 들어갔다. 아이들의 곱지 않은 시선이 나를 따라왔다. 난 최대한 조용히 의자를 밀어 자리에 앉으려 했다.

"우당탕탕!"

그러나 하필 내가 앉는 순간 그만 낡은 의자가 부러져 버렸다.

"우에헤헤헤~!"

반이 순식간에 웃음 바다가 되었다.

'하필 이럴 때 낡은 의자라니!'

'여기서 밀리면 안돼!'

난 속으로 이렇게 외치며 태연해지기 위해 최선을 다했다. 하지만 귀가 빨개지는 것은 어쩔 수가 없었다. 비웃는 것은 여자애들도 예외가 아니었다. 그 비열한 웃음들…… 싫었다.

"모두 조용! 오늘은 왜 이러냐?"

담임도 오늘 이상한 일이 많이 일어남을 직감한 것 같았다. 난 반에 팽팽히 흐르는 적대감을 온 몸으로 느끼고 있었다.

'힘든 싸움이 될 것이다! 힘든……!'

난 부러져 버린 의자를 내려다 보았다. 마치 앞으로의 고난을 예감하듯 의자는 비참하게 부러져 있었다.

나는 겨우 다른 의자를 찾아 자리에 앉았다. 시선이 따가웠다. 단순히 처음 오는 애에 대한 작은 관심이 아니었다. 질투나 경계 어린 눈빛도 아니었다. 그것은 어둠 속에서 먹이를 노리는 하이에나 떼와 같이 비열하고 잔인한 눈빛이었다. 온갖 비웃음과 경멸이 나의 온몸을 핥고 지나갔다.

하지만 옆에 민수가 있어서 왠지 모를 안심이 드는 것도 사실이었다.

"야! 니가 여기 웬일이냐?"

난 담임이 뭐라고 앞에서 주절대고 있는 사이를 틈타 민수의 옆구리를 찔러 나직이 말을 걸었다.

"나 이 근처에 살아. 그리고 이 주위에 정원이 남아 있는 학교가 이 학교 밖에 없었어."

민수는 아까 교단에서의 말투와는 다르게 방학 전 나에게 말했던 그 부드러운 목소리로 대답을 해 주었다.

'아! 맞아. 이 동네엔 후진 이 학교만 학생 정원이 미달되었지!'

어쨌든 민수가 있어 다행이었다. 이 녀석과 함께라면 이 곳에서의 생활도 견뎌낼 수 있을 것 같았다. 왠지 그런 느낌이 들었다. 인연이라 부르고 싶었다. 이 기분 좋은 만남을.

고개를 돌려 세영이를 보았다. 여자 옆에 앉은 세영이는 시선을 어디에다 둘지 몰라 앞도 옆도 보지 못한 채 고개를 숙이고 괜한 필통만 만지작거리고 있었다. 비록 누굴 걱정할 처지는 아니었지만, 나름대로 숨어있을 세영이의 사연에 난 왠지 동정이 느껴졌다. 어쩌면 그것이 곧 내가 겪어야 할 슬픔이기 때문인지도 몰랐다.

난 가방에서 휴지를 꺼내어 먼지가 하나 가득 쌓여있는 책상을 닦았다. 그리고 살짝 일어나 아까 앉을 때는 눈치를 보느라고 닦지 못했던 더러운 의자도 닦았다. 부러진 의자 대신 뒤에서 가져온 더러운 의자는 휴지가 족히 4장은 있어야 했다.

뒷자리에 앉아 약간의 여유가 생기니 아이들의 모습이 크게 보이기 시작했다. 그 어두운 얼굴들…… 나의 눈엔 그들의 불량기보다 어두움이 먼저 비쳐졌다. 무엇에도 흥미를 잃은 얼굴들.

그러다 난 흠칫 놀라고 말았다. 언젠가 거울에 비춰진 내 모습.

그 어둡고 힘없는 얼굴. 이 곳의 얼굴들과 비슷했다. 그 어둠이 비슷했다. 흥미없고 힘들며 괴로운 삶. 지루하게 반복되는 일상. 난 이곳에서 처음으로 동질감을 느꼈다. 하지만 난 곧 그 동질감을 부정해버렸다.

난 다른 생각을 하려 애쓰며 눈을 돌려 교실을 둘러보았다. 처음에는 외고의 교실과 비슷해 보이던 곳이 눈이 커지자 형편없는 모습을 드러냈다. 이 학교에는 국고가 지원이 안 되는지, 교장이 죄다 착복을 하는지 교실에는 외고에는 있는 에어컨은 커녕 그 흔한 선풍기 한 대도 없어 아직 가시지 않은 팔월 무더위를 피부로만 견뎌야 했다. 방음 패널도 없는 천장은 먼지와 거미줄로 가득했으며 벽은 곳곳이 떨어져나가 회색 시멘트가 그대로 드러나 있었다. 바닥은 시멘트로 거칠게 발라져 있어 넘어지면 그대로 사망이었다. 낡은 교실의 뒷칠판은 낙서가 가득했고, 환경미화는 제대로 되지도 않아 뒷벽에 붙어야 할 4개 정도의 판넬들은 보이지도 않았고 알 수 없는 찢겨진 사진을 너댓장 담은 하드보드지 한 장만 하나의 압정에 기대어 을씨년스럽게 기우뚱 걸려있었다. 청소는 방학 전에도 하지 않았는지 교실 뒤는 거의 쓰레기장이었고, 부서진 쓰레기통은 힘겹게 쓰레기를 토해내고 있었다.

하긴 이 학교 전체가 그런 구질구질한 분위기였고 나아가서 이 동네 전체가 폐탄광촌 같은 분위기였다. 예전에 한석규가 나오던 '서울의 달'이라는 드라마의 배경이 되는 가난한 달동네의 배경도 바로 이곳이라고 엄마가 말해주었다.

개학 첫날은 그럭저럭 끝나가고 있었다.

하루라고는 믿겨지지 않을 만큼 긴 하루를 보내고 집으로 돌아왔지만 나를 기다리는 것은 엄마가 아닌 과외선생이었다.

과외는 언제나 지옥같다. 쉴새없이 계속되는 문제 풀이와 질문들…… 지겨운 숫자들, 글자들…… 어지러웠다.

하지만 몰아치는 건 오히려 내 쪽. 과외가 끝나면 선생이 녹초가 되어버린다.

전체적인 공부 역시 마찬가지이다. 하루에 엄청난 양의 공부를 한다. 방학 땐 하루에 문제집 2권을 끝낸 적도 있다. 밥도 공부를 하며 먹는다. 쉬는 시간도 없었다.

방학 때는 잠자는 시간 6시간을 제외하고는 18시간 공부만 했다. 고시원과 지옥과는 아무런 차이가 없었다. 최근엔 혼자 하는 공부가 더 효과가 있어 과외도 줄이고 고시원에 틀어박혀 있다.

머리가 터질 듯이 집중을 해야한다. 속이 울렁거린다. 어지럽다. 얼굴도 빨개지고 빈혈에 시달리다 코피가 쏟아지기 일쑤다. 지겹다.

고시원 옥상에서 밤하늘을 볼 때면 내 심장은 아직 터질 듯이 뛰고 있다는 것을 분명히 느끼는데……, 분명히 나에게 아직도 꿈틀대는 욕망이 있는데…….

하지만 생각해보면 차라리 이런 상태가 편했다. 비록 남들이 번데기처럼 웅크리고 사는 소극적 인생이라 해도 너무 일찍 밖으로 나와 죽어버리는 것 보단 나았다.

난 지금까지 외고의 아이들이 사춘기의 방황으로 수없이 낙오하는 것을 보아왔다. 여자 친구를 사귀어 인생을 조지는 녀석도 많이 보아왔을 뿐만 아니라 390점으로 전국 10등 안에 드는 녀석이 어느 날 갑자기 350으로 떨어지더니 학교를 그만 두는 것도 보았다. 경쟁 사회에선 흔들리는 것은 곧 죽음을 의미했다. 그런 수레바퀴 아래 있는 것이 나의 운명이었고 내가 경쟁을 좋아하든 싫어하든 난 거기에 참가해 있었다.

그러나 공부는 지겨웠고 내 앞에는 지금 내 인생 최대의 유혹과 시련이 다가오고 있었다.

지금 난 마치 태풍 앞의 난초처럼 위태로웠다. 그리고 내가 이렇게 위태로운 이 순간에도 경쟁의 수레바퀴는 끝없이 계속 돌아가고 있었다.

힘든 과외가 끝났다. 난 어지러워 잠시 동안 책상에 머리를 기대고 있었다. 만약 지금 일어난다면 난 휘청거리다 그대로 쓰러져버릴 것 같았다.

"윙윙우왕우왕."

이럴 때면 귀에선 항상 이런 하울링 소리가 난다. 그리고 눈 앞엔 무슨 오로라 같은 총천연색의 것이 나타나 수축과 확장을 계속한다. 무슨 기분 나쁜 축제 같기도 하고…….

"너도 힘들겠구나. 너의 근성은 정말 대단해."

좀처럼 사적인 얘기를 하지 않는 과외 선생이 이런 얘기를 꺼냈다.

서울대 기계항공학 박사. 차가울 만도 했다. 귀하신 서울대를 다니시는 몸인데…….

아마도 나 역시 미친 모양이다. 공부에. 사실 요즘 주위 애들이 모두 미친 것 같다.

모두 서울대에 미친 것 같다. 어디 애들 뿐이랴…….

광신교도는 종말에 미쳐있고, 자본가들은 돈에 미쳐있고, 정치인들은 권력에 미쳐있고, 공무원들은 뇌물에 미쳐있고, 경찰들은 실적에 미쳐있고…….

특히 이렇게 어지러울 때면 이렇게 미쳐버린 사회가 날 어지럽게 하는 것 같았다.

하지만 이것도 잠시 뿐이었고 난 곧 일상에 순응하며 또 하루를 살고 있었다. 사실 난 별로 고민 할 것이 없었다. 그저 주어진 공부를 하면 될 뿐. 그저 주어진 일상을 살면 될 뿐이었다. 사실 나만 그러는 것도 아닌데……. 모두가 미쳐 있었고 모두가 쳇바퀴 돌 듯 살고 있었는데 내게 특별한 불만이 존재할 이유가 없었다.

난 과외가 끝난 뒤 과외선생에게서 서울대에 관한 이야기를 잠시 들었다. 과외 선생이 나에게 용기를 북돋아 주기 위해서 서울대의 멋진 대학 생활에 관해서 종종 이야기 해주곤 하는 것이다.

다행이었다. 아직 나의 엘도라도는 찬란히 빛나고 있었기 때문이었다. 선생이 말하는 서울대는 언제나 낭만이 넘치고 활기찼다. 적어도 서울대만은 외고처럼 망하지는 않을 것임이 분명했다. 난 그런 작은 위안으로 하루하루 내 자신을 속이고 있었다.

다음 날 학교에서 전학 문제 때문에 다시 가기 싫은 학생부에 담임을 보러 가야했다. 발걸음이 무거웠다. 난 문을 살며시 열고 담임이 뭐하고 있나 빼꼼히 안을 들여다보았다.

"야! 이 미친 녀석아!"

그 때 들려오는 담임의 외마디 소리에 난 엉거주춤 얼어버렸다. 소리를 지르는 담임 앞에는 한 훤칠한 키의 학생이 서 있었다. 이쪽에서는 담임의 얼굴만 보이고 그 녀석의 얼굴은 보이지 않았지만 뒷모습만으로도 그가 범상치 않은 인물임을 알 수 있었다.

반소매 사이로 보이는 다부진 근육, 떡억 벌어진 어깨, 갈색으로 염색한 머리, 강한 다리, 담임 앞에서도 흔들림 없는 자세. 분명히 3학년 직업반일 것이다. 3학년 직업반은 직업학교에서 교육을 받아 머리도 마음대로 기르고 염색도 하니까…….

"야! 내가 넌 왜 그냥 두는 줄 알아? 이미 넌 포기했으니까 그냥 두는 거야! 넌 때릴 가치도 없어! 팔 아프게 때려봤자 넌 애초에 글러먹어 아무런 소용이 없어! 다행히 넌 학교에서 사고를 안치니까 뭐라고 하지 않겠다. 하지만 난 너의 썩은 마음을 이미 알고 있어. 나중에 경찰에 구속되는 일이 있더라도 학교의 도움은 꿈도 꾸지마. 우린 학생만 도우니까. 이곳의 선생들에게도 이미 말해뒀어 넌 그냥 두라고. 넌 투명인간 같은 존재야! 있으나 마나한 인간! 앞으로 이 곳에 부르는 일 별로 없을 것이다. 니 맘대로 해라!"

담임이 미친 사람처럼 그 학생에게 퍼부었다. 하지만 학생은 별다른 반응을 보이지 않고 있었다. 하다 못해 고개를 숙이지도 않았다. 그의 표정을 볼 수는 없었으나 아마도 무덤덤한 표정일 것이다.

"됐어! 그만 가봐!"

담임의 입에서 이 말이 떨어지고 곧 그 사내가 움직이기 시작했다.

나의 시선은 그의 얼굴에 모아졌다. 순간 난 소스라치게 놀라고 말았다.

한 쪽 뺨을 가로지르고 있는 꿰맨 자국! 마치 영화 속의 악당처럼 그의 얼굴엔 커다란 흉터가 남아있었는데, 적어도 20바늘은 꿰맨 것 같았다. 그리고 그 큰 상처 외에도 무슨 파편 조각에 맞은 것 같은 작은 상처들이 얼굴 곳곳에 있는 거친 이미지였다.

그 깊게 파인 흉터가 나를 향해 걸어왔다.

멈출 줄 모르는 기세를 담은 타오르는 눈빛, 굳은 주먹, 날카롭게 치켜 올라간 눈썹. 그의 얼굴은 미남형이었으나, 어딘가 모르는 어두움이 깊이 담겨있었다. 반소매 티 사이로 드러난 그의 팔 근육은 그의 힘을 증명해 보이고 있었다.

그는 쑥 들어가고 검은 눈언저리를 가지고 있었으며 거기에서 뿜어져 나오는 눈빛은 강하면서도 어두웠다. 여기저기서 굴러 살아온 듯한 거칠고 까칠한 피부, 목이 좁고 높은 코, 언저리가 터진 굳게 다문 입술, 그 입술에서 이어져 내려온 불쑥 튀어나온 광대뼈. 그는 괜히 후까시나 잡는 동네 양아치들과는 달랐다.

허나 그렇다고 그에게 어떤 뜨거운 열정 같은 것이 느껴지지도 않았다. 그에게선 그저 시리도록 차가운 어떤 유리 같은 것이 느껴졌다. 어두움이 드리워진 눈 밑에는 어떤 슬픔이 담겨져 있었다. 그의 슬픔은 마음속 깊은 곳에서 시작된 것이지만 이제는 누구라도 알 수 있을 정도로 얼굴로 번져 나왔다. 그의 맘속엔 그의 얼굴 상처만큼이나 깊은 상처가 있을 것만 같았지만, 내가 신이 아닌 이상 그의 어두움이 어떤 것인지 알 수는 없었고 다만 그의 아픔이 나에게로 전해올 뿐이었다.

그런 그가 나에게 성큼성큼 다가왔고 난 순간 어떤 전율을 느끼며 뒤로 흠칫 물러났다. 두려움은 아니었다. 기세도 아니었다. 어떤 힘, 어쩌면 카리스마인지도 모를 그의 힘이 날 물러나게 했다.

그런 힘과 그런 어두움을 함께 지닌 남자가 지금 내 앞을 지나쳐 갔다.

"저거 저거! 지 친구가 죽은 이후로 맨날 저러니……"

뒤에서 들려오는 어떤 선생의 말에 그의 발걸음이 잠시 멈춰졌다. 난 꼬옥 쥔 그의 주먹을 보았다.

하지만 그는 이내 다시 발걸음을 옮겼다. 난 잠시 그곳에서 그 남자를 바라보았다.

"아! 오월이가 아니냐?"

담임이 날 알아보고 나름대로 반가운 목소리로 불렀다. 아마도 어제 엄마가 돈을 준 모양이었다.

"왜? 어서 들어오지 않고!"

난 얼떨결에 담임에게 가서 대충 볼일을 보았다.

볼일이 끝난 후 난 생각에 잠겨 교실로 향했다. 그의 얼굴이 나의 머릿속에서 맴돌았다. 마치 이쁜 여자애를 길에서 보고 그냥 지나쳤을 때의 아쉬움 같은 야릇한 감정이 느껴졌다. 이런 생각에 멍하니 걸어온 난 어느새 교실 앞에 다다랐다.

난 14반이라고 쓰여있는 문패를 보고 한숨을 깊게 쉬었다. 약간의 두려움이 밀려왔다.

그런데 설상가상으로 나의 자리에서 누군가가 자고 있는 것이 보였다. 난처한 일이었다. 무서운 놈일지도 모르는데 일어나라고 할 수도 없고 그렇다고 이렇게 계속 서있을 수도 없었다. 하나둘씩 돌아보는 아이들의 시선도 문제였지만, 만약 이렇게 서 있다가 담임이 들어온다면 오늘 담임의 자세로 보아 나를 두둔하고 이 아이를 크게 혼낼 것이 뻔했다.

"야, 야아. 일어나."

민수가 어정쩡하게 서 있는 나를 보고 대신 그 애를 깨워주었다. 민수가 깨운 뒤 한참이 지나서야 그의 몸이 부시시 움직였다.

그 때, 난 깜짝 놀랐고 나의 눈은 놀라움으로 주먹만해졌다. 내 책상 위에서 자고 있는 사람은 다름 아닌 아까 학생부실 앞에서 마주쳤던 그였기 때문이었다. 민수의 목소리에 그는 잠에서 깨 서서히 일어났고 순간 나의 놀라움은 공포로 바뀌었다. 민수가 건방진 태도로 잠을 깨운 데다가 그를 이렇게 빤히 보고있으니……

난 얼른 고개를 아래로 숙였다. 손에 땀이 배어 나왔다. 그 차가움이 나에게 다가오고 있었다. 하지만 그는 이런 날 의식하지도 않고 그저 말없이 일어나 교실 밖으로 나갔다. 순간 난 안도했으나 곧 더 큰 걱정이 생겼다. 아이들의 눈이 심상치 않았던 것이다. 하긴 아무리 자기 자리라 해도 전학 온 녀석이 어쩌면 짱일지도 모르는 험악한 애를 내쫓았으니……

그는 화가 나 나가버린 건지도 모른다. 그리고 무엇보다도 그에게 미안한 마음이 들었다. 이런 생각에 난 나도 모르게 겁도 잊고 그를 따라 나갔다. 그는 성큼성큼 어디론가 가고 있었다.

'집으로 가버리는 걸까?'

오랜만에 학교에 온 녀석이 나 때문에 집으로 가버린다면 그거야말로 큰 문제였다.

"어디 가니?"

난 가끔가다 겁을 상실할 때가 있다.

"…………"

예상대로 그는 나의 말을 씹었다.

"난 새로 전학왔어. 아까는 깨워서 미안했어. 나 때문에 나온 것 같아서 따라왔어. 어디 가니?"

난 겁도 없이 아양이 섞인 말을 주절댔다.

"목공실"

그가 짧게 대답했다. 그의 목소리엔 짜증도 호의도 없었다.

"그래. 그럼 같이 가도 돼?"

난 그에게 아부하는 내 비굴함이 싫었다.

난 그의 눈치를 살피며 그에게서 '됐어' 라는 대답을 기다렸지만, 그는 아무 말이 없었기 때문에 그를 따라 어딘지도 모르는 목공실을 쭈뼛거리며 따라갈 수밖에 없었다 목공실은 운동장을 가로질러야 갈 수 있는 도서관의 지하에 있었고 매우 어두워서 난 겁을 먹을 수 밖에 없었다. 목공실 안에는 항상 이 맘 때면 우리 같은 애들을 위해 여분의 책걸상이 몇 개 놓여져 있었지만, 목공실 아저씨는 없었다. 약간의 정적이 흐르고 난 점점 초조해졌다. 그리고 그의 침묵은 이런 나의 불안을 더욱 가중시켰다.

"저기, 이만 그냥 들고 나갈까. 뭐 어차피 아저씨가 와도 그냥 가져가라고 할 텐데."

난 어설프게도 그에게 겁먹은 목소릴 내고 있었다.

그런데 그가 나를 보더니 이내 내쪽으로 다가오기 시작했다. 난 흠칫 놀랐으나 물러서지는 않았다. 어차피 나의 판단이 잘못되었다면 내가 책임져야 할 일이었다.

그러나 다행히도 그는 나를 지나쳐 책걸상을 포개 들었다.

"그래도 따라왔으니 의자는 내가 들게 해줘."

난 저려왔던 오금을 펴고 의자를 하나 들었다. 책상을 들면 혹시 그를 얕잡아 본다고 생각해 그의 자존심이 상하지 않을까 염려해서였다.

어느새 우린 밝은 햇볕으로 나와 있었다. 운동장을 건너는 우리의 머리 위엔 밝은 태양이 아침 공기를 머금으며 숨쉬고 있었다. 따사로운 느낌이 전해져왔다. 태양은 후진 고등학교나 일류 고등학교나 다 마찬가지였다.

사실 고등학생이 태양을 본다는 것은 하늘의 별따기였다. 외고에 다닐 때는 아침6시에 등교해 한번도 학교 밖에 나가지 않고 11시까지 있어야 해서 하늘을 볼 시간이 없었다. 따라서 아이들의 얼굴은 희디희었고 나중에는 병약해 보이기까지 했다.

사실 태양을 보지 않으니 병약해지는 것도 무리는 아니다. 그래서 애들은 일부러 쉬는 시간에 틈을 내 햇볕을 쬐러 나가기도 했는데 이렇게 햇볕을 쬐는 것을 광합성한다고 농담 삼아 말하곤 했었다.

'아! 정말 광합성하는 것 같다. 내 몸 속에서 산소가 생기는 것 같아!'

이 따사로운 햇살 아래서 내 몸은 정말로 산소를 생산해내는 식물처럼 푸르른 기분이었다.

그리고 왠지 몰라도 이 녀석의 어둠도 조금은 내몰린 기분이 들었다.

'그래, 이 녀석하고도 잘 지내봐야지.'

난.이 학교에 와서 처음으로 자신감을 얻었다.

이 학교에도 운동장에 내리는 그 따스한 빛같은 무언가가 있을 것 같았다.

4
필부지용(匹夫之勇)

"저기, 다음 시간 뭐야?"

"체육."

나의 물음에 민수가 짧게 대답했다.

체육시간이 시작되었지만 선생이 출석만 부른 뒤 농구공 몇 개만 던져주고는 도로 체육실로 들어가 버렸기 때문에 운동에 관심이 없는 난 민수와 조용히 의자 있는 나무 밑 그늘로 갔다.

난 주머니에서 휴지를 꺼내어 의자를 닦고는 살며시 앉았다. 바람이 시원스레 불어왔고 난 푸른 교정에 밝은 햇살을 즐길 수 있었다. 그러고 보니 이곳도 산자락에 위치하고 있었다. 달동네는 산이라는 평범한 진리를 난 새삼 깨달았다.

한가로웠다. 부서져가는 학교도 오늘은 고풍스러워 보였고 멀리 보이는 축구하는 아이들의 함성도 왠지 모를 오후의 거대한 적막속에 묻혀 반주 없는 노래처럼 간간이 들려왔다. 심지어는 구석에서 담배를 피고 있는 아이들까지도 이런 오후의 한가로운 침묵 속에선 그저 하나의 점일 뿐이었다. 거대한 하늘 아래 황토색 운동장……

마치 영화를 보는 관객처럼 이런 풍경들 밖에 내가 존재하는 것 같았다. 난 아직 이런 현실을 현실로 받아들이지 못하고 있는 것 같았다. 그저 꿈결처럼 아득히 지나가는 영상일 뿐.

내 눈 속의 하늘이 흐려지기 시작했다. 난 어느새 잠이 들었다.

잠시 후 민수가 날 거세게 흔들어 깨웠다. 내가 잠깐 졸았던 모양이었다.

"어……어? 왜 그래?"

난 눈을 비비며 정신을 차리려고 애썼다. 민수가 턱으로 건너편 운동장 구석을 가리켰다.

내가 시선을 그곳으로 돌렸을 때, 내 눈에는 갑자기 따귀를 맞고 있는 세영이가 보였다.

난 고등학교 들어와서 시력이 많이 나빠졌고 세영이는 먼 곳에 있었으나 그가 따귀를 맞고 있는 장면은 선명하고 차갑게 내 시야로 들어왔다. 분명 고개를 푹 숙이고 있던 세영이의 왼쪽 뺨이 세차게 돌아나갔다.

잠이 덜 깬 상태에서 갑자기 충격적인 장면을 보자 나의 심장이 덜컥 내려앉았다. 민수는 그 장면을 보자 자리에서 벌떡 일어나 세영이에게 달려가려고 했다. 난 잠에서 깨어나 정신이 없는 상태에서 무의식적으로 민수의 팔을 강하게 잡았다. 그러나 민수는 나의 팔을 뿌리치려고 했다.

"아직 가만있어. 자신의 일은 자신이 알아서 하는 거야."

"뭘 가만히 있으라는 거야! 난 모르는 사람이라도 저렇게 당하면 나설 꺼야!"

민수가 처음으로 나에게 소릴 질렀다. 아니 민수가 소릴 지르는 것은 처음 보았다. 전에 학교에서도 항상 문제는 일으켜도 언제나 냉소적인 태도를 보였을 뿐 소리는 한 번도 지르지 않았는데……

"조금 더 기다려. 좀 더 힘들면 그때 가자. 세영이에게도 혼자 해결할 기회를 줘야지. 지금 가면 세영이가 얼마나 자존심상해 하겠니?"

이 말에 민수는 세영이 쪽에 고정되어 있던 고개를 돌려 나를 보았다. 그의 눈빛은 마치 내 눈 속에 진실이 담겨져 있는지 탐색하고 있는 것처럼 보였다.

"으휴……."

나를 한참동안 내려보던 민수가 자리에 앉았다. 세영이는 또다시 맞지는 않았지만, 고개를 숙인 채 울고 있는 것 같았다. 아이들이 세영이를 둘러싼 채 계속 뭐라고 소리를 지르고 침을 뱉고 있는 것이 눈에 들어왔다.

세영이는 약간의 시간이 흐른 뒤 풀려 나왔고 곧장 학교 안으로 들어갔는데 아무래도 화장실을 가는 것 같았다. 난 화장실로 따라가려고 하다가 이내 그만 두었다. 내가 지금 가면 세영이가 수치를 느낄 것이기 때문이었다.

나의 눈앞엔 세면대에 고개를 박고 울고 있는 세영이의 얼굴이 어른거렸다. 그 후로 아까의 고요함은 다시 찾아들었지만, 아까의 그 한가로움은 다시 오지 않았다. 마음이 무거웠다. 생각하려 하지 않아도 왠지 나도 머지않아 세영이 꼴이 되지 않을까 걱정이 됐다.

'그럼 난 수치심에 죽어버릴 꺼야.'

내 머릿속엔 계속 수치라는 생각이 맴돌았다.

'내가 저런 놈들 따위에게 당한다면 치욕이다.'

이런 생각은 점점 커져 마침내 내 머릿속을 지배하기 시작했다.

'결국 나 역시 저렇게 될 꺼고, 난 치욕에 몸을 떨 것이다.'

마침내 내 잠재 의식은 내 이성의 반대에도 불구하고 이런 결론을 혼자 내버리고 말았고 곧 내 이성도 그것을 기정 사실로 받아들였다.

난 생각했다. 정말로 내가 세영이가 스스로 해결할 기회를 주려고 민수를 잡았던 것인지 비겁하게도 그 상황을 방관하려고 했던 것인지를……

 시간은 흐르는 것이었고 어느덧 체육시간도 끝이 나고 있었다. 체육시간에 선생을 본 것은 단 오분. 아마도 이곳에 선생들이 배정을 받으면 으레 한 4년 쉬고 간다는 생각을 한다는 말이 사실인 것 같았다.

 체육시간은 끝나고 쉬는 시간이 찾아왔다. 아이들은 이미 수업 끝나기 10분 전 쯤에 모두 들어가고 텅 빈 운동장에 민수와 나 둘만이 남아있었다. 횅한 돌개바람이 온 운동장을 휘감으며 공중에서 빙빙 돌고 있었다. 쓰레기도 모래도 먼지도 그 바람 안에 있었다.

 외고가 이기적이라면 이곳은 무기력했다. 무엇이든지 열정을 가진 아이가 없었다. 그저 하루하루 일상의 수레에 치여 밀려가고 있을 뿐 누구도 능동적으로 걷고 있지 않았다. 꿈을 이룰 수 있는 의지를 가지기란 쉽지 않았다. 그런 의지는 때로는 너무나 버겁고 때로는 너무나 귀찮았다. 이곳에 아이들은 이미 오래 전에 '꿈'이란 단어를 잊어버린 것만 같았다.

 교실 안에는 이미 아이들이 있었다. 난 체육복을 어떻게 갈아입을지 막막해졌다. 화장실에서 갈아입으면 놀릴테고 그렇다고 수업시간까지 계속 아무도 입지 않는 체육복을 입을 수는 없었다.

 그런데 민수는 그 많은 아이 속에서도 아무렇지도 않게 바지를 벗고 체육복을 갈아입었다.

 난 손을 꼭 쥐어 맘을 다지고는 바지를 벗었다. 쫙 팔렸다. 아이들의 시선이 나에게 쏠리는 것을 느낄 수 있었다.

 하지만 난 태연한 척 하며 교복을 입으려 했다. 그런데 고개를 숙이는 순간 팬티의 엉덩이 부분이 밖으로 나왔다. 체육복이 그리 길지 않은 모양이었다. 여자 애들이 키득키득 웃는 소리가 들렸다.

 "야! 씨발 왕자도 팬티 입는구나!"

어떤 새끼가 큰 소리로 외쳤다.

"아하하하하핫!"

순간 교실이 웃음바다가 되었다. 나도 어저께의 세영이와 똑같은 꼴이 되고 만 것이다.

난 재빨리 교복 바지를 올리고 나서 벽을 보고 윗도리를 갈아입었지만 말로 표현하기 힘든 감정이 밀려왔다.

"젠장."

난 자리에 털썩 앉아 버렸다. 스트립퍼나 광대가 되어버린 기분이었다. 옆자리에 상기된 얼굴로 여전히 조용히 앉아 있는 세영이가 보였다.

창문을 여니 스산한 바람이 밀려온다.

언제나 계절이 바뀌는 시간에는 가슴이 저며온다. 새벽 아침에 들려오는 귀뚜라미의 자글대는 소리는 나의 가슴 속 깊이 에어든다. 그저 시간의 연속 속에서 약간의 온도 차이가 생기는 것뿐인데 바뀌는 계절 앞에서 소년의 마음이라는 것은 너무나도 무기력해 아침을 알리는 참새 소리 하나에도 마음이 흔들린다.

이 시간이 나에게는 가장 일탈의 충동이 강한 순간이다. 나의 심장은 또 다시 두근거린다. 오디오에서 흘러나오는 약간 빠른 톤의 애절한 이별의 노래가 나의 맘을 시리게 한다. 이별을 한 것도 아닌데 나의 기분도 좋지 않다. 난 아마 세상과 이별을 한 모양이다. 이 습한 안개가 나의 맘에도 손을 뻗어 그 향기를 엷게 드리운다. 이럴 때는 누군가 기댈 사람이 필요하다. 외로운가 보다. 난 햄스터에게 먹이를 떨어뜨려주며 마음을 진정시키려 한다. 쥐녀석이 해바라기 씨를 양손으로 잡고 능숙한 솜씨로 까먹는다.

난 길게 한숨을 쉬며 학교 갈 준비를 한다.

하늘은 계절이 바뀌는 순간에 소년의 마음이 너무 흔들리지는 말라고 새벽의 귀뚜라미 울음소리를 곧 매미의 울음소리로 바꿔버린다. 여름은 기나긴 무더움의 꼬리를 푸른 잎으로 남긴 채 서서히 가을에게 자리를 내어준다.

하지만 내 마음속의 파장은 조용한 것인만큼 여운이 길다. 이슬로 인해 촉촉한 공기와 엷은 안개가 나의 여린 마음을 아려온다.

가을은 낮의 땡볕과의 정면 승부를 피해 아침에 살며시 다가오고 이런 훌륭한 게릴라전에 아직 어린 나의 마음은 이성의 지원군이 오기도 전에 속수무책으로 손을 들고 만다.

난 괜히 길바닥의 돌을 차본다. 돌은 떼굴떼굴 굴러 어느 플라타너스 나무 아래 멈춰 선다.

'견딜 수 있을까?'

요즘 부쩍 회의가 든다.

내 자신과 싸우며 학교 생활과 싸우며 아이들과 싸우며 전국의 수많은 경쟁자들과 싸워야 한다. 아군은 없는데 적군은 셀 수가 없을 정도로 많았다. 그리고 그들을 모두 상대하기에 내 자신은 너무나 나약했다.

함락 직전의 요새 속의 민심처럼 나의 마음은 동요했다.

사실 요즘 동남 아시아 통화 폭락 이후에 이어지는 대기업 연쇄 부도는 기아의 부도로 인해 극에 달해 있어 민심이 흉흉하고 사회가 어두웠다. 기아는 김선홍 회장이 퇴진한 이후에도 안정을 찾지 못했고 그 덕으로 제일은행 역시 망하게 되었다.

그래서 그런지 집안의 분위기도 별로 좋지 않았고 학교에서도 선생들이 연일 그런 얘기로 시간을 채웠다. 사회와 담을 쌓고 사는 내가 관심을 가질 정도니 요즘에 경제가 어렵긴 어렵나 보다.

어두운 사회와 바뀌는 계절이라……. 97년 가을 우리 나라의 자화상이었다.

나는 이런 생각을 하며 길을 걷다 머리가 아파옴을 느끼고 귀에

꽂은 이어폰의 볼륨을 높였다. 언제나 난 나쁜 시력에도 안경을 끼지 않고 다녔으며 귀에는 늘 이어폰을 꽂고 다녔다. 세상을 깨끗이 보고싶지 않았고 또렷이 듣고 싶지 않았기 때문이었다. 세상은 흐릿하게 느끼는 것이 더 아름다웠기 때문이었다.

이런 저런 생각을 하는 사이에 버스가 왔다. 오늘 같아선 엄마에게 태워달라고 하고 싶지만 학교에서 먼 곳에 내려도 등교하는 아이들의 눈을 피할 수는 없었다.

버스 속의 직장인과 학생들의 얼굴 역시 어두웠다. 마치 폭풍 전야의 고요함 속에서 멀리 다가오는 먹구름을 바라보는 노인의 이마처럼 사람들의 표정에는 어두움만이 가득했다.

난 교실로 들어가 의자를 휴지로 닦은 뒤 힘없이 털썩 주저앉았다. 어느새 이 학교로 전학 온 지도 이 주일. 시간은 빠르게 지났다. 피곤했다. 언제나 밀려오는 수면부족……. 아침에 일어났을 때보다 지금이 더 피곤했다. 머리가 또 어질어질했다. 다시 귀에서 '위잉' 하는 소리가 들려왔다. 그리곤 기억이 점점 저 멀리에 있는 어떤 어두운 점 속으로 빨려 들어갔다.

그럭저럭 시간이 가고 점심 시간이 다가왔다. 점심 시간에는 나와 세영이, 민수 이 셋이서 점심을 먹는다. 다른 아이들은 대개 점심을 싸오지 않지만 싸오는 애들은 자기끼리 모여 서로 반찬을 뺏어가며 점심을 먹는다. 이럴 때면 난 항상 어떤 섬 속에 갇혀 있는 듯한 기분이 든다. 시간이 흐를수록 아이들과의 거리는 멀어져갔다. 물론 처음부터 아는 체를 하지 않았지만, 이젠 인사를 할 수 있는 타이밍도 놓쳐버렸다. 솔직히 외로웠다. 하지만 사실 이제 이런 외로움도 익숙해질 시간이었다. 외로움은 평생 나를 따라다니는 그림자였으니까 말이다.

세영이가 화장실을 간다고 말한 뒤 나가버려 난 먼저 도시락을 펼치고 있었다.

그런데 무심코 돌린 시선 속에 한 떼의 아이들이 화장실로 몰려 가는 것이 보였다. 아이들의 성큼성큼 걸어가는 발걸음과 눈에 찬 독한 기운에서 섬뜩함이 느껴졌다. 불길했다. 나의 시선을 보고 민수도 고개를 돌렸다. 그리고 다시 나를 돌아보았다. 둘의 얼굴엔 동시에 그늘이 드리워졌다.

"무슨 일이 있을까? 왜 저쪽으로 몰려가지?"

난 무슨 비밀이라도 말하듯 조심스럽게 말했다. 이런 말을 한다는 것 자체가 나에겐 두려움이었기 때문이었다.

"……."

민수는 말이 없었다.

"설마 아무 일도 없겠지? 그냥 같은 쪽으로 갔을 뿐인데."

나의 마음속엔 애써 이 상황을 긍정적으로 보고 참견하지 않으려는 마음이 잠재해 있는 것 같았다. 어쩌면 이 상황을 외면하고 싶었는지도 모른다.

그러나 조금 뒤 민수가 갑자기 자리를 박차고 일어나 빠른 걸음으로 화장실 쪽으로 갔다.

"야! 어디가? 거기 아무 일도 없을 꺼라니까! 그냥 같은 방향으로 간 건데 뭐 하러가?"

"밑져야 본전이지. 아무 일도 없으면 다행이고."

하지만 밑져야 나에겐 본전이 아니었다. 밑지는 것은 밑지는 것일 뿐이었다.

결국 내가 먼저 화장실로 달려가 상황을 살피는 수 밖에 없었다. 민수가 먼저 도착하면 일을 벌일 테니까……. 결국 난 뛰다시피 화장실로 들어갔다. 며칠 전부터 애들이 세영이를 보는 눈빛이 달랐다. 불안했다. 그래서 더욱 가기 싫은 화장실이었다.

문을 열었을 때 내 앞에는 발로 세영이의 배를 갈기고 있는 녀석이 눈에 들어왔다.

마치 카메라 앵글이 갑자기 확대된 것처럼 그 모습은 내 눈에 크고 또렷하게 들어왔다. 시간이 멈춘 것 같았다. 난 그저 그 앞에서 입을 벌린 채 아무 말도 하지 못하고 있었다. 머리 속에서 그리던 일이 눈앞에서 현실로 벌어지고 있는 것이었다.

"아악! 아~흑!"

세영이는 영화에서 나오는 힘없는 아이처럼 당하고만 있었다. 말리는 아이도 없었다. 모두 그저 바라만 보고 있을 뿐이었다. 나까지도…….

세영이의 얼굴이 나의 머리 속까지 들어와 박혀 버렸다.

"야! 이 게이 새끼 죽여버려! 씨발 새끼가 여기가 어디라고 다시 들어오고 지랄이야!"

"야! 밟아! 죽여! 씨발 개 좆같은 새끼! 죽으려고 들어온 거니까 소원대로 죽여!"

깡패 새끼들은 아무렇지도 않다는 듯이 세영이를 짓밟고 있었고 그 사이로 아랫입술을 깨문 채 배를 잡고 있는 세영이의 얼굴이 보였다.

잠시의 시간이 흐른 뒤 그 새끼들이 세영이를 화장실 칸막이 안으로 밀어 버렸다.

난 마치 영화관객처럼 멍하니 그곳에 서서 세상 저쪽의 일을 보듯 그렇게 서 있었다.

그들은 쓰러져있는 세영이를 칸막이 안으로 쳐 넣으려고 했지만, 세영이는 몸을 웅크린 채 버티고 있었다.

"야! 씨발 이 새끼 봐! 그래도 살겠다고 빌빌대고 지랄이야!"

"헤헤헤! 더 개겨보라고 해!"

그들은 세영이의 교복을 잡아끌었다.

"찌이이이이익!"

세영이의 작은 교복은 그들의 억센 손길에 힘없이 찢기고 말았다. 세영이는 마치 헝겊 인형처럼 그들에게 대롱대롱 매달려 찢기고 있었다.

결국 세영이는 죽으러 들어가는 똥개처럼 그들 손에 질질 끌려 칸막이 안으로 끌려갔다.

순간 세영이의 눈과 내 눈이 마주쳤다. 그랬다. 아주 잠시지만…… 그 눈망울이 내 망막에 가득 찼다. 그 처절하고 치욕스런 얼굴이 나의 눈에 들어왔다.

그러나 나는 비겁했다. 난 그 순간 그곳에 서 있었으면서도 아무 것도 할 수 없었다. 온 몸이 딱딱하게 굳어져 부들부들 떨기만 할 뿐이었다. 그만 하라고 외칠 틈도 없이 그들은 세영이를 발로 갈겨 칸막이 안으로 처넣어버렸고 세영이는 변기 바닥으로 무참히 내동댕이쳐졌다.

"야! 씹새끼야! 뭐하러 다시 겨들어와!"

"뭐하긴, 얻어터질려고 들어왔지!"

그들은 욕을 퍼부으며 변기에 처박힌 세영이를 발로 짓이겨버렸다.

퍼붓는 그들의 발 사이로 세영이의 얼굴이 보였다.

말로 형용할 수 없는 비참한 얼굴! 굴욕적인 눈!

세영이는 소리도 지르지 못하고 몰려드는 야만을 연약한 육체로 힘없이 버티고 있었다.

"야! 씨발 뭐하는 짓이야!"

그 때 민수가 내 옆을 빠르게 지나쳤다. 그리곤 순식간에 그들을 밀치고 들어가 세영이를 일으켜 안았다.

민수가 끌고 나온 세영이의 얼굴엔 대변이 묻어 있었다. 97년의 대한민국 고등학교에서 학생의 얼굴에 대변이 묻어있는 사건이 내 눈앞에서 벌어지고 있었다.

슬펐다. 그의 얼굴. 더럽기 이전에, 불쌍하기 이전에 슬펐다. 그의 얼굴에 흐르는 피도, 터진 눈도 내 눈에는 들어오지 않았다. 단지 그 얼굴의 그 똥이 내 눈에 들어왔다. 때리던 애들도 손을 놓고 있었다.

세영이는 말없이 내 앞으로 걸어왔다.

때리던 깡패도 맞은 세영이도 부축하는 민수도 모두 멈춰져 있었다.

그리고 바라보던 나도 정지해 있었다.

난 그 정지한 시간 속에서 있는 힘을 다해 손을 내밀었다.

그리곤 말없이 그 손으로 세영이의 얼굴에 대변을 닦았다.

그리곤 엷게 웃어 보였다.

난 태어나서 처음으로 웃으며 울고 있었다.

오늘 그 일이 있은 후 5교시에 민수가 그 놈들에게 한 판 붙자고 선전포고를 했고 나 역시 그 쌈에 말려들게 될 것이 뻔했다.

힘들었다. 싸움도, 의리도 모든 것이 지금 내게는 혼란스럽고 버거웠다.

하지만 세영이의 그 얼굴. 얼굴에 똥이 묻고 오른쪽 눈은 터져 부어버린 그 얼굴. 입에선 피가 흐르고 볼에는 알사탕이라도 문 것처럼 멍이 든 그 얼굴. 잊을 수가 없었다. 도저히 그 얼굴은 잊을 수가 없었다. 내가 아무리 비겁한 놈이라고 해도 그 얼굴만은……

주먹이 떨려온다. 물러서면 안 된다. 그러나……

독서실 옥상에 올라가니 도시의 불빛이 보인다. 서울에 별이 뜨지 않아도 인간이 낭만을 느낄 수 있는 것은 네온이 있기 때문이다. 가을로 접어드는 밤의 공기는 그것이 설령 서울의 것이라고 해도 신선했다. 이 밤처럼 살았으면……. 어두우면서도 밝은 이 밤처럼……

"하아~!"

공기를 들여마셔본다. 심장까지 파고드는 이 내음. 그러나 단순한 기분전환만으로 해결될 문제가 아니라는 것은 내 자신이 더 잘 아는 사실이다. 어떻게든 오늘까지 내일 싸움에 대한 해결책을 마련해야 했기 때문이다. 사실 난 일단 부딪치고 보는 무대뽀 타입은 분명히 아니었다.

난 힘없이 독서실 계단을 걸어 내려왔다. 정말로 기운이 없었다. 난 싸움은 싫었다. 정말 싫었다. 그리고 두려웠다. 순간 현기증이 났다. 난 난간을 붙잡았다. 하늘이 빙그르르 내 눈앞에서 돌고 있었다. 어지러웠다. 빈혈이다. 힘들다. 전학와서 모든 것이 견딜 수 없이 힘들다. 굳었던 의지도 흔들리고…….

난 계단을 내려와 밖으로 나왔다. 밖은 벌써 어두워졌고 거리에는 이따금씩 택시가 지나갈 뿐 사람들은 거의 없었다. 그리고 거리를 비추는 주홍색 네온등과 플라타너스만이 그곳에 나와 함께 있었다. 외로웠다.

난 핸드폰을 켰다. 그리고 지혜에게 전화를 걸었다. 몇 번인가 송신음이 들리고 이윽고 익숙한 목소리가 들렸다.

"여보세요."

"으……웅 나야."

"어. 안녕. 잘 지냈어?"

목소리가 밝다.

"으……웅. 근데 지혜야 지금 좀 나올래? 나 여기 시지프스 앞이야."

통화가 길어지면 말을 못할 것 같아 난 얼른 그 애를 우리가 자주 가는 커피숍으로 불러버렸다.

"어? 지금? 정말?"

밤이 깊어가고 있었다. 그리고 그 애는 여자애였다. 밤에 함부로 나올 수가 없겠지.

"아……. 아니다. 그냥 쉬어라. 미안해."

결국 오늘 난 그 애를 보지 못할 것 같았다.

"아냐, 지금 바로 나갈게. 기다려~."

전화가 끊어졌다. 고마웠다. 그리고 미안했다. 부모님한테 혼날 텐데.

벌써 외로움이 가셔가고 있었다. 내 하나뿐인 여자친구로 인해…….

나는 서둘러 약속장소로 발걸음을 옮겼다. 왜냐하면 그 애가 약속장소에서 더 가깝기 때문이었다. 문을 열고 들어가자 그 애가 보였다. 내가 그토록 사랑하는 그 애가. 지혜가 나의 눈에 들어왔다. 보았다. 나의 사랑을. 나의 외로움을…….

"오랜만이다. 너 전학간다구 바빠서 계속 전화만 했었잖아."

내 눈엔 계속 그 애의 미소 어린 얼굴만이 비춰졌다. 그 애는 나의 앞에서 천천히 그 긴 생머리를 쓸어올렸다. 샴푸 향기가 그녀와 나 사이의 공간을 넘어 나에게로 전해졌다.

'안 보는 사이에 더 많이 이뻐졌구나!'

기쁘다 못해 슬퍼 눈물이 날 정도로 나의 그녀는 예뻤다. 단지 그녀를 볼 수 있는 것만으로도 난 행복했다. 내 얼굴엔 엷은 미소가 번져 올랐다.

"뭐가 그리 좋아서 웃고만 있니? 아까는 무슨 일이라도 난 것처럼 전화하더니."

그 애의 말은 나를 다시 내일 벌어질 일에게로 향하게 했다.

"아, 아니……."

애써 태연한 척 하려 했지만, 나의 얼굴이 굳어지는 것은 나도 느낄 수 있었다.

"음, 근데 진짜 무슨 일이야? 니가 이 밤에 날 다 보자고 하고?"

지혜는 무심코 '니가' 라는 말을 썼지만 그 말은 나의 소심함을 염두에 두고 하는 말 같아 기분이 좋지는 않았다.

"……."

난 순간 상당히 고민했다.

'내일 일을 말해야만 하는가? 아님, 그냥 말 안 하는 편이 낫지 않을까?'

일전에 지혜는 내가 나의 일에 대해 지나치게 얘기를 안 한다고 불평한 적이 있었다.

그것은 분명히 지혜다운 관심이었으나, 내 입장에서는 지혜에게 고민을 안겨주고 싶지 않은 게 사실이었다. 나의 어두움이 지혜에게로 번져나가는 것이 싫었다. 언제나 지혜만은 밝고 아름다웠으면 하는 것이 나의 바램이었다.

"너 진짜 그럴래? 무슨 할 말이 있어 만나자고 한 게 뻔한데……. 니 얘긴 안 하구……. 미워! 메에."

귀엽다. 정말로 귀엽다. 그래서 나의 마음은 더 굳어진다.

"너 진짜 무슨 일이 있구나? 무슨 일이야? 어?"

지혜의 얼굴이 사뭇 진지해진다. 더 말을 못할 일이다. 추측만으로도 저렇게 나를 걱정하는 애인데…….

"무슨 일이야? 응?"

"실은 내가 내일 동네 양아치들하고 십칠 대 일로 싸워. 이길 수 있을 것 같니?"

결국 난 말하고 말았다. 그리고 실없는 바보처럼 웃으며 앞에서 입술을 삐죽대고 있는 지혜의 흐려지는 눈을 통해 바라보았다. 나도 참 소심하고 감상적인 놈이다. 별일도 아닌데 눈물이 나온다.

'내가 저 천사를 언제까지 지킬 수 있을까? 이렇게 나약하고 비겁한 나 같은 놈이 저 지혜를 언제까지 지킬 수 있을까?'

정말 두려웠다. 남들에게는 유치한 생각이라도 정말 나에게만은 소중한 마음이었다. 지혜 하나만은 꼭 지키고 싶었다.

"늦었다. 그만 들어가라."

"왜? 나 괜찮아. 오랜만에 만났는데, 노래방이라도 갈까? 어차피 요즘엔 시험도 안보고 한가하잖아."

"공부는 한가할 때 하는 거야. 시험 때는 범위에 매달리니까……. 수능은 암기가 아니니까 공부 범위가 광범위 해야돼."

젠장 또 이런 식으로 말하고 말았다. 미안했다.

"메에. 오늘도 똑같은 소리야. 맨날 공부, 공부, 공부."

"미안해."

괜히 하는 말이 아니었다. 정말 미안했다. 나는 또 실수를 하고 말았다. 그 애 앞에선 공부 얘기를 해서는 안 되는데…….

사실 지혜는 어릴 적부터 수재였다. 우린 아주 어릴 때부터 알았으니까 난 그 애의 어릴 적 모습을 잘 안다.

내가 지혜를 처음 알게 된 것은 초등 학교 4학년 때였다. 사실 나 뿐 아니라 당시 학교의 모든 아이들이 지혜를 잘 알고 있었다. 지혜는 퀸이었으니까…….

얼굴도 이뻤고 공부도 언제나 전교 일등이었다. 게다가 지혜는 성격도 친절했다. 그 애는 일반적인 초등 학생들이 보이는 어설픈 허영심도 없었고 언제나 진솔했다. 전교 일등에 전교 부회장……. 누구에게나 주목을 받는 그런 아이였다.

반면에 나는 꼴통이었다. 엄마는 지금과 똑같이 설치고 있었지만, 난 별달리 공부에 흥미를 느끼지 못하고 있었다. 반에서 중간 이후의 성적, 소심한 성격. 난 왕따의 기질이 다분했다. 그리고 대부분의 왕따들이 그렇듯 난 평범한 여자애를 좋아하지 않았다.

올라가지도 못할 나무……. 그랬다. 난 지혜를 좋아했다.

그리고 그런 지혜는 나에게 처음으로 '갈등'이란 단어를 알게 해주었다. 지금 생각하면 통속적이고 유치하지만 당시의 나에겐 그 모든 것이 현실적인 문제였다. 난 지혜를 좋아했지만 지혜는 날 알지도 못했던 것이었다. 난 그저 지혜를 좋아하는 수많은 인간들 중에 하나였고 그들과 차별화할 매력 하나 없었다.

마치 저 높은 계단 끝에 있는 공주님을 동경하는 계단 끝의 고개 숙인 농부 총각처럼 난 바보같이 그곳에 서있을 수밖에 없었다. 난 가끔 왕궁에서 파티가 열릴 때마다 성으로 찾아가 저 멀리서 손을 흔드는 공주님을 사랑하는 정신없는 무지랭이 농부였다.

당시 난 벌써 엄마에게 지쳐가고 있었다. 난 그다지 경쟁을 하고 싶은 마음도 남을 이기고 싶은 마음도 없었는데, 엄마는 나를 들들 볶았기 때문이었다.

하지만 난 지혜를 좋아하고 나서 경쟁의 필요성에 눈뜨게 되었다. 이런 의미에서 지혜는 나에게 일종의 악마성을 부여한 것이나 다름없다. 지혜를 알고 나서 난 공부하기 시작했다.

그것도 열심히……

원래 내성적이었던 난 밖에 잘 나가지 않는 스타일이었고, 그래서 책상에 앉아 공부하는 것이 그다지 어려운 일만은 아니었다. 난 오락도 싫어하고 컴퓨터나 피아노도 젬병이었으니까……

지혜에게 느끼는 강한 집착만큼 난 공부를 열심히 했다. 그렇게도 아름다운 지혜를 만날 자격이 있으려면 나도 백마탄 기사 정도는 되어야 한다고 생각했기 때문이었다.

물론 처음에는 지겨웠지만, 그래봤자 초등학교 공부였고 원래 아이큐가 좀 높던 내가 지혜와 전교 일등을 다투는 데에는 일년이 채 걸리지 않았다.

8학군의 교육열과 엄마의 극성 덕분에 갑자기 부상한 나의 존재가 인구(人口)에 회자(膾炙)되는 데에는 그다지 오랜 시간이 걸리지 않았다. 난 곧 유명인이 되었고 학교에서의 나의 위치도 달라졌다. 그리고 난 처음으로 자신감이라는 것을 알게 되었다.

물론 무엇보다 중요한 것은 지혜가 날 알게 되었다는 점이다.

"안녕? 난 지혜라고 해. 이번에 니가 전교 일등 했다며? 축하해."

지혜가 나에게 처음 건넨 말이었다. 기억에 남는다. 그 두근거림. 그 상냥함. 그 향기. 그 미소. 그 미안함. 그 행복. 지혜는 자신의 자리를 밀어내버린 나에게 그렇게 밝게 인사를 했다.

그 이후 난 줄곧 전교 일등을 했다. 물론 지혜에게는 미안한 일이었지만 내 마음속에는 언젠가부터 지혜에게 질 수 없다는 악마성이 움트기 시작했다. 별 볼일 없는 내가 지혜에게 어떤 주도권을 잡으려면 그 애를 이기는 수밖에 없다는 생각이 들기 시작했던 것이다.

그리고 내가 지혜에게 용기를 내 집에서 같이 공부하자고 했을 때에도 내 맘속엔 여자애한테 질 수 없다는 원시적 남성우월주의가 움트고 있었다. 여자애한테 질 수는 없었다. 그 애의 그늘에 묻히고 싶지 않았다. 내 그늘 안에 그 애를 담아두고 싶었다. 그 애를 가지고 싶었다.

나도 그 때부터 모범생이었다. 공부도 잘 하고 돈도 많고 외모도 괜찮은, 그리고 남을 무시할 권리를 가진 모범생이었다. 이제는 지혜와 가장 잘 어울리는 남자가 되었다.

사춘기……. 나의 사춘기는 그렇게 지혜를 잘 알게 된 6학년 때부터 시작되었다. 한편으론 지혜를 사랑하면서 한편으론 지혜를 지배하려고 하면서…….

그리고 머지않아 이런 나의 야심은 지혜를 황폐화시키기 시작했다. 지혜도 날 사랑하기 시작한 것이었다.

소녀의 첫 사랑……. 거기에는 두근거림만이 존재하는 것은 아니었다. 성적의 하락…….

중학교가 갈라지면서 나는 남중으로 지혜는 여중으로 각각 갈라지게 되었지만, 우리의 데이트는 계속되었고 그런 시간이 지나면 지날수록 난 지혜 앞에서 당당해지기 위해, 또 엄마의 잔소리로부터 자유로워지기 위해 더 열심히 공부했다.

그렇지만 지혜는 달랐다. 떨어지는 성적. 지혜는 변함없이 쾌활했지만 그 애의 말속에는 가시가 점점 늘어나고 있었다. 소녀의 사춘기는 그렇게 시작되었다. 지혜는 흔들리고 있었다. 그 애의 미소도 시들어 갔고 짜증도 부리기 시작했다. 지혜는 변함없이 공주였지만 왕자인 내 앞에선 초라해질 수 밖에 없었다.

그 후로 우리는 여러 번 싸우게 되었다. 난 그 애를 완전히 내 것으로 만들고 싶었기 때문에 지혜에게 점점 더 많은 것을 원했고 나에게 맞춰주길 바랬다. 그리고 오랜 만남 속에 약간의 권태도 느껴지기 시작했다.

나도 그 애도 사춘기란 것을 맞이하게 되었다. 그 애는 점점 격정에 휩싸여 방황했지만, 똑같이 여리고 흔들렸던 나는 그 애를 잡아 줄 수가 없었다.

그러나 한번 시작된 공부에 브레이크란 없었다. 늘어가는 엄마의 극성. 엄마는 먹이를 발견한 승냥이처럼 나의 재능을 발견하고는 나를 혹사시켰고 소심한 난 약간의 푸념밖에는 할 수 있는 것이 없었다. 결국 난 엄마 손에 이끌려 여기저기로 끌려 다니는 마마보이가 되고 말았다.

지혜는 점차 열등생이 되어갔고 난 아무 말도 하지 못하고 그런 지혜의 고통을 바라만 봐야 했다. 결국 지혜는 과거 한 때 공부를 잘 했던 그 수많은 아이 중의 하나가 되어버렸고 난 싸가지 없게 자기만 살아남은 놈이 되고 말았다. 그랬다. 난 결국 지혜를 파멸로 몰고 갔던 것이다. 물론 지혜는 단 한 번도 이런 나를 원망한 적이 없었고 오히려 내게 미안해하고 있었다.

'난 지혜를 제대로 지켰는가?'

난 이 질문에 자신이 없었다. 자꾸만 내가 지혜를 망쳤다는 생각이 들었다.

가해자의 마음이 편한 것만은 아니었다. 지혜에 대한 미안함으로 난 매일 밤 뒤척거리며 잠을 이룰 수 없었다. 그러나 아무리 가해자의 마음이 아프다 해도 피해자보다 더 할 순 없었다. 그러니 이런 지혜의 마음을 생각한다면 내가 경솔하게 내 고민을 말한다는 것은 안될 말이었다.

"니가 오늘 와준 것만으로도 문제가 해결됐어. 실은 니가 보고 싶은 게 문제였거든!"

난 윙크를 하며 이렇게 둘러댔다.

"하하하."

지혜가 귀엽게 웃었다. 다행이다. 지혜가 걱정한다면 그거야말로 더 큰 고민이었을 것이다.

난 푹신한 의자에 등을 기댔다. 아직도 손끝이 떨려오는 것을 보니 내일 일이 걱정이 되긴 되나보다.

'소심한 놈. 남자가 갑빠가 있지……'

난 이런 생각으로 애써 내일에 대한 걱정을 덜어보려 애쓴다.

"이제 너에게 난 아픔이란 걸 너를 사랑하면 할수록……. 머얼리 떠나가도록. 스치듯 시간의 흐름 속에……. 이제 지나간 기억이라고 떠나며 말하던 너에게~~ 시간이 흘러 지날수록……. 너를 사랑하면 할수록……."

난 부활의 '사랑할수록'을 나직이 불러본다.

지혜와 가장 행복했을 때 나오던 노래다. 우리가 우리라는 것을 기억하게 해주던 노래.

그래서 더 슬프다. 가사가……. 언젠가 다가올 이별을 예감하는 듯한 노래가…….

그래서 더 좋다. 맘이 아파도…….

"우리 꽤 오래 됐지? 우리 만난지 말야."

생각해보니 정말 오래됐다.

"칠 년이나 됐구나."

"그…….. 그렇네."

"지혜야?"

"응?"

"넌 그 때나 지금이나 나의 영원한 공주님이야. 나 항상 널 믿고 니가 있어 행복해. 힘들 때면 언제나 생각하구. 널 생각하는 것만으로도 힘이 되거든. 넌 언제나 내게 있어 숲같은 사람이야. 힘들고 지칠 땐 언제나 쉬어갈 수 있는. 나 언젠가 그 숲에 둥지를 틀고 영원히 너와 함께 지낼 수 있음 좋겠어. 니 따뜻한 가슴에 내 마음을 묻고 편안하게 쉴 수 있음 좋겠어. 그 때까지 힘들어도 조금만 참아. 알겠지?"

"……."

지혜도 나도 고개를 숙이고 살며시 미소지었다.

좀 어색하긴 하지만 꼭 하고 싶은 말이었다.

'내일 일은 나 혼자 해결한다.'

돌아오는 차가운 거리에서 난 네온을 보며 이렇게 다짐했다.

"야! 씨발 오늘 전학생들이랑 우리학교 짱들이랑 다구리 뜬다면서?"

"미친 새끼. 아침부터 웬 개구라냐?"

"병신아 진짜야! 어저께 화장실에서 그 게이 자식이 당했잖아. 그래서 그 외고에서 온 애가 쌈 붙자고 했대."

"얼~~! 진짜? 새끼 의리는 있네? 간도 부었지. 쌈 잘하나봐? 공부만 하는 줄 알았더니?"

"야! 씨발! 친구가 똥통에 처 박혔는데 누가 가만있겠냐? 지렁

이도 밟으면 꿈틀거린다구."

"친구 좋아하네! 야! 나 같으면 그래도 가만있겠다. 지네는 더 좆같은 꼴을 당할지도 모르는데 오히려 쌈을 걸어?"

"괜히 졸라게 터지고 지랄하겠지. 지네가 공부 빼고 뭘 제대로 하겠냐? 괜히 객기로 그랬다가 지금쯤 후회하고 있을걸?"

"이따가 구경가자. 가뜩이나 요즘에 사건이 안 터져서 심심했는데……."

내가 주연인 사건을 나보다 학교 기지배들이 더 잘 안다. 저런 년들 땜에 양아치들이 더 영웅심리를 가지고 시비를 걸어오는 것이다. 난 갑자기 이 학교의 모든 애들이 증오스러워지기 시작했다.

난 바닥에 머릴 처박고 잠을 자려고 했지만, 가슴이 떨려 잠이 오질 않았다. 마치 감기에 걸린 것처럼 내 감각은 현실성을 잃어가고 있었다. 결국 난 잠자기를 포기하고 교실 안을 이리 저리 둘러보기 시작했다. 그런데 그 순간 상협이 눈에 띄었다. 그리고 내 머릿속엔 하나의 계책이 번뜩 떠올랐다.

점심시간이 되자 상협은 늘 그랬듯이 혼자 교실을 나갔다. 지금까지 저 녀석의 뒷모습처럼 허무한 모습은 본 적이 없었다. 난 재빨리 상협을 뒤쫓아 나섰다. 상협은 혼자서 위층으로 향하는 계단을 오르고 있었는데 너무나 천천히 오르고 있어서 오히려 뒤따라가는데 어려움이 많았다.

'3학년 교실로 올라가는 것일까?'

그러나 상협은 4층도 그냥 지나쳐 올라가고 있었다.

'어디로 가는 거지? 학교는 4층까지 있는 걸로 알고 있는데…….'

상협의 걸음은 빨라지기 시작했다. 그리고 마침내 상협은 계단이 끝나는 곳까지 다다라 있었다. 그곳에는 옥상으로 나가는 철문이 있었다.

"끼이이잉~~"

철문은 열려있어 상협은 그 문안으로 사라져 버렸고 또 다른 세계와의 분절이 시작되고 있었다. 상협이 밖으로 나간 후 한 5분쯤 계단 앞에서 기다렸지만 아무 반응이 없자 마침내 나는 철문 앞으로 다가가 살며시 문을 열어 보았다.

"기잉~"

녹슨 문에서 나는 소리에 나는 깜짝 놀랐지만 상협은 그 소리를 듣지 못한 것 같았다.

옥상에는 바람이 불고 있었다. 가을 바람이……. 그리고 거기에 한 사내가 주머니에 손을 넣은 채 서 있었다. 시간이 정지한 것 같았다. 그리고 그 뒷모습…….

생각해 보니 상협은 누구와도 어울리지 않았다. 학기초에 아이들이 상협에게 인사를 했던 것으로 보아 상협이 처음부터 왕따는 아니었던 것 같았지만, 상협이 인사를 씹어버리자 그에게 인사를 계속하는 사람은 줄어갔고, 이제는 거의 혼자가 되어 있었다. 나의 눈에는 그런 상협이 자꾸 자기의 번데기 집을 만드는 애벌레같이 보였다. 그 안에서 남의 간섭을 받지 않으며 묻혀 지내려는 습성.

상협은 난간에 팔을 괴고는 하늘을 보고 있었다. 그리고 고개를 옆으로 돌려 어딘가를 응시했다. 외로워 보였다. 어떤 표정을 읽을 수는 없어도. 저 멀리를 응시하는 그의 눈은 정말로 외로움을 담고 있었다. 그냥 사춘기 소년이 겪는 일종의 방황이 아니었다. 마치 나처럼 오랜 시간을 무언가에 괴로워하며 살았던 사람이 갖는 눈동자였다. 난 도저히 저 상협에게 말을 걸 수 있을 것 같지 않았다.

난 생각했다.

'아이들한테 맞아 죽을 것인가 상협에게 말을 걸 것인가?'

나의 감성은 외롭게 서 있는 상협의 시간을 방해하지 말자고 하였지만 살고 싶은 이성은 어차피 매일 저러고 있을 것이라면 어서 말을 걸자고 하였다.

시간은 흐르고 있었다.

차가워진 바람은 흩어져가는 시간과 같이 우리를 스쳐갔다. 아주 조용히⋯⋯.

난 마침내 살며시 문을 열고 상협에게로 다가갔다. 상협은 나를 느끼면서도 반응하지 않았다. 난 그와 같이 난간에 팔을 괴었다.

서울이 한눈에 들어왔다. 달동네의 아름다움이었다. 저 멀리 뿌옇게 보이는 서울은 바쁘게도 돌아가고 있었지만, 여기서는 모든 것이 점들의 움직임에 지나지 않았다.

우리는 그렇게 잠시동안 침묵을 공유하고 있었다.

"후우~~!"

이 침묵은 내가 깨지 않으면 깨지지 않을 것 같았다.

"사실은 나 너한테 부탁할 것이 있어서 찾아왔어."

단도직입(單刀直入)⋯⋯. 난 그의 눈을 보았다.

"너도 알 거야. 어제 화장실에서 있었던 일⋯⋯. 그리고 그 후의 일. 오늘 싸우게 됐어."

상협은 아무 말 없이 아직도 서울시내를 내려다보고 있었고 그것은 가뜩이나 쫀 상태에서 어렵게 말을 잇고 있는 나를 더 난처하게 만들었다.

"그래서 말야. 너한테 도움을 청하려고 왔어. 니가 싸움을 잘한다는 소리는 들었어. 또, 너는 걔네들 잘 아니까 말려줄 수도 있고⋯⋯. 우릴 좀 도와줘⋯⋯. 현재 승산은 제로야."

난 얼굴이 화끈거리는 것을 느끼며 더듬 더듬 말을 이어갔다.

"왜에?"

그러나 상협은 시선을 밖에 고정한 채, 낮고 차갑게 말했다.

"그, 그냥⋯⋯. 내가 부탁하잖아⋯⋯. 그리고 넌 의리가 있는 애 같았어."

난 바보스런 대답을 했다. 쪽팔렸다.

"이제 내겐 아무 것도 남아있지 않아. 이기지도 못할 싸움인데 시비는 왜 걸어?"

상협은 차갑게 말하고 등을 돌렸다.

이대로 끝낼 수는 없었다. 이미 무너진 자존심. 끝까지 매달려 보고 싶었다.

"야아, 그러지 말고 좀 도와주라. 응?"

"폼 잡으며 살지마. 그러다 사고 나면 나중에 후회해."

상협은 이렇게 말하고는 옥상을 내려가려고 했다.

"지키고 싶었어! 세영이를! 너 같으면 친구가 똥통에 처박혔는데 보고만 있을 꺼야? 그래! 그건 내 일이 아니었어! 그리고 지금도 그만둘 수 있어! 하지만 난 내 소중한 친구를 지키고 싶어! 그게 나야! 난 개폼잡다 맞아 죽는 한이 있어도 신념과 의리가 없는 사람이 되긴 싫어! 그게 없으면 난 죽은 거니까! 니가 도와주지 않아도 난 내 신념에 따라서 세영이를 지키기 위해 최선을 다할꺼야!"

난 개지랄을 했다.

'지켜주고 싶어.'

상협의 머릿속에는 그 한 단어가 들어왔다. 상협의 눈동자가 흔들렸다. 상협의 돌아서는 걸음이 멈춰졌다. 나의 시선은 움직이지 않고 있었다.

"언제냐?"

상협은 짧게 말했다. 동시에 나의 얼굴에 미소가 번져 올랐다. 가슴이 트이는 것 같았다.

왠지 잘 될 것 같은 예감……. 처음이었다. 벅찬 우정도…….

떨림이 멈추지 않았다. 이상했다. 어렸을 적에 소풍가기 전 날 밤에 느꼈던 기분 같다. 멈추지 않는 이 설레임……. 분명 다른 종류의 기분인데 느낌은 같았다.

수업시간이 끝나는 종이 들렸다. 눈에 별로 들어오는 것이 없었다. 아이들이 보였다. 적이었다. 난 번갈아 상협과 민수와 세영을 보았다. 모두 표정을 읽을 수 없었다. 시야가 좁아지고 판단력이 느려진 것 같았다.

지표면에 나의 발이 붙어있는지 알아보려고 고개를 아래로 숙였다. 분명 나의 발은 땅과 인접해 있었다. 하지만 감기가 심하게 들었을 때처럼 내 기분은 공중을 떠다니고 있었다.

공터는 가까웠고 거기에는 이미 많은 애들이 있었다. 가을의 햇살이 아직 식지 않은 시간이었다. 영화에서 보던 싸움 장면이 나오기엔 너무나 밝았다.

열댓명 되어 보이는 상대는 거의 어저께 세영이를 괴롭혔던 아이들 같았다. 상대는 생각보다 많지 않아 우리가 한 두세명씩 맡으면 될 것 같았다.

난 가방을 땅에 내려놓았다. 그리고 표정이 흔들리지 않도록 신경을 썼다. 어제보다 상황이 나은 것 같았다. 어제는 일방적으로 얻어터지는 입장이었지만 오늘은 당당하고 대등하게 싸우러 온 입장이었기 때문이었다. 여자아이들을 포함해서 구경꾼들이 엄청나게 많이 몰려왔다. 2학년생의 절반은 몰려온 것 같아 우린 마치 투우장의 황소가 된 듯한 느낌을 받았다.

분위기만큼은 영화처럼 험악했다. 아이들은 하이에나처럼 우리를 비웃고 있었다.

"시작할까?"

내가 먼저 물었다. 기왕 붙을 바에는 빨리 붙는 것이 상책이었기 때문이었다.

민수와 상협이 고개를 끄덕였다. 나는 당당하게 앞으로 나갔다.

"일대 일로 정정당당하게 붙는 거다. 하나씩 나와!"

난 크고 힘이 있는 목소리로 당차게 말했다.

기선제압! 난 이런 전략으로 패싸움을 일대일 대결로 바꾸려 했다. 패싸움에선 승산이 없어도 일대일 싸움은 좀 나을 것 같았기 때문이었다.

"내가 먼저다."

민수가 먼저 나갔다. 그리고 상대는 생각할 겨를도 없이 한 녀석이 나왔다. 어저께 세영이를 가장 가까이서 괴롭혔던 놈이었다.

순식간에 나의 전략은 성공해 일대일 싸움이 성사되었던 것이다.

난 기분이 갑자기 이상해졌다. 이제 저 앞에서 삼류영화 같은 싸움이 벌어진다는 것이 이상했다. 나는 마치 영화의 관객과 같은 느낌을 받았다. 영화 속 싸움에서 동떨어져 그저 팝콘이나 먹으며 영화를 멀건히 보고 있는 사람들처럼 민수의 싸움은 멀게만 느껴졌다.

그 녀석이 먼저 주먹을 날렸다. 하지만 민수는 몸을 왼쪽으로 틀어 주먹을 피했다. 다음으로 민수는 헛주먹을 날려 몸이 앞으로 기울어진 상대의 배를 무릎으로 찍고는 팔꿈치로 상대의 안면을 갈겨버렸다. 그리고 민수는 상대에게 얽힐 틈을 주지 않고 다시 주먹을 아래로부터 위로 올려쳐 상대의 아구릴 날려버렸다.

민수의 주먹에 상대는 멀리 나가 떨어져 버렸고, 여자아이들은 무슨 연예인이나 만난 듯 소리를 질러댔다. 나의 눈에도 민수의 싸움은 멋있다 못해 아름다워 보였다.

저것이 민수의 싸움이었다. 깨끗하고 섬세한 싸움. 민수는 쓰러진 상대를 따라가서는 배를 발로 짓이겨 마무리를 지었고 상대는 배를 움켜쥐고는 비명 소리를 냈다.

"쌈도 못하면서 비열하기만 한 놈들"

민수는 이런 말을 뱉고는 유유히 뒤돌아왔다. 내가 생각하는 싸움은 서로 엉겨 붙어서 길바닥에 나뒹구는 것이었는데 민수는 무슨 격투기를 배운 사람처럼 상대를 단 몇 방에 간단히 눕혀버렸다. 내가 기억하는 싸움에서는 이렇게 간단히 끝난 싸움은 없었다.

이상했다. 난 더욱 더 영화를 보는 것만 같은 기분이 들었다. 주인공인 악당을 호쾌하게 쓰러뜨리는 무협영화를 보는 것만 같았다.

다음 타자가 나라는 사실을 깨닫게 되기 전까지는……

내 차례였다. 정말로 나의 차례가 돌아온 것이다. 이제는 내가 영화 속으로 들어가야 한다. 생각 이전에 현실이 존재하고 있었다.

난 뽕맞은 쥐처럼 몽롱한 정신으로 앞으로 나갔다. 나의 차가운 분석력은 이미 마비되어 상대가 누구인지조차 인식하고 있지 못했다. 나의 시력은 초점을 잃어갔고 심장은 미친 듯이 뛰어 싸우기도 전에 숨이 차 나가떨어질 것 같았다. 발바닥은 감각이 무뎌져 공중을 떠다니는 느낌이 들었고 귀에는 아무런 소리도 들리지 않았다.

한 마디로 난 쫄아붙은 상태였다. 이것은 순수한 힘과 용기의 대결이었다. 공부만 하던 약골이 부딪치기에 현실은 너무나 무자비하고 야만스러웠다.

하이얀 면사포 같은 바람들이 스쳐지나가며 내 몸 곳곳을 훑고 지나갔다. 얼굴에 닿던 바람은 어느새 가슴을 파고들어 겨드랑이까지 능멸했고 결국 심장 속까지 후벼파기 시작했다. 심장이 저며왔다. 적혈구 알알이 혈관 벽을 때려왔다. 세상이 뿌옇게 변해갔다.

난 마지막 남은 이성의 힘을 다해 상대의 개략적인 특징이나마 파악하려고 했다. 나보다 상당히 큰 체구. 체력이 좋을 것 같았다.

그리고 한 방이 있을 것 같았다.

 그렇게 어정쩡한 판단만을 가진 채 난 상대를 향해 천천히 걸어 갔다. 정신이 감기를 앓고 있을 때처럼 어질어질해서 도저히 상대 와 싸울 수 있을 것 같지 않았다. 도저히 민수같이 침착하고 세련 되게 싸울 수 있을 것 같지 않았다. 눈에는 거대해져가는 상대만이 보이고 귀에는 나의 심장소리만 들렸다.

 그런데 내가 미처 준비할 틈도 없이 갑자기 무언가가 내 눈을 향 해 날아왔다. 난 생각할 겨를도 없이 눈을 감았다. 상대의 주먹을 피한다는 것은 영화에서만 가능한 것이었다. 도저히 몸을 움직일 수가 없었다.

 눈앞에 갑자기 파란색 네온등 같은 것이 번쩍거렸고 곧 나의 몸 이 허공 속에 떠있는 것 같은 느낌이 들었다. 주먹을 뻗을 틈이나 상대를 피할 틈은 없었다. 상대의 주먹은 빨랐고 또 파괴적이었다. 곧바로 찬 땅바닥이 느껴졌다. 온 몸에 소름이 돋을 정도로 차가웠 다.

 하지만 편했다. 긴장은 한순간에 풀어지고 놀랄 정도의 아늑함 이 밀려왔다.

 일어나기 싫었다. 다운된 권투 선수의 마음을 알 것 같았다. 이 대로 끝내고 싶었다. 최소한 비겁하지는 않았으니…….

 그러나 갑자기 복부에 강한 통증이 느껴졌다.

 "에웩!"

 내장이 튀어나올 것 같아 헛구역질이 나왔다.

 갑자기 정신이 번쩍 들었다. 눈에는 상대의 커다란 구두 밑창이 내 배를 짓누르고 있는 것이 보였다. 동공이 커지고 아이들의 함성 이 들려왔다. 그리고 신경이 하나하나 살아나서 그 아이의 두 번째 발길질을 피할 수 있었다.

 난 빠르게 일어났다. 상대에게 맞은 왼쪽 눈이 떠지질 않아 초점이 맞지 않았지만 세상의 모든 힘도 용기도 나의 몸안으로 들어오는 것은 느낄 수 있었다.

난 큰 펀치를 온 힘을 다해 날렸다. 놈도 프로 권투 선수는 아닌지 피할 생각은 하지 않고 맞받아 칠 생각만 했다. 주먹은 정확하게 들어갔다.

하지만 놈은 쓰러지지 않았다. 사람은 그렇게 쉽게 쓰러지지는 않는 모양이었다. 그래서 난 닥치는 대로 주먹을 날렸다. 그 새끼의 얼굴이든 그 새끼의 배이든 그 새끼라고 생각되는 것은 닥치지 않고 부숴 버리려고 했다.

방어도 가드도 없었다. 체면도 기술도 없었다. 이성도 없었다. 내 주먹 뼈가 으스러지던 말던 그의 모든 부분을 갈겨버렸다. 그 새끼가 죽도록 미워졌다. 눈을 감지 않았다. 그의 표정 하나하나가 들어왔다. 팔은 보이지 않았다. 그의 얼굴과 나의 주먹만 나의 시야에 보였다. 그도 나를 때리는 것 같았지만 난 맷집으로 견뎌냈다. 아니, 사실 난 내가 맞고 있다는 것조차 느끼지 못했다. 나의 분노를 모두 폭발시켜 그를 죽여버리고 싶었다.

얼마나 때렸을까? 그 새끼의 맛이 간 얼굴이 나의 시야에 들어왔다. 난 순간 너무도 이상한 기분이 들어서 멍청하게도 주먹을 멈춰버렸다. 그 순간 그가 쓰러졌다. 그리고 그의 뒤로 회색으로 칠한 공사장 담벼락이 보였다.

난 정신을 차릴 수는 없었지만, 내가 이겼다는 사실만은 또렷이 알 수 있었다. 아이들의 환호성을 뒤에 두고 난 태연하게 걸어나왔지만 실은 온 몸이 떨려 견딜 수가 없었다. 시간이 흐르자 손이 욱신욱신거렸다. 아까 싸울 때 손가락뼈가 다친 모양이었다. 게다가 처음에 맞은 왼쪽 눈두덩이도 퉁퉁 부어 있어 더 이상 눈을 움직일 수가 없었다.

그렇지만 난 이런 아픔을 느낄 틈도 없이 더 큰 고난을 맞이해야

했다. 세영이를 때린 녀석들 사이를 비집고 정장을 입은 녀석들이 하나둘 나오기 시작한 것이었다. 일명 퇴학생 클럽이었다. 그들에게선 학생의 냄새가 나지 않았다. 신림동 유흥가의 뒷주먹의 냄새가 났다.

'이번에도 민수가 어떻게 하겠지. 아니면 상협이……'

난 전의(戰意)를 상실한 채 이렇게 생각했다. 이 순간 나의 생존 본능은 그렇게 판단했다.

'비겁해도 좋다. 난 바보가 아니야. 이미 난 성의를 보였어. 더 이상은 헌신도 아니야!'

나의 마음은 싸움을 피하기 위해 자기 합리화에 급급했다. 하지만 나의 이성은 더 이상 피할 곳이 없다는 것을 직감했다. 설사 내가 빈다고 해도 또 도망간다고 해도 저 녀석들은 나를 가만두지 않을 것이다. 설사 경찰에 신고를 한다고 해도 배후가 더 잔인한 보복을 할 것이다.

"내가 먼저다."

민수가 말했다.

"아니 이번에는 내가……."

상협이 말했다.

'다행이구나.'

난 내 생명이 단 1분이라도 연장된 데에 고마움을 느꼈다.

깡패 녀석들은 상협이 먼저 나온 것에 상당히 놀란 모양이었다. 난 상협이 어떤 애인지 잘 몰랐으나, 꽤 믿을 만한 구석이 있었다. 민수처럼……. 결국 상대에서는 싸움을 가장 잘하게 생긴 아이가 나오고 말았다.

"야! 우리 길게 끌 것 없이 이 일대 일로 깨끗하게 결판을 내자. 여기서 이긴 자가 속한 팀이 이기는 것이다. 동의하나?"

상협은 의외의 말을 했다. 하지만 상당히 현명한 선택이었던 것 같다. 난 순간 상협이 구세주처럼 느껴졌다. 난 솔직히 너무 행복했다. 내가 목숨을 부지하게 된 것이.

"너희들 멋대로 하냐?"

상대의 뒤에서 이런 소리가 터져나왔다.

"구질 구질하게 하지 말고 단판으로 해라!"

한 아이가 소리쳤다.

"단판! 단판! 단판! 단판!"

군중심리가 다시 한번 피어올랐다.

"나는 상관없다. 어떻게든 우리가 이길 테니까."

상대가 만용(蠻勇)을 부렸다. 이렇게 해서 마지막 싸움이 시작되었다.

가을 해는 이미 자신의 그림자를 끌고는 뉘엿뉘엿 넘어가고 있었고 그런 해의 바톤을 이어받아 가로등이 희미하게 불을 밝히고 있었다. 아이들은 뭐가 그리 신나는지 소리를 질러댔다.

싸움이 시작되자 상대가 먼저 발로 상협 안 다리를 차려고 했다. 상협이 몸을 왼쪽으로 돌려 발을 피했다. 빨랐다. 역습에 나선 상협은 상대 가까이로 붙어 주먹으로 상대의 배를 올려붙였다. 정타(正打)였다. 순간적으로 상대의 배가 휘청했지만 결정적인 타격은 받지 않은 듯했다. 복부가 상당히 단련되었다는 느낌을 받았다.

상대가 상협의 사태를 발끝으로 찼다. 상협이 흔들렸다. 순간 상대의 정타가 얼굴로 들어왔다. 상협이 짧게 나가떨어졌다. 상대의 발이 다시 들어왔다. 상협이 왼쪽으로 굴러 발을 피하고는 일어서 자세를 잡았다.

상대가 다시 빠르게 달려들었지만 상협도 피하지 않고 맞받아쳤다. 주먹이 동시에 작렬했다. 그러나 상협의 파워가 더 강했는지 상대가 휘청이며 뒤로 물러섰고 상협은 이 때를 놓치지 않고 달려가 상대의 명치를 주먹으로 강하게 가격했다.

"커억!"

상대의 배가 휘청거렸다. 하지만 상대는 재빨리 피해 상협의 다음 주먹은 맞지 않았다. 숨쉴 틈도 없었다. 프로의 세계…… 어디서나 최고가 되려면 노력이 필요하다. 비록 그것이 싸움이라 해도……. 난 공부만이 노력이 필요한 것은 아니라는 것을 온 몸으로 깨달았다. 밝은 세상만이 치열한 경쟁만이 존재하는 사회는 아니라는 것을…….

나의 문제 푸는 모습이 열등생(劣等生)에게 감탄을 자아내는 것처럼 난 그들의 싸움에서 신기(神技)를 느끼고 있었다. 난 또 다른 세상을 경험하고 있었다. 흥분을 접고 눈을 크게 떴다.

호시우보(虎視牛步)……. 그들 사이에는 긴장감이 흘렀다. 하지만 누구도 섣불리 주먹을 쓰지는 않았고, 둘의 탐색전은 계속되었다.

"상협, 너는 멋진 상대야. 하지만 나도 밀리지 않아. 나는 예전의 내가 아니야. 너도 느낄 수 있지?"

상대가 상협에게 이렇게 말했지만 상협은 말이 없었다.

"넌 참 이해할 수 없는 놈이야? 왜 그렇게 승산 없는 게임을 하는 거야? 왜 저런 놈들에게 붙어서 죽음을 자초하는 거냐?"

상대가 다시금 상협을 자극했다.

"남자는 신념으로 움직인다."

상협은 짧게 대답했다.

"상협이 이겼군……"

민수가 말했다.

"무슨 말이야?"

내가 물었다.

"상대가 이런저런 말을 주절거리고 있잖아. 멋진 말처럼 보이지만 정신적으로 흔들리고 있다는 증거야. 자신감이 많이 줄어들었어. 상대가 크게 보이면 패배야."

그런데 민수의 말이 끝나기 무섭게 상대가 상협의 얼굴로 킥을 날렸다. 하지만 상협은 상대의 발을 위로 쳐버렸고 상대는 왼발이 지면에서 미끄러지면서 무게중심을 잃고 휘청거렸다. 그 순간 무너지는 상대의 명치로 상협의 팔꿈치가 정확히 들어갔다. 그리고 뒤이은 소나기 펀치. 자신감 있고 힘있는 가격(加擊)이었다. 상대의 육중한 몸은 공중에서 포물선을 그리며 기울어져가고 있었다.

아주 긴 정적이 흘렀다. 시간은 정지해 버린 것 같았고 귀에는 아무런 소리도 들리지 않았다.

"쿠궁!"

싸움의 종지부를 찍는 거대한 울림이 들렸다.

"얼굴로 향하는 높은 킥은 일 대 일에서는 금기야! 다음번엔 그런 거 쓰지마라."

상협은 상대를 더 이상 밟지 않고 말했다. 희열(喜悅)이 마음 속 깊이로부터 솟아올랐다. 전교 일등을 했을 때도 느껴보지 못한 감정이었다.

"하아 하아!"

숨을 몰아쉬고 있었다. 우리 모두.

"우리가 이겼어. 젠장."

내가 말했다.

"씹탱! 우리가 이겼다구!"

나의 눈에는 모든 게 너무 급격하게 현실로 닥쳐 밀려왔다. 승리의 기쁨이라는 것은 이런 것을 말하는 것인 것 같았다.

약자가 주먹으로 강자를 눕히는 것!

"와아아아앗!"

함성이 밀려왔다.

눈에 들어오는 것은 별로 없어도 그 감성만은 하나 하나 정확히 들어왔다. 남자들의 힘, 그리고 승리. 이 순간 난 살아있었다. 힘을 가지고 있었다.

"훠어엇! 우후!"

난 승리를 느꼈다. 내 세포 하나하나로부터 나의 뼛속까지 그 기분이 밀려들어왔다.

5
번데기의 숲

"젠장! 이래서는 안돼."

머리가 아파왔다. 혼란스러웠다. 지금의 시간도 미래의 시간도……

'난 어디로 가는가? 난 지금 번데기인데…… 왜 나비가 그리운 거지? 지금 이 껍질을 깨면 난 죽는다. 하지만 갑갑해 견딜 수 없다.'

더 나은 나비가 되기 위한 인고(忍苦)의 과정이라고 참기에는 그 껍질이 너무나 두껍고 조여왔다.

'언젠가 이 껍질이 깨진다고 해서 내가 나비가 될 수 있는가? 난 나비가 되는가 나방이 되는가?'

아름다울 것 같지 않았다 이 바깥 세상은…….

난 아름다운 한 마리 나비가 될 수 없을 것 같았다. 이 모든 시간이 지나면 난 한 마리 흉측스런 나방이 되어 더러운 분가루를 세상에 날리며 사람들을 좀먹으며 살아갈 것 같았다.

외고를 처음 들어갔을 때의 생각이 머리를 찔렀다. 그 때 나를 가장 두렵게 했던 것은 근엄한 교장도 외국인 교사도 아니었다. 그 조용했던, 숨소리 하나도 들리지 않던 책장 넘기는 소리가 교실을 울릴 정도이던 그 야간자율학습. 그 아이들.

나는 보았다. 그 침묵 속에서. 거대한 번데기의 숲을……. 어두운 숲속에 가지가지마다 하나 가득 매달려 있는 그 엄청난 숫자의 공포스런 번데기를 난 보았다.

더 성장하기 위해 참고 참는 그 지독한 고독 속에서 번데기들은 서로에게 문을 닫고 있었다. 자신 안으로 안으로 채찍질하며 번데기들은 작은 공간 속을 더 좁게 하고 있었다.

그 축축하고 무거운 번데기 안에서 도저히 나비가 나올 것 같지는 않았다. 거대한 나방을, 이 세상을 더 탐욕스럽게 할 나방의 그림자를 난 그 곳에서 보았다. 더 큰 나방이 되기 위해 더 참고 참으며 서로를 경계하는 번데기들…… 그리고 어느 날 나도 번데기임을 알았다. 나 역시 번데기였다. 그래서 난 그들을 욕하면서 그들과 같이 행동했다. 이런 지독한 놈들을 저주하면서 나 역시 지독하게 공부를 했다. 난 이렇게 모순된 내 자신을 보며 살아왔다.

나를 증오하며 그들처럼 공부했다.

'번데기는 번데기다.'

그리고 이런 평범한 진리를 깨닫는 데에는 그다지 오랜 시간이 걸리지 않았다. 난 그들을 더 이상 비판하지도 않았다. 난 순순히 나에게 주어진 현실을 받아들이기 시작했다. 나의 하루하루는 늘 비슷해졌고 나의 활동 범위는 더 작아졌다.

그리고 지혜……. 그래 지혜였다. 이런 나를 합리화시키고 견뎌낼 수 있었던 건, 그리고 어쩌면 이렇게 비겁해진 내 자신에게 평계를 둘러댈 수 있었던 건……. 내 마음이 무너질 때마다 나를 구해내는 건 그 애의 웃음이었다.

잘나고 싶었다. 초등학교 때의 그 마음처럼……. 잘나서 지혜에게 당당하게 청혼하고 싶었다. 나의 바램이었다. 유치하지만 소중한……. 무릎을 꿇고 나와 결혼해 달라고 말해주고 싶었다. 그런

멋진 사람이 되고 싶었다. 속물이라도 당당하고 싶었다.

'그래 지혜를 위해서라면……'

그렇게 참았다. 이 지옥 같은 곳을 탈출하기 위해서…….

번데기 밖에선 언제나 빛나는 서울대 정문이 보였다. 반투명막 안에서 뿌옇게 비치는 서울대는 환상적이었다. 자유의 섬처럼 서울대는 아름답고 싱그럽게 빛나고 있었다.

거기로 가고 싶었다. 그랬다. 서울대는 우리들의 엘도라도였다.

나는 끝없는 모래 벌판에 싸여 매일매일 좌절해 무릎 꿇었지만 지혜를 구할 약을 찾기 위해 난 매일 발에 힘을 주어야 했다. 많은 사람이 나와 같은 곳을 향해가고 있었지만 함께 가지는 않았다. 나는 보았다. 그들의 눈을…….

난 매일 모래산을 넘었지만 그 너머에는 또 다른 산이 기다리고 있었다.

그 무렵 나는 서울대 치대생들이 결성한 개구장애(開口障碍)의 '엘도라도'라는 노래를 즐겨 불렀다.

"혼자선 길에 주월 봤어. 황량한 사막 같은 여길. 혼자 걷다 뜨거운 태양 아래 홀로 지쳐 잠이 들곤 하지. 모두가 내게 같은 말들. 뒤돌아보지 말고 가라. 언덕 넘어 저 편에는 빛나는 것이 있다고. 수많은 언덕 사이에 갈 곳을 잃어버린 모습. 끝없이 돌을 밀어 올리는 시지프스의 외로운 삶처럼 살아온 것 같아. 가끔 내가 포기한 것들에 어설픈 잠을 뒤척이지. 내가 떠나온 그 푸른 바다가 가장 빛나는 곳은 아닐까?"

이 노래를 흥얼거리며 난 생각했다.

'정말 내가 떠나온 지혜와의 그 어린 날이 가장 아름답고 빛나던 시간은 아닐까?'

그랬다. 난 정말로 지난 시간동안 내가 포기해야 했던 것들에 잠을 뒤척여야 했다. 수학경시 대회를 위해 포기해야 했던 놀이동산도, 모의고사 땜에 지혜와 볼 수 없었던 은행나무침대도…….

난 정말 병신같이 살아왔다. 하지만 되돌아 갈 순 없었다. 난 이미 사막 한복판에 발을 내디디고 있었고 포기는 죽음을 의미했다.

외고 파동이 났을 때, 일반고생들이 비교내신제는 안 된다는 인터뷰를 한 것을 보았을 때도 같은 생각이었다.

'병신들 지네는 공부 안 하면서 남들 공부하는 것만 배아파하다니……. 내가 이렇게 되기 위해 얼마나 많은 눈물을 삼켜야 했는데……. 얼마나 많은 고통을 참아야 했는데……. 우리보고 여기서 죽으라고? 그렇겐 못해!'

결국 난 전학을 선택했다.

그리고 떠나던 날 비로소 보았다. 번데기 안에 차 있던 액체는 양수가 아닌 눈물이었다는 것을……. 그 많은 번데기들이 눈물로 껍질 안을 채우고 있었다. 지옥 속에서 눈물을 삼키며 싸우고 있었다. 외고에게 특권을 준다며 반대하기에는 그들의 싸움이 너무나 처절해 보였다. 그들의 몸부림이 너무나 불쌍해 보였다. 한시간 노는데 몸을 떠는 녀석들……. 경쟁에 지쳐 숨을 헐떡이면서도 걸음을 멈추지 않는 녀석들……. 그들이 측은했다. 아니 내 자신이 측은했다.

나의 눈엔 어느새 눈물이 고였다. 난 재빨리 화장실로 달려갔다.

"어푸 어푸!"

난 거칠게 세수를 했다. 내 영혼까지 지워버리고 싶었다. 아무것도 고민하고 싶지 않았다. 있는 그대로 사는 그대로 있고 싶었다.

"허어~! 허어~!"

난 계속 미친 듯이 세수를 했다.

고개를 들었다. 거울 속에 슬픈 얼굴이 보였다. 가련했다.

난 힘겹게 화장실을 나와 계단을 터벅터벅 올라갔다.

"안녕! 잘 있었어? 난 그 동안 전학 후유증으로 여러 가지 일을 겪느라고 힘들었어. 그래서 메일도 이렇게 늦었단다.

히잉……. 힘들어. 전학 생활은……. 메일 많이 기다렸지? 미안해. 앞으로는 꼬박꼬박 보낼게…….

메일이 5개나 도착해 있더군……. 아! 그래도 니가 그렇게 걱정해주니까 좋다.

이상하다. 이런 만남은……. 서로 모르는데도 이렇게 서로 이해하고 기댈 수 있다니…….

너와의 만남은 이상해……. 그 처음부터…….

하늘 사랑에서는 다 일회적인 만남뿐인데 우린 특별했잖아. 다른 애들은 다 번개에 미쳤는데 우리는 그냥 이메일 친구하자고 그랬잖아.

히히. 생각하면 우긴다. 너 혹시 폭탄 아냐? 농담농담. 하지만 실은 난 폭탄이야.

그 때 방 제목이 '오월에 태어난 아이'였잖아. 너 혹시 오월에 태어났니?

그랬음 좋겠다. 우리가 같은 생명을 얻을 때 같은 시간을 공유했다면……. 히히. 내가 좀 오바하지? 뭐 어때. 안 보이는데……. 아! 오늘은 이쯤에서 줄여야겠다. 워낙 두서가 없어서 미안하당. 모뎀으로 보내는 거라 잘 갈지 모르겠다. 답장 기다릴게. 안녕!

너의 오월이가……."

집으로 돌아온 난 채팅에서 만난 메일친구에게 편지를 써 보냈다. 요즘 부쩍 지혜가 아닌 다른 여자애들에 대한 관심이 높아졌다. 갑자기, 지혜의 모습이 떠올랐다. 잠이 오지 않았다. 뭔가가 비틀려 있는데 그게 뭔지 몰랐다. 7년이란 시간동안 난 지혜의 고상함에 지쳐있는지도 몰랐다.

'하지만 난 정말로 아직도 지혜를 아끼고 사랑하는데…….'

눈을 아무리 감고 있어도 잠이 오지 않았다. 공부는 더더욱 되지 않았다. 답답했다.

이 모든 게 너무나 모순적이었다. 난 벌떡 일어나 다시 컴퓨터를 켰다.

"다시 메일을 보낸다. 아! 답답하다! 나 실은 요즘 고민이 좀 있는데 니가 메일 친구로서 내 고민 좀 들어줄래? 응?

미안해. 싫으면 할 수 없고……. 하지만 니가 괜찮다면 나 너하고 상담할 게 좀 있어. 메일로 보내기에는 좀 곤란해. 직접 만나서 얘기했으면 하는데…….

너하구 메일 보낸지도 어느새 다섯 달이 다 돼간다. 나를 믿는다면 아래 번호로 연락해.

내 번호는 019-279-9345야.

연락 기다릴게."

난 이렇게 편지를 휘갈겨 쓰고는 얼른 편지 보내기를 클릭했다.

이런 생각 저런 생각에 떠밀려 뒤척이다보니 PCS에 어느새 3시라는 숫자가 뜨고 있었다.

그리고 난 어느새 스르르 잠에 빠져들고 있었다.

다음날 아침이 되어 난 서둘러 집을 나왔다. 싸한 공기가 어지러운 머리를 찌릿찌릿하게 했다. 좋은 느낌은 아니었다.

"아! 요즘 내가 십년 걸쳐 겪을 변화를 한 번에 겪는구나!"

또 다시 나의 하루가 시작되었다.

"야! 우리 모의고사 언제 보냐?"

"너 지금 낼 모레 보는 모의고사를 이제서 범위체크하냐?"

앞자리에 앉은 아이들의 말이 들려왔다. 아무리 비교하려하지 않아도 외고와 여기의 차이는 너무 심했다. 외고에서는 모의고사를 아무리 많이 보아도 2주 전이면 모두 공부에 열을 올리는데 여기 아이들은 한 학기에 한 두 번 보는 것인데도 모의고사 전날까지도 모의고사를 보는지 안 보는지 몰랐다.

수업이 시작되었고 또 끝났다. 아이들이 책상에 엎드렸고 또 일어났다. 늘 같은 일상……. 아이들은 수업 듣는데 지쳐있었고 선생들은 소리지르는데 지쳐있었다. 더 이상 아무도 수업을 듣지 않았고 아무도 수업을 듣게 하려고 하지 않았다. 서로에게 피곤한 일이었다. 수업을 사이에 둔 전투라는 것은…….

학생과 선생……. 이 둘 사이에 모종의 계약이 성립하는 이유이다. 학생은 교실에서 소란을 피우지 않으며 그 대가로 따분하지만 귀찮지 않은 수면의 시간을 제공받고 선생은 아이들을 내버려두는 대가로 월급과 편안한 교직 생활을 보장받는다.

"하아! 밥 처먹을 시간이다."

"3교시에 안 먹었냐?"

"어허! 사대부가의 명문 자제에게 3교시 밥까먹기가 웬 말이더냐!"

"지랄하지 말고 밥뚜껑이나 열어라."

민수와 나는 운동장에 앉아 점심을 먹었다.

운동장에 바람이 불어오고 있었다. 가을 바람이…….

또 하나의 계절이 지나가고 난 또 다시 햇빛도 들어오지 않는 독서실에서 시들어 가야했다. 갑자기 마음이 메어왔다.

"후우! 가을이다. 지금 난 이렇게 답답한데 나중에 정말로 이 시간을 그리워 할 날이 올까?"

난 민수를 돌아보았다.

"난 배부른 소린 잘 몰라. 살기도 힘드니까……."

민수가 담배를 한 대 물고는 이렇게 말했다. 난 운동장 저편을 보며 피식 웃었다.

"그래. 난 너무나 배부른 소릴 하고 있는지도 모르겠다. 하지만 배부른 고민도 고민이야, 그래. 고민은 고민이야."

난 운동장 끝을 보고 있었지만, 민수의 시선이 느껴졌다.

마음이 멈춰서 있었다.

운동장에서 아이들은 소리치고 뛰어다녀도 마음과 감정은 멈춰 있었다.

심장이 찌릿찌릿해졌다. 눈물이 흘렀다. 나도 모르게. 서러운 것은 없었다. 슬픈 것도 없었다. 다만 바람이 불고 있었고 마음이 멈춰있었다. 센티멘탈이라고 부르기에는 너무나 가슴아픈 시간이 있었다.

"삐리리리 디딧딧"

핸드폰이 울렸다.

"여보세요? 저기 음……. 거기 한오월씨 핸드폰 맞아요? 안녕하세요. 전 윤미래라고 해요."

이메일을 보내며 매일매일 상상하던 그 애의 목소리가 전화기를 통해 들려왔다.

녹아내리는 목소리……. 순간 난 전율을 느꼈다.

"그런데 요즘 안 좋은 일 있으세요?"

"예……예……."

그녀가 단도직입적으로 고민이 뭐냐고 물어오자 난 할말을 잃어버렸다.

도저히 말할 수가 없었다. 아니 정확히 뭐가 고민인지 알 수 없었다. 다만 가슴이 답답할 뿐이었다. 잠시 침묵이 흘렀다. 이윽고 잠시는 상당히가 되었다. 차분한 그녀는 결코 질문을 반복해 상대를 재촉하지 않았지만 오히려 그런 그녀의 기다림이 날 부담스럽게 했다. 시간은 흘러만 가고 있었고, 난 답안지를 채우지 못하고 시험시간 종료에 임박한 학생처럼 촉박해하고 있었다.

"저기요. 막상 오늘 전화가 오니까 이상하게 아무 말도 하지 못할 것 같아요. 정말 죄송해요. 미안해요. 이렇게 말하기란 쉽지 않네요. 미래씨가 아직 제 고민을 말할 정도로 편안하게 느껴지지 않나봐요. 저 바보 같죠?"

난 이렇게 말을 토해버렸다. 차라리 후련했다. 너무나 급하게 모든 것이 흘러갔다. 전화도, 질문도, 대답도.

"오월아…… 그럼 우리 만날래? 내일 시간 있니?"

갑작스런 반말…… 그리고 반전(反轉).

"어? 어? 으…… 응."

"그래 그럼 내일 일곱시에 신촌 현대백화점 앞에서 보자."

미래는 이렇게 말한 뒤 간단한 안부인사를 하고 전화를 끊었다. 일이 너무 빨리, 너무 쉽게 일어나는 것 같아 불안했다.

다음 날 저녁이 되어 난 신촌 백화점 앞으로 향했다. 신촌은 밝았다. 불안한 경기에도 불이 꺼지지 않았다. 신촌 현대백화점 정문 앞에는 수많은 사람들이 누군가를 기다리고 있었기 때문에 단지 핸드폰 하나만으로 그 애를 찾을 수 있을 것 같지 않았다.

'윤미래……'

난 그 애의 이름을 되뇌어 보았다. 시간은 일곱 시를 향해 다가서고 있었고 난 열심히 사람들 사이를 뒤져보고 있었다.

그리고 지하철 입구를 보는 순간 나의 시선은 멈췄다.

움직이지 않았다. 다른 모습들이 모두 배경으로 묻혀버렸다. 음성도 들리지 않았다.

'미래……'

난 보았다. 눈이 아닌 마음으로 보았다. 운명의 떨림을……. 난 망설임없이 다가섰다.

"미래씨죠?"

"예."

그 '예'라는 한 마디에 내 운명이 흔들리는 것을 느낄 수 있었다.

처음이었다. 보는 순간 사랑을 느낀 상대는……

"이 집 철판 볶음 맛있게 해요. 무슨 상도 탔다고 그러던데……"

"예."

주위의 풍경이 아직도 시선 안으로 들어오지 않았다.

"미래라는 이름 이쁜데요?"

"네. 감사합니다. 아버지가 지어주셨어요."

"무슨 뜻이 있나요?"

"뭐, 그냥. 제가 가족의 미래이자 희망이라구."

이뻤다, 수줍게 웃는 그 모습……

"다 익은 것 같아요. 드세요. 제가 담아 드릴게요."

"아네요. 제가 담아 먹을게요."

"가만히 계세요. 옷에 묻어요."

미래는 말수가 적으면서도 상대방의 얘기를 빠짐없이 듣고 호응해주었다. 우리는 처음 만났지만, 아주 오랜 친구처럼 편하게 이야기를 나눴다. 단지 메일 친구라서 그런 것 같지는 않았다.

"우리 언제 만난 것 같지 않아요?"

"음. 한 천년전 쯤에?"

"푸하! 광고 너무 많이 본거 아네요?"

조용하면서도 따분하지 않았다.

지혜랑 만나고 있으면 어떤 때는 서로 할 말이 없어 아주 오랜 시간동안 침묵이 흐르곤 했지만, 미래는 차분하면서도 싹싹하고 조용하면서도 재미있었다.

빠져들고 있었다. 점점…….

사실 난 운명을 믿지 않았다. 운명을 믿기 시작하면 아무 것도 자신의 의지로 할 수 없기 때문이다. 게다가 지금처럼 운명은 믿지 않아도 저절로 믿게 되기 때문이다. 저절로 믿게 된다. 운명은…… 지금처럼 빨려들게 된다.

"저기 근데요……. 고민이 뭐예요? 지금 보니까 그다지 근심이 있는 사람 같지는 않은데……."

그 애의 말은 날 다시 현실로 끌어들이고 있었다.

"어…… 음…… 뭐. 다 없어졌어요."

"예…… 예?"

"미래씨 보니까 다 괜찮아진 것 같아요. 원래 그렇잖아요. 고민 이라는 게…… 내면의 문제니까……."

난 확실히 바람둥이 기질을 타고난 것 같았다. 나도 모르게 별로 상황을 유리하게 만들지도 못할 말들을 지껄이고 있었다. 입에 발린 말들.

잠시 어설픈 침묵이 흘렀다. 시끌벅적한 닭갈비집의 분위기 속에서 우리의 시간만이 정지된 듯 했다. 생각해 보니 난 최근에 너무나 많은 변화를 한꺼번에 겪는 것 같았다. 환경도, 여자 문제도…….

정말 사랑일까? 이 설레임은? 단순한 호기심이 아닐까?

하지만 마음이 빨려들고 있었다. 도덕과 상식을 넘어서. 이성과 자제력을 넘어서.

"저 보니까 상상한 거랑 비슷해요? 마음에 들어요?"

미래는 말없이 고개를 떨구었다. 발그레해진 귓불이 예뻤다.

"처음 봤는데……. 잘 모르겠어요."

미래는 더듬거리는 목소리로 우물쭈물 대답을 피했고 그 모습이 너무나 귀여워 보였다.

　내 마음의 한 부분은 미래에 대한 생각에 잠겨 있었고 다른 한 부분은 미래와 어떻게 지낼 건지에 몰두하고 있었다. 그리고 또 다른 부분은 미래가 날 어떻게 생각할지를 궁금해하고 있었다. 마지막으로 나의 마음의 작은 한 부분은……. 지혜에 대해 생각하고 있었다.

　난 무슨 말이든지 나오는대로 화제를 꺼냈고 그 애는 엷은 미소로 나의 이야기를 담아 주었다. 그녀가 날 운명으로 느끼고 있는지 아닌지는 몰라도 나에게 좋은 인상을 가지고 있다는 것은 확실했다. 아니 그렇게 믿고 싶었다. 그 애도 날 운명으로 받아들이기를 간절히 바랬다.

　"우리 잘 알고 지내는 사이 같죠?"

　"…… 네에."

　"제가 너무 말을 많이 하지 않아여?"

　"아녜여. 재미있어요. 전 말 잘 하는 사람이 좋아요."

　"너무 잘 하면 바람둥이 같지 않아여?"

　"몰라요. 바랑둥이에여?"

　"저도 몰라요."

　무슨 말을 하든 웃음이 흘러나왔다.

　"귀엽네요. 그 표정."

　좋은 분위기였다. 정말로…… .편하고……. 따뜻하고…….

　난 오늘 평범하고 진부하지만 정말 '진실' 인 것을 알았다.

　그것은 심지어 이름조차 너무도 진부했다. 그것은 사랑이었다.

　"오늘 그를 만났다. 오월이라는 아이를……. 처음 본 순간 그를 알아볼 수 있었다. 내가 그와 통신을 하면서 상상했던 그 얼굴. 그는 바로 그런 얼굴이었다. 그도 한 눈에 알아보는 것 같았다. 첫눈에 반한다는 건 이런 걸까? 바보같이……. 오늘 처음 봤는데……. 두렵다. 태어나 처음으로 느끼는 감정이란……. 그 애를 좋아하고 있는 것 같다. 바보같이……. 너무나 빠르다. 그래서 두렵다. 천천히 다가오는 마음이기를 바랬는데……. 너무 빨리 시작하면 너무 쉽게 식는다던데……. 너무 많이 좋아지면 어떡하지?

그 애는 모든 것이 완벽했다. 그래서 너무나 부담스럽다. 나 같은 애가 좋아해도 되는 걸까? 좋아할 수 있을까? 아……. 벌써부터 이런 생각이 들다니……. 내가 이상해진 것 같다. 정말 내가 낯설어진 것 같다. 한 번도 이런 적이 없었는데…….

그에게 첫 눈에 반한 것 같다. 그가 나에게 자기가 맘에 드냐고 물었을 때 처음이라 잘 모른다고 말했지만 사실은 너무나 맘에 들었다. 그는 왕자님 같았다. 나를 지켜줄……. 하지만 난 시녀인 걸……. 그를 믿어도 되는 걸까? 혹시 바람둥이가 아닐까? 내가 감당하기엔 그는 너무나 완벽했다. 상처만 받고 끝나지는 않을까? 하지만 포기하고 싶지 않았다. 그가 보고 싶다. 벌써 이래도 되는 걸까? 바보 같다. 정말로……. 그와 다시 연락할 수 있을까? 혹시 다시는 못 보게 되는 것은 아닐까? 그 애를 알고 싶다. 만나고 싶다. 오늘밤은 잠이 오지 않을 것 같다."

달동네 작은 골목에 어느 허름한 단칸방 창가에는 동화처럼 한 소녀가 달을 쳐다보며 일기장을 덮고 있었다.

밖에서 놀고 있었다. 신나게. 하지만 갑자기 내일 모레가 학교 시험이라는 생각이 들었다. 책을 펼쳐보았다. 국어도, 수학도, 영어도 공부가 전혀 안되어 있었다. 달력을 보았다. 내일모레부터 시작해 일주일동안 시험을 보았다. 그러나 생각이 뒤죽박죽이 되어 공부가 되질 않았다. 공포가 밀려왔다. 아무리 책을 펴려고 해도 몸이 움직이질 않았다.

갑자기 집의 책상이 학교 책상으로 바뀌고 내 앞엔 시험지가 놓여있다. 그러나 아무리 문제를 풀려고 해도 답을 알 수가 없다. 문제가 아예 보이질 않는다. 주위를 둘러보아도 아무도 없다. 시간은 가고 마음은 초조해진다. 심장이 아파 온다. 시험 5분전을 알리는 종소리가 들려오지만 난 아직 아무런 답도 쓰지 못한 상태다. 미칠 것만 같다. 당황한 난 어쩔 줄 모르지만 감독관은 나의 답안지를 낚아채 간다. 허탈한 표정으로 울상을 지으며 난 감독관에게 애원해 보지만, 이미 그는 보이지 않는다. 난 절망에 빠져 머리를 쥐어뜯는다.

장면은 내 의식 저편에서 순식간에 바뀐다. 서울대학교의 정문이 보인다. 난 그 정문 안으로 들어가려고 발버둥을 치지만 정문이 나에게서 점점 멀어져 간다. 난 있는 힘을 다해 뛰어보지만, 내가 빨리 뛰면 뛸수록 '샤' 자 모양의 서울대 정문은 더 빠른 속도로 후퇴한다. 결국 난 지쳐 포기하고 서울대 정문은 점점 내 눈앞에서 멀어져 간다. 서울대 정문이 멀어짐과 동시에 주위에서 빛은 점점 사라져가고 나는 어느새 어둠의 한가운데에 서 있게 된다.

그리고 이윽고 난 심장에 고통을 느끼며 긴 어둠의 나락으로 빠져든다.

"헉! 하아하아!"

방안이었다. 불이 꺼진……

'꿈이었구나……'

시험은 아직도 꿈속에서 날 괴롭힌다. 잠재의식이란 무서운 것이었다. 어두워진 방안은 고요했다. 난 현실감각을 갖지 못하고 그곳에서 멍하게 창 밖을 바라보았다. 낙엽이 하나 둘 지고 있었다. 어둠을 검게 물들이는 빛이 보였다.

햇살이 창으로 들어왔다.

'성택이를 생각해서라도 졸업장은 따야지.'

상협은 대강 세수를 하고 학교로 향했다.

"안녕!"

상협이 자리에 앉자마자 민수가 인사를 했다. 상협은 가볍게 고개만 끄덕였다.

'오늘 하루는 또 어떻게 보내야 하나.'

하루가 지나면 또 다른 하루가 오지만 두 날 사이엔 아무런 차이가 없었다. 그리고 평생 이런 무의미한 날의 연속만이 존재할 것 같았다. 상협은 책상에 엎드려 오지도 않는 잠을 청했다. 책상의 차가운 기운이 팔 끝을 저며왔다.

갑자기 성택의 얼굴이 생각났다. 문득 문득 떠오르는 그 슬픈 얼굴……. 가끔가다 정말로 궁금해진다. 하늘은 우리가 더 이상 가진 것이 뭐가 있다고 그나마 남은 목숨을 가져가려고 하는지…….

"상협아!"

누군가 상협을 부른다. 하지만 대꾸하고 싶지 않아 씹는다.

"상협아! 학생부에서 불러!"

뻔한 일이었다. 개새끼들……. 늘상 사람을 귀찮게 한다. 상협은 고개도 들지 않는다.

"저기……. 상협아. 형사들이 와 있어. 다섯 명이나 왔어."

'일상적인 조사라면 다섯 명이나 올 리 없어. 검거하려고 온 거야.'

정신이 번뜩 난 상협은 고개를 들어 튈지 말지를 고민하고 있었다.

'하지만 검거하려면 굳이 학생부로 갈 필요가 없잖아. 집 앞에서 잡을 수도 있고 하다못해 교실로 직접 올 수도 있는데…….'

상협은 반신반의하며 학생부로 향했다.

과연 학생부 앞에는 다섯 명의 형사가 그를 기다리고 있었고, 그 뒤로 학생주임인 담임의 신경질적인 눈초리가 그를 야리고 있었다.

"상협! 넌 알리바이 입증에 실패했다. 게다가 넌 사건 당시 그 근처에 있던 유일한 폭주족이었어. 지금 여러 가지 증거를 확보했다. 여기 온 것은 너에게 마지막 자수의 기회를 주기 위해서다. 넌 이제 완전히 걸려들었어. 이제 곧 영장이 발부될 것이다. 이게 너에게 주어지는 마지막 기회다. 더 이상 고등학생이라고 봐주는 것도 없어. 자수하시지!"

상협은 말없이 형사를 빤히 쳐다보았다.

"왜 학교로 찾아와서 가르쳐줘요?"

"뭐라고?"

"구속은 도주의 우려가 있는 용의자를 잡기 위한 수단이잖아요? 내가 도망가면 어쩌려고 학교까지 찾아와서 친절하게 구속영장을 신청했다는 걸 가르쳐줘요?"

"그……. 그건 너에게 마지막 기회를 주기 위해서……."

"제가 말해볼까요? 형사들이 개떼로 와서 다 증거가 있으니 자수하라고 공갈치는 거죠? 몇 달 동안이나 발견되지 않던 증거가 갑자기 발견될 리가 없잖아요. 그리고 날 잡아먹으려던 형사들이 갑자기 천사가 될 리는 더더욱 없고……. 그만 가볼게요. 형사라는 사람들이 유치하게시리……."

"저게! 야! 너 거기 안 서?"

"설테니까 증거 있으면 잡아가요! 구속영장 다섯 번이나 기각당했으면서……."

상협은 형사들에게 한 마디 쏘아주고는 발걸음을 돌렸다. 세상은 언제나 그를 힘들게 한다. 그가 세상과 친해보려고 아무리 애써도 세상이 돌려주는 것은 싸대기 몇 대 뿐이었다.

상협은 갑자기 화가 났다. 세상에 대한 화인지 형사들에 대한 화인지 자기 자신에 대한 것인지는 몰라도 무언가 답답해서 견딜 수가 없었다.

"씨발!"

교실에 들어온 그는 책상을 걷어찼다. 아이들의 시선이 일제히 그에게로 쏠렸다.

"뭘 야려! 뭐 불만 있냐? 있으면 말해! 안 그럼 눈깔 치워!"

아이들은 별 말없이 고개를 돌렸다. 상협은 나뒹굴고 있는 의자를 어색하게 일으켜 자리에 앉았다. 그리고 곧장 책상에 머리를 처박았다. 세상이 미웠다. 좆같았다.

"야! 쟤 왜 저래?"

아이들의 목소리가 들려왔다.

"모올라! 냅둬! 성택이 뒤진 이후로 한 달에 한 번 생리하듯이 저러니까!"

상협의 눈이 번쩍 떠졌다. 상협은 벌떡 일어나 그 말을 한 애 앞으로 갔다.

"너 다시 한 번 말해봐!"

"어? 아니……. 그게 아니라……."

그 아이의 말이 끝나기도 전에 상협의 주먹이 번쩍 날아들었다.

"아흑!"

"다시 말해봐! 이 개새끼야!"

"아니……."

"뒤져볼래?!"

상협은 닥치는 대로 그 애를 때렸다. 책상 밑으로 도망치는 아이를 발로 짓이겨 버렸고 책상도 닥치는 대로 밀어버렸다. 아이들은 도망칠 뿐 누구하나 말리지 않았다. 상협이 가는 곳에 앉아 있던 아이들은 모두 옆으로 피했고 상협은 그들이 앉아 있던 책걸상을 모조리 부숴버렸다.

"씨발! 니가 뭘 안다고 지랄이야? 뭘 안다고! 내가 당하는 게 그렇게 재미있냐? 엉?"

상협은 하늘을 향해 절규하는 사람처럼 외쳐댔다.

아이는 4분단에서 1분단까지 상협을 피해 뒤로 기어다녔고 상협은 그 아이를 발길질로 밀고 있었다. 닥치는 대로 치고 받는 상협의 손에 벌써 교실 책걸상의 반이 날아가 버렸다.

이미 자리에 앉아 있는 아이들은 한 명도 없었다. 반은 순식간에 아수라장이 되어 버렸다.

상협의 굵은 팔뚝에 힘줄이 섰다.

"어떻게 좀 해봐! 저러다 애 죽겠어!"

오월이는 민수를 쳐다보았다. 민수는 말없이 상협 곁으로 갔다.

"그만둬라!"

"넌 또 뭐야!"

흥분한 상협이 민수의 배를 갈겨버렸다.

"아윽."

민수가 배를 잡고 고꾸라졌다.

"사는 게 그렇게 좆같냐?"

민수가 고개를 들어 상협에게 말했다.

"그래! 씨발 좆같다! 좆같아 견딜 수가 없어!"

상협은 미친 듯이 민수를 붙잡고 울부짖었다.

"그래도 산 새끼는 살아야 돼."

민수가 나직히 말했다.

"너까지 뒈지면 니 친구가 좋아하겠냐? 뻔한 소리지만 산 사람은 또 살아가야돼. 죽은 놈은 아무리 그리워해도 돌아오지 않아. 니가 매일 이런다고 해도 세상은 변하지 않아, 알잖아?"

"씨발. 살아남은 놈이 더 힘들어. 죽으면 땡이지만, 살아남은 놈은 두고두고 괴로워해야 하는 거야. 돌이킬 수 없다고 해도 후회가 되는 걸 막을 수는 없잖아. 너 같으면 후회하지 않을 수 있니?"

"하지만 죽은 놈도 죽는 순간엔 니가 지금 겪는 고통만큼 큰 고통을 겪었을 꺼야. 한순간에 그 버거운 고통을 짊어져야 했겠지. 시간은 누구도 돌이킬 수가 없어. 후회는 남기지마라. 너를 바꿀 수 있는 사람은 너 자신 뿐이야."

민수는 상협의 어깨를 잡았다. 상협은 잠시 말이 없었다. 그리고 민수를 지나쳐 교실을 빠져나갔다. 뒷문을 나서는 상협의 모습을 아이들 모두 응시하고 있었다.

모두들 느끼는 것 같았다. 더 이상 상협의 모습을 볼 수 없다는 것을……. 저 뒷모습이 상협의 마지막 모습이라는 것을……. 상협은 그렇게 학교를 떠나고 있었다. 가방도 자켓도 후회도 교실에 남겨둔 채…….

"후우우우우우~~!"

상협은 말없이 거리를 걸었다. 성택이 죽은 지도 벌써 여러 달이 지났다.

'시간은 모든 것을 지워간다. 아름답던 시간도 가슴아픈 시간도……. 우리가 해야 할 일은 그저 그 흐르는 시간의 강물이 미처 지우지 못한 기억들을 조심스레 주워담는 일 뿐이다.'

상협은 생각했다. 자기가 해야 할 일은 시간이 미처 지우지 못한 성택의 기억들을 지워가는 일 뿐이라고……. 그렇지만 힘들었다. 그 나머지만 지우는 일도…….

상협은 이제 완전한 외톨이였다. 아무도 그와 같이 있어주질 않았다.

인생은 잔인했다. 좆같은 놈들에게는 계속 좆같은 일만 일어난다. 못사는 집 애새끼만 꼭 불치의 병에 걸린다. 못사는 집만 애비가 사고를 당하고 좆같은 집만 마누라가 집을 나가거나 병걸려 뒤진다. 똑같은 레파토리……. 좆같다. 거지같은 인생은 거지같은 일

118

만 생긴다.

사실 따지고 보면 당연한 일이었다. 돈없는 집구석은 사고도 많고 병도 많이 걸린다.

"씨이팔……. 내가 하는 일이 다 그렇지. 뭐가 제대로 되겠냐?"

상협은 혼자 중얼대며 네온 사이를 걸었다.

제대로 되는 것이 없었다. 원래 꿈도 희망도 없는 인생이었지만 그나마 살아야 할 이유가 사라져버렸다. 평범하게 사는 것도 성실히 사는 것도 싫었다. 뒷골목 양아치가 되는 것도 바이커가 되는 것도 흥미가 없었다. 모든 것이 귀찮고 지겨웠다.

그나마 성택이 있어서 버텨온 인생이었는데…….

학교도 더 이상 다닐 이유가 없었다. 숨을 쉴 이유조차도…….

허무가 목 끝까지 밀려올 때는 뭐든지 부수고 싶었다. 닥치는 대로……. 주먹 끝에 느껴지는 감각으로 살아있음을 알 수 있었다. 그러나 싸우는 것도 귀찮았다. 누구를 때리거나 누구에게 맞거나 하는 일도. 상처를 감싸는 일도…….

말로 표현할 수 없는 슬픔이 인생의 감각을 마비시켜버렸다. 눈물이 흘러내렸다. 너무나 어린 나이에 너무나 많은 것을 잃어버려야 했다. 몇 달 전 온통 경제위기 뿐인 기사 한 귀퉁이에 경찰살인 사건이 실렸고 그 이후로 상협은 늘 용의자로 살아야 했다. 사실 그가 범인이었지만, 그는 자수할 마음이 없었다. 자수하고 참회하는 것도 귀찮고 무의미했기 때문이었다.

상협은 오늘부터 집과 학교를 정리하기로 마음먹었다. 집은 어차피 혼자 사는 단칸방이 전부였으니 정리할 것도 없고 학교도 안 나가면 그만이었다. 가재도구도 없었고 옷도 없었으니 짐을 쌀 필요도 없었다. 그저 밖에 나왔다가 안 들어가면 그만인 인생이었다.

바람같은 인생…….

상협은 뒷산 쪽으로 발걸음을 옮겼다. 늦가을의 추위가 옷속을 에어왔다. 야산에는 쓰러져 가는 집들이 즐비했고 연탄찌꺼기들이 여기저기 뒹굴고 있었다. 상협은 좁은 골목을 성큼성큼 올라갔다.

'어렸을 적엔 성택이하고 이 골목에서 연탄부스러기 가지고 놀았는데……'

상협에게 부모보다 더 큰 의미를 가지는 사람이었다. 어렸을 적 이 골목에서 벌거벗은 채 울고 있던 자신의 모습처럼 상협은 지금 홀로 서 있었다.

"후우~! 후우~!"

가쁜 숨을 몰아 쉬며 산꼭대기에 올라간 상협은 길에 몇 년째 버려져 있는 낡은 캐비넷의 아랫서랍을 연다.

"끼이이익!"

서랍은 강감범의 우악스런 손에 대항해 다리를 오므리려고 발악하는 계집애처럼 힘겹게 벌어진다. 그 서랍 안에 헝겊에 둘둘말린 무엇인가가 가로등 빛에 희미하게 비친다. 총과 총알 12발. 상협은 아무 말 없이 그것을 주머니 안쪽에 찔러 넣는다.

"하아!"

크게 심호흡을 해 본다. 온 세상이 내장에 들어와 뒤섞이는 것 같다.

'총과 총알. 그리고 모아둔 돈 40만원.'

돈이 지배하는 세상 속에서 그가 믿는 것은 지금 이것들뿐이었다.

상협은 터벅터벅 길을 내려왔다. 도시의 네온이 점점 가까워지고 있었지만 그곳 어디에도 상협이 갈 자리는 없는 것 같았다. 술에 취해 흥청대는 사람들……. 팔짱끼고 다니는 연인들……. 상협은 그곳에 낯선 이방인처럼 서 있어야 했다. 이제 그는 자신을 버린 세상과 일대 일로 맞서야 했다.

귀찮은 일이었다.

6
Shadow of My Soul

"미안."

"너! 지금 뭐라고 했어?! 응?"

"다음 달이야."

"뭐라고 그랬어? 뭐라고 그랬냐고?"

"미안해. 어쩔 수 없었어."

"뭐? 캐나다로 이민 간다고?"

지혜가 캐나다로 이민을 간다고 했다. 정말 실감이 나지 않는 이야기였다.

"너 장난치는 거지?"

"미안해."

"왜 계속 미안하단 말만 하는 거야? 어떻게 니가 이민을 가!"

"여기선 더 이상 견딜 수가 없어."

"뭐가 견딜 수가 없어! 내가 여기 있잖아"

난 뻔뻔스럽게도 화를 내고 있었다.

"사실 아버지 사업이 부도가 났어 . 그래서……. 외국으로 가야 할 것 같아. 미안해."

난 그 자리에서 입을 벌리고 서 있을 수 밖에 없었다.

난 지혜에게 얼마나 무관심했는가…….

민아와 미래에게 정신이 팔려 지혜가 어떤 고민을 하고 있는지 관심도 없었으면서 난 뻔뻔스럽게 화를 내고 있었다. 화를…….

"아……. 아니. 그래도 그렇지. 이렇게 갑자기."

머리는 지혜의 이민을 사실로 받아들이고 있었으나 마음은 도대체 그것을 믿으려고 하지 않았다. 믿기에는 너무나 극단적이고 절망적이었다. 난 지혜의 이민을 막을 방법을 생각해 보았지만 도저히 떠오르지가 않았다. 하긴 이렇게 어린 내가 뭘 할 수 있었겠는가…….

"그래. 우리 집에 내가 부탁해볼게. 엄마 아빠도 니 일이라면 도와주실거야. 아버지 회사 이름이 뭐야?"

이 상황에서 내가 할 수 있는 일이 고작 집을 팔아먹는 일이라니 한심했다. 하지만 잡고 싶었다. 지혜는 어떻게 해서라도.

"……."

지혜는 말이 없었다. 하긴 말도 안 되는 소리였다. 요즘 같이 어려운 때에 고등학교 다니는 자식 놈 여자 친구 아버지를 도와줄 사람은 없었다. 다만 내가 믿을 곳이 그 곳 밖에 없을 뿐이었다.

"말해봐! 회사이름이 뭐냐구? 지금 자존심이 중요해? 빨리!"

"선명기술……."

조그마하게 말하는 지혜의 말에 내가 오히려 무너져 내렸다. 그렇게 자존심이 센 지혜가 가장 말하고 싶지 않을 나에게 회사 이름을 말하다니…….

"아……. 알았어."

난 병신 같았다. 갑자기 모든 것이 선명해졌다. 내가 아직도 지혜를 사랑한다는 사실도. 그저 오래되어 생긴 정이 아니라 정말로 사랑한다는 사실도……. 떠날 때 진정한 사랑이였는지를 안다는 유행가 가사가 생각났다.

어떻게 할 수가 없었다. 내가 감당하기엔 너무나 커다란 충격이 나를 덮쳐왔다. 단순히 여자친구를 잃는다는 슬픔이 아니었다.

내가 아주 어릴 적부터 믿어왔던 나의 유일한 희망이 무너져 내리고 있었다.

어느새 지혜는 고개를 숙이고 울고 있었다.

지혜가……. 공주님이 울고 있었다. 언제나 저 높은 곳에 서서 하얗게 웃고 있던 나의 공주님이 울고 있었다. 농민이었던 나는 왕국이 망할 줄은 꿈에도 몰랐던 것이다. 그 찬란하게 빛나던 왕궁이 전쟁에서 패배해 아리따운 공주님이 시녀로 전락할 줄은 꿈에도 몰랐던 것이다. 언제나 저 높은 곳에서 찬란한 희망으로 나를 이끌어 주던 지혜가 초라한 모습으로 내 앞에서 우는 날이 올 줄은 몰랐다.

어린 시절 평생 지혜의 얼굴에 그늘이 지지 않게 해 주리라던 다짐도 한낱 어린아이의 허풍으로 저버리고 있었다. 난 결국 말뿐인 나약한 머저리에 지나지 않았다.

갑자기 지난 일들이 미친 듯이 역류하기 시작했다. 지혜를 처음 만난 날부터 같이 지내온 7년의 시간들…… 내가 그토록 사랑했던 내 삶의 의미가 무너져 내리고 있었다. 지혜가 울고 있었다. 난 말없이 지혜의 옆자리에 앉았다. 그리고 말없이 지혜를 한 손으로 감싸 안았다.

"오월아! 난 무서워! 너랑 헤어진다는 것이 느껴지지 않을 정도로 지금 무서워. 날 용서해 줘. 미안해. 이렇게……."

할 수 있는 말이 없었다. 아무 말도……. 지금 지혜는 보통의 여자 애들처럼 연약한 소녀가 되어 있었고, 나 역시 아무 것도 할 수 없는 소년이 되어버렸다.

나에게도 불행이라는 단어가 존재할 줄이야……. 지나온 시간들이, 다가올 시간들이 아득히 느껴졌다.

최근에 기업이 연쇄적으로 부도를 맞이하고 우리 아버지 회사도 어려움을 겪고 있는 것은 알고 있었지만, 그 그림자가 나에게까지 덮쳐올 줄은 몰랐다. 난 모든 상황을 너무나 낙관적으로 보고 있었다. 마치 유리 온실 속에서 창밖에 내리는 눈을 보듯이 모든 것을 낭만적으로 보고 있었던 것이다.

그리고 어느 날 갑자기 유리 온실 밖으로 내동댕이쳐진 화초처럼 난 처음으로 세상에 내리는 눈이 아름다운 것만은 아니라는 것을 깨달았다. 뼈에 저리도록 시렸다. 제발 꿈이기를 간절히 원했지만 현실은 냉혹했다. 난 그렇게 지혜를 안아주는 것 이외에는 할 수 있는 것이 아무 것도 없었다.

사실 난 지혜보다 더 당황스러웠다. 어떻게든 해야만 하는데, 이대로 그냥 그렇게 보낼 수는 없는데……. 도대체 어떻게 해야 하는지……. 가지 말라고 애원할 수도, 잘 가라고 인사할 수도 없었다.

난 전부 다 알고 있었다. 그 애를 보내야만 한다는 사실을. 아니 보낼 수밖에 없다는 사실을. 내가 막는다고 해서 지혜가 남아 있지는 않을 것이다. 다만 지혜의 마음만 더 아플 뿐이었다. 난 전부 다 알았다. 하지만…….

그냥 거기 어정쩡하게 서서 어쩔 줄 몰라하는 수밖에……. 순진하게도 난 사랑 하나면 어떤 것도 극복할 수 있다고 믿어왔다. 그렇게 생각해왔다. 진실한 사랑이면 어떤 힘든 일도 다 극복할 수 있다고……. 하지만 너무나 순진한 생각이었다. 현실의 벽 앞에서 인간의 사랑이란 너무나도 연약했다. 더군다나 새파란 고등학생들의 풋사랑이란 비누방울보다 더 쉽게 터지는 약속이었다. 부모의 말 한마디에 깨지는 사랑이 우리의 사랑이었다.

사랑인지도 모르고 시작해서 사랑인지도 모르고 끝나는 그런 사랑…….

하지만 그렇게 무너져 내리기엔 7년이란 시간은 너무나 길었다.

18살이었다. 나는…….

11살 때부터 시작한 사랑……. 내 삶의 전부였던 시간들…….

지혜를 생각할 때는 언제나 푸른 오월이 생각났다. 그 푸르른 오월에 경회루 숲속에 앉아 지혜와 나누었던 얘기들. 그 애의 무릎을 베고 누워 바라보던 그 파아란 하늘. 쏟아지던 햇살. 빛나던 지혜의 웃음. 행복이라는 것을 알게 해준 시간들.

하지만 이제 오월은 지나가고 겨울이 닥쳐왔다. 나뭇잎은 떨어져 말라비틀어지고 있었다.

바보 같았다. 너무나 유치해서 견딜 수가 없었다. 운명이라 생각하고 지워버리기엔 너무 마음이 아팠다. 눈물이 흘러내렸다. 바보같이……. 지혜를 안아줘야 하는데…….

그렇게 난 그냥 앉아있을 수밖에 없었다.

창 밖에는 네온이 그림자를 길게 드리우고 있었고 그 때 지혜는 단발머리였다.

내가 처음 본 날부터 지금까지 계속 찰랑이던 그 긴 생머리는, 내가 그토록 사랑하던 그 생머리는 더 이상 없었다. 내가 생머리를 좋아한다는 소리를 듣고는 나와 헤어지는 그 날까지 자르지 않겠다던 그 머리는 더 이상 없었다.

칼같이 차가운 단발머리만이 나의 손가락에 만져지고 있었다.

아침이다. 세상은 하나도 변한 것이 없다. 제길……. 정말 그대로다. 내가 아무리 슬퍼해도 등교시간은 언제나 8시이다. 학교에 가기 싫었지만, 집에 있으면 더욱 견딜 수 없을 것 같아 학교로 향한다. 머리가 있다는 사실이 부담스럽다. 몸만 있었으면…….

시간이란 무서운 것이다. 7년이란 시간은 말로 표현할 수 없는 많은 것을 만들어왔다.

한 쪽 팔 없이 사는 법을 배워야 하는 사람처럼 난 어색했다. 정말이었다. 사랑만으로 지켜온 7년이었다. 부부처럼 법적 구속력도 없이 7년을 하나만 보고 살았다. 갑자기 천벌이라는 단어가 생각났다. 내가 바람을 피우고 다니니까 하늘이 나에게 벌을 내린 것이었다.

가슴이 답답했다. 누군가에게 기대어 울고 싶었다. 하지만 내가 기대어 쉴 곳은 지혜뿐이었다. 다른 나의 모든 고민은 나의 라임오렌지나무에게 말했었는데 그 라임오렌지나무가 뿌리 채 뽑힌 슬픔은 누구에게 말해야 하는 것일까?

속이 울렁거렸다. 정말로 토할 것 같았다. 입술이 모두 부르터버렸다. 눈앞에 학교가 보였다. 들어가고 싶지 않았다. 하지만 졸라 범생인 나는 이런 와중에도 학교에 들어가야만 한다는 의무감이 들었다. 좆같았다. 어쩔 수 없는 놈이었다. 난……

나약했다. 견딜 수가 없었다.

"후우~~!"

난 너무나 귀찮은 나머지 자리를 닦지도 않고 털썩 앉아버렸다.

"으아아아악!"

갑자기 난 너무나 화가 나 소리를 질렀다. 아이들의 시선이 일제히 나에게로 쏟아졌다.

"뭘 야려! 이 새끼들아! 무슨 구경났어!"

난 벌떡 일어나서 의자를 집어들어 아이들 한가운데로 집어 던졌다.

"꺄악!"

아이들이 일제히 자리에서 일어나 의자를 피했다. 마치 바닷길이 열리듯 아이들이 의자가 떨어진 자리를 중심으로 쭈욱 비켜났다.

"너 왜 그래! 미쳤어?"

민수가 벌떡 일어섰다.

"그래 미쳤다! 이 개새끼야!"

"왜 그래! 무슨 일 있어?"

"몰라 이 개새끼야!"

난 민수의 얼굴을 갈겨 버렸다.

"이 새끼가!"

민수도 지지 않고 주먹을 날려보냈다. 우리는 순식간에 뒤엉켜 싸우기 시작했다. 별로 느껴지는 것은 없었다. 민수의 주먹이 졸라 쎄다는 사실 이외에는 별로 눈에 들어오는 것이 없었다. 아이들이 우리를 끌어 당겼다.

"놔아! 씨발!"

"개새끼야! 너만 잘났냐?"

민수가 소리쳤다.

"무슨 일 있는지 몰라도 이 세상 고민 너 혼자 다 갖은 척 어리광 부리지마!"

"니가 뭘 안다고 지랄이야!"

"니 새끼는 잘났으니까 쥐알만한 일도 졸라 큰 고민으로 보이겠지만. 씹새끼야 배부른 소리하지마. 우린 더 큰 고민 있어도 니 새끼처럼 티 안내!"

"주둥이 닥쳐! 뒤지고 싶냐?"

"지랄하지마. 배부른 소리하면 죽어! 니가 얼마나 큰 고민이 있다고 그래! 아빠가 뒤졌냐? 집이 하루아침에 망했냐! 난 우리 아빠 죽었을 때도 너처럼 티 안 냈어!"

난 그 한마디에 힘이 쭈욱 빠지는 것을 느꼈다.

"허어허어."

갑자기 모든 것이 선명하게 시야에 들어왔다.

"그래. 난 울 아빠 죽었을 때도 다음 날 어떻게 사는가를 먼저 생각했어. 어리광 부리지마! 너보다 더 슬픈 사람도 잘 살아."

말문이. 막혔다.

그럴지도 모른다는 생각이 들었다. 다 참으면서 살아가고 있었다. 이 세상 사람들 모두가 다 참으면서 살아가고 있었다. 슬퍼도 더러워도 역겨워도……. 나만 특별하지는 않을텐데…….

"씨발!"

난 그 자리가 어색해 책상을 밀치고 밖으로 나왔다. 민수의 말이 귀를 찔렀지만 슬픔은 슬픔이었고 견딜 수 없는 것은 계속 견딜 수 없는 것이었다. 난 그런 말을 듣고 감복하기엔 너무나 이기적이었다.

"와아아아아아악!"

난 운동장을 향해 미친 듯이 달려가며 소리를 질러댔다. 이 세상에 눈에 밟히는 것 모두를 부숴 없애고 싶었다.

"와하하하학! 아아아악!"

미칠 것 같았다. 쌓여왔던 모든 억압과 울분이 미친 듯이 솟구쳐 올랐다. 지혜를 위한다는 이름으로 위장한 채 숨어있던 모든 욕구들이 땀구멍 하나하나에서 미친 듯이 터져나왔다. 쓰려 견딜 수 없을 정도로 모든 것이 분출해 흘러 넘쳤다. 난 무작정 교문 밖으로 달려나가 미친 듯이 학교 뒷동산으로 올라갔다.

어느새 눈물이 뺨을 타고 흘러내렸다.

"지혜야……. 지혜야……."

난 울먹울먹 산비탈을 올라갔다. 산꼭대기에선 서울이 한 눈에 내려다 보였다.

뿌연 연기에 쌓인 서울……. 온갖 군상이 저 아래 살고 있었다. 기분 좋은 사람도, 기분 좆같은 사람도. 행복한 사람도 불행한 사람도…….

하지만 그들이 어떤 삶을 살건 서울이 바뀌는 것은 아니었다. 저 아래 묻혀 지내는 하나의 인생은 그대로 하나의 인생이었다 서글

폈다. 그 뻔한 사실이……. 아무도 나에게 진정한 마음을 써주지 않는다는 사실이……. 난 철저히 혼자였다.

"지혜야……정말 우리에게도 끝이 있는 거니? 처음이자 마지막이길 바랐는데……. 나 정말 너의 그늘 아래서 영원히 살고 싶었는데. 나 정말 널 지키고 싶었는데. 우리의 운명은 이렇게 끝나는 거니? 우린 정말 여기까지니? 너무나 평범한 진리가 너무나 야속해. 우린……."

난 미친놈처럼 혼잣말을 중얼거렸다. 너무 멀리 와버렸다. 예전의 그 시간을 기억하기엔……. 우린 너무나 벌어져 있었다. 내가 아무리 슬퍼한다고 해도 결국 지혜는 떠날 것이었다. 기적이란 드라마에만 있는 것이니까…….

난 느꼈다. 번데기의 껍질이 깨어져 버린 것을…… 큰일이었다. 난 아직 나비가 아닌데…… 너무 빨리 번데기가 깨어져 버렸다. 난 이대로 죽는 것일까?

"음냐……. 누구세요?"

나도 모르는 새 잠이 든 모양이었다.

"어어……. 민수구나……. 응……. 나 자고 있었어. 흐흐. 지금 정신없어."

"응? 야! 이 새끼야! 무슨 소리를 하려고 그렇게 개폼을 잡고 난리야? 뭐 잘 들으라고? 지랄……. 알았어. 말해봐."

핸드폰에선 민수의 목소리가 들려왔다.

"뭐? 이 새끼가 뒤질려고 장난 까나. 가뜩이나 열 받아 있는데 꼭두새벽에 전화해서 장난이나 까고."

믿을 수 없었다. 그런 일이 일어나는 것은…….

"야! 개소리 하지 말고 전화 끊어. 내가 학교에서 너무 심했다. 됐냐? 미친 새끼……. 남자 새끼가 그런 일로 삐져가지구 새벽부터 장난질이야……. 짜증나게……. 너 생리하냐?"

"…………."

민수는 그 믿기지 않는 내용을 다시 한 번 또박또박 큰 소리로 말했다. 침착하라는 말과 함께…….

하지만 믿을 수 없었다. 한 인간에게, 그것도 졸라 잘 살고 있는 한 인간에게 순식간에 그렇게 많은 사건이 일어나는 것은…….

"야! 구라지? 장난까지마아 오늘까지만 해도 멀쩡했잖아."

난 자세를 고쳐 앉았다.

민수는 녹음기처럼 똑같은 내용을 반복했다.

"진짜냐?"

지금까지 민수의 목소리가 그렇게 부담스럽고 원망스러웠던 적은 없었다.

"진짜 세영이가 자살했냐?"

난 나직이 한 번 더 물어보았다.

'응'이라는 민수의 가라앉은 목소리가 차가운 수화기를 통해 들려왔다.

"……"

잠시 머리가 어질했다. 쓰러질 것 같았다. 또 귓가에서 윙윙대는 소리가 들렸다.

"왜? 언제?"

난 침대에 털썩 누우며 말했다. 수화기는 '몰라'라고 짧게 대답했다.

난 몸을 일으키려고 애썼지만, 몸이 말을 듣지 않았다. 자고 싶었다. 이대로 영원히…….

"나 잘래. 전화 끊어."

그냥 모든 것을 다 잊고 잠이 들고 싶었다.

"개소리 하지마! 잘 꺼야!"

난 그런 소리를 하고는 스르르 핸드폰을 놓았다. 정말로 졸음이 쏟아졌다.

"삐디디딧 디디디디딧!"

핸드폰이 울리는 소리가 잠결에 어렴풋이 들렸지만 난 그냥 씹고 잠을 청했다. 하지만 음악소리는 그칠 줄 몰랐다.

"에이! 씨발! 잔다니까!"

난 신경질적으로 핸드폰을 던져버렸다. 난 다시 잠을 청했다.

하지만 이번엔 잠이 잘 오지 않았다. 핸드폰은 계속 울렸다. 정신이 번쩍 들었다.

"야! 어디야?"

난 핸드폰에 대고 소리쳤다. '보라매 시립병원.'이라고 수화기는 짧게 대답했다. 난 전등을 켰다. 눈이 부셨다. 정신없이 옷을 대충 입고 코트를 걸쳤다.

"아저씨! 보라매 시립 병원이요. 빨리요."

택시를 타고 가는 동안 창밖의 야경을 보며 난 현실감각을 되찾으려 애썼다.

잠결이라서 그런 것만은 아니었다. 꿈을 꾸고 있는 것 같았다.

난 세영이가 어떤 아이인지 생각해보았다. 생각이 뒤죽박죽이었지만 몇 개의 떠오르는 영상이 있었고 그 중에 점점 내 머릿속을 지배하는 영상은 똥이 묻은 세영이의 얼굴이었다.

그 영상은 점차 커지기 시작하더니 마침내 세영이에 대한 다른 모든 인상을 지워버렸다. 이제 내 머릿속에는 그 단 하나의 영상만이 떠올랐다. 소름이 온 몸에 쫘악 끼쳐 올랐다. 생각해보니 내가 아는 사람이 죽은 것은 이번이 처음이었다. 상상이 되질 않았다.

택시는 의외로 빨리 병원에 도착했다. 보라매 병원으로 들어가며 장례식장의 분위기를 생각하려고 애썼다. 하지만 난 아직까지 인간의 죽음을 목도한 적이 없었다.

　병원은 고요했다. 무슨 유령이라도 나올 듯한 고요함 속에 병원 전체에 배어 있는 특유의 약냄새가 코를 찔렀다. 낮에 붐비는 병원만 오던 나는 으시시함을 느꼈다.

　난 그 문 앞에서 머뭇거리지 않을 수 없었다. 이상해 보였다. 그런 곳에 선다는 것이……. 그런 곳에 친구를 찾아 왔다는 것이……. 아마 세영이는 더 이상했을 것이다. 자기가 그런 곳에 누워있다는 사실이……. 다행히 내가 발을 딛은 곳은 시체가 즐비한 곳은 아니었다. 영안실은 저 안쪽에 보였다.

　민수가 눈에 들어왔지만 난 입을 열 수가 없었다. 그렇게 시간이 한참 흐른 뒤 민수는 말없이 성큼 성큼 내 곁을 스쳐 지나갔고 난 무작정 그 애를 따라나섰다.

　밖으로 나온 민수는 말없이 담배를 한 대 피워 물었다. 뽀얀 연기가 뼛가루처럼 새벽바람에 산산히 부서져 내렸다. 민수는 그 담배 한 개비가 다 타도록 말이 없었다.

　덕분에 난 애써 현실을 인식할 수 있는 시간을 벌었다.

　"자살이야."

　다음 담배를 주워 문 민수가 말했다. 난 약간은 놀랐지만 할 말은 없었다. 자살이든 타살이든 죽은 자는 죽은 자이다.

　"전 가족이 모두 자살했다."

　난 더욱 더 놀랐지만, 역시 할말을 찾는 데에는 실패했다.

　"제길. 집구석 사람들도 전부 약골에 왕따인 모양이야. 예전부터 빚쟁이들한테 시달리더니……. 요즘 경제가 개좆이니까 완전히 수세에 몰렸나봐. 온 가족이 뒈져도 찾아오는 친척 하나 없고……. 잘났다. 장례식은 누가 지내나……. 세영이 녀석 집이 망해서 다시 전학까지 오더니……. 그나마 없는 집구석에 빚질게 뭐가 있다구……."

민수는 하늘을 보며 주절 주절 미친 사람처럼 읊조렸다. 난 사람이 죽은 상황에서 그런 생각을 할 수 있는 민수가 신기했다. 나에겐 그저 사람이 죽었다는 생각밖에 들지 않았다.

자살, 몰살, 빚, 약골, 친척……. 이런 단어는 머릿속에 들어오지도 않았다. 사람이 죽었는데 그런 것이 중요한 것인가? 전 가족이 죽었는데 누가 장례식을 치를 것인가가 문제가 되는 것인가?

"죽은 거냐?"

"웅?"

민수가 담배를 비벼 끄며 고개를 돌렸다.

"세영이는 정말 죽은 거니?"

민수가 고개를 끄덕이는 것이 나의 망막을 통해 전해졌다.

"나 여지껏 사람이 죽은 것을 본 적이 없어. 정말 그렇게 쉽게 사람이 죽니?"

민수는 말이 없었다.

"어떻게 해야할지 모르겠어. 어찌 된 거야? 세영이네가 그렇게 어려웠어?"

"복잡하게 생각할 게 뭐가 있냐? 사는 게 다 그렇지. 돈 없으면 뒈지는 거야. 사실 개 내신 때문에 전학온 게 아니고 학비 때문에 온 거야. 외고 학비가 일반고보다 3배정도 비싸잖아. 거기에다가 여러 가지 명목으로 돈을 계속 걷으니 부담이 된 거지. 고등학교 등록금을 못 낼 정돈데 무슨 말이 더 필요하겠냐?"

이해할 수 없었다. 세영이의 마음을. 우린 고등학생이었다. 일을 이해하고 수습하기엔 너무나 벅찼다.

"어쩌지? 누구에게 연락을 해야하는 거야?"

"나도 몰라. 내가 오죽 답답하면 너를 불렀겠냐?"

"상황은 어때?"

"무슨 상황?"

난 말문이 막혔다. 상황은 이미 종료되었기 때문이었다.

생각해 보니 그다지 슬프지 않은 것 같았다. 친구가 죽었는데도 별로 슬프지 않았다.

"왜 슬프지 않은 거지? 왜 눈물이 나지 않는 거지?"

"무슨 소리야?"

"이상하지 않니? 세영이가 죽었는데도 슬프지 않아. 그냥 잘 이해가 안돼."

"아직 실감이 나지 않아서 그런 걸 거야. 아직……."

"정말 세영이를 내일부터 볼 수 없는 건가?"

"……."

"이젠 매점도 못 가고 같이 노래방도 못 가는 거니?"

눈물이 볼을 타고 흘러내렸다.

"이…… 이상해……. 새…… 생각보다 슬프지 않아. 죽을 정도로 슬플 줄 알았는데……. 치과에서 이빨 가는 정도 밖에 슬프지 않아. 왜 그렇지? 왜?"

민수는 또다시 담배를 입에 물고 있었다. 보라매공원의 새벽은 차가웠다.

"좋겠다. 개새끼. 담배 필 수 있어서……"

담배라도 필 수 있는 민수가 부러웠다. 아무 것도 하지 못하고 어정쩡하게 선 채 눈물 범벅이 되어 있는 모습은 너무나 추했다. 사람은 더 곱게 죽고 남은 사람들은 더 곱게 슬퍼할 줄 알았다. 이렇게 간단히 뒈지고 이렇게 어설프게 슬플 줄 몰랐다.

"으하하하하하하!"

민수가 악마처럼 웃어 제꼈다.

"이 새끼야. 나한테 너무 많은 걸 기대하지마라. 나도 너랑 똑같으니까."

민수의 눈에 어리는 수정 같은 것은 분명 눈물이었다. 수습할 길을 모르는 우리는 그렇게 추위도 모른 채 멍하니 서 있었다. 집에 가고 싶었다. 여기는 싫었다. 귀찮았다. 그리고…… 두려웠다. 내가 이런 곳에 있는다는것이…….

"그만 들어가자. 들어가서 일을 수습해야지. 언제까지 이러고 있을 수는 없잖아.""

민수가 쉰 목소리로 말했다.

"수습하다니?"

"넌 내가 왜 여기 있는 줄 모르니? 일가족이 전부 몰살했는데 누가 장례식을 치르니?"

"그야 친척들이 해야지."

"장례식 치뤄줄 친척들이 있었더라면 죽기 전에 도와 줬을 꺼야. 실은 나한테 연락이 온 것도 친척이 한 명도 없어서 그런 거야. 세영이 수첩보고 연락이 온 거라구."

"그래도 유서에 재산이나 장례식 문제 써놓잖아."

"넌 세상사람들이 다 그렇게 속 편한 줄 아니? 남길 재산이 어디 있고 죽는 판에 장례식 생각할 여력이 어디 있어? 남길 재산과 장례식 비가 있으면 그 돈으로 빚을 갚겠다."

죽음 역시 현실에서 자유롭진 못했다. 소설에서는 장렬한 죽음 뒤에 슬픈 장례식이 있었지만 현실은 그렇지 못했다. 죽는 이유도 죽음의 순간도 죽은 모습도 죽은 후의 처리도 전부 현실적이었다. 마냥 슬프기만 한 죽음은 없었다.

세영이의 장례식은 얼마 전 죽은 다이애나 비와 같이 장대할 수 없었다. 세영이는 돈이 없기 때문이었다. 죽기 전에도 죽은 후에도 돈이 웬수였다.

"저기……. 나 한번도 죽은 사람을 본 적이 없어. 그냥 기다렸다 내일 장례식 절차 밟으면 안되니? 꼭 죽은 세영이의 모습을 봐야 하는 것은 아니잖아."

"하지만 봐둘 필요가 있어. 우리 친구가 가는 마지막 모습을……."

"난 그러고 싶지 않아. 꼭 그렇게 내가 충격을 받아야 하니?"

난 두려웠다. 어떤 형식으로든 내가 죽음과 가까워진다는 사실이……. 난 자각하지 못한 채 살았다. 사람은 죽는다는 평범한 사실을……. 솔직히 난 아직 그런 것을 자각할 나이가 아니었다. 그런 사실은 인생의 노년기에나 자각할 일이었다. 난 너무나 빨리 인생의 끝을 보았던 것이었다. 사람이 이렇게 허무하게 끝이 난다는 것을 굳이 눈으로 확인하고 싶지 않았다.

"난 보고 싶지 않아. 정말이야."

"하지만 넌 언젠가 보게 돼있어. 적어도 니가 이 장례식을 치뤄야 할 사람이라면……."

민수의 말이 맞았다. 상주(喪主)가 된다면 어차피 봐야할 일이었다.

"우리라도 현실로 받아들이자. 다른 애들처럼 친구가 죽었다고 놀래 자빠져 따귀 맞은 어린애처럼 경기하며 질질 짜지 말고……. 우리라도 침착하게 맞이하자. 실감은 나지 않지만 다른 방도가 없어. 우린 의무가 생겼어. 세영이가 편하게 잠들 수 있게 마지막으로 도와줘야지. 그 동안 챙겨주지 못했으니까 마지막이라도 잘 챙겨주고 싶어. 부탁이다. 우리라도 빨리 현실로 받아들이자."

난 민수를 쳐다보았다. 민수는 진심이 담긴 눈빛으로 날 똑바로 쳐다보고 있었다.

"넌 말야. 졸라 알 수 없는 새끼야. 어떤 때는 졸라 병신 양아치 같은 짓만 하고, 어떤 때는 이 세상에서 둘도 없이 진지한 소릴 하고. 그래, 니 말이 맞다. 언제까지 슬퍼만 하고 있을 수는 없지. 슬퍼한 지 겨우 몇 시간 밖에 안됐지만 해야할 일이 있다면 해야지……."

우리는 성큼성큼 불 꺼진 영안실로 들어갔다.

눈 안에 의사와 경찰 몇 명이 들어왔다.

"저기, 박재철씨 가족 시신을 볼 수 있을까요?"

민수가 정중하지만 당당한 말투로 의사에게 말했다.

죽은 지 얼마 되지 않아서 그런지 영화에서 보는 것 같은 어두운 냉동창고는 없었다.

그냥 방 같은 곳에 흰 천으로 덮인 침대 네개가 덩그러니 있었다.

"다 보길 원하냐? 아니면 친구만?"

의사가 무성의하게 물었다.

"아저씨 시체 많이 보셨어요?"

난 덜덜 떨리는 목소리로 의사에게 물었다.

"응. 담당인걸. 넌 처음이니?"

이상했다. 처음이라는 단어는…….

"네."

"그럼 각오하는 게 좋아. 보지 않는 것이 좋을지도……. 인간은 의외로 빨리 굳는단다."

의사의 말은 날 더 떨리게 만들었다.

"전부 다 보겠어요. 보여주세요."

민수가 당당히 말했다.

의사의 손이 천천히 하이얀 천으로 다가갔다. 난 눈을 감았다.

"눈 떠."

민수의 말에 난 살며시 눈을 떴다.

거기에는 카키색 군인 점퍼를 입은 아저씨와 노란 스웨터를 입은 시장 아줌마, 키작은 소년, 야윈 소녀가 반듯이 누워있었다.

생각보다 별로 역겹지 않았다. 그냥 아직 모두들 잠든 것 같은 모습이었다.

"주······. 죽은 거예요?"

난 그들의 잠이 깰까봐 조심스레 말을 꺼냈다.

의사는 피식 웃기만 할 뿐이었고 민수는 무얼 정리하려는 듯한 얼굴로 시체들을 뚫어져라 쳐다보고 있었다. 아마도 그것을 현실로 받아들이려고 노력하는 것 같았다.

"정말 죽은 거예요? 저렇게?"

"왜? 안 그런 거 같니?"

의사가 한심하다는 듯이 물었다.

"아니······, 생각한 거랑 너무 달라서······."

"무슨 생각을 했는데? 시체는 눈을 부릅뜨고 온몸이 파래진 채로 살점이 여기저기 떨어져나간 채 썩고 있을 것 같았니?"

난 그의 말에 말없이 고개를 끄덕였다.

"뭐. 시간이 지나면 이 사람들도 그렇게 되겠지만, 타살도 아니고 목을 맸으니 별로 흔적없이 곱게 죽은 것도 당연하지."

난 민수의 말대로 빨리 보기 잘했다고 생각했다. 썩고 있을 때 봤으면 정말로 놀랐을 것이다.

그런데 그 말을 듣고는 민수가 세영이의 누나 옆으로 다가갔다. 민수는 말없이 세영이 누나의 팔을 잡았다. 세영이 누나의 팔이 떨리기 시작했다. 민수의 팔이 떨리기 때문이었다.

"시멘트처럼 차."

민수가 말을 열었다.

"그만해. 그렇게까지 하지 않아도 충분히 현실로 느껴져."

난 민수가 안돼 보였다.

"아니. 좀 더 철저히 느끼고 싶어. 예쁘장한 소녀가 나무덩이가 되는 순간을······."

그러고 보니 세영이 누나는 꽤 귀엽게 생겼다. 다만 지금까지 그녀가 사람으로 느껴지지 않았을 뿐······.

시간의 흐름은 이미 하데스에 닿아있었다. 현실에 있는 사람들은 느끼지 못할……

차례 차례 시체를 만지던 민수의 손이 마침내 세영이의 가냘픈 팔뚝 위로 갔다. 말없이 세영이의 팔을 만지던 민수의 손이 파르르 떨렸다. 민수의 눈에서 눈물이 뚝 하고 세영이의 팔 위로 떨어졌다.

나 역시 눈에 눈물이 핑 돌았다. 세영이는 죽었던 것이었다. 정말로……

"아! 민수야 좀 더 깊이! 아! 좋아!"

"아! 좀 조용히 좀 하세요. 옆방에서 다 듣겠다."

"아하. 아하. 하아하아. 더 깊이. 아앗! 아! 아! 아! 아! 좋아!"

"아! 윽!"

민수는 그녀의 배위에서 내려와 그녀의 옆자리에 털썩 누웠다.

"나 내일부터 학교에 안나갈 생각이야."

"왜? 무슨 일 있어?"

여자는 담배를 피워 물며 말했다.

"친한 친구가 죽었어."

민수도 담배를 꺼내들었다. 하지만 담배 한 개비로 날려버리기에는 그가 짊어진 고통은 너무도 컸다.

"안됐다."

여자는 무성의하게 말했다.

"예수 같은 아이였어. 사회의 모든 고통을 자기 혼자 짊어지고 십자가에 매달렸어. 불쌍한 놈……. 난 바라만 봤어. 제길. 날아가려해. 그 애의 장례식이 끝나면. 상협이를 찾아서……."

"너 상협이랑 친했니?"

"글쎄…… 몰라. 하지만 적어도 지금 내가 가는 길이 내가 가고 싶은 길이 아니라는 것은 알아."

"하지만 넌 공부 꽤 잘했잖아. 학교 안에서도 소문 날 정도로."

"잘 했지. 하지만 내가 하고 싶은 것은 아니었어."

"그럼 뭘 하고 싶었는데?"

"응? 뭐, 그냥. 글쓰고 싶었어……. 소설 같은 거 말야. 학교는 지겨워."

"그래도 내가 있잖아."

"넌 나보면 당황 안되니?"

"뭐, 별로. 오히려 좋아. 반갑고 신기하기도 하고."

"좆까네."

"너 언어 순화 안 하냐?"

"그러는 넌 행동 순화 안 하냐?"

"내 행동이 어때서? 학교 안에서 조신하기로 소문이 났는데……."

여자는 배시시 웃었다.

"지랄. 조신한 선생이 여관방에서 자기가 가르치는 학생이랑 뒹굴고 있냐?"

"뭐, 학교 안에서는 섹스 안 하잖아. 여긴 엄연히 학교 밖이야. 너와 난 더 이상 학생과 선생의 관계가 아니야."

"지랄. 말투부터가 선생 훈계조면서."

"우리 사랑은 어디까지나 플라토닉한 거야. 추하지 않다구."

"플라토닉 좋아하네. 노처녀 선생이 학생하고 콩까는게 플라토닉이면 창녀냄비집도 청와대다."

"하하하, 야! 과년한 처녀가 사랑을 위해 시집도 안가고 아무 것도 바랄 수 없는 학생과 사랑을 나누는 게 얼마나 헌신적인 사랑이냐?"

"처녀는 누가 처녀야? 하긴 노처녀는 맞지만. 어차피 독신이면

서 헌신은 무슨 헌신 그냥 만만하니까 만나면서…….”

“그렇게 까대면 재밌냐?”

“뭐. 기분이 한결 나아진다.”

“그럼 계속 까대. 그냥 음악 점수를 0점 줄까부다.”

“지랄. 맨날 애들한테 당하고 씹히는 게…….”

“내가 뭐얼?”

“애들이 맨날 거울로 니 빤쓰 보잖아. 뒤에선 너 따먹고 싶다고 까대고. 그러니까 미니스커트 좀 작작 입으라니까……. 블라우스도 맨날 브라자 레이스 비치는 것만 입고…….”

“재밌잖아. 얼마나 귀여워. 호기심 많은 게…….”

“하하하하하. 지랄. 어쨌든 내일부터 나 학교 안 간다.”

“맘대로 하셔.”

“나 없으니까 이제 오월이는 혼자야. 아무도 없어. 니가 좀 잘 돌봐줘라.”

“지랄. 지 앞가림도 못하는 주제에. 걔는 너 없어도 공부 열심히 할 애야. 이번 중간고사도 난리를 쳤더구만. 평균이 100점이니. 걔는 어떻게 미술, 음악, 체육까지 100점이 나오니?”

“니가 음악 선생이니까 알잖아. 너 돈 먹었지?”

“그래. 좀 처먹었다. 그 돈으로 이번에 옷 좀 샀다. 니 새끼가 안 사주니까 그렇지!”

“씨발 돈처먹은 거랑 내가 옷 안 사준거랑 무슨 상관이야! 너는 돈벌잖아. 난 안 벌고.”

“딴 사람들은 전부 남자가 쏜대는데…….”

“그럼 너도 그런 새끼 찾아. 씨발 니가 선생이냐?”

“아. 몰라.”

“야! 근데 너 진짜 시집 안 가냐? 나랑 놀만큼 놀았잖아.”

“어허, 플라토닉 러브. 난 독신이야.”

"왜 무슨 이유라도 있냐?"

"말하기 싫어."

"너 맨날 말하기 싫다더라. 무슨 이유가 있냐? 이제 나 떠나니까 말해봐."

"그래. 봐준다. 실은 음대 다닐 때, 대학원 조교랑 사귀었는데 중간에 강간당했어. 그 때부터 남자들은 다 똑같아 보이고 결혼하기 싫어졌어. 맨날 맨날 강간당하기는 싫었거든. 뭐 그 새끼가 결혼하자고 했지만. 내가 미쳤냐? 남자 친구라는 새끼가 지 여자 지켜주지는 못할 망정 제일 먼저 따먹었는데 그 새끼랑 결혼하게. 아마 그 새끼는 결혼해서도 평생 바람필 놈이야. 허우대는 멀쩡하고 졸라 순진하게 생겨가지구선. 생각하는 꼬라진……. 얼마 전에 그 새끼가 귀국 연주회 한다고 티켓 날라오더라. 미친 새끼 아직도 날 못 잊고 있대. 한 번만 더 기회를 주면 다시는 안 그런대……."

"지랄. 차라리 다리 짤라놓고 다시는 안 짜른다고 하지. 그래도 그렇게 지극 정성이면 다시 돌아가는 것도 좋겠네. 너도 아직 맘이 있는 것도 같고……."

"내가?"

"몰라. 니 맘대로 해. 어쨌든 난 학교 안 갈래다."

"밖에선 볼 수 있는 거지?"

"몰라. 집도 동시에 나올꺼니까……. 어쩌면 오늘이 마지막일지도…….청춘이란 그런 거란다. 눈에 보이지 않는 것에 모든 것을 걸 수 있는 유일한 시기……. 난 그 무모함에 배팅을 할래다."

"그럼 우린 더 볼 수 없는 거니?"

"어쩌면……. 인연이 되면 또 만나겠지……. 사실 나 너 만나면서 많이 괴로웠어. 꼭 니가 선생이어서만은 아냐. 그것도 그렇지만 왠지 이루지 못할 사랑 같아서……. 시작부터 끝이 보이는 사랑은 너무 힘들어. 니 말대로 플라토닉 러브는 너무나 이상적일 뿐이야.

현실에 발붙이고 사는 나 같은 사람은 하기 힘들어. 널 정말 사랑해. 하지만 그것만으로 이뤄질 순 없어. 점점 깨달아가. 예전엔 그렇지 않았는데……. 머리가 굵어지나 봐. 마음 하나만으로 갈 수 있다고 생각했는데……. 니가 정말 보고싶을 거야. 미칠 정도로……."

"그럼 내 곁에 있으면 되잖아. 집 나오면 우리 집에서 나랑 같이 살면 되잖아."

"그럴려고 집을 나가는 게 아냐. 뭔가 깨닫고 싶어. 세상 사람들이 모두 잊고 지내는 것을……."

"니가 무슨 스님이니? 깨닫기는……."

"하지만 가야해. 난 느껴. 하고 싶은 것을 하며 살고 싶어. 공부만 하면 왠지 후회할 것 같아. 난 내가 알아. 분명 먼 훗날에 후회할 꺼야."

"그래라. 너야 항상 니 꼴리는 대로 하니까."

"그럼 꼴리는 김에 한 판 더 할까?"

"아! 싫어! 아파. 하아하아학!"

음악선생의 톤높은 신음소리에 섞여 겨울은 소리 없이 여관방 창틈을 파고들었다.

이제 아이들은 하나 둘 학교를 떠나 다른 곳에서의 새로운 삶을 준비하고 있었다.

세영이의 장례식이 치뤄졌다. 글쎄, 어떻게 할까 고민했다. 난 엄마에게 말해볼까 생각했지만, 세영이의 체면을 위해 그러지 않았다. 어쩌면 엄마한테 혼나는 게 두려웠을지도 모르지만……. 어쨌든 세영이의 셋방을 빼서 남은 50만원과 아이들이 걷은 돈, 나와 민수가 턴 돈으로 우린 간소하게 장례식을 치뤘다. 장례식은 슬프기보다는 피곤했다. 집에 핑계를 대는 일에서부터 사람들 맞는 일까지. 상주는 귀찮은 일이었다. 음식은 학교에서 도와줬다. 어차피 올 사람도 학생들밖에 없었다. 이상한 일은 최근까지 세영이를 괴롭히던 아이들이 와서 대성통곡을 한 일이었다. 그들은 문상 온 사람들 중에 가장 크고 슬픈 목소리로 울었다. 난 그들이 후회를 하는지 아니면 자신의 죄를 조금이라도 덜려고 하는 가식적인 행동인지 몰랐으나 적어도 내가 저들처럼 울지 않았던 것에는 마음이 찔렸다. 사람이 죽는다는 것은 이상한 일이 아니었다. 불경에서처럼 빈손으로 왔다 빈손으로 가는 것도 아니었다. 아기가 엄마의 성기(性器)에서 태어나는 것이 하나도 신기하지 않은 것처럼 사람이 죽는 것도 하나도 신비롭지 않았다. 다만 '탄생의 신비'나 '죽음의 강물'처럼 미사여구로 그것을 치장하고 있을 뿐이었다. 간간이 다른 방에서 고스톱치는 아저씨들의 소리가 들리곤 했지만 장례식장의 새벽만큼은 너무 무서웠다. 새벽에 아무도 없는 장례식장을 민수와 나, 둘이 지키고 있었다. 집에는 도서관에서 밤샌다고 하면 됐지만 솔직히 너무 있기 싫었다. 어차피 찾아오는 사람도 없는데 다음 날 아침에 오자고 민수에게 말했지만 민수는 무슨 결심이나 한 사람처럼 영혼을 지켜야 한다며 자리를 지켰다. 민수 녀석은 이상한 놈이었다. 영혼은 무슨 영혼이 있다고······.

정말로 이상한 일은 장례식 두 번째 날에 터졌다. 아침부터 기자들이 들이닥치기 시작하더니 닥치는 대로 사진을 찍기 시작했다. 민수는 장례식장에서 플래시를 터트리면 안된다고 지랄을 했고 나는 나대로 사진을 엄마가 볼까봐 소리를 질렀다. 결국 민수가 인터뷰를 하는 방향으로 타협이 이루어졌다. 기자들은 상주(常主)가 학생인 이유에서부터 우리와 세영이와의 관계, 가족 자살의 원인, 세영이의 학교 생활에 대해 꼬치 꼬치 캐물었다. 아마도 시대가 시대인 만큼 경제적인 요인이 원인이 된 자살이 기사거리가 되기 때문이리라······. 민수는 세영이네 집이 성실했지만 빚에 쪼들렸다고 말했고 세영이가 학교에서 왕따당한 사실도 다 까발렸다. 다만 세영이가 화장실에 처박힌 사건은 세영이의 자존심을 생각해 말하지 않았다. 기자들은 신이 나서 민수에게 더 많은 것을 물었지만, 민수는 대답하지 않았다. 다음 날, 신문 사회면 귀퉁이에는 '어느 가족의 죽음' 이라는 제목으로 조그만 기사가 실렸다.

세영이는 장례식도 조용하게 치뤘다. 평소 그 애의 성격처럼……. 조용한 가족은 죽음도 조용했다. 난 장례식 때는 으레 비가 부슬부슬 내리는 줄 알았다. 하지만 세영이가 묻히는 날에는 해가 따사로이 우리를 비췄다. 좋은 날씨였다. 세영이가 가기엔……. 난 내가 키우던 토끼가 죽었을 때처럼 '잘 가. 사랑해. 미안했어.' 라고 짧게 읊조렸다. 그 때 많은 사람들이 울었다. 아마도 이제 더 이상 볼 수 없는 사람에 대한 미안함 때문이었을 것이다. 내 눈에도 알 수 없는 눈물이 고였다. 뭐가 그렇게 서럽던지……. 세영이에게 미안했다.

하지만 난 이제 알 수 있을 것 같았다. 우리가 곧 세영이를 잊게 될 것이라는 사실을…….

그렇게 잊혀져 버릴 것이라는 사실을…….

버스를 타려고 정류장으로 향했다. 사람들이 하나 둘 빠르게 나를 스쳐지나가고 있었다. 모두들 나를 지나치며 밀치며 짜증을 내며 앞질러 가고 있었다. 버스를 향해 달려가는 사람들……. 어려울 때일수록 열심히 일해야 하나보다. 하지만 난 왠지 발에 힘이 들어가지 않았다.

'나도 저렇게 빨리 뛰어 다니는 사람들 중에 하나였겠지?'

난 힘없이 학교로 갔다. 오랜만이었다. 세영이가 죽었어도 학교의 분위기는 변하지 않았다. 이상했다. 급우가 죽었는데……. 영화에서는 한 반 전체가 슬퍼하던데……. 적어도 장례식 날은……. 난 내가 살고 있는 곳이 오히려 영화 속 같았다.

하긴, 그랬다. 세상은 누군가를 돌아보기엔 너무나 바빴다. 하긴······. 내가 죽는다 해도 과연 몇 명이나 충격을 받을는지······.

"야! 이 새끼야! 엎드려!"

"아! 왜요?"

"너 떠들지 말라는데 왜 자꾸 떠들어!"

"아! 제가 언제 떠들었어요?"

"야! 이 새끼야! 엎드리라면 엎드리지 말이 많아."

"악!"

선생은 변함없이 애들을 두들겨 패고 있었다.

"선생이 내가 떠드는 데 보태준 것 있어?"

"어! 이 새끼 봐라!"

"보태준 것 있냐고? 니가 뭔데 날 개 패듯이 패?"

준태가 선생에게 대들고 있었다. 이것은 흔치 않은 일이었다.

"야! 이거 완전히 인간 쓰레기 아냐! 너 이 새끼 나가! 너 같은 놈은 더 이상 배울 필요가 없어!"

선생은 애를 내보내는 것으로 위기를 피하는 동시에 아이를 제거하려는 전형적인 수법을 썼다.

"지랄하네! 넌 인간 쓰레기 아냐?"

"야! 너 퇴학당하고 싶어?"

"그래. 이 새끼야! 어차피 졸업장 있으나 마나야!"

"어······. 어······."

준태는 선생을 구석으로 몰아붙이고 있었다.

"야! 이 새끼 좀 어떻게 해봐!"

큰소리치던 선생이 반장을 향해 소리쳤다. 하지만 반장은 선생을 못 본 채 재빨리 고개를 떨구었다. 약은 새끼······.

"야! 선생질 똑바로 해! 괜히 개 같은 승질 아무 데나 붓지 말구!"

준태는 선생의 멱살을 잡았다. 그는 이미 눈동자가 돌아가 있었다. 학생이 아닌 준태에게 선생은 한낮 늙은이에 지나지 않았다. 난 말리고 싶은 마음이 없었다. 아니, 오히려 구경하고 싶었다.

"씨발 학교 안 다녀! 좆같은 학교 안 다닌다구! 그러니까 갈구지 마!"

순간 준태의 주먹이 선생의 배를 갈겼다.

"우우우우욱!"

준태가 손을 놓자 선생이 푹 꼬꾸라졌다. 준태는 가방도 메지 않고 교실 밖으로 성큼 성큼 걸어나갔다.

"야! 저 새끼 돈거 아니냐?"

난 앞을 쳐다보며 옆자리에 물었다. 하지만 옆자리에서는 아무 대답이 없었다. 내 옆자리가 바로 민수자리였기 때문이었다. 그러고 보니 상협과 세영이 차례로 학교를 떠났다. 그리고 민수도 오늘 결석을 했다. 이젠 난 외톨이였다……

'그래, 지혜도 떠나버리고…….'

세영이의 죽음으로 지혜가 떠난다는 사실을 잊어버리고 있었다.

'언제였지? 출국일이?'

하지만 지혜를 만나는 것은 너무나 복잡한 일이었다. 그냥 외면하고 싶었다. 어차피 해결하지도 못할 일인데…….

아이들이 교실 뒤에서 본드를 불고 있었다. 갑자기 나도 본드를 불고 싶은 충동이 떠올랐다.

'씨발 저거 불면 손가락에서 레이져도 나간다는데…….'

난 술이든 마약이든 본드든 뭔가에 빠지고 싶었다. 제 정신으로 살기엔 세상이 너무 좆같았다.

한 갈래 길이던 나의 삶에 갑자기 수십 개의 갈림길이 펼쳐진 것 같았다. 우리 모두 사춘기인 것 같았다. 모두 다 지독한 열병을 앓

고 있는 것 같았다. 영원하리라 믿었던 마음도 사라져 버리고 순결
했던 마음도 더러워졌다. 현명해진다는 것은 어쩌면 세상에 길들
여진단 의미인지도 모르겠다. 아이가 어른이 된다는 것은, 철이 든
다는 것은 정말 하고 싶지 않은 일이었다.

'제길, 미친 새끼들……. 일년만 더 견디지. 일년만 더 견디면
대학에 갈 수 있는데……. 병신 같은 놈들……. 고지가 바로 저기
있는데…….'

난 문득 이런 생각이 들었다. 산다는 것은 모래를 계속 잃어 가
는 모래시계처럼 옛날의 순수함을 계속 잃어 가는 과정 같았다. 아
무리 잃기 싫다고 발버둥을 쳐도 결국에는 빼앗겨버리는 것임을
알지만 지키지 못하는 맘은 괴롭기 짝이 없었다.

"변한 건 없니. 내가 그토록 사랑한 미소도 여전히 아름답니. 난
달라졌어. 예전만큼 웃질 않고 좀 야위었어. 널 만날 때보다."

난 나지막이 토이의 '여전히 아름다운지'를 불러보았다.

지혜가 생각났다. 눈물이 주르륵 흘렀다. 그 무엇도 날 채워주지
못했다. 오직 지혜 밖에는……. 바보 같았다. 한 사람을 위해서만
열리는 마음이…….

눈물이 많은 나이였다.

"미래야 오랜만이다. 잘 지냈니? 요즘 내가 힘든 일이 많아서 연
락을 하지 못했어. 미안해, 헤헤. 나 맨날 힘든 일 있다고 징징대
지? 그래. 왜 이렇게 사는지 모르겠다. 후우, 어쨌든 내 일은 내가
알아서 해야하는 거겠지.

그래서 말인데……. 나 집에서 나오려고 해. 뭐, 가출이라고 하
기엔 좀 촌스럽지만……. 뭐, 어쨌든 대충 그런 내용으로 좀 바깥
세상 구경 좀 하려고…….

그리고 솔직히 말하자면 난 여자친구가 있었어. 미안. 근데 그

애가 이민을 간대. 그래서 더 이상 견딜 수가 없어. 집을 나간다고 문제가 해결되지 않는다는 것을 모르는 것은 아니지만 지금 같아서는 도저히 견딜 수가 없어. 친한 친구도 얼마전 죽었고 그 충격으로 다른 친군 가출을 했어. 나에게 지워진 짐이 너무 버거워. 아직 어린 내 나이로는 묵묵히 그 짐을 짊어지고 나갈 수가 없어. 나약한 모습이지만 난 좀 쉬고 싶어. 그래서…… 미안해. 이젠 너하고 더 이상 연락을 하기 힘들 것 같아. 시간이 되면 PC방에서 이메일 보낼꺼지만, 시간이 될는지…….

핸드폰도 엄마한테 연락이 올지도 모르니까 아마 꺼놓게 될 꺼야. 너하고의 인연이 여기서 끝나지 않길 바라지만 내가 할 수 있는 것이 별로 없다.

너한테 거듭 미안하단 말을 해주고 싶어.

그리고……. 너하고도 다른 인연을 만드는 것 같아 망설였는데…….

나 니가 맘에 들어."

미래는 천천히 이메일을 읽어 내려갔다.

'오월이가 여자 친구가 있었구나…….'

미래는 자신의 어리석은 사랑에 대해 깊이 후회했지만, 사실은 오월이에 대한 걱정이 앞섰다. 만감이 교차하는 자신의 마음을 미래 역시 어쩌지 못했다.

미래는 집으로 발걸음을 옮겼다.

"이제 들어오냐?"

아버지의 탁한 목소리가 들렸다.

"예."

"늦게 다니지 마라. 요즘 세상이 얼마나 무서운데……. 사회가 흉흉해서 그런지 범죄가 많아진다구 하더구나. 가뜩이나 동네도 안 좋은데……."

미래는 집에 들어올 때마다 죽고 싶다는 생각을 했다.

가난한 집……

'가난'이라는 두 글자로 나타내기엔 삶은 너무나 버거웠다. 하루에도 몇 백번씩 자기를 따라다녀야 했던 글자……. 언제나 자신의 머리를 숙이게 만드는 글자……. 오월이에게 먼저 연락을 하지 못하는 것도 이 가난이라는 글자 때문이었다.

가난하지만 밝게 자라는 소녀란 말은 불가능 한 것 같았다. 마음 속에 묻히는 그늘은…….

하지만 아버지에게 티를 낼 수는 없었다. 아버지이기도 했지만 동시에 자신보다 불행한 한 인간이기도 했다.

미래는 갑자기 목이 메여왔다. 작은 짝사랑조차 사치로 느껴지는 자신의 삶이 미워졌다. 오월이와 만날 때 주머니에 2천원 밖에 없던 자신이 혐오스러워 견딜 수가 없었다. 혹시 자신이 돈을 낼 일이 생기면 어쩌나 맘을 졸일 때의 비굴함은 잊을 수가 없었다.

"아버지 저녁 차려 드릴까요?"

미래는 메이는 목을 가라앉히며 말했다.

"됐다. 회사에서 먹고 왔다."

회사……. 걸맞지 않았다. 영풍 기계산업……. 기아자동차에 부품을 대는 이 작은 회사의 직원으로 일하던 아버지는 기아 부도 이후 연쇄부도 속에 쓰러진 작은 회사에서 월급도 받지 못하며 살고 있었다.

그들에게는 파업조차 사치였다. 그저 일하는 수밖엔 없었다. 소송을 내도, 파업을 해도, 사장의 멱살을 잡아도 돈은 나오지 않았다. 벌써 20년을 알아온 사장이었다. 사장의 집은 차압을 당했고 어음은 있는대로 아직나 그대로 빚이 되어 버렸다. 도저히 사장에게 월급을 달라고 말할 수 없었다.

힘없이 들어오는 아버지의 빈손을 보며 미래는 '가난은 죄가 아니다' 라는 말이 가난이 죄이기 때문에 생겨난 말이라는 사실을 알았다. 가난은 죄였다. 살인보다 더 무서운 중죄였다. 가난은 모든 것을 앗아갈 수 있는 힘을 가졌다. 집도, 학교도, 가족도, 행복도……

"아빠 밖에 좀 나갔다 올게."

"예? 왜 맨날 저녁 때 밖에 나가세요?"

"어, 응. 넌 그런 거 걱정할 필요 없다. 문 꼭 잠그고 있어라."

"힘드시죠? 저 때문에."

"넌 그냥 공부만 하면 돼."

일상적인 대화가 오갔고 아저씨는 집밖으로 향했다. 아저씨가 탄 버스는 청계천을 향해 가고 있었다.

"어이구, 김씨. 좀 늦었구먼."

"예. 차가 좀 막혀서."

"퇴근길이라 그렇지 뭐. 요즘 회사는 나가나?"

"나가긴 하지만 뭐……."

"하긴……. 자 일이나 하세."

아저씨는 청계천 한 건물의 지하실로 내려갔다.

그곳에는 수백, 수천 대의 비디오가 있었다.

여기서 아저씨는 포르노 테이프를 복사하는 일을 거들고 있었다. 그가 하는 일은 주로 복사 중에 걸리거나 엉킨 테이프를 체크하고 테이프의 품질을 검사하는 내용이었다.

"벌써 돌아가네요."

"그럼. 불경기일수록 이 장사는 더 잘된다네. 여긴 내가 맡을테니까 자네는 안에 들어가서 박씨랑 둘이 테이프 품질 좀 검사하게."

아저씨는 비디오 복사기 한 쪽에 있는 작은 방으로 걸어갔다. 이곳에서 하루 8시간 일하면 3만원을 벌 수 있다. 아저씨가 알던 사람이 소개시켜준 일자리였다.

"어이, 여기 와서 이것 좀 봐."

"뭔데?"

"아! 자넨 이것도 모르나? 이게 바로 요즘 불티가 나는 빨간마후라야."

"빨간마후라? 공군인가?"

"아! 자넨 신문도 안 보나? 여기 나오는 이 여자애가 빨간마후라를 하고 그 짓을 한다고 해서 빨간마후라라고 하는겨!"

"별 지랄을 다 하네."

"아! 글쎄! 이거 하나에 20만원이나 한다는군."

"지랄 삽질하네. 아! 20만원이 누구 개이름이야? 이눔아! 내가 여기서 얼마를 받는데 이게 20만원이야! 여기 테입이 하루에 수천 개씩 나가는데 그게 20만원이면 얼마야!"

"아! 이 사람은 그것도 모르나! 그러니까 우리가 나갈 때 몸을 뒤지는 거라구! 이거 4개만 빼돌리면 우리 한 달 월급이야!"

"잡소리 하지 말어. 20만원이면 또 어쩔 꺼야! 밖에 깡패새끼들이 저렇게 많은데 괜히 빼돌리다 쥐도 새도 모르게 뒤질려구? 또 빼돌리면 어디다 팔 꺼야? 너 그거 파는데 그 구역 놈들이 어서 파쇼 그러겠다."

"뭐 말이 그렇다는 거지."

"잡소리 하지 말구 비디오나 봐. 괜히 불량품 나와서 욕바가지로 먹지 말구."

"제길! 포르논데 불량품이면 또 어쩔꺼야."

"웃기는 소리하지마. 불량품이면 산 놈들이 열받아서 경찰에 꼬바른단 말여. 옛날에 동대문 새끼들이 전부 가짜 팔아가지구 나중에 아작난 거 몰러? 뽀르노라구 해 놓구 안에다가는 그냥 영화 넣어놔서 애들이 경찰에 꼬발랐단 말여."

"지랄. 꼬바르면 잘 됐지 뭐."

"븅신아. 그럼 너도 아작나. 일자리도 없어지구."

"됐네. 앉게."

"음……."

"아! 이 빨간 마후라가 진짜 하는 것을 찍은 거라구 하더구만. 저기 쟈가 중학생이래."

"중학생?"

"아! 그려. 중학교 2학년이라고 하더구만. 자네 딸년도 저만하지?"

"이 경을 칠 놈이 누구를 그 더러운 주둥이에 올리고 지랄이여?"

"니미. 지는 뽀르노 검사나 하는 주제에……."

"그래도 말을 그 따우로 하는 게 아녀!"

아저씨는 무의식 중에 비디오에 겹쳐지는 미래의 모습을 지우려 역정을 냈다.

"그럼 니는 니 딸만한 년이 가랭이 벌리고 있는 비디오를 왜 만드냐?"

"그…… 그건 목구녕이 포도청이니까 그러지. 내 새끼가 당장 굶어 죽는 판에 못 할 게 뭐 있어?"

"아, 몰러! 닥치고 저기 있는 비디오나 검사해. 빨간 마후란지 빨간 마가린인지는 내가 다 볼테니까, 넌 나머지 잡다한 거나 봐."

"알았어."

아저씨는 옆에 놓인 상자를 열어 비디오를 한 개 꺼냈다.

"러브허텔? 이것이 뭐다냐?"

"아! 미친 눔아 보면 알꺼 아냐!"

아저씨는 비디오를 넣고 빠르게 감아 중간 쯤에서 플레이를 눌렀다.

"아하! 아하! 민수야! 아 좋아!"

"서……. 선생님……. 쌀 것 같아!"

"아! 좋아!"

비디오에서는 여관 안의 두남녀의 모습이 비쳐졌다.

"아! 저게 뭐요? 글쎄……."

"요즘에는 여관 안에 비디오를 숨겨두고 찍는 것이 유행이라고 하잖여."

"니미……. 지랄하고 자빠졌네. 남의 여관에서 뭔 짓을 하던 알 게 뭐야."

"다른 짓이면 몰라도 그 짓을 하니까 찍는 거제. 건 그렇고 저 거 선생하고 학생하고 하는 것이네!"

"뭐여?"

"아! 방금 저 눔의 새끼가 분명히 '선생님'이라고 했잖여. 그러니께 이렇게 대량으로 복사가 되는 것이지. 그게 빨간마후라 담으로 인기가 있다구 하더구만."

"비언태 새끼들……"

"아! 빨리 빨리 봐. 뭘 그리 유심히 봐."

"아! 둘 다 멀쩡하게 생겨가지구는 저게 뭐 하는 짓이여. 저 처녀도 곱게 생겼구만."

"그러니께 니 딸년도 어디서 뭘 할지 몰러. 조심혀."

"이 새끼가 보자 보자 하니까!"

아저씨는 화를 버럭 같이 냈다. 하지만 정말로 남을 칠만한 용기는 없었다.

"너 그 말 취소할껴 안 할껴!"

"알았어. 취소허면 돼잖여."

아저씨에겐 이 정도가 고작이었다.

그러나 아저씨도 비디오를 보며 내심 딸이 걱정됐다. 세상이 저 모양인데 자신의 딸만 예외라고 할 수는 없었다. 게다가 부정한 아버지에 부정한 딸이라는 이미지가 자꾸만 아저씨를 괴롭혔다. 자기가 이런 일을 하면 자신의 딸도 부정을 탈 것만 같았다.

그렇지만 아저씨는 강하게 고개를 저어 그 생각을 떨쳐버렸다. 자신의 딸만은 이 세상 누구보다 순결하리라는 생각과 함께……

'그래, 굶어 죽을 수는 없잖아.'

비디오가 복사되는 요란한 소리 속에 아저씨의 이런 생각도 묻혀가고 있었다.

"제길, 어딜 가지?"

난 드디어 집을 나왔다. 좀 어설프긴 했지만 어쨌든 집을 나온 것이었다.

집을 나온다는 것은 대단한 일인 줄 알았다. 하다 못해 수학 여행을 갈 때에도 바지 두 벌에 티 두 개, 속옷, 양말, 세면도구, 손전등, 구급약 등을 챙겨가지고 갔다. 따라서 가출을 했으니 응당 그보다 10배는 많은 짐을 싸와야 했다.

하지만 짐을 싸줄 엄마는 없었다. 결국 난 손 가방 하나 들지 않고 빈손에 통장과 도장, 카드 하나, 핸드폰만 달랑 가지고 밖으로 나왔다. 난 입고 있는 옷이 전부였으며 치약과 칫솔도 없었다. 이상한 일이었다. 평소에는 양치질을 하도 안 해 치과를 밥먹듯이 들락날락 했는데 꼭 집을 나오면 양치질이 하고 싶어진다.

하지만 좀 이상했다. 갈 곳도 없었고 만나고 싶은 사람도 없었다. 난 이곳 저곳을 기웃거렸지만 세상이 어떻게 돌아가는지 잘 몰랐다. 난 세상에 처음 나온 아이처럼 이곳 저곳을 싸돌아 다녔다.

세상의 밤은 화려했다. 사람들은 어디론지 모를 곳으로 바삐 움직이고 있었다.

'어딜 가 볼까……?'

이런 생각을 하던 끝에 내 발길이 멈춰선 곳은 지혜네 집 앞이었다.

'참, 김유신이 왜 말 모가지를 자른 줄 알겠군.'

난 내 발모가지를 자르고 싶어졌다.

지혜의 집은 이층집이었고 저기 보이는 이층창이 바로 지혜의 방이었다. 난 주머니에 손을 넣고 말없이 그곳을 바라다보았다. 내가 처음으로 지혜를 바래다주었을 때도 지혜의 집은 바로 이곳이었다. 집은 변하지 않았다. 다만 사람들의 삶이 바뀌었을 뿐……

'시간은 말없이 지났구나……'

난 한 동안 말없이 그곳을 바라보았다. 물론 지혜가 밖으로 나온다거나 창밖으로 얼굴을 내미는 행운은 일어나지 않았지만, 이대로도 좋았다. 슬프지 않았다.

지혜의 집이 마치 지혜처럼 느껴졌다. 온 동네가 지혜의 향기로 가득한 것 같았다.

또 눈물이 흘렀다. 참으려 했는데…….

지혜가 떠난 후에도 이 동네를 자주 올 것 같다. 지혜의 향기가 사라지지 않으니까…….

현기증이 날 정도로 코 끝이 시려왔다. 온 동네가 이 한 사람으로 인해 아름다워 보였다.

신기한 일이었다. 이 세상에 수많은 사람 중에 내가 이 단 한 사람을 좋아한다는 사실이 견딜 수 없을 정도로 신기했다. 이 사람이 다른 나라에 있어도, 내가 아침을 맞을 때 그 사람이 저녁을 맞아도, 내가 그 사람을 사랑한다는 사실이…….

동네 전체가 지혜 같았다. 나무 가지 하나 전신주 하나에도 가슴이 터질 것 같은 향기가 묻어 나왔다. 저 창안에 아직도 내가 사랑하는 사람이 있다는 사실이 믿어지지 않았다.

떠나갈때야 알게 되는 이 어리석음이 증오스러웠다. 여기를 서

성대며 지혜를 기다리던 어린 마음이 생각났다. 지점토 인형 하나로도 세상을 가질 수 있던 마음이 생각났다.

사람들은 바보인 것 같았다. 모두 다 같은 사람들인데 왜 다른 사람은 좋아하지 못하고 한 사람에게만, 왜 오직 한 사람에게만 이렇게 마음이 가는 것일까?

싸한 바람이 골목 끝서부터 달려왔다. 그 바람에 지혜의 창문이 흔들거렸다.

지혜는 보이지 않았지만, 난 지혜를 보았다.

7
짬뽕

"여어. 개새끼야! 뭐하냐?"

"앗! 오월이 니가 여기 어떻게 알고 왔냐?"

"빙신아! 니가 상협이 찾아 나선다고 했잖아. 아직 봉천동 바닥 안 떴으면 여기 밖에 올 데가 더 있냐?"

집을 나온 내가 찾아간 곳은 다름 아닌 상협이 방이었다. 가출은 대단한 것이 아니었다. 혼자 사는 놈이 비워둔 집에 다시 왔다고 이상할 것은 없었다. 이렇게 해서 우리는 다시 모이게 되었다. 하지만 막상 집을 나온 우리는 어디서부터 시작을 해야할지 알 수 없었다. 어디를 가서 무엇을 해야할지 감이 잡히지 않았기 때문이었다.

결국 우리는 약간의 실랑이 끝에 민수의 제안대로 나이트 클럽에 가기로 했다. 민수는 나이트 죽돌이였고 나 또한 자유를 느끼고 싶었기 때문이었다. 우리는 결정이 난 즉시 밖으로 나와 강남역으로 향했다.

"여기가 바로 딥하우스입니당."

민수가 강남 역의 한 골목 앞에서 말했고 우리는 지하로 내려가는 문으로 들어섰다.

"근데 고등학생도 이렇게 막 들어가도 되냐?"

어둠침침한 분위기에 쫀 나는, 계단을 내려가며 이렇게 물었다.

"당근이지. 여기 거의 다 고등학생들이 가. 대학교 1학년만 돼도 벌써 노땅이지."

"불황인데 사람이 많을까?"

"졸라."

민수가 간단히 대답했다.

"여어! 민수 아냐!"

계단 끝에서 빨간 옷을 입은 긴 머리가 민수를 불렀다. 새우깡이라는 웨이터는 민수와 간단히 인사를 나눴다.

웨이터가 나이트의 문을 열었다. 별천지가 열리는 순간이었다. 문을 열자 어둠 속에서 색색의 조명이 돌아가는 것이 보였다. 그리고 그 속에서 언뜻 언뜻 보이는 사람들의 그림자들, 터질 듯한 음악, 술 냄새, 담배 연기…… 가슴이 두근거렸다.

웨이터의 안내에 따라 우리는 안으로 들어갔다. 안은 이미 먼저 온 사람들로 만원을 이루고 있었다. 불황이라는 사실이 실감이 나질 않았다.

아이들의 얼굴이 눈에 잘 들어오지는 않았지만, 거의 내 또래라는 사실만큼은 분명히 알 수 있었다. 인테리어, 조명, 분위기, 음악……. 모든 것이 다 생소했다. 나는 어리버리한 눈으로 여기저기를 둘러보았다.

"야! 여기 진짜 신기하다!"

"짜아식! 촌스럽기는! 자! 놀아볼까!"

민수의 눈이 빛났다.

"근데, 뭐하구 노냐?"

"뭐가 걱정이야? 술, 여자, 담배, 춤, 노래. 없는 게 없는데."

여긴 학교와는 달리 강남 힙합이 지배했다. 강북이 쫄쫄이 정장에 개폼이라면 강남은 폭넓은 힙합에 자유스러움이 배어있었다.

"야! 애들 진짜 예쁘다."

난 어두운 조명 속에 비쳐지는 애들을 보며 말했다.

"지랄, 예쁜 애들은 너 싫어해. 그리고 저거 다 CTX야."

"CTX가 뭐야?"

"너 쉬리도 안 봤냐? 거기 나오는 폭탄 CTX는 빛을 보면 터지잖아. 나이트에서 이뻐보이는 애들은 전부 조명빨이야. 빛을 보면 드라큐라처럼 죽어버리거나 CTX처럼 꽝 터져버려."

민수와 떠드는 사이에 웨이터가 술과 화채를 들고 왔다.

"자! 마셔용."

새우깡은 우리에게 술을 따라주었다.

"에– 난 아가씨가 따라주는 술이 더 좋은데……."

민수가 지랄을 했다.

"알았어. 오늘 부킹 10,000번 시켜 줄게. 이따 블루스 타임되면 그 때부터 시켜줄게."

웨이터는 민수에게 씩 웃고 돌아갔다.

"야! 근데 왜 다 춤이 똑같냐?"

난 상협의 말에 고개를 돌려 홀을 바라보았다.

"허억! 이럴 수가!"

무대를 가득 메우고도 모자라 계단까지 차지한 아이들의 춤이 모두 똑같았다.

"몰랐냐? 강남은 원래 다 맞춰서 춰."

"무슨 국민체조냐? 전부 우로 좌로 팔 돌리고……. 쇼 하냐? 졸라 어설프게. 자기 맘대로 추면 되지……. 그럼 저걸 다 외워야 하는 거야?"

"우리 나라에 획일주의적인 문화의 예외가 어디 있겠냐? 남들과 다르면 왕따가 되는 것은 여기서도 마찬가지야."

"아항! 그러니까 한마디로 난 오늘 춤추기는 글렀다는 말이구나!"

"그렇지! 너 뭐 좀 아는구나!"

더러웠다. 즐기려고 와서도 뭘 외워야 할 수 있단 사실이…….

춤을 출 순 없었지만, 그렇다고 나이트에서 놀 것이 없는 것은 아니었다.

"자, 부킹 타임입니당."

무대에 부르스가 흐르자 아이들은 자리로 돌아갔고 동시에 웨이터들의 전쟁이 시작되었다.

누가 더 부킹을 잘 해서 손님을 만족시키는지가 나이트 장사의 관건이었다.

"자. 여기 아가씨 세 명이에용. 재미있게 노세요."

정말로 새우깡은 여자 세 명을 각각 우리 자리 옆에 앉혀놓았다.

"안녕하세요."

내 옆에 앉은 여자가 머리 자락을 귀 뒤로 넘기며 인사를 했다.

"아, 예……."

"몇 살이세요?"

"네? 예. 19살이요."

난 나도 모르게 나이를 한 살 올려쳤다. 그 애가 고3처럼 보였기 때문이었다.

"어머. 저랑 갑이네요. 아. 그럼 수능 끝나서 놀러 오신 거예요?"

여자 애는 내가 맘에 들었는지 나에게 적극적으로 질문을 했다.

어쩌면 아무 남자한테나 그러는 앤지도 모르지만…….

"대학은 어디 쓸 꺼예요?"

옆에 있는 아이가 나에게 물었다.

"예? 아…… 대학이요? 음……. 서울대하고 고대요."

난 무심결에 이렇게 말하고 말았다.

"어머! 정말요? 어쩐지 공부 졸라 잘 하게 생겼더라. 근데 우리
말 까면 안돼?"

"응? 어, 응."

"그래 그래. 난 존댓말 쓰는 건 체질에 안 맞아서. 너 본지 얼마
안됐지만 맘에 졸라 든다. 난 최상미라고 해. 넌?"

"어? 오월. 한오월."

"응? 이름이 오월이야. 재밌다. 오월에 태어났니?"

상미라는 애는 뭐라고 나에게 계속 말을 걸었지만 대개 나의 신
상에 관한 별로 중요하지 않은 잡스런 얘기였다. 난 상협에게 눈길
을 돌렸다. 역시 여자 애가 뭐라고 계속 묻고 있었으나 상협은 짧
게 대답하고 있었다.

"나 술 한잔만 따라 줘."

상미가 말했다. 난 말없이 잔에 술을 부었다. 상미는 술을 한 모
금 마시고는 입에 담배를 물고는 불을 붙였다.

"한 대 필래?"

난 말없이 고개를 저었다.

"후우~!"

상미가 길게 담배연기를 뱉었다. 그 애의 담배 연기에는 왠지 외
로움이 배어 있는 것 같았다.

"자주 오니?"

내가 물었다.

"종종. 돈 없어서 자주는 못 와. 넌?"

"첨이야."

"믿어주지. 귀공자 같은 타입이구나 넌. 나하고 어울리지는 않
지만 탐은 난다."

재미있는 애였다. 이 아이는 직선적이고 대담했다.

"그만 춤추러 갈래. 전화번호 적어줄테니까 이따 심심하면 연락해라."

상미는 입에 담배를 문 채로 쪽지에 핸드폰 번호를 찍찍 갈겼다.

"갈께. 마지막으로 하고 싶은 말이 있는데, 난 니가 맘에 든다. 이따 볼 수 있었으면 좋겠어."

당당했다, 상미는. 이것저것 재고 걱정하는 애가 아니었다. 마음이 내키는대로 행동하는 아이였다. 맘에 들었지만 약간 두려워졌다. 적극적인 여자라……

"얘들아 춤추러 가자!"

상미와 친구들은 자리에서 일어나 밖으로 나가버렸다.

"야! 너 뭐라고 한 거니?"

민수가 물었다.

"뭐 별로 한말 없어. 쟤가 하도 정신없게 해서."

"아이씨. 옆에 있는 애 맘에 들었는데……. 원래 부킹은 처음 오는 애가 제일 나은 애야. 나중으로 갈수록 요상한 애들만 와. 일명 날라리 폭탄. 날라리기만 하고 폭탄이쥐."

하지만 우리가 말을 다 하기도 전에 민수가 부킹하러 끌려갔고 우리 옆에도 새로운 아가씨들이 와 앉았다.

"안녕하세요?"

다 그년이 그년 같았다.

"옙!"

그 애도 상미와 똑같이 쓸데없는 걸 물어보았다. 그렇게 부킹한 애들이 20여명. 이 정도면 부킹이 아니라 거의 노가다였다.

"야! 씨발 그만 하자. 어차피 연락 계속할 팔자도 아닌데……."

내가 상협에게 말했다.

"그래. 술이나 마시자."

"씨발 민수 자식은 어디 가서 애 낳고 있냐? 왜 이리 안 오고 지랄이야."

우리 둘은 양주 한 병을 두고 주거니 받거니 해서 금방 다 마셔 버렸다. 멀리서 춤을 추고 있는 민수의 모습이 보였다.

"야! 그만 가자."

돌아온 민수에게 내가 말했다.

"뭐? 벌써?"

민수가 숨을 몰아 쉬며 말했다.

"이 새끼 춤추느라고 완전히 돌았네. 지금 10시 20분이잖아."

우리는 카드로 계산을 하고 밖으로 나왔다.

"이제 어디 가지? 술 마실까?"

민수가 말했다.

"그러지 말고 우리 아까 나이트에서 만난 애들한테 전화해볼까? 그 처음 부킹했던 애들한테 전화해봐라. 얼굴도 젤 낫고 명수도 딱 맞으니까."

내가 이렇게 말하자 민수는 얼굴에 화색을 띠며 말했다.

"여보세여? 거기 최상미씨 계세여? 어? 어, 나 기억나? 웅? 그래? 어, 지금? 딥하우스 앞이야. 어디야? 웅, 아직 강남 역이라구? 웅, 그래. 니 친구들 3명 다 거기 있니? 어, 잘됐다. 강남 역 타워 레코드 앞에서 보자고. 웅, 그래. 어어."

우리는 간단히 약속을 정하고 타워레코드 앞으로 향했다. 거리는 아직도 흥청댔다. 네온은 아직도 불을 환히 밝히고 있었고 음악은 시끄럽게 울리고 있었다.

"불황이 아닌가봐."

난 민수에게 물었다.

"불황이 시작되기 직전이지. 원래 불황이 시작되기 직전에는 사회적으로 불안감이 팽배해서 순간적으로나마 술집이 만원을 이루지. 불안감을 떨쳐버리기 위해서나 또는 속이 상해서, 한편으로는 아직도 자신들이 건재하다는 것을 과시하기 위해서…… . 하지만 일단 불황이 본격적으로 시작되면 타격이 있을 꺼야. 이 거리 도…… ."

"저기 상미다."

상미파는 저 멀리서 우리에게 손을 흔들고 있었다.

"호프집 가자."

상미가 나를 보자마자 간단히 대답했다.

"그래, 내가 조용한데 알아. 가자."

우리는 근처에 있는 호프집으로 발을 옮겼다. 오늘 일어나는 거의 모든 일이 전부 처음 겪는 일이었지만, 촌티를 내고싶지는 않았다. 그저 돼 가는대로 몸을 맡기고 싶었다. 너무 오랜 시간동안 고민한 것 같았다.

"야! 우리 술 많이 먹었으니까 여기선 쫌만 마시자."

난 얼굴에 취기가 돌아서 이렇게 말했다. 술에 취해 비틀거리는 모습은 보이기 싫었다.

"야! 남자 새끼가 갑빠도 없냐! 먹고 죽으면 되지! 왜 그리 잔말이 많아?"

하지만 상미가 곱게 넘길 리 없었다.

"야! 넌 여자가 왜 그렇게 대가 쎄냐?"

나도 지지 않았다.

"내가 앉아서 오줌싸는데 뭐 보태준 거 있어?"

난 이런 상미가 맘에 들었다.

"너! 애 조심해라. 애가 보기에는 이래 착하고 고상해 보여도 속은 완존히 블랙홀이야. 니가 당한다."

민수가 끼어들어 사실을 확인시켜주었다.

"어! 그래? 나도 한 바람하는데 맞바람쳐 볼까?"

상미가 받아넘겼다. 술이 나오자 우리는 정신없이 술을 마시기 시작했다.

"야! 첫잔은 어떻게 마신다고?"

"완샷! 우후!"

우리는 이렇게 시작해서 한 잔, 두 잔씩 잔을 늘려갔다. 나는 오랜만에 노는 것이라 기분도 들떠 있는데다 상미도 마음에 들어 시간이 가는 줄 몰랐고 목소리를 들어보니 상미와 상미 친구들도 많이 취한 것 같았다. 그러고보니 나도 상당히 취한 것 같았다. 몸이 붕 떠 있는 것 같은 느낌이 들었다. 취하고 싶은 밤이었다. 너무 너무…….

그러다 시계를 보니 2시가 넘어가고 있었다.

"야! 2시 넘었는데 집에 안 가니?"

난 상미가 걱정돼 말했다.

"씨발! 집에 안 가도 돼!"

상미가 소리쳤다. 목소리에 취기가 묻어 나왔다.

"그냐? 하지만 넘 늦었으니 일단 나가자."

상미의 친구들이 나의 의견에 동의했다. 우리는 술값을 치르고 밖으로 나왔다. 여자 애들이 비틀거려서 중심을 잡지 못하고 있었지만 나 역시 그들을 일으킬 힘이 없었다. 그러다 급기야 한 여자애가 중심을 잃고 쓰러져버렸다.

"야! 일어나 이 년아! 여기가 니네 집 안방인줄 알아?"

상미가 그 애를 향해 고래고래 소리를 질렀다.

"어쩌냐?"

상협이 나를 바라보며 말했다. 하지만 나 역시 정신을 차릴 수가 없었다. 생각하는 것 자체가 귀찮았다. 그 여자애는 길에 뻗어버려 일어날 생각조차 하지 않고 있었다.

"할 수 없지. 여기서 자는 수밖에."

민수가 말했다.

"뭐?"

"가까운 여관 잡자."

난 상황이 어떻게 돌아가는건지 민수가 무슨 말을 하는건지 알 수 없었다.

"그게 무슨 말이야?"

"미친 새끼야! 귀 없어? 여기서 자자고!"

민수는 취해서 그런지 소리를 고래고래 질러댔다. 심지어는 상미마저도 땅을 쳐다보며 말이 없었다. 그래서 우린 가까이 있는 여관으로 향했다.

"야! 각각 방 잡는 거다."

가는 도중에 민수가 나에게 말했다.

"무슨 뜻이야?"

"내숭 떨지마. 이제 너도 어른이 되는 거다."

난 여관에 간다고 '어른'이 된다는 민수의 말에는 동의할 수 없었지만 내심 호기심이 생겨난 것은 사실이었다. 그래서 우리는 민수의 주도로 근처에 있는 여관으로 가서 각방을 잡았다.

"얘들아! 잘 자! 내 꿈꿔!"

민수는 빙긋이 웃으며 이렇게 말하고는 아까 쓰러진 여자애를 데리고 방으로 들어가 버렸다. 난 잠시 당황해서 멍청이 서 있었다. 너무나 빨리 모든 것이 진행되고 있었지만 복도에 서있는 것이 더 쪽팔려 상미의 손을 잡고 무조건 방으로 끌고 들어가 버렸다.

"어후~~!"

난 방문에 기대어 길게 한숨을 쉬었다.

"왜 그래?"

상미가 고개를 숙인 채 나를 빤히 올려다보며 말했다. 약간 겁을 먹은 듯한 얼굴이 내 눈에 들어왔다.

"그냥. 모든 게 너무 빨리, 너무 간단하게 되어버리는 것 같아서 사실 좀 겁나."

"너 소심한 타입이구나?"

"응, 넌 참 대범한 것 같다."

"응, 난 대범해."

이 말과 동시에 상미의 입술이 갑자기 내게로 다가왔다. 난 깜짝 놀라 잠시 뒤로 주춤했다. 하지만 상미의 손이 내 얼굴을 감싸고 나를 끌어당기고 있었다. 난 정신이 아찔했지만, 곧 상미의 입술을 받아들였다. 머리가 떵해왔다. 술기운 때문인지 몸이 붕 뜨는 느낌이었다. 눈을 감고 있었지만, 세상이 빙글빙글 도는 느낌은 멈추질 않았다.

상미는 키스를 멈추려 하지 않고 더 강하게 더 열정적으로 나를 끌어당겼다. 내 입술과 내 혀와 내 코와 내 볼 그리고 나의 귀 위로 상미의 혀가 핥고 저나갔다.

"아……."

상미는 키스를 하는 채로 신발을 벗었다. 그리고 나를 잡아당겼다. 난 어설픈 동작으로 신발을 벗고 침대 쪽으로 향했다. 상미는 날 계속 이끌고 있었고 나의 몸도 계속 이끌리고 있었지만 나의 머리는 이래도 되는 건지에 대해 생각하고 있었다.

상미에 대한 황홀감보다는 도덕, 책임, 사랑이란 추상적인 단어만 내 머릿속을 채우고 있었다. 상미가 나의 목을 감싸고 내 목에 키스를 했다. 그리곤 손을 내려 내 등을 쓸어 내렸다.

상미는 나를 침대로 넘어뜨렸다. 그리고 내 위에 올라타 나에게 키스를 했다. 솔직히 몸은 이미 상미를 받아들이려 하고 있었다. 하지만 머리가 복잡했다. 술기운 때문인지는 몰라도 이성도 제대로 돌아가지 않는 것 같았다.

'에라, 모르겠다. 씨이, 내가 병신이냐? 여기 와서 이러는 게 당연하지.'

난 이렇게 생각하고 상미를 꼬옥 안았다. 그리고 곧 손을 내려 가슴을 만지기 시작했다.

"하아. 오월아 사랑해."

상미는 삐뚤어진 발음으로 사랑이라는 단어를 그렇게 쉽게 말해 버렸다.

"너도 나 사랑해?"

사람이란 원래 그렇다. 자신이 무슨 말을 한 것으로 만족하지 않는다. 꼭 상대도 자신과 같은 말을 해주길 바란다. 하지만 난 아무 대답도 할 수가 없었다. 왜냐하면 난 이 세상에서 오직 지혜에게만 사랑한단 말을 했기 때문이다.

그리고……, 앞으로도 지혜에게만 그 말을 남겨두고 싶었다.

"응. 나도 너 좋아."

난 이 정도로 사태를 수습하고 상미의 옷 뒤로 손을 집어넣었다. 상미도 더 이상 묻지 않고 나의 윗도리를 벗겨냈다. 가슴속에서 들 불처럼 뜨거운 그 무엇이 끓어올랐다. 난 상미의 등뒤로 팔을 뻗어 브래지어의 후크를 끌렀다. 서서히 브래지어를 앞으로 당기자 상 미의 매혹적인 가슴이 드러났다.

"첨이야."

난 이렇게 말하고 상미의 젖꼭지에 입술을 가져갔다. 도톰하게 부풀어오른 젖꼭지의 감촉이 혀에 느껴졌다.

난 자세를 바꾸어 상미를 침대에 눕혔다. 그리곤 서서히 그 애의 종아리서부터 더듬어 올라가기 시작해 치마 속에 손을 넣었다. 상 미의 까끌 까끌한 팬티스타킹의 감촉이 손끝을 타고 전해졌다. 난 마른침을 삼키며 상미의 스타킹을 천천히 벗겨내렸다.

아무런 생각도 나지 않았다. 그저 존재하기만 할 뿐……. 심장

뛰는 소리가 너무 커 상미에게 들리지는 않을까 조심스러웠다. 입술이 말랐다. 난 양손으로 상미의 치마를 걷어올렸다. 상미의 하얀 팬티가 눈에 들어왔다. 저것을 내가 벗긴다는 것이 도저히 실감나지 않는 일이었지만 이미 현실로 다가온 일이었다.

"똑똑!"

그런데 갑자기 노크 소리가 났다. 나와 상미는 순간 서로를 껴안으며 문 쪽을 바라보았다.

"쿵쿵쿵!"

문 두드리는 소리가 세졌다.

"어떡해! 짭샌가봐!"

상미가 소리쳤다.

"괜찮아. 내가 나가볼게."

이렇게 말은 했지만 괜찮을 리가 없었다.

난 흔들리는 시선을 바로잡고 문으로 향했다. 옷을 고쳐 입을 겨를조차 없었다.

"누구세요?"

"나다. 상협이!"

난 맥이 탁 풀렸다.

"무슨 일이냐?"

문을 열며 말을 던졌다.

"어! 어, 뭐 그냥. 여자랑 있는 게 좀 어색해서."

상협이도 알고 보니 한심한 놈 같았다. 절호의 기회를 놓쳐버리는 머저리라니. 아까 그 애도 상협이를 좋아하는 것 같던데……

사람은 터프함만으론 살 수 없는 것 같았다. 개폼만 잡다가는 왕따 인생이 될 수밖에 없으니…… 상협이도 삶에 적응하는 법을 배워야 할 것 같았다.

"나도 어색해. 하지만 그런 거 따지지 말자. 우리는 여기 있잖

아. 눈을 떠 봐. 인정해라. 그 앤 너 좋아하는 것 같던데 받아들여. 왜 그렇게 인색해?"

상협이는 말없이 고개를 떨구었다.

"잘 자라."

난 그렇게 말하고는 문을 닫았다. 등뒤로 상미의 시선이 느껴졌다.

비록 분위기는 깨졌지만 모든 게 더 확실해졌다.

내가 이 순간 상미를 원한다는 사실도……

겨울로 넘어가는 어슴푸레한 아침을 미적지근한 태양이 비추고 있었다. 난 추위에 떨며 잠바깃을 여몄다. 길에는 어느 것이 파는 상품이고 어느 것이 쓰레기인지 구별이 가지 않을만큼 잡동사니들이 너저분하게 나뒹굴고 있었다. 대개 할머니, 할아버지, 장애인들이 주를 이루는 이곳의 상인들은 그 잡동사니라도 팔아보려고 아침부터 뭔가 분주하게 준비를 하고 있었다. 그들의 검고 때묻은 옷은 아직 걷히지 않은 어둠 속에 묻혀 그들을 더욱 희미하게 만들었다. 이 희미한 사람들……. 청계천 8가의 모습이었다.

민중가요 속에서는 이들의 이런 모습을 어떻게라도 미화시키려 애를 썼지만 내가 보기에 이들은 거지와 다를 것이 하나도 없었다. 거지 소굴……. 삐꾸가 바글대는 거리…….

첫 장소였다. 우리는 더 넓은 세상을 보기로 했고 민수는 그 첫 장소로 이곳을 택했다. 그리고 나 역시 새로운 경험을 하고 싶었다. 하지만 이들은……. 새롭기보다는 역겹고 무서웠다. 도저히 1997년이라고는 생각되지 않을만큼 불구자들이 넘쳐나고 있었다. 대개 할머니들이 주인인 낡고 쓰러져가는 상점에는 의수, 의족이 징그럽게 나뒹굴고 있었다. 그 긴 거리를 우리는 아무 말 없이 걷고 있었다. 나도 민수도, 그리고 상협마저도 그곳에 어울리지 않았다.

메케한 연기가 나오는 녹이 슬고 찌그러진 철난로 옆에는 커다랗게 UN이라는 글자가 써 있었고 그 아래서 한 할머니가 힘겹게 때묻은 의수를 닦고 있었다. 내 머릿속엔 갑자기 조세희가 쓴 '난장이가 쏘아올린 작은 공' 이라는 소설이 떠올랐다. 분명히 지났다. 세월은 분명히 30년이나 지났다. 그리고 난 어떤 매체에서도 이런 곳이 아직 우리 나라에 있다는 사실을 듣지 못했다. 하지만 난 지금 70년대 영화를 보는 듯한 그런 곳을 지나치고 있었다.

우리는 아무 말 없이 그 어둠침침한 골목을 걸어가고 있었다. 모두 말은 없었지만 속으로는 많은 생각을 하고 있을 것이다. 우리는 모퉁이에서 발을 꺾어 제법 번듯한 좌판이 있는 곳으로 향했다. 난 어젯밤 일 때문에 속이 쓰려 시원한 국이라도 먹고 싶은 맘으로 주위를 두리번거리고 있었다.

"거기 학생들."

우리는 누군가 부르는 소리에 뒤를 돌아보았다. 거기에는 낡은 작업복을 입은 아저씨 한 명이 좌판을 끼고 서 있었다. 아저씨는 검게 그을리고 주름진 얼굴 때문에 정확한 생김새를 알 순 없었지만 대체로 선량해 보이는 인상을 하고 있었다.

"저기…… 여기 좋은 비디오 있는데 하나 볼텨?"

"예?"

난 어리버리한 아저씨의 입에서 나오는 그 목소리가 신기해 다시 한 번 물었다.

"저기, 있잖아. 빨간마후라도 있고, 몰카도 있거든……."

아저씨는 선생님에게 혼나는 초등학생처럼 고개를 떨군 채로 더듬거리며 말을 이어갔다.

"하핫! 아자씨! 젊은애들은 다 어디 가고 아자씨가 이걸 팔아여?"

민수가 장난끼 어린 목소리로 말했다.

"어어, 그…… 그게. 음, 요…… 요즘 단속이 심해서 저…… 젊은애들은 못 나오고 나같은 사람이 판대……."

아저씨는 무슨 죄인처럼 말을 더듬거리며 말했다.

"에이, 그래도 이건 좀 심했다. 아저씨는 이런 거 할 사람 아닌 것 같은데? 우리만한 자식이 있을 것 같은데……."

민수가 이 말을 하자 아저씨의 검붉은 얼굴에 붉은 빛이 더 강해졌다.

"나도 딸이 있어서 이런 거 하고 싶지 않지만 일당이 5만원이라고 하길래……."

아저씨는 더듬더듬 말을 이어갔고 민수는 그것이 재밌다는 듯이 아저씨를 계속 몰아붙였다.

"빨간마후라는 봐서 재미없고, 몰카나 주쇼."

민수는 전형적인 양아치 말투로 말했다.

"응. 잠깐만 기다려. 내가 금방 가져올테니……."

아저씨는 그렇게 말하곤 어디론가 굼싯 굼싯 사라졌다. 난 민수에게 가자고 눈치를 주었지만, 민수는 막무가내였다.

잠시 후 아저씨는 품안에 무엇인가를 꼬옥 끼고 나타났다.

"자, 여기. 여관방 몰카야. 8만원만 내."

아저씨는 아까와는 다르게 사뭇 야비한 말투로 낮게 말했다.

"아, 8만원은 너무 비싸요!"

민수가 쪽팔리게 흥정을 했다.

"그러지 말구 빨리 가져가. 안 그럼 나 죽어."

아저씨가 주위를 살피며 말했다.

"알았어요. 가져갈게요."

민수는 이 말과 함께 아저씨 손에서 비디오를 뺏어 냅다 달리기 시작했다.

"야! 뭐해? 튀어!"

어안이 벙벙해있던 나와 상협이는 민수의 말을 듣고 달리기 시작했다.

"야, 가지마. 가지마, 안돼."

영문을 모르던 아저씨도 이렇게 외치며 뒤뚱뒤뚱 우리를 따라오기 시작했다. 그러나 쫓아온다고 할 것도 없이 아저씨는 곧 지쳐 포기하고 말았다.

"야! 뭐하는 짓이야?"

내가 민수의 팔목을 잡고 소리쳤다.

"재밌잖아. 보러가자."

민수는 이렇게 우리의 말을 씹고는 근처 비디오방으로 갔다.

"아저씨 이거 돌려주세요. 3명이구요. 잔돈은 됐어요."

개선장군처럼 들어간 민수는 능숙한 말투로 아저씨를 압도하고는 만원짜리와 비디오를 던져주듯이 두고 안으로 들어갔고, 난 민수와 밖에서 싸우는 것이 더 쪽팔려 얼른 따라 들어갔다.

민수는 태연하게 다리를 뻗고 앉았고 나는 상협이와 민수 사이에 어색하게 끼어 들어갔다.

지직대는 화면이 계속되더니 이내 잠잠해졌다. 그리고는 곧 야외 촬영에서 들리는 공기 소리가 들렸다. 그리고는 약간의 흔들림이 있었고 그 뒤로 곧 화면이 나왔다. 어느 여관 창문이 비쳐졌는데 두 남녀가 뒤섞여 그 짓을 하고 있었다.

"아하! 아하! 하! 아아아!"

얼굴은 잘 보이지 않았지만 너무나 격정적이었다. 난 너무 쪽팔려 눈을 감아버렸다. 사람들이 하는 저런 짓이 혐오스러웠다. 오바하는 신음 소리는 점점 더 커져 거의 절규에 가까워졌다.

"아아아아! 민수야! 아! 좋아!"

순간 난 깜짝 놀라 감은 눈을 부릅떴다. 옆에 있던 민수의 눈은

나보다 더 커졌다. 클로즈업된 화면에는 분명 민수와 음악 선생님
이 있었다. 조신한 처녀로 소문이 났던 음악선생님이 민수와 그 짓
을 하고 있었다. 상협과 나는 놀라서 민수를 보고 있었고 민수는
온 몸을 부들부들 떨고 있었다.

"야, 이 씨발!"

갑자기 민수가 미친 듯이 뛰쳐나갔다. 그리고 상협이가 재빨리
민수를 쫓았다. 나도 민수와 상협이를 따라나갔다. 민수는 비호처
럼 뛰어내려가 내가 2층 창문에 도달했을 때 벌써 길로 뛰어가고
있었다. 상협도 민수를 잡으려 열심히 뛰고 있었지만 이미 이성을
잃은 민수를 따라잡을 수는 없었다. 그러나 결국 그 좌판으로 갈
것을 알고 있었기에 상협과 나는 빠른 걸음으로 그곳으로 향했다.

예상대로 내가 그곳에 다다랐을 때 좌판은 이미 다 부서져 개판
이 되어 있었고 아저씨는 민수의 억센 팔에 대롱대롱 매달려 있었
다.

"이 개새끼야! 말해! 그거 어디서 났어? 테잎 어디서 났냐구?
아작나기 전에 빨리 말해!"

민수는 미친개처럼 짖어대고 있었고, 아저씨는 영문도 모른 채
겁에 질려 부들부들 떨고 있었다.

"대답 안 해? 이 새끼야!"

민수의 주먹이 아저씨 배로 날아 들어갔다.

"욱!!"

아저씨는 배를 움켜쥐었다. 하지만 민수가 멱살을 잡고 있어 고
꾸라지지도 못했다. 상협이 재차 민수를 말리려고 했지만, 민수가
워낙 흥분한 상태여서 말리기가 쉽지 않았다. 하긴 나라도 민수 같
은 일을 당했으면 가만 있지 않았을 것이다. 전국에 자기 얼굴이
뽀르노로 나가는데 좋아할 사람이 어디 있겠는가?

"야! 일단 가만히 있어봐."

나도 나서서 민수를 진정시켰다.

"일단 돌아다니는 건 할 수 없고 나머지를 막아야지 안 그래?"

민수는 숨을 몰아쉬며 나를 노려보았다.

"그러니까 이 새끼를 조져야지."

민수는 이를 부득부득 갈며 말했다.

"아니지. 니가 거기로 간다고 해도 그것도 조직일텐데 혼자 당해낼 수 있냐? 그리고 한 가게에서만 복사됐다는 보장이 어디 있어? 흥분한다고 될 일이 아니야."

난 민수의 팔을 잡으며 말했다.

"그럼 어떡하라구?"

민수의 언성이 다시 올라갔다.

"협상을 해야지. 그 쪽도 비디오 주인공이 나타나는 일은 예상을 못했을 꺼야. 그러니까 가서 더 이상 복사하지 말라고 해야지. 더 이상 한 장이라도 돌아다니면 명예 훼손 혐의로 고발하겠다고 말야. 그 정도면 명예 훼손 정도가 아닐 꺼야. 분명히 뽀르노 복사하는 데가 쑥대밭이 될 꺼라구. 그러면서 다른 곳도 복사를 못하게 하는 거야. 일단 한 가게에 소문이 나면 자연히 다른 가게에 소문이 나잖아. 이 테잎만 더 이상 복사를 안 하면 가만있겠다고 해. 그럼 그 쪽도 분명히 받아들이고 더 이상 복사를 안 할꺼야. 뽀르노가 어디 한 둘이냐? 하나쯤 안 해도 문닫는 것보다는 낫잖아. 분명히 그 쪽도 오케이 할 꺼야."

난 민수를 붙잡고 하나하나를 설명하며 설득시켰고 민수도 생각보다 빨리 냉정을 되찾았다. 뭐가 더 이익이 될 것인가를 안다는 것은 중요한 일이었다.

민수와 난 아저씨를 앞세우고 뽀르노 공장으로 들어갔다. 수백 대의 테잎이 돌아가는 지하실로 우리는 내려갔다. 우리는 어렵지 않게 사장이라는 자를 만날 수 있었고 약간의 마찰이 있기는 했지만 내가 그들을 어르고 달래었다. 마침내 그들은 테잎을 더 이상 복사하지도 않고, 있는 테이프도 전부 회수하여 버릴 거라고 다짐했다. 우리는 오늘 저녁에 다시 점검하러 오겠다고 말하며 그 자리를 떴다.

상협과 나는 민수를 위로하며 잠시 쉬었다. 그리고 저녁이 되자 우리는 이곳 저곳을 돌아다니며 민수의 테이프가 아직도 돌아다니고 있는지 점검을 했다. 다행히 민수의 테이프는 빠른 속도로 회수가 되어 더 이상 퍼지는 일은 없을 듯 했다.

"이제 됐나봐. 그만 가자."

난 민수의 어깨에 손을 얹었다. 민수의 어깨가 아직도 부들부들 떨리고 있었다. 놀라고 쪽 팔리고 열받았겠지……. 난 민수가 어떻게 음악 선생님과 같이 잘 수 있었는지 궁금했지만, 물어볼 수도 없는 노릇이었다.

상협은 민수를 데리고 포장마차로 들어갔다. 나도 곧 들어간다고 말하고는 내 핸드폰에 전화를 했다. 밧데리가 다 돼서 이런 방법으로 메시지를 확인해야 했기 때문이다.

'귀하의 사서함에 음성 메시지가 11개가 있습니다. 첫 번째, 엄마다……'

또 엄마에게서 메시지가 왔다. 하지만 난 듣지도 않고 지워버렸다. 듣고 싶지 않았다. 어떤 이유에서든……. 그렇게 메시지는 일곱 개나 지워져버렸다.

"여덟번 째. 어, 오월아. 나 지혜야. 잘 있니? 연락이 안 되는구나. 나 내일 출국해. 오후 6시 비행기로 캐나다로 가. 미안. 갑자기 예정보다 빨리 가게 됐어. 환율이 계속 올라서 더 이상 지체할 수가 없대……. 미안해. 용서해 줘. 그리고…… 아니다. 잘 있어. 그리고 나 꼭 용서해 줘. 너하고 언제나 함께 있고 싶었는데, 이렇게 널 떠나게 돼서 정말 미안해. 나 정말 너하고 있던 그 시간들은⋯⋯."

지혜는 뭐라고 계속 말했지만 내 귀에는 눈물을 참으려 애쓰는 울먹이는 목소리만이 들려올 뿐이었다. 지혜는 참고 있었다. 정말로 참고 있었다. 애써 차갑게 말하려는 그 애의 목소리 속에 들려오는 떨림이 느껴졌다. 정말이지 실감이 나질 않았다. 언제까지나 함께 있을 거라고 믿었는데⋯⋯ 언제까지나⋯⋯ 언제까지나⋯⋯.

11월의 해는 일찍 떨어졌다. 김포공항 제2청사에는 벌써 어둠이 짙어졌다. 활주로에 반짝이는 불빛을 가르고 비행기가 굉음을 내며 이륙하고 있었다. 손이 시렸다. 어쩌면 마음이 더 시린 건지도⋯⋯. 어쨌든 온몸에 소름이 돋았다. 운명이란 때로는 너무나 가혹했다. 이별이라는 두 글자만으로 수많았던 추억들을 단번에 앗아가 버린다. 분명 과거의 기억들은 아직도 생생하게 살아 그 사람을 만나고 있는데 현실에서는 너무나 어색하게 이별을 해야 한다. 언제나 내 곁에서 나와 함께 있던 한 사람이 어느 순간, 내가 아침을 맞을 때 그 사람에겐 저녁이 찾아온다는 나라로 가버린다는 게 믿겨지지가 않았다. 내가 아무리 보고 싶어도, 아무리 미칠 것 같아도 그 사람이 사는 동네조차 갈 수 없다는 것이 증오스러웠다. 그 사람을 보는 것은 고사하고 그 사람 방의 불켜진 창문조차 볼 수 없다는 것이, 그 사람의 어떤 흔적도 느낄 수 없는 현실이 미웠다. 다른 어떤 사람도 대신할 수 없는 내 안의 그 빈 공간이 미웠다.

난 일부러 너무 길게 시간을 잡지 않았다. 만남이 길면 슬픔도 길 것임을 알기 때문이었다. 나의 이성은 극도의 허무함 속에서도 최선의 선택을 고민하고 있었다. 난 혼자 담담하게 건물 안으로 들어갔다. IMF시대라서 그런지 사람들의 발길이 거의 끊기다시피 했다. 공항은 생각보다 넓지 않아 지혜를 금방 찾을 수 있었다. 난 저며오는 심장을 느끼며 지혜에게로 다가갔다.

"지혜야……."

놀란 토끼 눈 같은 지혜의 눈망울이 내 눈에 들어왔다. 그 눈동자가 좋았다. 커다랗고 맑은 눈이…….

"어떻게……."

지혜가 일어서면서 물었다.

"니가 메시지 남겼잖아."

"으…… 응."

"가니?"

'할 말이 너무나 많은데 무슨 말을 해야 할지 모르겠다, 제길. 좀 더 준비를 해오는 건데…….'

"다시 안 오는 거지?"

바보같은 질문을 했다, 난.

"응."

나도 지혜도 땅만 바라보고 있었다. 난 잠시 눈을 감았다. 아무 말도 하지 않을 수는 없었다. 난 눈을 뜨고 공항 천장을 바라보았다. 폐 깊숙이부터 한숨이 밀려나왔다. 난 지혜를 바라보았다. 그리고 입술을 뗐다.

"캐나다라고 그랬지? 음. 캐나다는 눈이 많은 나라지? 좋겠다. 너 눈 좋아했잖아. 기억나니? 재작년 겨울에 너하고 눈 내리는 날 만났던 일. 그 때가 생각나. 다시 되돌릴 수 있었으면 좋겠어. 하지만 이젠 다 끝나는 걸 알아. 나 생각해봤는데 너하고 앞으로 연락도 안하고 살았으면 좋겠어. 너무 맘이 아플 것 같애. 날 잊어. 니 인생에 모든 것이 새로워졌으면 좋겠어. 내 모든 걸 지워버려. 미안해. 도와주지 못해서. 정말 미안해. 널 꼭 지켜주고 싶었는데……. 나 너무 바보 같지? 미안해……."

난 단번에 모든 말을 쏟아내 버렸다. 심장이 너무 아팠다. 난 입술을 꼭 깨물었다. 눈물이 나올 것 같았다. 제길, 참아야 하는데…….

눈을 들어 지혜를 보았다. 지혜의 볼에 눈물자국이 그려졌다. 난 지혜를 끌어당겨 안았다.

"오월아, 미안해. 나 너와 영원을 생각했는데 이렇게 헤어지게 될 줄은 몰랐어. 현실이라는 벽 앞에 난 너무 무기력해. 할 수 있는 게 아무 것도 없어. 너와의 이별을 생각하는 것조차 사치일 정도로 우리 집 힘들어. 미안해. 하지만 너만 기다려 준다면, 너만 날 기다릴 수 있다면 나 꼭 다시 돌아올게. 난 너 없이는 견딜 수가 없어. 나 너에 대해 매일 매일 생각했어. 아무리 지우려 해도 지워지지가 않아. 이 세상 수많은 사람 중에 오직 너만이 내 머릿속에 가득해. 나 도저히 널 잊을 수 없을 것 같아. 나 기다려 줘. 꼭 돌아올게. 맹세해. 오월아, 나 기다려 줘. 제발."

나에게 기대 울먹이는 지혜에게 난 아무 말도 해줄 수가 없었다. 정말 아무 것도, 아무 것도 해줄 수가 없었다.

"미안해. 하지만 널 기다리지 않을 꺼야. 날 잊어."

결국 난 이렇게 말해버렸다. 난 알고 있었다. 지혜가 얼마나 마음이 여린 아이인지. 이별은 순간이다. 아파야 1년쯤. 하지만 기다림은 너무나 길 것임을 안다. 매일 매일 수백 번도 더 보고 싶어질 테니까……. 지혜를 그렇게 만들고 싶지는 않았다. 지혜는 나의 품에 얼굴을 묻고 고개만 끄덕이고 있었다. 우리는 말없이 그렇게 서로를 끌어안고 있었다.

사랑한다고, 기다리겠다고, 십 년이든 이십 년이든 기다리겠다고 말하고 싶었다. 태어나서 너만 사랑했고 앞으로도 너만 사랑하겠다고 말하고 싶었다. 매일 매일 전화하고 방학 때면 찾아가 방학 내내 같이 있을 거라고 말하고 싶었다. 너를 좋아하던 그 날부터 수도 없이 불켜진 너의 창문을 바라봤다고 말하고 싶었다. 발렌타인데이에 너희 집 앞에 놓여져 있었다던 그 장미를 보낸 사람이 나라고 말하고 싶었다. 아직도 사랑한다고, 너무 너무 사랑해 미칠 것 같다고 말하고 싶었다.

하지만 결국 잊으라고 말해버렸다. 지혜를 알기에……. 모르겠다. 잘하는 일인지 잘못하는 일인지……. 후회할지도 모르겠다. 너무나 후회가 돼 평생 슬퍼하며 살지도 모른다. 하지만 적어도 이게 내가 지금 이 순간에 지혜에게 할 수 있는 최선이라면 그렇게 하고 싶었다. 사랑하기에 보낼 수 없다는 말은 너무나 이기적인 말로 들렸다.

시간은 어김없이 흘렀다. 멈추고 싶은 순간에도 시간은 계속 가버렸고 결국 우리는 할 말도 다 하지 못한 채 헤어져야할 운명이었다.

"시간 됐다. 그만 가봐라."

난 지혜에게서 살며시 팔을 거뒀다. 지혜의 눈에서 계속 눈물이 흘러내렸다.

"잘 가. 행복하게 살아."

난 애써 웃으며 말했다.

"전화할게. 그리고 전화번호 생기는대로 연락할게."

지혜의 목소리가 갈라졌다.

"아니. 그러지마. 그냥 여기서 그만 하자."

난 고개를 돌리며 말했다. 바보짓을 하고 있는 것 같았다. 하지만 지혜에게 미련을 남겨주고 싶지 않았다.

"어서 가. 비행기 놓치겠다. 어머니한테도 안부 전하고……."

난 지혜의 손에 가방을 쥐어주며 말했다. 지혜는 아무 말 없이 고개를 끄덕이고는 뒤돌아 걸어갔다. 순간적으로 손이 올라가 지혜를 잡으려 했다. 잡고 싶었다. 미치도록……. 견딜 수가 없었다. 하늘 위로 어정쩡하게 올려진 나의 오른 손은 가늘게 떨리고 있었다. 저 뒷모습을 마지막으로 우리는 절대로 다시 만날 수가 없음을 알고 있었다. 지혜를 불러 연락하라고 말하고 싶었다. 난 두 주먹을 꼬옥 쥐고 눈을 질끈 감아 이런 내 맘을 참아야 했다. 이제 몇 분만 더 참으면 됐다.

하지만 결국 난 지혜를 따라 에스컬레이터를 올라가고 말았다. 지혜는 벌써 탑승장 안으로 들어서고 있었다. 제길, 영화에서는 길기만 하던 출국 수속이 이렇게 빠를 줄은 몰랐다. 아니, 어쩌면 잘된 일인지도 몰랐다. 비행기로 향하는 줄에 서 있는 지혜의 뒷모습이 보였다.

'안녕, 잘 지내. 언제든지 너에게 기쁨만 있었으면 좋겠다. 앞으론 울지마. 니 눈물까지도 전부 내가 흘릴테니. 사랑해.'

난 흐려지는 지혜의 뒷모습을 보며 맘속으로 이렇게 말했다.

지혜는 헤어질 때 언제나 뒤를 돌아보지 않는 아이였다. 언젠가 지혜에게 물었다. 왜 헤어질 때 뒤를 돌아보지 않느냐고. 지혜는 대답했었다. 뒤를 돌아보면 헤어지기가 너무 싫기 때문이라고. 지혜는 언제나 그렇게 뒤를 돌아보지 않았다. 하지만 지금 지혜의 어깨가 떨리고 있는 것이 보였다. 손을 들어 입을 틀어막았다. 목에 힘줄이 섰다. 지혜는 천천히 탑승장 안으로 들어가고 있었다.

그 때였다. 지혜가 뒤를 돌아보았다. 지혜가 처음으로 뒤를 돌아 나를 바라보았다. 지혜는 그 마지막 눈동자에 눈물을 하나 가득 담고서 나를 바라보고 있었다. 난 한 손으로는 입을 막고 다른 손으로는 지혜에게 손을 흔들어 보였다. 순간 지혜가 발걸음을 나에게로 돌렸다. 그리고 나에게로 서서히 다가왔다. 이내 지혜의 발걸음에 속도가 붙기 시작했다. 지혜가 나에게 달려오고 있었다.

하지만 난 나에게로 오는 지혜를 안아줄 수가 없었다. 이번에 지혜를 안으면 정말로 지혜를 보낼 수가 없을 것 같았다. 그래서 난 바보같이 뒤돌아 도망쳐 버렸다.

안고 싶었다. 나도 나에게 달려오는 지혜를 안아주고 싶었다. 하지만 더 많은 미련만 만들 것을 알고 있었다. 난 에스컬레이터를 뛰어 내려갔다. 다 내려가서 뒤돌아보니 위층에 서서 눈물을 흘리며 나를 바라보고 있는 지혜가 보였다.

"지혜야! 사랑해애~~~! 절대로 잊지 않을께! 난 영원히 니꺼야! 잘 가!"

난 아래층에 서서 지혜에게 소리쳐 말했다. 지혜는 고개를 끄덕였다. 난 지혜를 그렇게 남겨두고 밖으로 달려나왔다. 지혜는 처음으로 내 뒷모습을 보았을 것이다.

하늘에는 벌써 별이 보였다. 난 퉁퉁 부은 눈을 닦지도 않고 한동안 멍하니 하늘을 바라보았다. 얼마 되지 않아 비행기 한 대가 슬픈 궤적을 그리며 어디론가 날아올랐고 이내 시야에서 사라져 보이지 않게 되었다.

1997년의 겨울은 그 어느 해 겨울보다 매섭고 거칠었다. 서민들은 육체적인 추위뿐만 아니라 IMF라는 정신적인 추위까지 감수해야 했기 때문이다. 아시아 경제 전체가 무너져 내리면서 1,000원도 안되던 환율이 2,000원을 돌파했는가 하면 1,000을 넘던 주가는 300대까지 떨어졌다. 200억만 있으면 된다며 시작한 IMF 구제지원금은 밑 빠진 독에 물 붓기 식으로 끝도 없이 들어가기 시작해 600억 달러에 이르게 되었고 매일 거래가 중단되던 외환 시장은 급기야 환율 변동폭을 폐지하게 되었다. 대기업의 연쇄 부도는 멈출 기세가 없어서 한보로부터 시작한 부도 행진은 기아, 해태, 뉴코아, 진로, 삼미, 대농, 쌍방울, 한라로 이어졌으며 중소기업은 이보다 더 심각해 부도가 나지 않는 기업이 없을 정도였다. 그리고 마침내 철옹성이던 증권회사와 은행마저 위기를 맞기 시작해 고려증권과 제일은행, 서울은행 등이 위기를 맞았다. 이런 연쇄부도는 대규모의 구조조정과 정리해고를 야기해 명예퇴직, 조기퇴직으로 길거리에는 실직자들이 넘쳐 났고 집에서 출근을 하듯이 빠져나와 곧장 관악산으로 가는 명퇴 아빠들이 생겨나기 시작했다. 사회는 가장들을 패배자로 만들었으며 노숙자라는 사람들은 걸인과 다를 바 없이 거리에서 하루하루를 보내고 있었다. 영악한 장삿속은 이런 사회 현상까지 파고들어 한스밴드라는 소녀 그룹은 실직한 아버지를 소재로 한 '오락실'이라는 노래를 불러 히트시켰다.

그러나 나라를 이렇게 만든 정치판은 서로 책임을 떠넘기며 대선 레이스에만 광분했고 영삼이는 책임을 지기보다는 정치 영향력을 잃지 않으려고 이회창, 이인재, 심지어는 김대중에게까지 매달리며 안간힘을 쓰고 있었다. 살기 힘든 사회였다. 나라를 일으켰고 월남전을 이겨낸 4, 50대도 IMF라는 벽 앞에서는 힘을 쓰지 못했다. 성탄절, 망년회, 설날 얘기는 모두 사라져 버렸고 신문 사회면에는 매일 실직자 부인들의 눈물어린 편지가 실렸다. 새로 경제부총리가 된 임창렬은 IMF를 업고 뼈를 바르는 정리해고를 단행했으며 여기에 서민들의 삶은 무너져 내렸다. 1천 1백 97억이라는 외채는 국가부도라는 말을 실감나게 했고 대학가에는 휴학 열풍이 몰아쳤다.

신창원의 탈주극은 계속되었다. 그는 희대의 탈주극으로 무능하고 부패한 경찰들을 골려줌으로서 시민들에게 대리만족감을 주었다. 청소년들을 무차별 살상하던 경찰들은 신창원 앞에서는 총을 빼앗기는 수모를 겪어야 했다.

그리고 나의 가출 생활도 어느새 한 달을 훌쩍 넘겨 두 달째로 접어들고 있었다. 그 동안 생활비로 탕진해 내 수중에는 약 50만원 정도밖에 남아있질 않았다. 지혜와의 이별 이후 최저 생계비만 써왔지만 더 이상은 버티기 힘들었다. 하루 하루 술로 견디는 나날이 계속되었고 잠도 아무데서나 나뒹굴어 자게 되었다. 궁핍과 결벽증은 내 마음 안에서 하루에도 수천번씩 전쟁을 치렀다. 깨끗함을 유지할 수 없는 생활 속에서의 결벽증처럼 견디기 힘든 일은 없었다. 그리고…… 자꾸만 지혜의 생각이 났다. 우울증에 걸린 것 같았다. 힘든 나날이 계속되었고 내 생활은 망가져만 갔다. 하지만 난 결국 미쳐버릴 용기도 없었고, 세상을 부정하고 인생을 비관할 힘조차 없었다. 세상을 구경하겠다던 민수의 의지도 한 풀 꺾여 한낱 사치로 전락해 버렸고 상협의 터프함도 점점 암울함에 묻혀갔다.

얼마 전 길을 가다 우연히 외고에 다니는 아이를 보게 되었다. 난 애써 외면하려고 했지만, 그 애가 나를 알아보는 바람에 난 개쪽을 당해야 했다. '잘난체 하며 전학을 가더니 어쩌다 이렇게 쓰레기가 되었냐?' 라는 식으로 쳐다보는 그 애의 시선을 견딜 수가 없었다. 결국 난 도망치듯 그 애와 헤어져야 했다. 그 때 난 깨달았다. 이미 난 예전의 내가 아니었다. 모범생 오월이는 더 이상 존재하지 않았다. 난 이제 완전히 인생의 낙오자가 되어버린 것이었다. 과거는 흘러가 버린 것이었고 난 정신을 차리기도 싫었다. 그냥 이대로 흘러가고 싶었다. 시간이 이끄는대로……. 이대로……. 어디든…….

해야 할 일도, 하고 싶은 일도 없던 우리는 아무 생각없이 서울역 근처를 배회하고 있었다 그런데 앞서가던 민수가 갑자기 발걸음을 멈췄다.

"왜 그래?"

내가 물었다.

"그 때 그 뽀르노 새끼다!"

민수가 소리를 질렀다. 과연 공원이 끝나는 지점에서 그 때 민수가 나오는 비디오를 팔고 있었던 아저씨가 담배를 물고 있었다.

"야! 뽀르노! 너 거기서 뭐해?"

민수가 소리를 질렀다. 하지만 그 아저씨는 담배만 계속 태우고 있었다

"야! 너 죽을래? 뭐 하냐고?"

민수의 목소리에는 어느새 어린애 같은 장난끼가 서려 있었다. 민수의 목소리에는 이미 아저씨에 대한 적개심이 사라져 있었다.

"이놈아! 니는 애비, 에미도 없냐? 니만한 딸이 있다. 어디다 대고 반말이냐? 그리고 난 니 때문에 비디오 가게에서도 쫓겨났고 회사도 완전히 망해버려 이렇게 길에 나앉게 됐다. 이제 속이 시원하냐?"

아저씨는 담배를 계속 피우며 말했다. 그러나 민수는 아저씨의 푸념에도 아랑곳하지 않고 아저씨에게 성큼 성큼 다가갔다. 그리고는 아저씨 주머니에서 담배를 한 대 빼 입에 물었다.

"어! 이거 보소! 학생이 담배를 피고! 니 미쳤나?"

어리버리한 것은 민수나 아저씨나 똑같았다.

"야! 그럼 우리랑 같이 다니면 되겠네. 우리도 다 집나왔거든."

순간 나와 상협, 아저씨의 눈이 모두 휘둥그레졌다.

"야! 너 미쳤냐? 우리가 어떻게 저런 아저씨랑!"

"내가 미쳤나! 저런 아들이랑!"

우리는 민수의 황당함에 서로 놀라고 있었다.

"자자, 그만 가자고."

민수는 아저씨를 일으켜 잡아당겼다. 민수의 엽기성을 아는 나는 민수가 장난을 치는 것이 아님을 알고 있었다. 그리고 동시에 민수를 더 이상 말릴 수 없다는 사실도 알고 있었다. 하지만 문제는 거기서 그치지 않았다. 아저씨의 눈치를 보니 아무래도 정말 우리를 따라나설 참이었다. 아이들과 어울리는 것이 싫어 일단 빼기는 했지만 막상 갈 곳 없는 아저씨는 결국 우리를 따라 나서고 말

왔다.

"그럼, 내가 너희들을 따라가긴 하겠지만 우선 우리 집부터 잠깐 가자. 잉?"

아저씨는 뻔뻔하게도 이렇게 말했다.

"너 집도 있냐? 근데 왜 밖에서 사냐?"

민수는 반말을 계속 썼다.

"집은 있지만 방세가 밀려서 지금은 딸만 있어. 내가 있으면 주인이 돈 달라고 하니께. 그리구 니네들 우리 딸한테 흑심 품지마. 알겠제?"

아저씨는 어딘가 좀 모자란 사람처럼 보였다.

"야! 내가 언제 니 딸년 물어봤냐? 왜 혼자 삽질하냐?"

민수는 아마도 아저씨를 장난감쯤으로 생각하는 모양이었다.

아저씨의 집은 난곡동 산비탈에 있었다. 다리가 아프고 숨이 찼지만 아저씨는 빠른 걸음으로 비탈을 오르고 있었다.

"제길, 졸라 좆같네. 여기 한 달 사는데 얼마야?"

민수가 숨을 고르며 말했다.

"10만원이여."

아저씨는 고지를 향해 전진하는 병사처럼 뒤도 돌아보지 않고 말했다. 이윽고 아저씨는 어느 허름한 집 앞에 멈춰서 문 같지도 않아 보이는 문을 열었다.

"끼이익……."

부서질 듯한 문이 열렸다.

"미래야! 미래야! 아빠 왔다! 얘가 학교에서 아직 안 왔나?"

난 미래라는 말을 듣고는 깜짝 놀랐지만, 이름만 같을 것이라고 생각했다. 그러나 창호지로 바른 단칸방이 열리면서 내민 얼굴은 바로 내가 아는 미래였다.

"어! 미래야……."

내가 놀란만큼 미래도 놀란 모양이었다. 나도 미래도 난처하게 되었다. 나는 거지꼴이었고 미래는 단칸방 가난뱅이였기 때문에 이 만남은 결코 기쁨일 수만은 없었다.

"야! 오월아! 너 여기에도 씨를 뿌렸냐?"

민수가 기다렸다는듯이 까대기 적시타를 날렸다.

"미래야! 저 늠하고 어떻게 아냐?"

아저씨도 지지 않고 성을 냈다.

난 태연한 척 설명을 하려고 했지만 결국 설명할 방도가 없음을 깨달을 뿐이었다.

"일단 들어가자."

어안이 벙벙해 경기하는 어린애처럼 놀란 나를 구해준 것은 다름 아닌 상협이었다.

방은 차고 어두웠다.

"본론만 얘기하고 뜨자, 영감."

민수는 무슨 형사나 폭력배처럼 아저씨를 몰아세웠고 미래는 근심 어린 눈초리로 우리를 바라보았다.

"어, 미래야. 걱정 마라. 아빠가 오늘부터 야들하고 있기로 했으니께, 니는 여기서 잘 지내면 된다. 근디 방은 어떻게 됐냐? 주인이 뭐라고 안 하디? 빼라고는 않지?"

아저씨가 어눌한 말투로 미래에게 물었다. 하지만 미래는 내 앞이라서 부끄러운지 계속 내 눈치만 살피고 있었다.

"아저씨, 얼마나 밀렸는데요?"

결국 내가 먼저 말을 꺼내고 말았다.

"응, 그게 말여~…. 세달치가 밀렸어. 그러니께 30만원인 거지."

그 말을 듣고 난 망설임없이 주머니에서 전 재산인 50만원을 꺼냈다.

"미래야, 여기 50만원. 세 달치 내고 두 달 더 있을 수 있어. 이거밖에 없어서 미안. 그리고 부끄러워하지마. 난 언제나 니 편이야."

난 돈을 건네며 미래에게 말했다. 민수도 상협도 아저씨도 놀라고 있었지만 누구도 직접적으로 말을 꺼내진 않았다. 난 미래의 눈을 똑바로 쳐다보았다. 미래도 내 눈을 정면으로 바라보았다. 난 눈빛으로 뭔가를 전하려고 애썼다. 미래도 내가 준 돈을 한참동안 바라보더니 이내 받아 주머니에 넣었다. 아저씨와 우리는 말없이 밖으로 나왔다.

"또 보자."

난 미래를 바라보며 웃음을 지어 보였다. 미래도 아무 말 없이 미소를 지었다. 나도 미래도 더 이상 부끄럽지 않았다. 민수도 아저씨도 다 이해할 것이다. 우리는 모두 아무 말이 없었지만, 서로를 이해하고 있었다.

뒤를 돌아보지 않고 방으로 들어가는 미래의 뒷모습에 지혜가 겹쳐져 보였다.

그 날 우리는 어느 포장마차에서 꼼장어와 홍합을 안주로 소주를 퍼마셨다. 사실 난 바베큐에 시원한 생맥주가 한 잔 마시고 싶었다. 가슴속까지 찌릿찌릿한 생맥주의 시원함을 느끼고 싶었다. 하지만 지금은 소주 한 병도 사치였다. 나와 민수와 상협이 주머니를 탈탈 털어 내자 돈 4만원이 겨우 나왔다. IMF의 마수는 포장마차에까지 미쳐 저녁 때인데도 손님 하나 보이지 않았다. 오랜만에 먹는 것이어서 그런지 나는 취하는 줄도 모르고 계속 술을 마셨다. 민수의 얼굴이 흐려졌다. 기분 좋은 밤은 그렇게 깊어갔다. 우리들 사이를 의미 없는 말들이 계속 오고 갔지만, 우리는 뭐가 좋은지 쓸데없는 말에도 동네가 떠나갈 듯이 웃어제꼈다. 심지어 우리가 가지고 있는 돈이 술값을 제하면 8300원밖에 안 남는다는 말을 할 때도 우리는 탁상을 치며 미친 듯이 웃어댔다. 아저씨도 주저리주저리 이런 말 저런 말을 했다. 그 중에는 아저씨가 베트남 전에 참전했을 때의 얘기도 들어있었다.

"아! 나가 베트남에 처음 갔는디 거긴 우리 한여름 날씨보다 더 푹푹 찌더구만. 그래 뭣도 모르고 옷을 벗으려고 하는데 어디서 꽝 소리가 들려 턱 보니께 저기서 베트콩 놈들이 개떼처럼 몰려오는 거 아니겠어. 그래서 M56으로 닥치는대로 쐈지. 그렇게 시작한 전투가 20일을 넘기고, 행군이 되고, 작전이 되더란 말여. 그 때 우리가 아마도 2만 명은 죽였는데 내가 죽인 베트콩만 해도 한 2백 명, 응, 그렇지 한 2백 명은 되었더란 말여. 그런디 이 베트콩은 아무리 죽여도 숲속에서 꾸역 꾸역 계속 나오더란 말여. 아무리……."

나는 뻥튀기가 만빵인 아저씨의 말이 듣기 귀찮아서 고개를 돌려버렸고 아저씨는 시선을 나에게서 민수에게로 돌려 말을 계속했다.

"아! 그래서 베트콩을 막 쏘는데 갑자기 배가 뜨끔하는 거여. 따악! 내려다보니께, 배때기에서 피가 그냥 철철철 나는 것이여. '야! 이제는 뒤졌구나!' 생각을 하는데 정신은 가물가물해지고 딱 눈을 떠보니께 간이병원이란 곳이였다아 이 말이여. 알고 보니께 내 절친한 친구 병석이가 날 병원까지 업고 뛰어왔단 말이여. 아! 그 노무새끼 아녔음 내가 뒤졌지. 암, 뒤지고 말고. 여기, 여기 이게 그 상처여."

아저씨는 벌써 취해 꼬꾸라진 민수에 대고 뻥을 튀겨댔다.

"아, 아저씨! 뻥을 튀길려면 좀 그럴듯하게…… 어!"

난 아저씨의 말이 하도 듣기가 싫어 고개를 돌려 소리를 쳤다. 그런데 고개를 돌렸을 때 민수 앞에서 옷을 제낀 아저씨의 배에서 정말로 커다란 상처가 보였다. 바로 옆에 있는 배꼽보다도 더 커다란 구멍이 오른쪽 아랫배에 쑤욱 들어가 있었던 것이다.

"아…… 아저씨 정말 총 맞으셨어요?"

내가 떨리는 목소리로 물었다. 옆에서 조용히 술을 마시던 상협의 고개도 돌아갔다.

"그려. 나 총 맞고 싸웠어. 우리 박정희 대통령이, 그러면 나도 잘 살고 우리 나라도 부강해진다기에 내가 눈 딱 감고 싸웠어. 근디 지금 생각해 보면 다 헛일이었어. 나는 6.25전쟁 끝나고 태어나 매일 매일 구질구질하게 살았어. 그러다 나이가 먹어 베트남에 갔던 것이여. 그 때 중사가 뭐랬는지 알어? 베트남전만 끝나면 우리는 부자가 된다는 것이여. 근디 우리가 부자가 되었남? 이러면 내가 돈에 미친 노무쓰끼처럼 보일진 몰러도 우리는 부자가 못 되었으. 그 뒤로도 난 뼈빠지게 일했는디 그 후로 30년이 지나도 난 요 모양으로 계속 쪽빡을 차고 있으니. 내가 뭘 잘못했는지는 몰라도 아마도 그 때 죽인 베트콩이 날 괴롭히는 모양이여. 난 그 때 죽인 베트콩들 때메 죽어서 천당도 못 가. 제길, 그렇게 박정희도 전두환도 일만 열심히 하면 된다고 혀서 내가 그렇게 열심히 일했는데 말여. 난 뭘 가졌느냐고? 우리 미래 편안히 학교 다니는 것 하나 못해주고 이게 뭐 하는 미친 지랄이여. 이게 사람 사는 거여? 베트남에서 뿌린 이상한 허연 가루때메 그나마 모아둔 돈도 다 써서 마누라도 집을 나갔어. 그리고 그나마 남아 있던 월세방도 영삼이 때문에 하늘로 날라갔어. 근디 누가 이걸 다 책임지나? 정희냐? 두환이냐? 영삼이냐? 아니면 국회의원, 변호사, 의사 나린가? 왜 맨날 나만 깨지냔 말여. 그 때 그 베트콩들만 죽이지 않았어도 내가 이리 죄많은 인간이 되지는 않았을낀데. 우리 미래도 미래지만 난 죽으면 지옥 갈까봐 자살도 못혀. 그렇게 죄가 많은디 내가 어떻게 죽어?"

아저씨는 혀 꼬부라진 말투로 눈물을 펑펑 흘리며 말했다. 난 여지껏 그렇게 초라한 어른의 모습을 본 적이 없었다. 아저씨의 무너진 모습에서 난 시대의 끝을 보았다. 월남전에서도 살아난 아저씨이지만 IMF만은 이기지 못한 모양이었다. 영혼까지 내팔며 일한 아저씨의 일생을 결코 빈부격차라는 말로 설명할 수는 없었다.

"아저씨, 아저씬 꼭 천당갈꺼야. 내가 알아."

결국 내가 할 수 있는 말은 이것밖에 없었다. 하지만 이 말은 분명 자명한 진리였다. 이 세상에 천당이라는 곳이 있다면 분명 박정희보다 아저씨가 먼저 들어갈 것이다.

"난 미래한테만은 잘 해주고 싶었어. 그래서 사람이 못할 짓도 하구 다녔어. 미래만한 여고생이 나오는 뽀르노를 복사했단 말여. 난 살려고 개 같은 짓, 소 같은 짓 다하구 다녔어. 근디 세상은 나한테 병신 새끼라구 손가락질을 하는 거여. 옛날에 몸이 좋아 막노동을 할 때 그늘 아래서 쉬고 있는데 웬 꼬마가 지 엄마하고 지나가면서 '저 아저씨는 왜 저기 누워 있어?' 하고 물어보더란 말여. 근디 그 때 그 엄마가 뭐랬는 줄 알어? '너도 공부 안하고 맨날 놀면 저 아저씨들처럼 돼.' 하는 거여. 그려, 내가 공부 쥐뿔도 안 한 건 사실이지만 맨날 놀았남? 그리고 공부 안 한게 어디 내 탓이여? 우리 때는 공부하고 싶어도 못혔어. 그래서 내 자식들만은 공부 열심히 혀서 남들한테 무시 안 당하고 살기 바렸어. 근디 웃기는 것이 미래도 나하고 똑같은 이유로 공부를 할 수가 없어. 학비가 없어서 공부를 못한다 이 말이여. 그러니 내 속이 찢어지지 않고 배기겄어?"

아저씨는 이미 정신이 반쯤 나간 것 같은 말투로 말을 이어갔다. 그렇게 말을 이어가던 아저씨는 어느새 포장마차 탁자에 기대어 잠이 들었다.

탁자에 엎어져 잠이 든 아저씨를 쳐다보니 세상은 내가 생각했던 것처럼 쉽지 않다는 생각이 자꾸만 들었다. 나의 이런 철없는 행동은 다른 사람들의 힘겨운 삶 앞에서 점점 더 사치거리로 변해 갔다.

　"야! 추워죽겠다. 어디 들어가자."
　12월 서울역의 새벽공기는 가히 사람의 살을 파먹을 듯한 기세였다. 이제 무일푼이 된 우리는 당장 추위를 막을 공간조차 가지지 못했다. 우리는 일단 서울역 안으로 들어갔지만 아직 새벽이라 그런지 역 안에도 냉기가 감돌았다. 나는 손을 모아 입으로 후후 불며 발을 굴러보았지만 그래도 추위가 가시지 않았다. 결국 우리는 지하철 1호선 서울역으로 내려갈 수밖에 없었다.
　지하철은 출근하는 사람들의 인파로 붐비고 있었다. 그들의 양복 물결에 부끄러움을 느낀 나는 애써 잠바깃을 세웠다. 이제 우리는 거지와 다를 것이 아무 것도 없었다. 우리는 더 이상 그들과 같은 인격체가 아닌 것이었다. 민수도 고개를 숙였고 상협은 모자를 깊이 눌러썼다. 그렇지만 인파의 물결을 거슬러 내려가는 우리들을 피하는 그 사람들의 몸짓마저 느끼지 않을 수는 없었다. 그들은 마치 우리를 무슨 벌레 보듯이 피하고 있었고 우리도 마치 무슨 죄인이라도 된양 고개를 숙이고 있었다.
　"제길……."
　난 어금니를 꽉 물었다. 내가 왜 여기서 이렇게 쓰레기처럼 굴러다니는건지 알 수가 없었다. 지하철 안에는 노숙자들이 하나 가득했다. 더러운 옷과 빵봉지들이 여기 저기 굴러다녔고 밤새 덮고 잤던 신문지들은 지하철이 들어올 때 바람에 날려 철로 위에까지 떨어졌다. 그들은 발디딜 틈도 없이 내려서는 승객들에 아랑곳하지 않고 잠을 계속 청하고 있었다. 세상을 애써 외면하려는 그들의 그림자가 무거워 보였다.
　그러나 그들의 잠도 편하지만은 않았다. 올라가던 승객들의 발에 차이기도 했고 아들 뻘인 공익 근무 요원한테 끌려나가기도 했다. 난 입술을 깨물었다. 사실 이곳은 사람이 너무나 많아서 아직 우리같이 체면이 남아 있는 사람이 앉아 있기엔 너무나 얼굴이 팔리는 곳이었다.

결국 우리는 승강장에 있는 의자에 나란히 앉았다. 지하철이 들어올 때마다 시원한 바람이 불었다. 상협의 염색한 단발머리가 그 바람에 날려 얼굴을 덮어주었다. 도착하는 열차에서 사람들이 내려 어디론가 꾸역 꾸역 몰려가기 시작했다. 저 사람들은 각자 어디론가 향해갈 것이다. 어떤 사람들은 대우로 갈 것이고 다른 사람들은 LG나 SK로 가겠지. 그리고 모두들 힘들게 하루 하루 주어진 일을 할 것이다. 그 일이 정확히 무얼 의미하는지도 모른 채 단지 자신이 거기에 있다는 이유만으로 그 일을 할 것이다. 그러나 언젠가 그들이 명예퇴직을 당하게 된다면 지금의 나처럼 자기 자신이 과연 무엇을 했는지 혼란스럽기 시작할 것이다. 매일 매일 골이 빠개지도록 노력은 했는데 과연 그것이 무엇이었는지 모를 때가 올 것이다.

지하철이 다시 떠났다. 매섭고 차가운 바람이 터널 끝으로부터 불어 닥쳤다. 번데기에서 찢겨져 나온 미성숙한 나방처럼 난 세상의 차가운 바람을 온 몸으로 받으며 죽어가고 있었다. 난 내가 어디에 서 있는지 아직도 잘 몰랐다. 다만 내가 더 많은 것을 알고 더 많은 것을 배우고 있는 동시에 더 처참하고 더 세속적으로 죽어가고 있다는 것을 알 뿐이었다. 세상에는 특별한 것이 없었다. 죽지 못해 살아가는 존재들이 하나 가득할 뿐이었다. 지하철에서 내리는 사람도, 지하철에서 잠을 자는 사람도, 돈을 떨어뜨리는 사람도, 돈을 구걸하는 사람도 모두 불행해 보였다. 세상이 모두 다 어두워 보였다.

세기말, 경제 위기, 겨울, 방황하는 세대, 사춘기, 첫 사랑과의 이별, 다다이즘. 이 모든 것들이 나를 어둡게 만들고 있었다. 어디로 가야할지 모르는 어린아이처럼 난 황량한 사막 한 가운데 서서 멍하니 하늘만 쳐다보고 있었다.

어느새 잠이 들기 시작했다. 어제도 그제도 너무나 피곤했다. 난 팔짱을 끼고 눈을 감았다. 어느 새 현실이 점점 희미해지기 시작했다. 알 수 없는 아늑함이 다가왔다. 세상살이보다 훨씬 편안한 것 같았다.

"야! 이 새끼야! 그만 자빠져 자고 일어나."

눈이 번쩍 뜨였다. 눈앞에 민수가 보였다. 잠바에 돌덩이들이 가득 들어있는 것처럼 온 몸이 무거웠다. 혈액 순환이 제대로 안돼 온 몸이 굳어버린 것 같았다.

"밥은 먹어야 살지. 배식 시간이야."

민수가 자리를 털고 일어서며 말했다. 영문도 모른 채 민수 손에 이끌려 역 밖으로 끌려나왔다. 지하철역을 나오자 차가운 바람이 몰아닥쳤다. 난 주머니에 얼른 손을 넣었다. 하지만 주머니 안도 차갑기는 마찬가지였다. 민수와 아저씨는 서울역 광장 한복판을 향해 걸어갔다. 그리곤 끝도 없이 이어진 줄의 맨 마지막 부분에 가서 걸음을 멈추었다. 난 민수에서부터 시작하여 그 줄이 향하는 곳을 쭈욱 훑어보았다. 그 줄 끝에는 웬 트럭이 한 대 서 있는데 거기서는 아줌마 3명이 밥을 퍼주고 있었다. 우리는 노숙자 급식을 타려고 줄을 서고 있는 것이었다.

"야! 우리가 저걸 먹어야 되는 거야?"

내가 기가 막힌다는 목소리로 물었다.

"먹지 말라는 법은 없지. 저 사람들이 주기만 한다면야."

하지만 상협은 의견이 나와 다른 모양이었다. 결국 우리는 모두 뻘쭘하게 거기서 줄을 서야했다. 아저씨를 제외하곤 전부 이 자리에 어울리지 않는 사람들이었다. 고등학생 노숙자라니 생각만 해도 이상한 일이었다. 난 만약 우리가 밥을 타지 못하면 어쩌나 하고 고민을 하고 있었다. 배가 고픈 것은 둘째치고라도 개망신을 당할 것이 뻔하기 때문이었다.

서울역 광장의 시계는 벌써 1시를 가리키고 있었지만 줄은 좀처럼 줄어들 생각을 하지 않았다. 우리 뒤에도 사람들이 꾸역 꾸역 몰려들어 전체적인 줄은 오히려 길어져만 갔다. 저 작은 트럭하나에 엉겨붙어 연명하는 인생들이 서글프게 느껴졌다. 아직도 내게는 슬픔을 느낄만한 여유가 있는 모양이었다.

어느새 우리 차례가 되어 난 식판을 하나 들었다. 젓가락과 숟가락도 하나씩 들었다. 그리곤 민수 뒤에 숨어서 고개를 푹 숙이고 그저 민수가 하는 대로 따라했다. 밥 퍼주는 아줌마는 우리를 힐끔 쳐다보고는 혀를 차며 밥을 퍼주었다. 난 온 몸에 소름이 확 돋는 것을 느꼈다. 내 자신이 비굴해 보였다. 난 시험에 들고 있었다.

그런데 하필이면 배식이 끝나는 줄에 MBC가 취재를 하고 있었다. 난 재빨리 고개를 틀고 줄을 빠져 나와 서울역 한복판으로 달려나갔다. 하지만 우리의 나이를 알아본 기자들이 먹이를 본 3일 굶은 사자처럼 우리에게로 달려왔다. 생각만 해도 싫었다. '고등학생까지 노숙한다' 라는 제목으로 9시 뉴스에 나오고 싶지는 않았다. 게다가 엄마가 나를 보면 난리를 피울 것이다. 옆을 돌아보니 상협은 나보다 더 급한 얼굴이었다. 형사들이 자기를 찾아 나설 것이 뻔하기 때문이었다.

우리는 서울역 한복판에 둥그렇게 자리를 잡고 앉았다. 그리곤 얼른 고개를 숙였다. 그러나 카메라는 계속 우리를 잡고 있었다.

"저기 취재 좀 할 수 있을까요? 나이가 몇 살이죠?"

기자는 우리가 허락도 하지 않았는데 마이크를 들이대며 나이를 물어보고 있었다.

"아! 우리는 그런 거 안 해요! 빨리 가세요!"

민수가 소리쳤다.

"아직 어린 학생인 것 같은데 왜 여기서 이러고 있지요? 아버지가 정리해고를 당했습니까?"

기자는 귀가 먹었는지 계속 우리를 귀찮게 했다. 하긴, 내가 생각해도 좋은 기삿거리였다.

"아저씨! 우리가 하기 싫다면 안 하는 거예요! 가세요!"

나도 기자에게 말했다. 정말로 굴욕적이었다. 이런 기분은.

"잠깐이면 됩니다. 뒷모습만 나와도 되고 음성 변조도 가능하니까 1분만 인터뷰하시죠."

기자가 우리에게 얼굴을 바짝 대고 말했다.

"씨발 안 한다니까! 니들 귀먹었어?"

갑자기 상협의 식판이 기자 얼굴에 날아들었다.

"억!"

기자는 고개를 푹 숙이고 있었다. 그 와중에도 카메라맨은 우리의 표정 하나 하나를 찍고 있었다.

"그만 찍어! 이 개새끼야!"

상협이 기자의 배를 발로 걷어차며 소리를 고래 고래 질러댔다. 사람들이 하나 둘 모여들기 시작했고 기자는 아직도 고개를 숙이고 있었다. 얼굴을 감싼 기자의 손 밑으로 된장국과 피가 범벅이 되어 흘러내렸다.

"상협아! 테잎 뺏어!"

내가 소리를 질렀다. 동시에 나와 상협이는 카메라맨에게 달려들었다. 상협이가 카메라맨을 뒤에서 잡고 있는 동안 내가 카메라에서 비디오 테잎을 빼냈다. 그리고는 테잎을 땅에 놓고 밟아 버렸다.

"씨발! 뭐 하러 기자를 때려? 그러다 이 새끼들이 방송 다 내보내고 우리 고발까지 한단 말야!"

사태가 어느정도 수습되자 내가 상협을 향해 소리쳤다. 상협은 아무 말 없이 씩씩대고 있었다. 이미 주변에는 사람들이 하나 가득 몰려있었고 기자 새끼는 아직도 엄살을 부리고 있었다.

"기자 양반. 엄살 그만 부려. 식판 던진 것 가지고는 1주 진단도 안 나와. 그리고 만약 방송이 나가면 언론 중재 위원회에 제소하고 당신 짤릴 때까지 지랄할 꺼니까 그냥 넘어가는 게 좋을 꺼야. 그리고 내가 한 마디 더 해두는데 무식한 사람들이라고 니 취재에 전부 고분 고분 따를 꺼라고 생각하면 큰 오산이야. 그런 썩은 기자 정신 가지곤 당신 일 오래 못해. 알았어?"

난 닥치는 대로 말하곤 자리를 떴다. 민수와 상협, 아저씨도 곧 나를 따라왔다. 우리는 대우빌딩 옆길을 걸어 남대문을 지나쳐 명동으로 가고 있었다.

"야! 너 말 잘 하던데? 방송 안 나가겠어?"

민수가 분위기를 전환해보려고 오랜 침묵을 깨고 말했다.

"씨발. 니 새끼한테 배웠다."

나도 피식 웃으며 말했다.

"개새끼야! 니 새끼가 식판 차는 바람에 밥 굶어서 졸라 배고프잖아."

이번에는 민수가 상협에게 시비를 걸었지만 상협은 아무 말이 없었다.

"아즉 2시가 안 넘었으니께 파고다 공원 급식소에서는 밥을 먹을 수 있겠구만."

그러나 의외의 대답이 아저씨의 입에서 튀어나왔다.

"야! 이건 좀 너무하다. 그래도 아까 거기는 아저씨 나이 정도 되는 사람들이 많았는데 여기는 완존히 오늘 내일 하는 왕할아버지 밖에 없잖아."

민수가 얼굴을 찌푸리며 말했다. 파고다 공원에서 횡단보도를 건너면 있는 무료 급식소에는 평균 연령이 70살은 되어 보이는 할아버지, 할머니들이 줄지어 있었다.

"아! 느그들은 아직 배때기가 들고픈가 보구만. 그럼 저리 가서 기다리고 있거라. 난 천천히 얻어먹고 갈테니. 길바닥에서 뒤지기는 싫구먼."

아저씨가 재빨리 줄을 서며 말했다. 사실 나도 이런 데가 싫었지만 정말 밥을 먹지 않으면 죽을 것 같았다. 머리도 어지럽고 걸을 기운도 없었다. 체면을 생각하기에는 너무나 절박한 상황이었다.

"어떠냐? 삽질 할아버지들하고 밥 먹는 것도 재밌지? 뭐 더 많이 배우는 거지. 사실 우리가 언제 이런 꼬부랑이들하고 말할 기회나 있었냐? 이번에 한번 부딪혀보자."

민수가 또 다시 도전 정신을 발휘하고 있었다.

"니 새끼는 뭘 하든지 그렇게 일단 부딪혀보자고 말하냐? 니가 무슨 송강호냐? 뭐든지 일단 까보고 처리하게?"

내가 민수를 보고 말했지만 민수는 이미 저만치 다가선 후였다. 우리는 또 다시 기나긴 줄의 끝에 섰다. 인생은 언제나 줄서기인 모양이었다. 모르긴 몰라도 여기 서 있는 할아버지들도 평생 줄만 서며 살아왔을 것이다. 이 기나긴 줄의 끝에서 우리는 수많은 시선을 받으며 서 있어야 했다. 종로 한복판에서 지나가던 사람들과 줄서 있는 할아버지, 할머니의 따가운 시선을 나는 견뎌내야 하는 것이었다. 난 입술을 꼬옥 다물었다. 그리고 생각했다. 내가 인생을 살면서 이것보다 훨씬 더 치욕스런 일이 많을 것이라는 사실을……

줄은 줄어들어 어느새 우리가 밥을 타야할 차례가 되었다. 아줌마 수녀와 아가씨 수녀가 밥을 퍼주고 있었고 그 뒤에 신부로 보이는 사람이 밥을 나르고 있었다. 아줌마 수녀는 나이가 먹었음에도 불구하고 선한 얼굴빛 때문에 왠지 친근하게 느껴졌다. 참 곱게 늙어 가는 사람 같았다. 그 사람은 얼굴에 하나 가득 미소를 머금고 우리를 바라보았다. 그 눈동자에는 선량함이 가득 배어 나오고 있었다.

"우리 어린양은 왜 길을 잃고 거리에서 밤을 타고 있니? 여기는 니가 쉴 곳이 아니란다. 어쩌다 이런 곳에 왔니?"

아줌마 수녀가 나에게 밥을 퍼주며 말했다. 다른 사람이 그런 말을 했다면 기분이 나빴겠지만 활짝 웃는 그 선량한 얼굴은 그녀의 말이 진심에서 나오는 것이라는 것을 증명하고 있었기 때문에 난 그냥 고개숙여 웃기만 했다.

"도움이 필요하니? 그럼 아줌마에게 말해봐. 아줌마는 평생 너 같은 길 잃은 양들을 돌보라고 하나님이 내려보내신 사람이야. 나도 예전에 너처럼 길에서 뒹굴던 때가 있었단다. 그 때 어떤 신부님이 날 더러운 곳에서 구해주셨지. 그리고 말씀하셨어. 난 평생 남들을 도우라고 하나님이 특별히 이 세상에 내려보내신 사람이라고. 그래서 더 혹독한 시험의 길을 걷고 있는 거라고. 신부님은 자신이 나를 도와주시겠다고 말씀하셨어. 그리고 자신이 도와주는 것은 공짜가 아니니 자신에게 진 빚을 너같은 어린 양들에게 갚아주라고 말씀하셨어. 도움이 필요하니? 아줌마가 도와줄게. 아줌마도 너의 도움이 필요해. 신부님과 하나님에게 진 빚을 갚아야 하니까."

수녀 아줌마는 낮고 차분한 음성으로 그렇게 말했다. 그 말을 듣고 있던 나는 어느새 목이 메어와 아무 말도 할 수가 없었다. 식판에 담긴 밥 위로 눈물이 떨어졌다. 엄마가 생각났다. 이 곳은 너무나 거친 곳이었고 나의 영혼은 상처받고 있었다. 부들 부들 떨리는 내 손을 수녀가 말없이 잡았다. 난 그만 식판을 놓치고 말았다. 슬픔이 내면 깊숙한 곳에서 끓어올랐다. 지혜가 보고 싶었다.

"우리는 하나님 같은 거 안 믿어요! 괜히 남 도와준답시고 더 상처주지 말아요. 우리 삶은 우리가 바꿔나가요! 우린 강해요! 당신이 도와주지 않아도 된다구요!"

갑자기 나타난 민수가 수녀에게 이렇게 외치며 나의 팔을 끌어당겨 어디론가 끌고 갔다.

"병신 새끼야! 울지마! 뭐 그런 몇 마디에 남자가 울고 지랄이야! 너 원래 그렇게 나약했냐? 니가 고생을 얼마나 했다고 저런 말에 넘어가! 저런 말은 세상에서 닳고닳은 사람들한테나 하는 말이야! 니가 그런 말을 왜 들어야돼? 니 인생이 실패해서 구렁텅이에 빠졌냐?"

민수는 나의 팔을 억지로 질질 끌며 화난 목소리로 소리쳤다. 아마도 민수 역시 수녀의 말에 찔리는 구석이 있기 때문이리라.

"앉어라. 밥은 나눠 먹으면 되고."

민수가 가라앉은 목소리로 말했다.

난 됐다고 말하려 했으나 민수가 눈빛으로 '개소리 하지 말고 먹어'라고 말하는 것 같아 말없이 밥을 받아먹었다. 밥을 받아먹는 순간 또 한번 내 자신이 처량해져 눈물이 나려고 했지만 꾹 참았다. 우리는 그렇게 말없이 밥을 나눠 먹기 시작했다. 기분이 무거웠지만 밥맛이 없기엔 너무나 오랫동안 굶었다.

"학상. 배 많이 고픈가본데 이것 더 먹어."

우리는 식판에다 처박은 고개를 들어보았다. 거기에는 웬 할머니가 자기의 식판을 우리 쪽으로 내밀고 있었다.

"아까 수녀님이 하는 말 들었어. 그리고 이건 내가 그동안 쪼끔씩 모은 돈이여. 내가 이 모양께로 살고는 있지만 나쁜 사람은 아니니까 받어줘. 학상들이 내 손주 같아서 주는 것이여. 아이구, 그놈덜은 잘 있는지……. 딱 학상들만한 나이구먼, 그리구 학상들 부모님께서 걱정하시니까 집에 얼릉 들어가, 응?"

할머니는 이가 다 빠져버린 입을 오물거리며 이렇게 말했다. 할머니의 손에는 불규칙하게 접혀진 만 원짜리 두 장과 천 원짜리 몇 장이 들려 있었다. 그것을 본 민수가 벌떡 일어나려고 했지만 내가 한 손으로 민수를 막았다.

"고맙습니다, 할머니. 잘 쓸께요. 감사합니다. 그리고 집으로 금방 돌아갈께요."

난 눈물자국이 난 얼굴을 들어 할머니에게 싱긋 웃어보였다. 쭈글쭈글한 할머니의 주름진 얼굴에도 미소가 번졌다. 우리는 한참을 그렇게 웃었다. 난 천사를 만나고 있는 것 같았다. 하얀 옷을 입고 있거나 날개를 달고 있지는 않았지만 할머니는 하얀 옷에 날개를 단 거만하고 멀리 있는 천사보다 더 아름다워 보였다.

"할머니 오래사세요!"

난 총총히 돌아서는 할머니의 굽은 등을 향해서 이렇게 외쳤다. 그리고 그렇게 말하는 나의 손에는 2만 7000원과 도저히 돈으로 살 수 없는 한 노파의 마음이 담겨져 있었다.

8
Flight to the ego

"경제위기 책임 노동자에게 떠넘기는 김영삼은 자폭하라!"
"자폭하라! 자폭하라!"
"차기 김대중 정부도 일방적인 구조조정을 중단하라!"
"중단하라! 중단하라!"

서울역 광장은 조금전의 한산함을 잃어버린 채 수 만 명의 인파로 가득 차 있었다. 발 디딜 틈도 없이 도로까지 점거해 버린 인파는 가히 물결과도 같아서 그 숫자만으로도 엄청난 카리스마를 발산하고 있었다. 단상 위에 서 있는 연설자의 구호를 따라 외치는 수만명의 함성은 압도적인 힘으로 도심 한복판의 공기를 제압해버려 숨을 제대로 쉴 수 없을 정도였다.

"씨발, 이 많은 사람들이 다 어디서 겨 나온 거야?"

난 사람 틈바구니에 끼어 민수를 향해 말했다.

"아까 명동성당에서 집회가 있었잖여. 그 놈들이 다 이리로 몰려왔다니께."

아저씨가 민수를 대신해서 대답을 했다. 그러고 보니 아저씨도 금속산업연맹에 가입해 있다고 하던데……

처음에는 변두리에 있었던 우리는 점차 중심으로 밀려가고 있었다. 아니, 어쩌면 중심으로 향해가고 있었는지도 몰랐다. 중심에 서 있는 임시 단상 위에는 노조 간부들이 줄지어 앉아 있었다. 그리고 그 중 한사람이 마이크를 잡고 커다랗고 선동적인 목소리로 연설을 하고 있었는데 그 목소리는 스피커를 타고 온 서울역 광장에 에코를 만들며 울리고 있었다.

"경제는 정치인들과 기업 간부들이 아작내 놓고 왜 책임은 우리가 전부 져야 하는 겁니까? 우리는 왜 실직을 하고 거리로 내몰려야 하는 것입니까? 우리가 도대체 무얼 잘못했다는 것입니까? 6,70년대를 거치면서 우리는 뼈가 부서져라 일해 이 나라를 일으켜 세웠습니다. 그리고 지금도 우리는 열악한 환경에서도 국가를 위해 묵묵히 일해왔습니다. 그런데 경제 위기가 닥쳐오자 정작 원인제공자들은 우리에게 모든 책임을 짊어지라고 합니다. 말로는 고통 분담이라고 하지만 그들은 도대체 무슨 고통을 분담하고 있습니까? 민노총 산하 35개 노조 8만 노동자 여러분! 이제 여러분들만이 희망입니다! 여러분 가정의 부인과 아이들은 오직 여러분의 두 손만 바라보며 살고 있습니다! 그들의 순수한 눈동자를 IMF의 마수로부터 지켜냅시다! 노동자 여러분! 이제 오직 당신만이 희망입니다!"

노조 간부의 연설은 진심이 담긴 것이었기 때문에 사람의 마음을 움직일 수 있었다. 초라해 보이는 아저씨들이 모여 이렇게 거대한 힘을 만드는 것은 절박함이 작용하지 않고서는 불가능한 것이었고 간부의 연설에는 그런 절박함이 솔직하게 드러나 있었다.

"야들아! 오늘 여기서 집회가 끝나고 다들 서울대로 간다던디 너그들도 같이 갈 터이냐?"

고개를 빼들고 단상 위를 보던 아저씨가 시선을 돌려 우리에게 말했다.

"예? 왜 서울대를 가요?"

난 그 와중에서도 '서울대'라는 단어에 컴플렉스를 느끼고 되물었다.

"으응. 집회가 장기화될 것 같은디 어디 잘 데가 있어야지. 이 많은 사람들이 다 여관방에서 자구 다음날 또 시위하구 이럴 수는 없지 않것냐? 그래서 대학생들허구 같이 시위하면서 대학에서 자는 것이 우리의…… 거 뭐다냐……. 아! 우리의 관행이여. 관행. 응."

아저씨는 왜 수많은 대학 중 하필 서울대에 가냐는 나의 질문에 엉뚱한 대답을 했다.

"가보자. 어차피 갈데도 마땅치 않은데 밥도 얻어먹고 학생운동이나 노동운동에 참가도 하고, 일석이조네."

하지만 민수가 이렇게 찬성을 하는 바람에 나의 말은 점점 희미해져갔다. 사실 우리는 그곳에 갈 수밖에 없었다. 지금 우리가 선택할 수 있는 다른 여지가 없었기 때문이다.

어느새 서울역에는 더욱더 많은 노동자가 몰려들고 있었다. 단상에서 나오는 스피커 소리로는 10만 명이 모였다고 한다. 우리 학교 전교생이 1,000명이 조금 넘으니까 그것의 한 100배쯤 되는 인파였다. 게다가 그 수에 준할 만큼의 전투경찰이 우리를 둘러싸기 시작했다. 노동자들은 넘쳐나는데 전투경찰은 가이드 라인인지 뭔지를 그어놓고는 넘어오면 죽는다고 협박을 해대고 자동차들은 자동차들대로 서로 뒤범벅이 되어 경적을 울려대고 있었으니 가만히 있어도 아비규환의 난장판이 되어버린 것이다.

그런데 진짜 문제들은 노동자들이 움직이면서부터 더 심각해졌다. 지하철 노조도 파업을 하고 있었고 버스 노조 역시 동반 파업을 하고 있었기 때문에 이들이 움직일 수 있는 유일한 수단은 걸어서 가는 것이었다. 결국 10만 인파가 서울역에서 한강대교를 건너 봉천동을 지나 서울대학까지 걸어가야 했는데 그 와중에서 경찰들과 부딪히지 않을 수가 없었다. 결국 여기저기서 경찰의 방패에 밀리던 노동자들이 방패를 밀치기 시작했고 거기에 가세하는 경찰과 노동자들의 수가 늘어나면서 결국에는 한바탕 싸움이 벌어졌다. 싸우는 사람들에 넘어지는 사람, 밀리는 사람에 사진 찍으러 달려드는 기자까지 합쳐져 제대로 가도 길고 긴 행진길이 결국 엉망진창이 되어 끝이 보이지 않았다.

결국 우리가 서울대에 도착했을 때는 이미 저녁 7시가 다 되었다. 겨울 해는 노인네 입맛보다 짧아 관악산에는 벌써 어둠이 짙게 내려깔리고 있었다. 4시간 가까이나 걸은 까닭에 발바닥이 부르터 감각이 사라져버릴 정도였고 흘러내린 땀은 차가운 바람에 식어 피부에 덕지 덕지 붙어버렸다. 서울대 입구에서 고개를 넘어 내리막길을 터벅터벅 내려오자 서울대의 상징인 '샤' 자 모양의 정문이 그 오만한 자태를 드러냈다. 우리는 다른 사람들을 따라 학교 안으로 들어갔다. 산 속의 겨울은 그 음침함만큼이나 추워 두꺼운 농구화 바닥까지 산길의 차가움이 느껴졌다.

'여기가 그 꿈의 서울대란 말인가? 내가 그토록 꿈꿔왔고 내 인생 전부를 저당잡힌 그곳이 바로 여기란 말인가? 내가 그토록 오고 싶어했던 꿈의 성이 이 곳이란 말인가?'

난·어방인으로 이 곳에 들어와 아직 끝나지 않은 내 청소년기의 꿈을 바라보고 있었다.

서울대는 내가 내 모든 것을 희생하면서 오고 싶었던 장소치고는 너무나 실망스러운 곳이었다. 물론 학교는 거대했으며 건물의 시설은 훌륭했고 나무들은 어느 공원의 것들보다 더 훌륭하고 아름다웠다. 하지만 이 곳은 실망스러웠다. 내 꿈에서만 맴돌던 그곳을 직접 보아서 그런지는 몰라도 이 곳은 왠지 허탈했다. 평생 엘도라도를 찾던 사람들이 진흙으로 지어진 엘도라도를 발견했을 때처럼 난 어쩔줄 몰라 그곳에서 멍청하고 초점 없는 눈으로 서울대를 바라보고 있었다.

　학생회관에서 눈치를 보며 아침을 먹은 우리는 곧바로 버들골이
라는 잔디밭 옆에 있는 노천극장으로 걸어갔다. 벌써 아침 9시가
되었건만 산골짜기에 위치한 이 학교에는 아직 해가 뜰 기미조차
보이지 않았다. 어저께 식탁 위에 종이판자를 깔고 자서 그런지 허
리가 뻐근했다. 그나마 하루종일 피곤한 일과였기에 망정이지 평
소 같았으면 밤새 뒤척이다 한잠도 못 잤을 것이다.
　"우라질 새끼들! 밤새 사분지 일은 도망쳤네, 개새끼들!"
　옆에 있던 아저씨가 분통을 터트리며 말했다.
　"무슨 말이에요?"
　"아! 원래 이 농성을 하게 되면 겁많은 새끼들은 집으로 설설 도
망치거든. 회사에서 농성장 가면 짤린다고 자꾸 허니께 겁많은 넘
들이 집으로 도망쳐 있다가 눈치봐서 다시 회사로 가는 것이여. 여
편네하고 아들 밥줄이 끊기면 안되니께. 아, 그래서 어제는 10만이
던 놈들이 다 어디로 내빼고 지금은 반정도만 남은 것이여. 이것도
언론에서 조지고 정부가 한번 밀면 거의 다 나가떨어져. 맨날 이
모양 이 꼴이니께로 정부가 우릴 우습게 알고 즈그들 맘대로 모기
에 에프킬라 뿌리듯이 댕강 짜르는 거제. 알었냐?"
　난 아저씨의 말에 고개를 끄덕였다. 내가 맘속에서 생각하던 시
위는 화염병이 난무하고 최루탄 연기가 뿌연 격돌장면이었는데 알
고 보니 이 곳은 살기 위한 발버둥이었다.
　"아! 아! 여러분! 지금부터 민주노총 총파업 이틀째 농성을 시
작하겠습니다. 오늘부터 본격적이고 장기적인 대정부 투쟁을 통해
정리해고 철회와 해고자 복직, 그리고 임금 삭감 없는 노동시간 단
축을 위해……."
　연설원의 말은 끝도 없이 계속되었지만, 난 이미 그의 말에 흥미

를 잃고 있었다.

"야! 잠깐 바람 좀 쐬고 오자. 지겨워 죽겠다."

난 옆에 있던 상협을 찔러 자리에서 일으켜 세웠다.

12월의 삭풍은 드넓은 잔디밭에 서있는 소나무를 무참히 헤치고 지나가고 있었다. 황량한 이 벌판같은 마음이 더욱 차가워지는 것 같았다.

"괜히 왔다, 여기. 더 혼돈스럽기만하고 뭐가 뭔지 모르겠어. 점점 더 현실에서 멀어지는 것 같다. 남들은 다 먹고살려고 아둥바둥대는데 이게 뭐 하는 삽질이냐? 완전히 개밥에 도토리잖아. 그렇다고 딱히 어떤 대안이 있는 것도 아니고. 미치겠다, 집에 가긴 싫고 갈 데는 없고 세상은 좆같고. 후우~~~!"

난 누렇게 말라비틀어진 잔디밭을 상협과 걸으며 혼잣말처럼 생각나는 감정을 토해냈다. 사실 난 내 자신에게 묻고 있는 건지도 몰랐다.

"넌 이러는 게 어울리지 않는 놈이야. 빨리 집으로 돌아가. 옛 여자는 잊어버려라. 쉽지는 않겠지만, 잊지는 못해도 시간이 지나면 희미해져 니 맘이 감당할 수 있게 될 날이 분명히 올 꺼야. 그런 것 땜에 이렇게 굴러다니는 니 모습 어울리지 않아, 너한테. 넌 니가 난초처럼 살았다는 것이 증오스러울지는 몰라도 난초는 난초의 삶이 있는 거야. 잡초가 화원에 들어가봤자 금방 뽑혀버리듯이 난초도 들판에 나오면 금방 죽어버리듯이. 네 영혼이 세상에 시달려 부서져 버리는 거 보기 안쓰럽다. 돌아가라, 니가 있어야 할 자리로. 그게 네게 주어진 삶이야. 그걸 피하려고 하지 마. 넌 너만의 운명이 있는 거야."

상협이 먼 하늘을 바라보며 나에게 말했다.

"상…… 상협아."

비수를 맞은 느낌이었다. 난 그 자리에 멈춰서서 상협을 바라보왔다.

"그렇게 해라. 내 생각엔 그게 진짜 정직함이 아닐까 싶다."

다시 한 번 바람이 세차게 불어서 잔디쪼가리들이 어지럽게 흔들리고 있었다.

"아…… 알았다, 니 말은. 근데 지금은 도저히 그럴 기분이 아니다. 생각하기도 귀찮고……. 좀 더 지내보고 결정해도 늦진 않겠지. 지금은 너희랑 같이 있을란다."

난 대충 이렇게 얼버무려 계속되는 상협의 설득을 막았다. 한순간에 무너져 버리고 싶지는 않았다. 설사 상협의 말이 진실이라고 해도 그 동안의 시험을 아무 소득없이 끝내고 싶진 않았다.

우린 아무 말 없이 정문 쪽으로 걸어 내려가고 있었다. 인문대 광장을 지나칠 무렵 한 떼의 청년들이 쇠파이프를 바닥에 끌고 다니며 학생회관 쪽으로 내려가고 있었다. 내려가며 지나치는 노동자들마다 그들을 향해 환호를 지르고 박수를 쳤는데 그들의 깃발에는 '노학연대 선봉 장산곶매' 라고 쓰여 있었다.

"저게 뭐니?"

난 상협의 옆구리를 찌르며 물었다.

"선봉댄가 본데. 시위 때 제일 앞에 서서 화염병 던지고 쇠파이프로 싸우는 애들 말야. 보통 대학교 1, 2학년들이라고 그러더라. 뭘 모르는 애들이란 소리지."

상협이는 근심이 깃든 얼굴로 그들을 응시했다. 나 역시 왜 그런진 몰라도 그들에게서 무모함을 느끼고 있었다.

"어! 저거 누구야? 민수아냐?"

분명히 선봉대 제일 끝에서 걸어가고 있는 사람은 민수였다. 얼굴에는 마스크를 쓰고 머리에는 모자를 눌러썼지만, 몸매무새나 옷차림이 영락없는 민수였다.

"쟤가 드디어 미쳤구나. 어쩐지 어제서부터 심상치 않더니. 드디어 자기 삶의 의미를 발견했대나 뭐래나. 결국 파이프 들고 사람 여럿 잡겠군. 냅둬라, 자기가 원하는 길인데."

상협은 혀를 차며 말했다. 나 역시 민수가 저러는 것은 바람직하지 않은 것 같았다. 하지만 민수 성격도 성격이고 학생운동이 잘못됐다는 생각도 들지 않았기 때문에 말릴 수도 없는 입장이었다.

순간 허탈감이 밀려왔다. 민수가 발견한 삶의 의미는 왜 저런 것인지 이해할 수가 없었다. 하지만 한편으로는 그럴 법도 하다는 생각이 들었다. 평소 민수의 좌익적인 성향으로 보았을 때, 저것은 민수에게 의미있는 일일지도 몰랐다. 하지만 분명 민수가 가려고 하는 길이 잘못된 길은 아닌데 불안감을 떨쳐버릴 수가 없었다. 왠지 수녀의 말대로 민수는 금방 바스러져 버릴 길을 가고 있는 것 같았다.

정문에는 이미 각종 집기들로 바리케이드가 쳐져 있었고 그 너머에는 중무장을 한 전투경찰들이 끝도 보이지 않을만큼 늘어져 있었다. 전경들은 두꺼운 군복을 입고 머리에는 얼굴을 전부 가리는 헬멧을 썼으며 커다란 장갑을 낀 손에는 진압봉이 들려져 있었다. 그리고 그들은 「POLICE」라고 커다랗게 쓴 방패를 가지고 있었는데 차라리 「MILITARY」라는 글자가 더 어울릴 것 같았다. 그런 차림을 한 전경들은 정문을 향해 일렬로 서서 앞에 방패를 두르고 있었다. 마치 무슨 방어벽이 쌓인 것처럼 미동도 하지 않고 서 있는 그들을 보자 내 심장은 공포로 인해 부들부들 떨렸다. 헬멧에서 내려온 쇠창살 사이로 보이는 그들의 무표정한 눈빛은 그들의 잔인함을 알게 해 주었다. 전투와 경찰이라는 전혀 어울리지 않는 단어끼리 만나 만들어진 이 집단의 전투 상대가 우리라는 사실이 믿기지 않았다. 난 갑자기 「꽃잎」이란 영화에서 본 광주진압군의 얼굴이 떠올랐다. 1997년에도 그들은 사라지지 않고 이 땅에 존재

210

하고 있었다. 그것도 바로 내 눈앞에……

상협과 난 아주 천천히 그들을 향해 걸어갔다. 정문을 사이에 두고 특수훈련을 받은 수 천 명의 전경들과 겨우 몇 십 명의 어린 선봉대가 대치를 하고 있었다. 내가 생각하던, 내가 알고 있던 시위 장면과는 너무나 다른 모습이었다. 내가 아는 시위는 광분하는 폭력적인 시위대에 전경들이 방어를 하며 도망치는 모습이었다. 한총련이 일으킨 연세대 사태 때, 신문에서 본 시위에서 학생은 무고한 시민을 죽이는 악당들이었고 전경은 그런 악당을 막아내느라 진땀을 빼는 정의의 사도였다. 그런데 지금 내가 보고 있는 시위대들은 완전히 애들이었다. 기껏해야 21살 정도 먹어 보이는 약간 겁먹은 애들 몇 십 명. 그들이 저 수천의 전경과 상대를 한다는 것을 난 믿을 수 없었다.

그리고 그 대열에 민수도 끼어있다는 것 역시 믿을 수 없는 일이었다. 겨우 어저께 처음 학생운동을 시작한 고등학생이 어떻게 저 무시무시한 전투경찰들을 상대한다는 것인지……

잠시 후 선봉대는 팔짱을 끼더니 일렬로 자리에 눕기 시작했다. 그리고는 하늘을 향해 뭐라고 구호를 외쳐댔다. 난 천천히 그러나 본능적으로 민수를 향해 갔다. 민수 역시 나를 알아보고는 팔짱을 풀고 자리에서 일어났다.

"뭐…… 뭐하고 있니?"

내가 떨리는 음성으로 민수에게 물었다.

"응? 보면 몰라? 전경들하고 대치하고 있잖아."

민수는 태연한 목소리로 말했다.

"대…… 대치? 저 보기만 해도 무서워 다리가 후들거리는 전투기계들하고 니가 대치하고 있다고? 이게 대치하고 있는 거니?"

난 흔들리는 눈동자로 민수를 쳐다보며 말했다.

"뭐, 우리가 좀 쪽수가 모자라긴 하지만 꼭 쪽수가 중요한 건 아니잖아. 우리의 정신은 숭고하니까 자신할 수 있어."

민수는 활기에 찬 목소리로 말하고 있었다.

"하지만 니가 무슨 구국의 영웅도 아니고 17대 1로 싸워 이길 수도 없잖아. 너 하루 사이에 무슨 일이 있었던 거니?"

난 민수의 무모함을 이해할 수 없었다.

"그래, 학생운동 역사상 우리가 이긴 적은 한 번도 없었으니까. 하지만 사람은 꼭 이기기 위해 싸우는 건 아니라고 생각해. 싸우는 것 자체로 의미가 있을 수 있잖아. 내가 여기 서서 저들을 향해 정의를 외칠 수 있다는 것 자체가 중요한 거야. 정의를 위해선 희생이 필요해. 그리고 난 그런 희생을 할 준비를 하는 거야."

난 이렇게 말하는 민수의 눈에서 그림자를 읽을 수 없었기 때문에 더욱 두려워졌다.

"난 솔직히 니가 정의로운지도 잘 모르겠어. 한 발 더 물러서서 생각해보는 게 어때? 끓어오르는 피만으로 다 해결될 수는 없잖아. 나중에 니 인생에 오점을 남길지도 모르는 순간이야. 한 번 더 생각해봐."

내 머릿속에는 저항도 제대로 하지 못하고 전경들에게 질질 끌려가 깜빵에 들어가게 되는 민수의 모습이 그려졌다. 하지만 민수는 배시시 한 번 웃어 보이기만 할 뿐이었다. 잠시 후 민수는 다시 자리로 돌아가 차가운 아스팔트 바닥에 팔짱을 끼고 누웠다.

난 상협을 돌아보았지만 상협 역시 아무런 말이 없었다.

전경들과 학생들의 대치가 언제나 급박한 것만은 아니었다. 당장이라도 싸움이 터질 것 같은 상황도 10분, 20분 지속되면 지루해지기 마련이기 때문이었다. 점심시간이 끝난 후, 노동자들이 내려오기 시작해 한때 수 만 명의 노동자와 전경이 대치하기도 했지만 노동자들이 무리하게 가두행진을 강행하지 않았고 전경 역시 거칠게 진압작전을 펴지는 않았기 때문에 무력충돌이 있지는 않았다. 저녁 시간이 되자 긴장된 상황도 소강 상태에 들어가 더이상 위험한 고비는 없을 것 같았다.

짧아진 해는 벌써 산너머로 뉘엿 뉘엿 기울어져갔고 학교 안의 가로수에 하나, 둘 불이 들어오기 시작했다. 전경들의 차에도 조명이 올랐다. 노동자들도 투쟁을 마치고 대개 학생회관으로 돌아갔고 정찰임무를 맡은 학생들만이 밤에 시작될지 모르는 진압작전을 경계하고 있었다. 앞으로의 일을 걱정하던 나와 민수도 저녁을 먹기 위해 학생회관 쪽으로 발걸음을 옮기지 않을 수 없었다.

밤은 누구에게나 찾아온다. 노동자의 집에도 영삼이가 사는 청와대에도, 우리 집에도, 백악관에도. 어제 옆집 소녀를 강간한 사람의 집에도, 하루 종일 노인네의 대소변을 받아낸 자원 봉사자의 집에도……

이 곳 서울대 학생회관에도 어김없이 그런 종류의 밤이 찾아오고야 말았다. 전경들이 밤에 야습해 올지도 모른다는 불안감 속에서도 사람들은 밤이 되면 으레 긴장을 풀기 마련이다. 누구나 쉬기 위해 집으로 들어가는 이 시간이 되면 이 곳 농성장에도 어김없이 휴식의 시간이 돌아오기 마련이었다.

학생회관 식당의 이곳 저곳에서는 소주판이 벌어지고 가끔씩 고스톱을 치는 사람도 보이기 시작했다. 아무리 숭고한 전쟁도 전리품 없이는 유지될 수 없듯이 아무리 긴박한 상황에서도 밤시간 만의 여유는 그 누구도 앗아갈 수 없는 것이다. 그래서 노동자들은 밥도 제대로 못 먹고 잠도 제대로 못 자는 상황 속에서도 종이판자를 깔고 그 위에 앉아 종이컵에 소주병을 기울인다. 안주라고 해봤자 새우깡이 전부인 이들 술상의 나머지 여백은 전부 한숨과 자조로 메워지게 마련이다.

오늘은 나 역시 그 자리에 끼어 술잔을 받고 있었다. 어차피 어디로 가는지 모르는 삶인데 이 정도 여유를 가진다고 해서 어떻게 되지는 않을 것이기 때문이었다. 우리의 술판에는 노동자 아저씨 여섯명과 민수와 상협, 나 그리고 서울대생 운동권 세 명이 둘러앉게 되었다.

"글씨, 나는 그 뭐다냐? 프롤레타이언가 뭔가가 뭔지는 모르것지만 우리가 지금 쪽빡을 차게 생겼다는 것은 알겄단 말이여. 학상은 자꾸 마르크스니 뭐니 그러는디 좀 우리 문제에 초점을 맞춰가지구 말을 해보라니께. 글쎄, 학생이 서울대를 다니는 학상인줄은 알겄는디 너무 그렇게 아는 체는 하지 말란 말여. 잉. 우리는 안 그래도 머리가 아픈 사람들이니께롱."

한 아저씨가 술이 얼큰하게 취한 목소리로 말했다.

"아저씨. 프롤레타리아는 아저씨같은 노동자 계급을 말하는 거고요, 마르크스의 노동잉여설과 계급착취설은 아저씨가 당하는 피해를 말하는 거예요. 그러니까 너무 어렵게만 생각하지 마시구요, 문제를 좀 더 크게 보세요. 너무 월급 깎이는 것에만 집착하지 마시고요, 전체 노동자들이 잘 사는 방법을 좀 생각해 보세요."

그 아저씨의 말을 한 참을성 많은 학생이 차근차근 정리해 주었다.

"아! 근디 난 도대체 잘 모르겠구먼. 난 지금까지 내 뱃대기 부르게 하기에도 진땀을 빼고 살아온 사람이라서 그런지 학상들 구호가 영 뜬구름 잡는 소리 같더구만. 회사에서는 당장 3일 안으로 안 들어오면 모가지를 짜르것다고 소리를 질러대는데 학상들하고 노조 간부들은 끝까지 남으라고 하니 누구 말을 들어야할지 모르겄단말여. 괜히 투쟁이니 삽질이니 하다가 내 밥통 날라가 버리면 우리 애새끼들은 누가 먹여 살린다?"

하지만 아저씨의 푸념은 계속되었고 목소리에 가시도 좀 들어간 것 같았다.

"아저씨! 아저씨는 좀 가만히 계세요. 아저씨 같은 분들이 자꾸 나서서 임금 협상을 낮은 선에서 타결하시니까 더 임금이 안 오르는 거라구요. 그렇게 투정은 그만 부리시고요. 좀 참고 기다려 보세요. 아저씨 같은 분들이 하나 둘 빠져나가니까 우리의 단결력이 약해지는 거고 그러니까 정부가 우리를 우습게 아는 거죠!"

결국 한 다혈질의 학생이 아저씨의 푸념에 제동을 걸려고 했다.

"뭐여? 그려 나는 무식하고 힘도 없어서 회사에 쩔쩔매고 산다. 그려, 나 병신이여. 근디 니 놈도 애새끼 나봐. 니 맘대로 살 수 있나."

"왜 그래요, 진짜!"

"미쳐서 그런다! 미쳐서!"

분을 품지 못한 아저씨는 그만 자리에서 일어나 술판을 발로 차버렸고 학생들도 화가 나서 벌떡 일어났다. 다른 아저씨들도 학생의 멱살을 잡으려 달려가는 아저씨를 말리려고 일어났기 때문에 술판은 순식간에 아수라장이 되어 버렸다. 다른 곳에 앉아 있던 사람들의 시선이 일제히 이 곳으로 집중됐다.

순간의 흥분으로 일어나게 된 사건은 사람들이 그 아저씨를 화장실로 데리고 가면서 일단락이 되었다. 난 어정쩡한 자세로 그곳에 서 있다가 민수의 눈짓을 받고 상협과 함께 밖으로 나갔다.

"이게 뭐냐? 완전히 쪼장난 분위기잖아?"

밖으로 나간 상협이 바닥에 침을 뱉으며 말했다.

"야! 너무 그러지 마라. 원래 운동권들 성격이 좀 급하잖아. 싸우기도 잘 하지만 화해도 잘 하니까 너무 그러지 마라."

민수는 벌써부터 자기가 몸담고 있는 곳이라고 운동권을 감싸고 돌았다.

"야! 내가 보기에는 싸운 것도 싸운 거지만 노선의 불일치도 장난이 아닌 것 같더라. 뭐 하나 하는데도 의견이 분분하고 노동자들은 회사의 협박에 벌벌 떨며 도망치고 있는데 이렇다할 대책도 없이 규찰대나 만들어 감시나 하고 있잖아. 그렇게 도망 못치게 감시하는 거랑 회사가 노동자들 파업 못하게 감시하는 거랑 뭐가 다르냐? 빠져나가면 왕따나 만들고……. 그런 것보다 노동자들이 노조를 믿게 하는 게 우선일 것 같지 않냐? 내가 볼 때는 넌 벌써 객관성을 잃어버린 것 같애. 운동권의 추상적인 면에 빠져서 현실을 제대로 못 보는 것 같다고. 노동자 군대? 강철대오? 하루만 지나도 수만명씩 산으로 도망치고 있는데 그걸 강철대오라고 하냐? 더 이상 노동운동을 힘이 넘치는 거룩하고 숭고한 운동으로 보지 마라. 내가 봤을 때 노동운동은 순전히 살기 위한 생존권 운동이다. 살기 위해 싸운다고 하는게 추하냐? 왜 맨날 계급투쟁이나 프롤레타리아 혁명 같은 말로 파업을 추상화시키는 거야? 여기서 싸우다 교섭이 되면 그냥 내려가는 거야. 왜 끓는 피를 참지 못해서 전경들하고 그렇게 한판 붙고 싶어하냐? 전경들하고 싸우지 않으면 패배해서 도망치는 거냐?"

나는 순간적으로 화가 너무 나서 죄도 없는 민수를 향해 이렇게 퍼붓고 말았다. 하지만 현실에서 너무나 동떨어진 운동방향이 맘에 들지 않는 것은 사실이었다. 군사독재 시대도 아닌데 운동권이나 전경들이나 하는 짓은 그대로였다. 좀 더 현실적인 움직임들은 보이지 않고 서로 하늘을 보고 소리만 고래고래 지르는 형식이었다.

민수는 한방 먹은 얼굴로 나를 빤히 바라보고 있다가 이내 고개를 숙이고 말았다. 그렇게 한참동안 민수는 가끔 길게 한숨을 내쉴 뿐 아무 말도 하지 않고 있었다.

"니 말이 맞다. 이미 학생운동의 시대는 끝난 것 같다. 내가 하루만에 느낄 정도니……. 대부분의 학생들도 이제 학생회에서 등을 돌린 것 같고……. 그래, 이제 독재시대도 아니니 학생운동할

꺼리도 없지. 실은 나도 알고 있었어. 하지만 나 그렇다고 해서 이 길을 멈출 생각은 없다. 넌 시대가 완전히 변했다고 믿고 있겠지만 실은 그렇지 않아. 아니, 정확히 말하면 시대는 언제나처럼 변하고 있을 따름이야. 학생운동도 아직 할 일이 많고……. 니 말은 가슴에 새겨두마. 하지만 우리는 아직 순수하고 깨끗하고 싶어. 현실적인 협상도 중요하고 구체적인 행동방식도 중요하지만 정말로 중요한 건 의식과 이상이라고 생각해. 그건 눈에 보이지는 않지만 일단 무너지고 나면 모든 게 끝이니까……. 노학연대는 단순히 노동자와 학생이 힘을 합하는 건 아니라고 생각해. 생각과 행동방식이 이질적인 두 집단이 만나 좀 더 평등한 사회를 만들려고 하는 거야. 그러니 마찰이 있을 수밖에……. 그러니 좀 더 참고 견뎌보자. 합의점을 찾아보자구!"

민수는 고개를 들어 나를 보았다.

나는 한 소년이 청년으로 변해가는 모습을 바라보고 있었다. 소년은 완벽하지는 않았지만 나름대로의 몸부림으로 자신의 길을 찾으려 하고 있었다. 민수는 훌륭하고 커다란 나비는 아닐지라도 자신의 힘과 방법대로 번데기의 껍질을 벗으려 애를 쓰고 있었다. 그는 현실을 외면하지 않았다. 비록 그가 가는 길이 완전하지 않다고 해도 결코 자신의 길을 포기하지 않았다.

끝없이 가라앉기만 하는 나와는 대조적인 모습이었다. 어느 길에도 만족하지 못하고 떠돌아다니기만 하는 나와는…….

"씨발! 달 한번 졸라 밝다. 무슨 전설의 고향 찍는 것 같다야!"

민수의 말에 나는 고개를 들어 달을 보았다. 희미하게 누런 색을 띤 달 주위에 구름이 서리어 은은한 빛이 그 맛을 더하고 있었다. 관악산도 산이라고 산새 소리가 멀리서 들려오고 있었다. 아저씨들도 공기가 탁한 건물에서 하나 둘씩 나와 저마다 담배를 입에 물고 하늘을 쳐다보고 있었다.

"에휴~ 오늘은 또 얼마나 도망치려나! 병철이 자식도 오늘 도 망친 모양이던데……. 이러다 우리만 좆 되는 건 아닌지……."

곳곳에서 피어오르는 담배 연기 속에 섞여 있는 이런 걱정은 여기 있는 모든 사람의 마음인 것 같았다. 야반도주를 하는 사람도, 남아 있는 사람도, 작업장에 복귀하는 사람도, 못 가게 막는 사람도……. 모든 인간 군상들이 살기 위해 발버둥치고 있었다. 못 배운 것이 한이 되는 사람들이…….

노동자 군대도, 그 억센 주먹도, 산자여 따르라는 그 말들도 모두 한낱 부질없는 몸부림에 지나지 않았다. 밤이 찾아오면 모든 것이 명백해졌다. 쓸쓸한 패잔병들이 하나 둘 흩어지는 그 속에서 내가 발견할 수 있는 것은 약자들의 몸부림 뿐이었다. 거대한 함성도 뜨거운 투쟁도 이 차가운 겨울밤 앞에서는 하나 하나의 개인으로 조각날 수 밖에 없었다.

우리의 힘은 커다란 것이었다. 그러나 정부의 힘은 그것보다 훨씬 더 거대한 것이었다. 수 십 년동안 운동권이 단 한번도 정부를 이기지 못할 만큼 그들의 힘은 거대한 것이었다. 우리는 섬에 고립된 사람들같이 하루 하루를 연명하고 있었다. 언제 다가올지 모르는 전경들의 진압작전을 대비하며 위기의 순간을 걱정해야 했다.

"밤하늘에 별이 참 많다."

내 옆에 바싹 다가온 민수의 소리에 난 깜짝 놀라고 말았다.

"저 별들을 보고 있으면 저것들이 항성이라는 생각이 들지 않아. 진짜 사람의 영혼으로 만들어진 구슬같아. 아마 맘속의 별과 실제의 별이 다르기 때문일 꺼야. 난 아무리 과학자들이 별에 대해 설명한다 해도 안 들을란다. 난 그냥 내 맘대로 별을 담아놓을래. 나 각오해야 할 것 같다. 구속 같은 거 말야. 그럴 수 있겠지. 집시법 위반 같은 걸로……. 하지만 해볼란다. 남들이 병신이라고 해도, 민증에 빨간 줄이 가도……. 내 별은 내 별이니까……."

민수는 언제나처럼 나를 바라보며 웃고 있었다. 하지만 왠지 불안해 보이는 그 여유가 오히려 날 더 두렵게 했다.

다음날 우리는 더욱 더 바빠지게 되었다. 지도부가 서울대 파업에 한계를 느끼고 오늘내로 승부를 내려했고 정부 역시 오늘까지로 업무복귀 시간을 정했기 때문이었다. 사태는 더욱 급박하게 돌아가게 되었고 지도부들은 노동자 이탈방지에 총력을 기울이고 있었다. 하지만 오늘까지 복귀하지 않으면 전원 면직된다는 정부의 협박과 진압작전이 임박했다는 소문 때문에 노동자들의 동요는 심해져만 갔다.

나와 상협은 민수의 손에 이끌려 학생회관 뒤에서 화염병과 빠이를 만드는 일을 도왔다. 화염병은 빈 소주병에 가솔린을 가득 넣고 휴지를 말아 뚜껑을 닫으면 간단히 완성되는 것이었고 빠이도 쇠파이프 끝에 청테이프만 감으면 되는 것이었다. 우리는 또 학생회관 계단에 있는 벽돌을 으깨 투석전을 벌일 돌들을 만들었는데 이 역시 단순하기는 마찬가지였다. 이런 어설픈 무기들과 엉성한 전략으로 전경들의 조직적인 진압작전을 막는다는 것은 무리가 있겠지만 내가 왈가왈부할 문제가 아니었기 때문에 잠자코 있을 수밖에 없었다.

나와 민수는 서울대학교 셔틀버스에서 가솔린을 빼오는 역할을 맡아 관악산 등산로 쪽에 있는 차량정비소로 가게 되었다. 외부와의 모든 공급이 끊긴 상태에서 가솔린을 얻을 수 있는 곳은 그곳뿐이었다. 연일 계속되는 언론의 일방적인 비난 공세로 우리는 시민의 공적으로까지 몰리게 되었다. '늑장 지하철 시민들 분노폭발', '집단이기주의 어디까지 갈 것인가?', '명분 없는 파업에 이탈자단속까지…….' 등등의 제목으로 모든 신문기사가 우리를 비난하는 방향으로 전개가 되었고 정치면에는 심각한 얼굴을 한 정치인들이 점심을 처먹으며 한 목소리로 우리에 대한 강경대응 의지를 다지는 사진이 대문짝 만하게 실렸다. 사설은 우리가 고통분담을 회피하고 자신들의 이익만 생각하는 집단이라고 우리를 극렬하게 비판하고 있었고 사회면에는 연일 파업으로 인한 적자가 하루에 수천 억이라고 뻥을 치면서 우리를 경제파탄의 주범으로 몰고 가고 있었다.

전경들 역시 단지 숫자가 늘었을 뿐이 아니었다. 장갑차, 곤봉, 최루탄이 어제보다 훨씬 많아졌고 경찰에서는 실탄까지 사용하겠다고 으름장을 놓고 있었다. 신문에서도 이런 움직임에 맞장구를 쳐 화염병을 사용하면 징역 7년이고 돌을 던지면 징역 1년이라고 말하는가 하면 경찰의 실탄 사용을 부추기는 내용의 기사를 쓰기도 했다.

밖에서 전경들이 들이닥칠 채비를 하고 있는 것도 문제였지만 안에서의 문제도 심각했다. 내부갈등은 물론이고 학교 본부와의 마찰도 심각했다. 학교당국은 우리가 기물을 파손하고 불법적으로 학교 시설물들을 이용한다며 밖으로 나가줄 것을 요구했고 만약 거부한다면 고소를 하겠다고 으름장을 놓고 있는 것이었다.

"야! 너도 나가 싸울꺼냐? 이렇게 우왕좌왕 하고 쪼장나는 분위기에서 어디 한번 제대로 싸워나 보겠냐? 그냥 관두고 말자."

나는 차량정비소에서 학생회관으로 휘발류통을 들고 가며 민수를 은근히 떠보았다.

"우린 밀리지 않아. 내가 알아."

민수는 이미 마음을 굳힌 것 같았다.

"야! 솔직히 학생들 5만 명이면 충분히 우리가 밀지만, 싸움에 '싸' 자도 모르고 겁먹고 도망치는 아저씨들이 5만 명 있어봤자 뭘 하겠냐? 아까 노조분위기 보니까 다 백기투항하자는 분위기던데 뭐. 여론도 이미 물 건너갔고……. 이런 분위기에서 무리하게 싸워봤자 사태만 악화될 것 같더라. 확실히 이길 꺼면 모르지만……."

모든 상황이 우리에게 불리하게 돌아가고 있는 지금 싸운다는 것은 아무래도 승산이 없는 게임이었다.

"우리가 언제 확률보고 투쟁했는 줄 아냐? 뭔가 도화선만 있으면 이길 수 있을 꺼야."

도화선이라고 말하는 민수의 음성에 스타카토가 들어간 것을 보니 민수는 뭔가를 알고 있는 것 같았다.

휘발류통은 생각보다 무거워 중간 중간에 쉬어서 가지 않으면 안 되었다. 그래서 우리는 총장잔디 옆에서 잠깐 쉬면서 허리를 펴고 있었다. 그런데 한 아저씨가 와서는 이게 휘발류통이 맞냐고 물어보았다. 나는 그 아저씨의 표정을 살피며 고개를 끄덕였다. 그러자 아저씨는 그 중 하나를 아무 말 없이 가져가려고 했다. 내가 그건 화염병에 쓸 것이라고 아무리 말려도 아저씨는 듣지 않고 그냥 가버렸다. 그런데 더욱 이상한 것은 민수 역시 입술을 깨물기만 할 뿐 더 이상 아무런 말도 하지 않는 것이었다. 평소 이 녀석의 성격 같아서는 아저씨의 멱살을 물고 늘어져야 정상일텐데 이상하게도 민수는 고개만 처박고 있을 뿐 아무런 반응을 보이지 않았고 왜 그러냐고 묻는 나의 말에도 역시 대답하지 않았다.

하지만 그 대답은 고개를 다 올라가 아크로폴리스에 도달하자 저절로 풀리게 되었다.

"야! 뭐야?"

아크로폴리스 광장에 모인 수만의 노동자들은 한 가운데를 중심으로 비잉 원을 그리고 있었다. 내가 왜 그러냐고 민수를 다그쳐 묻자 석고상처럼 서 있던 민수가 마지못해 한 노동자가 오늘 분신자살을 할 계획이라고 알려주었다.

"뭐라고? 그걸 알고도 가만있다는 거야. 저 많은 사람들이?"

난 황당하다는 표정을 지으며 말했다.

"어쩔 수 없어. 구심점을 모으려면. 사람들 마음에 불을 지펴야 하니까."

"그렇다고 사람이 죽는 걸 부추기고 있는 거야? 겨우 임금 협상을 하기 위해 사람이 죽어야 하냐구! 그것도 일부러! 요즘 운동권은 그런 계획도 하니?"

"본인이 자진해서 결정한 일이야. 그리고 이런 일은 종종 있어. 저 사람도 오랜 고민 끝에 결정한 거야. 숭고한 자기 희생이라고. 그리고 우리 나라는 니가 생각한 것만큼 많이 바뀌지 않았어. 이미 늦었다. 조용히 지켜보자."

순간 눈을 돌려버리는 민수를 보면서 난 나의 무력함을 깨닫게 되었다. 나는 저 사람이 불타 사라지는 것을 바라볼 수밖에 없는 처지였다. 저 사람은 내가 모르는 사람이었지만 그렇다고 측은하지 않은 것은 아니었다. 하지만 결국 난 아무런 행동도 취하지 못한 채 수많은 구경꾼 중 한 명이 되어 그 사람의 분신을 지켜볼 수밖에 없었다.

그는 검고 주름진 얼굴을 가진 50대의 노동자였다. 그의 투박하고 상처투성이인 손은 그가 적어도 이 생활을 20년 이상 하였다는 것을 증명해주고 있었다. 아마도 노동을 평생의 업으로 삼고 살아온 사람 같았다. 한평생을 오직 자신의 육체만 믿으며 살아온 그의 정직한 손은 미세하게 떨리고 있었다.

아직도 그의 억세고 굵은 팔뚝의 근육들은 곧 다가올 소멸의 시간을 준비하느라 심하게 씰룩거리고 있었다. 검붉은 그의 입술은 한평생 깨끗하게 살아온 그의 신념을 담은 듯이 굳게 닫혀 있었고 검은 얼굴에 유일하게 하얗디 하얀 그의 눈은 흔들림 없이 하늘을 응시하고 있었다.

시간이 되자 그 사람은 태연한 얼굴로 내가 들고 온 석유통의 뚜껑을 열었다. 그리곤 아무 망설임 없는 표정으로 통을 들어 자신의 전신에 뿌리기 시작했다. 그는 마치 목욕탕에서 물을 끼얹는 것처럼 자연스럽게 석유를 자신의 몸에 뿌려 오히려 현실감이 느껴지지 않았다. 그가 석유를 다 뿌리고 통을 저 밖으로 집어던지자 수만의 노동자들이 숨소리조차 내지 않고 그를 지켜보았다.

"여러부운!"

그는 주위를 둘러보고 커다란 소리로 외쳤다.

"저는 일개 무식한 노동자입니다아!"

산새소리도 들리지 않는 절대적인 정적 속에 그의 외침이 메아리쳐 들려왔다.

"하지만 저는 한가지는 알고 있으며 그것을 믿고 있습니다아!"

그의 가늘게 떨리는 목소리는 마치 절규와 같았다.

"오늘 저는 그것을 이 온 몸으로 여러분께 보여드리고자 합니다아!"

그의 꼬옥 쥔 주먹의 손바닥은 금새라도 피가 흐를 듯 손톱에 의해 짓눌리고 있었다.

"그것은 우리가 평생토록 원하고 바라던 것이었습니다아! 그것은 결코 집단이기주의가 아니었습니다! 남들이 말하는 사치도 아니었습니다!"

그는 말 한마디 한마디에 영혼을 넣어 외치고 있었다. 그의 몸으로부터 풍기는 휘발류 냄새가 아크로를 가득 채웠다.

"그것은 단지 인간답게 살고자 하는 소박하고 정당한 바램이었습니다! 우리 자식들이 멸시 당하지 않고 살게 해주기 위한 몸부림이었습니다! 제가 막노동을 하면서, 사우디의 땡볕 아래서 수로를 건설하면서, 제철소 야금장에서 불덩이를 두드리면서 지켜온 한가지는 정직한 노동에 대한 신념이었습니다! 저는 오직 제가 일한 만큼의 댓가만 바래왔고 지금도 전 제 노동 이상의 처우를 바라지 않습니다!"

그의 주름진 눈에는 그가 평생을 바쳐 지켜온 신념이 담겨 있었다.

"하지만 저는 밤새 계속되는 노동의 정당한 댓가를 제대로 받지 못했습니다! 자식녀석 학원 한 번 못 보내고 뉴스에서 입시 얘기만 나오면 고개를 숙여야 하는 저였지만 그래도 이 일을 계속해왔던 것은 그나마 남아있는 희망 때문이었습니다. 그러나 30년을 넘게 이 일을 해오는 동안 제가 가질 수 있었던 것은 1,000만원짜리 전세방 한 칸과 병들어버린 몸 뿐이었습니다! 그리고 그나마 IMF가 시작되자 저는 직장에서 정리해고가 되었습니다! 늙고 병든 몸뚱이를 회사가 더이상 원하지 않았기 때문입니다. 결국 혼자 공부한 하나밖에 없는 자식놈은 어렵게 들어간 대학을 휴학하고 일을 구하러 거리를 전전하고 있습니다! 이 온 몸을 바쳐 지켜주고 싶었던 사랑하는 자식놈을 위해 제가 해줄 수 있는 것은 아무 것도 없었습니다. 5만 노동자 여러분! 과연 제가 저의 이익에 눈이 어두운 사람입니까? 과연 제가 정치인들처럼 말만 뻔지르르하게 하는 사람입니까? 제가 한 평생을 바쳐 보여주려고 했던 신념들이 무너지고 있습니다!"

그의 진심어린 울부짖음이 온 광장에 메아리쳐 울려 퍼지고 있었다.

"우리는 소주잔을 기울이며 세상을 저주했지만 차마 세상을 저버리지는 못하였습니다! 그것은 우리에게 아직 희망이 있었기 때문입니다! 여러분 제가 이 미천하고 나약한 생명을 들어 마지막으로 호소합니다! 우리의 희망을 결코 저버리지 맙시다! 이 나약하고 보잘것없는 손바닥도 영혼을 다해 꼬옥 쥔다면 억센 주먹이 될 수 있습니다! 여러분! 아버지가 강하면 세상은 흔들리지 않는다고 합니다! 우리 자식들에게 부끄럽지 않은 당당한 아버지가 됩시다!

주먹을 쥡시다! 끝까지! 끝까지 싸워나갑시다! 제발 저의 죽음을 헛되게 하지 말아주십시오! 우리의 힘을 보여주십시오!"

.그는 눈물을 토해내며 온 몸으로 외치고 있었다. 그의 죽음을 향한 외침은 오히려 살기 위한 몸부림이었다.

"사아랑도 명예도, 이름도 남김없이! 한 평생 나가자아던 뜨거운 맹세. 도옹지는 간데 없고 기잇발만 나붓겨어! 새 날이 올 때까아지, 흔들리지 말자. 세월은 흘러가도 산천은 안다. 깨어나서 외치는 뜨거운 함성! 아앞서서 나가니, 사안자여 따르라! 아앞서서 나가니, 산 자여 따르라!"

누군가가 부르기 시작한 이「님을 위한 행진곡」이라는 노래가 입에서 입으로 퍼져 결국에는 5만 명의 입에서 동시에 외쳐 나왔다. 그 순간 그는 라이터로 자신의 몸에 불을 당겼고 불길은 순식간에 온 몸으로 번져나갔다. 그걸 보고 있는 내 눈에서는 눈물이 흘러내렸지만 난 눈을 감지 않았다. 온 몸이 불타 바스러지는 순간에도 무릎을 꿇지 않으려고 애쓰는 그의 모습을 똑똑히 보고 싶었기 때문이었다. 육체에서 영혼이 빠져나가는 그 순간에도 마지막 힘을 다해 앞으로 달려나가는 그의 모습을 똑똑히 보고 싶었기 때문이었다. 그는 죽어 가는 그 순간에도 입으로 함성을 외치며 한 걸음 한 걸음 눈물겨운 행진을 했다. 그가 온 몸을 불살라 보여주고 싶어했던 그의 신념이 내 눈에도 뚜렷하고 생생하게 보이는 듯 했다.

그렇게 몇 분도 채 되지 않아서 이 세상에서 50년 동안이나 살아있었던 존재는 한줌의 잿덩어리로 변해버렸다. 한 아이의 아버지였고 한 여자의 남편이었던 그는 민수가 말하던 정의와 평등이라는 보이지 않는 존재를 가지기 위해 온 몸에 불을 질렀다.

"여러분! 전투경찰이 정문 바리케이드를 부수고 진격하고 있습니다! 3분 후면 정문 바리케이드가 무너진다고 합니다!"

그의 몸에 불이 채 꺼지기도 전에 한 정찰대원이 달려와 소리를 질렀다. 하지만 우리는 그 어느 누구도 동요하지 않았다. 왜냐하면 그가 우리 모두의 가슴에 불을 질러놓았기 때문이었다.

드디어 출정의 시간이 다가왔다. 한 노동자의 희생으로 분위기는 순식간에 돌변해 버렸다. 모든 노동자들이 손에 손을 잡고 정문으로 행진하기 시작한 것이었다. 서로의 팔에 낀 그들의 팔짱은 굳건하기 이를데 없어 마치 바리케이드처럼 보였다. 전진하는 노동자들의 눈동자마다 죽어간 그의 불꽃이 타오르고 있음을 느낄 수 있었다. 5만 노동자들의 물결이 파도처럼 정문을 향해 휘달리고 있었다. 평생을 육체의 노동으로만 살아온 그들의 정직한 신념이 이 행진을 숭고하게 만들고 있었다. 그 어떤 누구의 눈에도 흔들림이 느껴지지 않았다. 그들은, 아니 우리들은 우리들 자신이 마지막 희망임을 알고 있었기 때문이었다.

나와 상협도 그의 죽음을 보고 선봉대에 참가하게 되었다. 노동자들과 전경이 붙으면 무력 충돌은 확실한 것이었기 때문에 우리는 싸울 준비를 해야 했다. 우선 경찰들이 구속시키기 위해 찍는 사진을 피하기 위해 얼굴을 마스크와 모자로 철저히 가려야 했고 최루탄에 견디기 위해 눈 밑에 치약을 발랐다. 그리고 옷도 노동자들과 비슷한 것으로 갈아입었다. 그렇지만 나에게 주어진 무기는 쇠파이프 하나에 화염병 두어 개 그리고 부스러진 벽돌 조각이 전부였고 이걸로 전경 수십 명과 싸워야 하는 처지였다.

우리는 재빨리 준비를 하고 임박해 있을 정문의 격돌현장으로 달려나가야 했다.

"지혜야, 나 싸우러 나가. 어쩌면 구속될지도 모르겠다. 그렇게 되면 너에게 좋은 이미지를 남기지 못하겠지, 미안해. 하지만 난 이대로 물러설 수는 없어. 지혜야, 나를 지켜 줘. 나의 신은 너잖아. 그래, 넌 나의 종교이자 믿음이야. 그러니까 날 지켜 줘. 내가 잘 할 수 있게 도와줘, 부탁이야. 건강한 모습으로 사랑하는 널 다시 볼 수 있게."

난 마지막으로 지혜의 사진을 꺼내보고 내 마음을 다해 소원을 빌었다. 그 사진은 지혜가 평생 처음으로 다른 사람에게 준 사진이었다.

"야! 뭐해? 빨리 나가자! 어, 그거 뭐냐?"

민수가 나를 재촉하다가 지혜의 사진을 보며 물었다.

"아무 것도 아냐. 그냥 내 신에게 기도한 거야."

난 이렇게 어색한 변명으로 둘러대며 글썽이는 눈물을 참으려 애썼다. 민수는 정신이 없었는지 내 눈물을 보지 못하고 별 싱거운 소리를 다 한다며 나를 잡아끌고 나가려 했다. 나는 민수의 손에 이끌려 정신없이 정문으로 내달렸다. 시야의 피사체가 마음대로 움직여 세상이 빙글빙글 도는 것 같았다. 가슴이 두근거리고 눈에 보이는 것은 아스팔트와 나를 끌고가는 민수의 손 뿐이었다. 사실 온 몸을 철저히 가린 상태였기 때문에 나는 나를 끌고가는 사람이 민수인지 프락치인지 구별도 못할 정도였다. 난 덜렁덜렁 대는 시선을 고정시키려 애쓰며 정문으로 향하는 간선도로를 내달렸다.

정문에서는 이미 전경들과 노동자들이 맞붙어 아수라장이 되어 버린 상태였다. 무너져버린 바리케이드 위로 전경들과 노동자들이 엎치락뒤치락 싸우고 있었는데 노동자들은 맨손으로 전경들의 곤봉 세례를 막아내고 있었다. 노동자와 전경의 숫자 둘 다 너무나 많았기 때문에 어느 한 쪽도 일방적인 전진을 할 수가 없는 상황이었다. 수 만의 인파가 서로 밟고 밟혀 생지옥을 방불케하는 상황이었지만 앞으로 앞으로 향하는 노동자들의 발걸음은 멈추지 않았다. 마치 저 멀리 그들을 부르는 무언가를 향해 손을 뻗치는 사람들처럼 노동자들은 전경의 진압은 아랑곳하지도 않고 오직 전진할 뿐이었다.

"뭐하냐! 가자!"

선봉대장이 난장판을 바라보며 어쩔 줄 몰라하는 우리를 이끌며 앞으로 달려나갔다. 순간 노동자들이 일제히 뒤로 물러섰고 학생들은 전경들과 노동자들 사이의 빈 공간에 화염병을 던졌다.

"화아악! 화아아아아학!"

여러 개의 화염병이 한꺼번에 터졌고 동시에 수많은 기자들의 플래시도 빛을 발했다.

이런 장면들을 찍어 신문 1면에 떠억 박아놓으면 10단짜리 기사보다 효과가 좋기 때문이었다.

연달아 터지는 화염병으로 전경들은 더이상 안으로 진입하지 못하였고 그사이에 노동자들은 전열을 가다듬어 재진출을 시도했다. 화염병은 점점 앞쪽에서 터져 전경들이 뒤로 뒤로 물러서기 시작했고 노동자들의 손에는 각목이 하나 둘 들리기 시작했다.

하지만 곧바로 터지는 최루탄 세례에 전진하려던 행렬은 멈출 수밖에 없었다.

"야! 화염병 몇 개나 남았냐?"

민수는 손으로 얼굴을 막으며 나에게 물었다.

"몰라! 한 30분 버틸 양은 있나 봐! 한 120개!"

난 눈에 보이는 박스를 세어 대강의 숫자를 말해주었다.

"그걸로는 10분도 못 버텨! 숫자가 몇인데!"

민수가 뒤로 주춤대며 소리를 질렀다. 하지만 내 생각엔 이렇게 좁은 길을 두고 싸우는 경우에는 그 정도는 버틸 수 있을 것 같았다. 세종로에서 싸우는 것도 아니고 겨우 4차선 도로에서 싸우는데…….

"안되겠다. 좀 더 안쪽으로 던져야겠어!"

민수가 최루탄 가스를 먹어 눈물이 나는 얼굴로 말했다.

"안돼! 사람이 다치잖아. 화염병은 사람한테 안 던지는 거 몰라?"

하지만 민수는 기어이 내 경고를 무시하고 화염병을 최루탄 안개 속으로 던졌다. 잠시 후 퍽하는 소리와 함께 전경들의 비명 소리가 들려왔다. 안개가 걷히자 민수가 던진 화염병에 불타는 다연발장착가스차가 보였다. 가스차가 전진해 전경들이 뒤로 빠진 상태였기 때문에 다행이 인명피해는 없었지만 가스차가 금새라도 폭발할 것만 같았다. 가스차들은 순간적으로 뒤로 후진을 하기 시작했고 노동자들은 이때를 놓치지 않고 앞으로 전진하기 시작했다.

"헤헤! 봤냐? 봤냐고! 내 생각이 적중했잖아. 저런 최루탄 안개에 전경들도 남아날 리가 없잖아! 그러니까 뒤로 빠졌을 꺼고 차만 남았을 꺼라고 생각했쥐!"

민수는 자신의 행동이 영웅적이라고 생각하는지 바람이 잔뜩 들어간 목소리로 말했다. 한동안은 이런 민수의 행동으로 노동자들이 파죽지세로 경찰들을 밀기 시작했다.

그러나 얼마 되지 않아 다시 전경들이 밀고 들어와 노동자들은 다시 밀리기 시작했다. 아무리 굳건한 의지라도 맨손으로, 중무장한 군인들을 당해내기란 쉽지 않은 일이었기 때문이었다. 우리는 불타오르는 의지로 전경들의 곤봉을 몸으로 막아내고 있었다. 땅에서는 쇠파이프와 곤봉이 부딪히고 있었고 하늘에서는 돌멩이들과 최루탄이 날아다니고 있었다.

"이놈들아! 너희는 애비, 에미도 없냐? 너들은 대체 누구 편이냐?"

장년을 넘은 노동자들은 이렇게 외치며 아들뻘 되는 20대 초반의 건장한 전경들에게 달려들고 있었다. 결국 몸을 던지는 노동자들의 투쟁과 투석전으로 다시 전경들이 밀리기 시작했다.

"마지막 기회다! 전경들이 충원되기 전에 밀어버려! 밀어버려!

밀어버려!"

노조 간부인 봉석이 아저씨가 소리를 높여 외쳤다. 인간의 분노
와 의지에는 한계가 있었기 때문에 그 한계가 다하기 전에 승부를
끝내야만 했기 때문이다. 그 외침과 동시에 수만 명의 노동자들이
일제히 함성을 지르며 전경들의 방패를 밀어 제쳤다.

"밀었다!"

민수가 소리를 치며 정문 쪽으로 달려갔다. 전경들의 대열은 일
순간에 무너져 뒤로 뒤로 후퇴하고 있었다. 노동자들의 물결은 방
파제를 때리는 성난 파도처럼 멈추지 않고 앞으로 진격하고 있었
다.

"야호! 이겼다! 이제 단숨에 서울역까지다!"

나 역시 나도 모르게 함성이 터져나왔다. 처음으로 시위 세력이
공권력을 이기는 순간이 눈앞에 있었기 때문이었다. 그렇지만 어
디선가 들려오는 헬기 소리에 이런 내 생각엔 먹구름이 몰려오기
시작했다. 관악 경찰서 쪽에서 파란 줄무늬 바탕에 흰 글씨로 선명
하게 POLICE라고 쓴 헬기가 우리를 향해 날아오고 있었다. 이윽
고 우리의 머리 바로 위로 다가온 헬기는 점점 하강하기 시작했다.

"야! 저거 왜 내려와? 악! 이거 뭐야!"

하강하던 헬기는 일순간에 엄청난 양의 최루가스를 우리에게 뿌
리기 시작했다. 최루가스가 아니라 독가스라고 불러야할 만큼 치
사량에 가까운 지독한 가스가 머리 위로 쏟아졌고 동시에 목과 눈
의 신경이 마비되었다.

"웨에엑! 우웩! 저…… 저 새끼들이……."

아득히 민수의 비명이 들려오고 있었지만 아무 것도 볼 수 없었
고 아무 것도 느낄 수 없었다. 목구멍 깊은 곳으로부터 구토가 밀
려오기 시작했다. 당장 죽고 싶을 만큼 고통이 심하게 느껴졌다.
목은 콱콱 막혀 폐가 터져버릴 지경이었고 너무나 따가워 뽑아버

리고 싶은 눈에선 쉴새 없이 눈물이 흘러나왔다. 숨을 쉴 수가 없었기 때문에 난 정신없이 학교 안쪽으로 도망쳤다. 수많은 노동자들이 나와 같은 상황에 부딪쳐 사방으로 흩어졌기 때문에 정문은 순식간에 뻥 뚫려버렸다.

이 때를 놓치지 않고 방독면을 쓴 전경들이 곤봉을 들고 정문으로 돌진해 정신을 차리지 못하고 도망치는 노동자들을 개패듯이 패기 시작했다. 이미 전경들의 진압은 사람의 행동이 아니었다. 그들은 인간 백정처럼 허리 굽은 노동자들을 잡아죽이려고 덤벼들었다. 발버둥을 치는 사람, 나뭇가지를 잡아보는 사람, 전경의 방독면을 벗기려는 사람……. 노동자들은 피가 터지고 뼈가 부러지는 속에서도 살려고 발버둥을 쳤지만 그들의 최후의 발악은 대개 실패로 돌아가기 마련이었고 결국 복날의 개처럼 두들겨 맞고 전경들에게 질질 끌려가기 시작했다. 전경들은 국민이 부여한 정당한 공권력으로 노동자들을 피투성이로 만들고 있었다. 한 겨울의 관악산은 힘없는 노동자들의 절규로 가득 차게 되었다.

그러나 그런 생지옥 속에서도 민수만은 밖으로 나오지 않고 있었다. 얼굴도 제대로 들지 못하면서도 민수는 끝까지 정문을 사수하려고 발악을 하고 있었다. 한 손으로 얼굴을 가리며 다른 손으로는 켜지지도 않는 라이터로 화염병에 불을 붙이려고 안간힘을 쓰고 있었다. 그 연기 가득한 공간에서 민수는 무엇을 찾으려고 하는지 계속 허우적대고 있었다. 이미 이성을 잃어버린 상태에서도 민수는 최후의 정신까지 모아 물러서지 않으려고 했다. 겨우 화염병 하나에 불을 붙인 민수는 천천히 몸을 일으켰다. 한 손에는 그 화염병을, 다른 손에는 쇠파이프를 들고 민수는 정신나간 사람처럼 천천히 전경들에게 다가가고 있었다.

"야! 가지마! 뒤로 빠져! 위험해!"

내가 뒤에서 아무리 불러보아도 민수는 걸음을 멈추지 않았다.

그의 발걸음은 그 무모함으로 인해 오히려 성자의 발걸음처럼 엄숙해 보였다.

'제발…… 제발 돌아와. 민수야. 너까지 잃고 싶지 않아. 제발. 제발. 뒤로 돌아와. 거기 뭐가 더 남았다고……'

난 맘속으로 이렇게 소리쳤지만 민수의 발걸음은 멈추지 않았다.

전경들은 사슴을 쫓는 사자처럼 노동자들을 추격하기 시작했고 노동자들은 사방으로 흩어져 도망쳐야 했다. 아무래도 젊은 전경들에 대항할 학생들의 숫자가 부족한 것이 열세의 원인인 것 같았다. 결국 전경들은 정문을 뚫고 학교 안으로 난입하기 시작했고 우리는 명백한 패퇴의 길을 걷고 있었다.

하지만 민수만은 밀려오는 전경들의 파도에 혼자 화염병을 던지고 있었다.

"민수야아! 빨리 뒤로 와! 미쳤어? 빨리!"

내가 아무리 소리쳐도 민수는 정신나간 사람처럼 계속 화염병에 집착하고 있었다. 전경들의 진압은 계속되어 어느 새 민수가 서 있는 코앞까지 닥쳐왔다. 민수는 전경들의 접근을 화염병은 던지며 막고 있었지만 점점 고립되고 있는 상황이었다. 민수의 저항은 이미 함락된 성에서 홀로 싸우고 있는 장수의 모습 같았다. 그렇게 민수는 전경들에게 포위되기 시작했고 결국은 화염병을 버리고 쇠파이프를 휘두르며 저항할 수밖에 없었다.

민수가 도살장에 끌려가지 않으려고 발버둥치는 개처럼 힘겹게 싸우고 있었지만 난 그걸 보고만 있을 수밖에 없었다. 다리가 후들후들 떨려 도저히 땅에서 떨어지지 않았기 때문이었다. 아무리 다리를 움직이려 해도 걸을 수가 없었고 아무리 손에 잡은 빠이에 힘을 넣으려해도 팔의 떨림을 멈출 수가 없었다. 시야가 좁아지고 심장이 뛰어 도저히 달려나갈 수가 없었다. 난 나의 비겁함이 저주스러웠지만 어쩔 수가 없었다. 내 인생은 언제나 뒤로 물러서는 인생이었기 때문이다. 그리고 이내 난 곧 민수를 포기해 버렸다.

결국 민수는 점점 전경의 인파 속에 묻혀버리게 되었고 그의 필사적인 저항은 점점 간헐적으로 바뀌게 되었다. 그리고 마침내 민수의 두 팔은 전경에 의해 붙들리게 되었다. 바닥에 쓰러져 전경들의 무수한 곤봉 세례를 피하려고 발버둥치는 민수가 보였다. 절규하는 민수의 몸부림을 보면서 난 그만 고개를 돌려 눈을 감고 말았다. 질끈 감은 내 눈에서는 눈물이 흘렀지만 잠시만 눈을 감으면 이내 사라져 버릴 영상이라고 애써 내 자신을 위로했다. 지혜를 보낼 때처럼…….

하지만 눈을 감자 민수와 지내왔던 시간들이 하나 하나 눈앞을 지나가기 시작했다. 처음 만났던 날, 전학 오던 날, 깡패들을 상대로 같이 싸우던 날, 세영이가 죽던 날, 가출해서 보냈던 날. 그 많은 시간들이 미친듯이 내 눈을 스쳐갔다.

난 도저히 견딜 수가 없어 다시 눈을 떠야했다.

저 멀리서 발버둥치며 끌려가는 민수가 아직 보이고 있었다. 순간 민수의 얼굴에 지혜의 얼굴이 겹쳐졌다. 내 눈과 마주친 흔들리는 그의 눈동자가 내 눈을 향해 살려달라고 절규하고 있었다.

"민수야아!"

난 눈물을 닦고 있는 힘을 다해 파이프에 힘을 넣었다. 그리고 민수를 향해 달려나갔다. 몸에서 떨림이 멈추지는 않았지만 사력을 다해 달리고 또 달렸다. 난 나를 향해 달려드는 전경들을 빠이로 쳐 밀어내며 민수를 향해 달렸다. 내 시야에는 오직 민수만이 뚜렷이 보이고 다른 전경들은 배경처럼 희미한 그림자에 지나지 않아 보였다. 내 감각은 독감에 걸렸을 때처럼 마비되어 현실을 제대로 느끼지 못하고 있었지만 정신만은 또렷하고 깨끗했다. 난 있는 힘을 다해 질주했기 때문에 전경들도 순간적으로 날 잡지 못했고 민수는 순식간에 내 시야로 들어왔다.

"개새끼들아아아!"

민수는 3명의 전경에 의해 끌려가고 있었는데 난 우선 제일 뒤에서 민수의 양어깨를 끼고 가던 사람을 내리쳤다. 그러자 그 사람은 '억!' 소리를 내며 바닥에 쓰러졌고 민수의 팔짱을 끼고 가던 나머지 두 명도 순간의 기습에 당황해 뒤를 돌아보았다. 그리고 민수는 전경들의 팔에 힘이 빠진 순간을 이용해 그들을 밀쳐버렸다. 난 그 중의 한 명의 허리를 빠이로 내리치고는 민수와 함께 학교 쪽으로 달리기 시작했다.

"개새끼야! 빨리 달려! 우리 같이 살자!"

민수를 잡고 있던 전경들의 외침을 듣고 다른 전경들이 벌떼처럼 나와 민수를 쫓기 시작했다. 순간적으로 이들과의 싸움은 승산이 없다는 생각이 들어 무조건 학생회관까지 달려가기로 결정했다. 우리 앞에서 우리를 잡으려고 하는 전경들은 빠이로 대충 쳐버리고는 스피드를 이용해 뚫어버렸다. 사람은 위기의 순간이 되면 초인적인 힘이 나오기 마련이었다. 나와 민수는 그야말로 죽을 힘을 다해 뛰었고 앞을 가로막는 전경들을 하나 하나 몸으로 뚫고 나갔다. 전경들의 모습이 점점 희미해지기 시작했다. 단순히 군복무를 대신해서 나온 사람들이 살기 위해 뛰는 사람을 막을 수는 없었다. 우리는 그대로 단숨에 학생회관까지 올라갔다.

학생회관 라운지에 올라간 우리는 그만 탈진해서 바닥에 주저앉아 버렸다. 숨이 목구멍까지 올라오고 이가 덜덜 떨려오고 있었다. 동공은 아직도 꽉 조여져 시야가 제대로 확보되지 못하고 있어 앞에 지나가는 사람이 누구인지도 식별하지도 못할 정도였다. 목은 기도까지 말라버려 숨을 쉴 때마다 폐에 고통이 느껴졌다. 생각해 보면 그 먼 거리를 우리는 1분도 안 되는 시간에 달려온 것이었다.

민수는 눈도 뜨지 못한 채 땀을 비오듯 흘리고 있었고 숨도 고르지 못했다. 꽉 다문 입술은 신음소리를 애써 숨기려 했지만, 새어나오는 고통은 숨길 수가 없었다. 난 이런 민수가 안쓰러워 물이라도 한 잔 떠주고 싶었지만 도저히 몸을 일으킬 힘이 없었다.

그렇게 숨을 몰아쉬며 한동안 쉬고 있으려니까 누군가 내 앞에 그림자를 드리웠다. 고개를 들어 쳐다보니 그는 다름 아닌 상협이었다.

"어떻게 된 거야?"

상협은 나와 민수를 쳐다보며 걱정스러운 말투로 물었다.

"무…… 물."

난 안간힘을 다해 입을 열어 상협의 질문에 대한 대답 대신 마실 것을 달라고 했다.

잠시 후 상협이 가져온 물을 마시며 민수와 난 겨우 숨을 돌릴 수 있었다.

"어떻게 된 거야?"

상협은 재차 나에게 물었다.

"이 새끼가 개삽질을 해서 전경들한테 끌려가길래 그거 건져오느라고 죽을 뻔했다."

난 숨이 찬 목소리로 민수를 보며 말했다. 하지만 민수 새끼는 뭐가 좋은지 퉁퉁 부은 눈으로 히죽 웃기만 했다.

"개새끼야! 웃지마! 뭐가 좋다고? 너 때문에 영창 갈 뻔했잖아! 한 번만 더 그러면 죽는다!"

난 웃는 민수를 보며 이렇게 퍼부어 댔다. 하지만 나 역시 마음속에 차오르는 뿌듯함을 느끼고 있었다. 난 손을 들어 민수와 어깨동무를 했다. 끈적거리는 민수의 피부에서 민수의 온기가 느껴졌다.

"야! 보기는 좋은데 여기도 안전한 곳이 못된다. 우리는 완전히 패배해 버렸어. 이제 얼마 지나지 않아 여기도 함락될 꺼야. 뭐, 함락이라는 단어를 쓸 필요도 없지. 남아있는 병력이 없으니……. 그러니까 우리도 빨리 도망쳐야 돼. 신공학관 뒤쪽으로 가서 산을 넘으면 된대. 그 쪽은 전경이 덜 깔려 있다고 하니까 빨리 가자. 아까 노조 간부들을 만났는데 우리도 그 사람들이 피신하는 곳에 같이 가기로 했어. 그러니까 힘이 없어도 빨리 가자. 늦으면 위험해."

상협이 이런 얘기를 하자 민수의 얼굴이 어두워졌는데 특히 '패배'라는 단어에서는 주먹을 꼭 쥐었다.

"운동권은 어떻게 됐고?"

민수가 간신히 입을 떼어 물었다.

"대부분 도망치거나 잡혀갔어. 선봉대는 대부분 닭장차에 끌려가는 것 같더라. 너희들은 정신이 없어서 못 봤겠지만 아까 정문 앞 마지막 시위에서 전경들에게 완전히 포위돼서 죽도록 얻어터지고 다 끌려갔어."

상협은 무표정한 얼굴로 민수의 질문에 대답을 했다. 그 말을 듣고 보니 정말로 학생 라운지에 사람들이 팍 준 것 같았다.

그러나 민수는 도망치는 것을 망설이는 표정이 역력했다. 이번 시위의 패배를 인정할 수도 없겠거니와 도망치는 비겁한 짓은 좋아하지 않기 때문인 것이 틀림없었다. 하지만 민수는 나와 상협 때문에 차마 남아있겠다는 말은 하지 못하는 것 같았다.

"민수야. 힘들어도 가자. 생각은 나중에 하고. 응?"

내가 민수의 얼굴을 만지며 말했다. 민수는 잠시 내 얼굴을 빤히 쳐다보더니 이내 고개를 끄덕였다. 하지만 민수는 말할 것도 없고 나조차도 일어설 기운이 없었다. 전경들의 군화소리가 가까이서 들리고 있었지만 도저히 발이 떨어지지 않았다. 몸이 완전히 탈진한 상태였기 때문이었다. 겨우 정신을 차린 우리는 학생회관 뒤로 돌아가 자연대 쪽으로 걸어갔다. 뒤를 돌아보니 학생회관은 이미 전경들이 접수한 상태였다. 남아있던 운동권들이 발버둥치며 끌려가고 있었는데 특히 여학생들이 비명을 지르며 끌려가는 장면이 너무 애처로웠다. 저런 와중에 여학생들이 전경들에게 성희롱을 많이 당한다고 하던데…….

그렇게 점령당한 서울대를 뒤로 하고 우리는 공대를 지나쳐 신공학관 쪽으로 향했다. 그러나 힘들여 올라온 신공학관은 이미 전경들에게 점령당한 뒤였다. 결국 우리는 산으로 도망칠 수밖에 없었는데 옷차림이 너무 눈에 띄어 불안하기 그지없었다. 게다가 겨울 산에는 우리를 가려줄 나뭇잎 하나 없었기 때문에 우리는 아스팔트 위에 삽질하듯이 무모한 탈출을 시도해야 했다.

고민 끝에 민수는 산을 넘어 안양 쪽으로 가기로 결정하고는 그쪽 방향이라고 생각되는 산등성이를 무조건 오르기 시작했다. 길도 없고 산도 가파른 데다가 기운도 없어 우리의 행군은 느려질 수밖에 없었다. 아니나 다를까 뒤에서는 우리를 발견한 전경들이 개떼처럼 몰려들기 시작했다. 한 겨울의 민둥산을 뻘건 스카프를 두른 놈들이 올라가는데 그걸 못 볼 리 만무한 일이었다.

"야! 이 새끼들아! 거기 안 서? 뒈질래! 고생시키지 말고 서!"

뒤에서 쫓아오는 전경들이 우리를 보며 소리를 질러댔다. 전경들의 속도는 우리가 걷는 속도보다 훨씬 빨라서 중턱에도 못 미쳤을 때 이미 우리를 거의 따라잡아 버렸다.

"저리 꺼져!"

상협이 제일 먼저 따라온 전경 한 명을 빠이로 눌러 찍었다. 그 녀석은 머리를 정통으로 맞고 굴러 떨어졌지만 헬멧 덕분에 부상이 크지는 않은 것 같았다. 그러나 그 녀석에게 전경 두 명이 달라붙었기 때문에 우리는 결과적으로 세 명을 떼어놓은 셈이었다. 하지만 뒤에 따라오는 전경들은 적어도 30명은 되어 보였다.

기운이 남아있던 상협이 전경들의 목을 쳐 굴러 떨어뜨렸다. 아무래도 위에 있는 사람이 아래에서 올라오는 사람보다 유리했기 때문에 한동안은 상협이 적절히 처리할 수 있었지만 너댓 명이서 한꺼번에 올라오자 상협이 포위당하게 되었다. 상협은 파이프를 휘둘러 전경들을 닥치는 대로 패대기쳤지만 전경들의 곤봉 역시 가만있질 않아서 상협도 많이 두들겨 맞고 있었다.

"빠…… 빨리, 빨리 올라가!"

상협이 숨을 몰아 쉬며 나에게 외쳤다. 하지만 산은 아무리 올라가도 끝이 보이지 않았다. 아직도 뒤에서는 전경들이 열댓 명이나 쫓아오고 있었다. 이런 토끼몰이식 진압은 언제나 우리를 곤경에 빠뜨렸고 우리는 살기 위해 뛰어가는 토끼들처럼 전경들을 피해 달아나야 했다. 그렇게 한참을 쫓기다보니 눈앞에 고개가 보이기 시작했다. 하지만 여기서부터가 진짜 문제였다. 이제 고개를 넘으면 우리가 내려가는 입장이 되는데 그러면 뒤통수를 맞을 가능성이 크기 때문이었다. 결국 난 고개에서 멈춰 섰고 민수에게 여기서 승부를 하자고 했다.

"너! 미쳤어? 달려!"

민수가 소리를 질렀지만 난 이미 늦었다고 말했다. 이미 체력에서 밀리고 있는데다가 내리막길에서는 앞서가는 사람이 불리하기 때문이었다. 결국 그 고개에서 우리는 열댓 명의 전경과 대치하는 상황을 맞이하였다. 전경들이 하나 둘 올라올 때마다 우리는 일렬로 서서 전경들을 쳐내기 시작했다. 머리에는 헬멧을 쓰고 있었기 때문에 우리는 주로 목이나 어깨를 때렸는데 쇠파이프의 위력이 대단하긴 대단했는지 단 한방에 모두 나가떨어져 버렸다.

"아악! 씹새끼!"

그러나 전경을 때리던 민수가 무릎 부분을 곤봉으로 맞아 주저 앉아버렸다. 곤봉은 쇠로 만들어져 있지 않았기 때문에 한 대 맞았다고 해서 치명상이 되지는 않았지만 민수는 당분간 싸울 수 없게 되어버렸다. 그래서 결국 기어이 언덕 위까지 올라온 5명은 나와 상협이 처리하는 수밖에 없었다. 우리는 망설임 없이 닥치는 대로 상대를 향해 빠이를 휘둘렀다. 상대가 검도를 배웠을 것으로 예상한 나는 일부러 다리 부분을 집중적으로 공략했다. 빠이가 곤봉보다 긴 덕분에 난 나에게 달려온 전경을 어렵지 않게 주저앉힐 수 있었다. 하지만 그 순간 뒤에서 달려온 전경에게 목을 맞고 말았다.

"어흑! 아!"

순간 숨이 탁 막히고 머리가 아찔해져왔지만 난 쓰러지지 않고 있는 힘을 다해 뒤로 빠이를 휘둘렀다. 곧이어 픽 하는 둔탁한 소리와 함께 나를 친 녀석이 바닥에 쓰러졌다. 순간 난 너무 화가 나 그 녀석의 배를 쇠파이프로 있는 힘껏 내려찍었다.

"우우우욱!"

그 전경은 뼈가 부서지는 소리와 함께 배를 잡고 바닥을 굴렀다.

"씹새끼야 죽지 않았으면 됐지 뭐가 서러워?"

난 그 녀석에게 침을 뱉고는 상협 쪽을 쳐다보았다. 의외로 상협은 전경 3명을 맞아 고전하고 있었다. 난 얼른 상협에게 다가가서 그 녀석 뒤에 있던 놈의 머리통을 날려버렸다.

"씨발! 너 뭐 하는데 삽질하고 있냐?"

난 이렇게 외치며 되는대로 빠이를 휘둘러 전경들을 보내버렸다.

"뭐 하는 거야? 지금?"

난 뻗어버린 전경들을 뒤로하고 상협에게 물었다.

"미친 쌔끼! 사람을 이렇게 패면 어쩔려구 그러냐? 얘네들은 너 때리는 법 몰라서 안 죽였는 줄 알아? 넌 싸울 때 보면 꼭 눈알이 뒤집히더라?"

상협이 숨을 몰아쉬며 말했다. 상협의 말대로 난 일단 뒤집히면 물불을 안 가리는 타입이었다.

"그럼 이대로 뒈지는 게 나은 거냐? 어차피 이대로 도망치면 우리가 누군지 모르는데……."

"니 새끼는 항상 그렇게 계산이 빨리 돼서 좋겠다."

상협이 피식 웃으며 말했다.

결국 우리는 전경들의 추격을 물리치고 산을 내려와 2차 집결지로 향하게 되었다. 산아래 쪽에도 전경들이 깔려 있었지만 산이 워낙 넓었기 때문에 모자와 마스크를 벗고 쇠파이프를 버린 채 내려오자 우리를 보통 고등학생으로 알고는 검문도 하지 않은 채 아래로 통과시켰다. 이렇게 해서 우리는 지도부가 모여 있는 어느 허름한 집으로 갈 수 있게 되었다.

"아쉽지만 이번 투쟁은 이렇게 막을 내려야 할 것 같습니다. 지도부는 당분간 이번 일에 대한 책임을 생각하며 자숙하는 입장에서 잠시 쉬도록 합시다. 어차피 지명수배가 내려져 정상적인 업무 수행이 불가능하니 명동성당에서 투쟁을 계속하고 있는 사람들을 제외하고는 모두 해산해 각자 잠시 어디서 조용히 지내다 옵시다."

노조 위원장은 떨리는 목소리를 가라앉히며 애써 담담한 목소리로 상황을 정리했다. 하지만 이 말 전에도, 후에도 방안에는 오직 정적만이 감돌뿐이었다.

처참한 패배!

아저씨들이 내쉬는 패배의 공기가 너무나 무거워 난 방문을 열고 밖으로 나왔다. 밖은 어느새 어둠이 둘러싸고 있었다. 하늘의 달은 시위 전날의 달과 같이 발그스레했다. 갑자기 사람이라는 존재가 우스워지기 시작했다. 겨우 이정도 일에 저렇게 많은 사람들이 한숨을 쉬고 있는 것이 이해할 수가 없었다. 죽는 것도 아닌데 저렇게 심각하게 고민을 하고 있어야 하는지 이해할 수가 없었다.

잠시 후 방문이 다시 열리더니 민수가 밖으로 빠져나왔다. 마치 시위 전날의 분위기와 같이 민수는 내 옆에 와서 마루 끝에 걸터앉았다. 우리는 그렇게 한동안 말없이 하늘을 쳐다보았다.

"진 거냐?"

민수가 오랜 침묵을 깨고 입을 열었다. 하지만 시선은 여전히 하늘에 고정되어 있었다.

"아마도……"

나 역시 시선을 돌리지 않고 말했다.

"시원하구나. 희망도 남기지 않고 깡그리 망해버렸으니……"

민수는 아기처럼 하늘을 향해 입을 헤벌리고 말했다.

순간 민수의 눈에선 눈물이 굴러 떨어졌다. 분명히 민수의 음성은 떨리지 않았고 눈도 충혈 되지 않았다. 다만 눈물만 굴러 떨어질 따름이었다.

"돈 없고 빽 없는 새끼니까 직장에서 젤 먼저 짤리고, 언론한테 밀리고, 여론에 밀리고, 전경들한테 얻어터지고. 좆때 당연한 얘긴데 뭐가 그리 서러우냐? 우린 어차피 짜여진 각본대로 놀아난 거야. 운동권이 이긴 역사는 없었어. 너무 실망하지마. 내일은 또 내 일이잖냐? 아직 젊은데 뭐가 겁나냐? 난 대통령보다 지금의 내가 좋더라. 난 젊잖아? 안 그래?"

난 돼먹지도 않은 말을 주저리주저리 떠벌려댔다. 민수가 너무나 안쓰러워 위로해주고 싶었기 때문이었다. 하지만 민수는 내 말을 듣고 피식 웃기만 할뿐이었다.

"아까 구해줘서 고맙다. 너 아니었으면……. 짜식. 너 그런 표정으로 달려오니까 무섭더라. 니 앞에 서 있던 전경들이 줄줄이 무너지던 걸? 전경들 숲에 길을 내면서 왔어. 알고 있었니? 니가 달려오는데 거기 길이 나더라. 마치 모세가 물길을 열 듯이 니가 나한테 다가오는데 나 눈물이 나올 뻔했다. 니가 다가와 내 손을 잡는데 목이 메어오더라. 그 때 그 눈빛 평생 잊지 못할 꺼다. 비록 이번 투쟁이 실패로 돌아갔지만 나 실망하지 않아. 니 그 모습을 봤으니까. 나 앞으로도 열심히 할래, 뭐든지."

민수가 고개를 숙인 채로 이렇게 말하며 내 손을 살며시 잡았다. 나 역시 민수의 깊은 우정을 느낄 수 있었다. 그리고 내가 후회 없는 선택을 하게 해준 것에 대해 지혜에게 감사했다. 난 처음으로 내 자신이 자랑스러웠다. 모의고사에서 전교 1등을 해도 난 내 자신이 수치스럽고 증오스러웠었다. 하지만 지금 이 순간만큼은 내 자신이 자랑스러웠다.

다음 날 일찍 우리는 컵라면을 하나씩 끓여먹고는 봉고차에 올랐다. 경찰의 포위망이 좁혀져 어디 먼데로 잠시 피해있어야 한다는 이유에서였다. 우리는 노조간부들과 같이 가는 것이 껄끄러워 그냥 서울에 있겠다고 했지만 우리가 주요 표적이 되어 있다는 이유로 그들과 동행하게 되었다. 어저께 무리했던 몸의 근육이 뭉쳐 난 무척이나 고통스러웠다. 게다가 잠자리도 편하지 못했기 때문에 온 몸이 저려오는 것을 느껴야 했고 최루탄 때문에 눈이 온통 통통 부어 뜰 수가 없을 지경이었다.

겨우 봉고에 몸을 실은 난 곧 깊은 잠에 빠져버렸다. 세상에 관심을 갖고 싶지 않았기 때문이었다. 봉고의 덜컹거림을 느끼면서 잠을 청하던 내가 민수의 손에 잠을 깬 곳은 어느 산 비탈길 위에서였다. 민수는 여기서부터는 더 이상 차가 못 들어가 걸어가야 한다고 했다. 나는 떨리는 몸을 추스려 차에서 내렸다. 어제 흘린 땀들이 어설프게 식어 가뜩이나 추운 날씨가 더욱 춥게 느껴졌다.

"쳇! 또 산이냐?"

민수는 투덜거리며 아저씨들을 따라 산으로 올라갔고 나 역시 편치 않은 맘으로 그들을 따라갔다. 그렇게 한시간 가까이 올라가

서야 우리는 비로소 한 절 입구에 도달할 수 있었다. 절이라고 해 봤자 법당 하나에 어설픈 컨테이너 두 개가 전부인 이 절의 이름은 중원사(中元寺)였다. 이 곳에서는 스님이 딱 한 명 살고 있었으며 신도는 한 명도 없었는데 주로 이렇게 재야 인사를 숨겨주고 그들이 조금씩 보태주는 돈과 양봉을 해 번 돈으로 죽지 않을 정도로 연명한다고 했다. 그리고 놀랍게도 거기에는 아저씨도 와 있었다. 어저께 집회 후 헤어진 이후로 지금까지 한번도 본 적이 없었는데 여기 와 보니 태연하게 툇마루에 앉아있는 것이었다. 난 약간은 놀랍기도 하고 약간은 반갑기도 하여 아저씨를 소리내어 불렀으나 아저씨나 민수는 다시 만나는 것이 그다지 반갑지 않은 듯 간단히 인사만 할 뿐이었다. 저녁이 준비되기 전까지 난 방에 들어가 아까 보지 못한 신문을 들추어보았다. 예상대로 우리의 시위가 주요 기사로 다루어져 있었고 일면에는 화염병 불길 뒤에 서 있는 마스크를 한 민수의 모습이 실려있었다. 난 민수를 불러 니가 매스컴을 탔다고 놀려댔고 민수 역시 가볍게 나의 농담을 받아넘겼다. 하지만 막상 기사를 읽기 시작하자 우리의 표정이 굳어지기 시작했다. 우리의 시위로 전경들이 중상을 입었다는 내용을 주로 해서 우리 시위의 폭력성에 대한 비판이 기사의 주요 내용이었다. 물론 경찰이 공중에서 최루탄을 투하하고 우리를 무자비하게 진압한 내용은 한 줄도 나오지 않았고, 다만 시위대가 완전히 해산되어 이번 파업이 무산되었다는 소식만 간단히 적혀 있었다. 모두 격렬한 문구로 우리의 행동을 비판하고 있을 뿐이었다. 나를 비롯한 많은 노동자들이 이런 기사에 분개했지만 힘이 없는 자들이 할 수 있는 것은 많지 않았다. 우리가 할 수 있는 것은 이런 기사를 보고 흥분을 하다가 이내 제 풀에 지쳐 씩씩대고 마는 것뿐이었다.

땅거미가 지고 밤이 되자 스님이 부르스타를 하나 가지고 나오시더니 그 위에 프라이팬을 올려놓았다. 의아해 하고 있던 우리 앞에 스님은 고기를 가져와 능숙한 솜씨로 굽기 시작했다. 난 스님이 고기를 굽는 것이 이상하게 느껴졌지만 오랜만에 고기를 보자 군침이 돌았다. 스님이 어린 우리에게 고기를 먼저 주시는 덕분에 난 침을 흘리며 기다리지 않을 수 있었다. 그렇게 온 노조 간부들이 밥과 고기를 먹을 동안 스님은 다만 웃음을 얼굴에 띠시며 고기를 구우실 뿐이었다. 하지만 난 고기를 먹었던 날이 기억나지 않을 정도로 오랜만에 보는 고기였기 때문에 배가 터지도록 먹고 또 먹을 뿐 스님에는 신경을 쓰지 않았다.

"스님도 좀 드셔요."

배가 차자 난 눈치를 보아 스님에게 이런 말을 했다. 다른 사람들은 수행을 하고 계시는 스님에게 이런 말을 할 수 없었지만 아직 어린 내가 이런 말을 하는 것은 괜찮아 보였다.

"난 배가 고프지 않단다. 배고픈 사람이 먼저 먹는 것이 하늘의 이치이지."

이렇게 말씀하시는 스님의 얼굴에 웃음이 더욱 짙어졌다.

"저희도 많이 먹었으니 이제 스님도 좀 드셔요."

난 스님이 정말 고기를 드시지 않는지가 궁금해 한번 더 스님을 떠보았다.

"그럼 그럴까?"

스님은 이렇게 말씀하시더니 아무 망설임 없이 고기를 한 점 집어서 쌈장에 찍어 입에 넣으셨다. 그리곤 얼굴에 다시 하나 가득 미소를 띠우셨다.

난 스님이 고기를 먹는 것은 파계를 하는 것이라고 생각해 왔지만 이 스님을 보며 내 생각이 잘못됐다는 것을 깨달았다. 진정한 수행은 형식에 매달리는 것이 아니라 마음을 닦는 행위라는 것을 깨달았다. 갈 곳 없는 사람들을 재워주고 배고픈 사람들에게 그들이 먹고 싶어하는 것을 주는 것이 진정한 자비라는 것을 알았다.

허허 웃으시며 후식으로 녹차 대신 커피를 타주시는 스님을 보고
난 이 곳의 생활에 기대를 걸게 되었다.

한밤이 되자 하늘에 별들이 새하얗게 반짝이기 시작했다. 서울
에서는 기껏해야 한 두 개가 보일까 말까였는데 이 곳에서는 정말
수 만개의 별들이 온 하늘을 뒤덮고 있었다. 난 알퐁스 도테의
'별'에 나오는 목동과 같이 하늘을 올려보며 감상에 젖어들었다.
사람이 죽으면 별이 된다는 말이 나온 이유를 알 것만 같았다. 저
수많은 별들이 마음속으로 쏟아져 내리고 있었다. 난 별을 쳐다보
며 살며시 지혜의 생각을 했다. 그리고 저 별 중 어느 것이 지혜의
것일까 생각해 보았다. 난 또 미래의 소식도 궁금해졌는데 아저씨
역시 같은 기분이었는지 하늘을 멍하니 쳐다보고 있었다. 생각해
보니 미래가 보고싶어졌다. 별을 쳐다보고 있으려니 어느 새 지혜
의 생각보다 미래의 생각이 더 많이 나게 되었다. 난 이래서는 안
된다며 고개를 내젓고 있었지만 그래도 미래에 대한 궁금함이 떠
나질 않았다. 하지만 생각만으로 할 수 있는 것은 아무 것도 없기
에 난 잘 지내고 있을 거라는 막연한 믿음으로 미래의 생각을 접고
방으로 들어갔다.

그 날 밤 난 지친 마음을 다시 충전할 수 있었고 잠도 그 어떤 날
보다 편안하고 아늑하게 잘 수 있었다.

다음 날부터 산사(山寺)에서의 생활이 시작되었다. 하루에 한차
례씩 구조조정의 동향을 알기 위해 신문을 사오는 것을 제외하면
이 곳과 속세와는 완전히 단절되어 있었다. 지명수배가 내려져서
그런지 노조간부들도 더 이상 서울조합본부와 연락을 끊고는 오로
지 정신안정에만 신경을 쓰고 있었다. 하지만 어이없는 참패의 여
파 때문인지 대부분 마음의 갈피를 잡지 못하고 고뇌하는 모습이
역력했다.

그래서 우리는 여기서 피폐해진 몸을 가다듬으려고 애쓰며 나름대로의 길을 생각해 보기로 했다. 돌이켜보면 우리가 세상을 돌아다닌 시간들은 덧없고 무의미한 것이라는 생각이 들었기 때문이었다. 무엇을 위해 그렇게 길거리를 싸돌아다녔는지는 몰라도 언제까지 그렇게 살수는 없는 노릇이었다. 누구나 그 나름대로의 길을 찾아야만 하는 것이기 때문이었다. 내가 지혜를 떠나보낸 일도, 상협이 친구를 잃어버린 일도, 민수가 세영이의 죽음을 슬퍼하는 일도 언제까지나 계속될 수 있는 것은 아니었다. 산 사람은 살아야 하는 것이다. 사실 우리가 사람은 죽는다는 평범한 진리를 모르는 것은 아니었다. 다만 그것을 받아들이기 위해 시간이 필요했을 뿐이었다.

"제길, 산은 졸라 조용하네. 하루종일 사람소리 하나 안 들리고……."

민수가 바위 위에 앉아 돌을 차며 말했다. 바위 아래가 바로 깊은 천리 낭떠러지였기 때문에 난 민수 옆에 걸터앉지 못하고 뒤에 앉아 민수를 바라보고 있었다.

"그래도 좋은데 뭘. 고요함이 그리웠다. 그동안 너무 부대끼며 살아온 것 같아. 마음도 한결 나아지지 않냐?"

나는 상협을 보며 이렇게 말했고 상협은 거기에 대해 고개를 끄덕거렸다.

"그래. 조용해서 좋다. 한 번쯤 이런데 와서 이러고 있는 것도 괜찮은 일이지. 동기가 좀 엿 같기는 했지만 말야……."

민수도 새파란 하늘을 올려다보며 말했다.

"근데 말야, 상협이 니 새끼를 보면 과연 무슨 생각을 하고 있을까 궁금할 때가 많아. 하루종일 하는 말이 몇 마디 안 되잖아? 가끔은 니가 있단 사실조차 잊을 때가 있단 말야. 넌 왜 그렇게 말이 없냐?"

민수가 자리에서 일어나 우리 쪽으로 다가오며 물었다. 하지만 상협은 대답 대신에 싱긋 웃기만 할 따름이었다.

"야! 나도 그럼 하나 묻자. 넌 왜 그렇게 사람들을 보면 까대기 못해서 안달이냐? 그렇게 사람 기분 나쁘게 하고 싶냐? 그러니까 얘들이 널 싫어하고 미친놈이라고 하는 거 아냐? 왜 그렇게 시니컬하게 인생을 사냐?"

이런 편한 분위기를 타서 나도 평소에 민수에게 묻고 싶었던 질문을 했다.

"몰라. 난 그렇게 살다 죽을래. 너나 잘해."

하지만 민수는 금방 뾰루퉁한 얼굴로 대답을 얼버무려버렸다.

"거봐. 너도 니 흉보면 싫어하잖아. 근데 왜 그렇게 설치고 남들 까대고 다니냐?"

나는 다시 한 번 민수를 쩔러보았다.

"몰라아! 성격이 삐뚤어져서 그렇다. 이제 됐냐? 뻔한 걸 묻냐? 원래부터 성격이 이 모양이었으니까 그렇지 이러고 싶어서 이러냐? 그러면 넌 왠 결벽증이 그렇게 심하냐?"

민수는 내 질문을 뿌리치고는 역으로 나에게 질문을 해왔다. 그런데 그 질문이라는 것이 내 허를 찌르는 것이어서 난 그만 당황하고 말았다. 민수는 알고 있었다. 내가 결벽증을 가지고 있다는 사실을……. 하긴 모를리가 없었다. 그렇게 심하게 티를 내고 다녔는데……. 하지만 여태껏 민수는 나에게 그런 내색을 한번도 한 적이 없었다.

"알고 있었냐? 그래, 사실이야. 왜 그런지는 몰르지만……. 그래도 집나와서 여기 저기 뒹굴다 보니 쪼끔은 나아졌어. 아니 쪼끔 타협을 했다고 해야 하나? 결벽증하고. 그건 그런 병이니까."

난 바닥을 보며 말을 이어나갔다. 굳이 숨기고 싶지 않았기 때문이었다.

"나 사람 두 명하고 경찰 죽였다."

그런데 상협이 옆에서 갑자기 이런 소리를 내뱉었다.

"뭐? 너 지금 뭐라고 했냐?"

민수가 못 들었다는 듯이 재차 물었다.

"나 사람 둘하고 경찰 죽였다. 성택이가 죽던 날. 그래서 형사들이 우리 학교에 들락날락거리며 날 귀찮게 한 거야. 내가 용의자였으니까. 하지만 물증이 없어 구속하지는 못 했지."

상협은 굳은 눈으로 짧고 강하게 말했다.

난 갑작스런 충격에 말을 잇지 못했다. 사실 예전부터 상협이 사람을 죽였다는 소문을 듣기는 했지만 설마 그게 사실일 줄은 생각도 못했던 일이었다. 이미 오래 전에 잊혀져 있었던 그에 대한 소문들이 다시 되살아나기 시작했다. 상협의 친구 성택이 죽던 날, 그와 함께 레이스를 펼쳤던 두 명의 바이커를 죽이고 그를 뒤쫓던 경찰까지 죽였다는 소문은 사실이었던 것이었다.

"언젠간 말하려고 했다. 너희들에게……. 그리고 지금이 딱 좋은 타이밍이라고 생각했다. 나 사실 그때 경찰에게 빼앗았던 총을 가지고 있어."

상협은 우리를 보며 계속 충격적인 말들을 이어 나갔다.

"괘……괜찮아. 우린 언제까지나 니 편이잖아. 그리고 남자는 누구나 가슴에 총을 품고 싶은 욕망이 있는 거야."

민수가 애써 상황을 정리하며 상협에게 말했다.

"그래. 난 가슴에 총을 품고 싶어. 그리고 그 총을 뽑아 내 머리를 날려버리고 싶어. 내 이 지겨운 몸뚱이를 총으로 날려버리고 싶단 말야!"

하지만 상협의 불안한 움직임을 멈출 줄 몰랐다.

"정리할 시간을 갖자. 정리할…… 시간이 필요해."

난 상협과 민수의 어깨를 잡으며 말했다. 그 이후 오랜 시간동안 우리는 바위에 앉아 나름대로 머릿속을 정리하기 시작했다. 하지만 난 왜 갑자기 상협이 그런 말을 불쑥 꺼냈는지 이해할 수가 없었고, 그의 말이 사실이라는 것도 이해할 수가 없었다. 내가 아는 상협은 그다지 난폭한 사람이 아니었다. 그런데 지금의 상협은 내가 아는 사람과 전혀 다른 사람 같았다. 갑자기 상협이 낯설어 보이기 시작했다. 지킬박사와 하이드처럼 내가 아는 그와는 전혀 다른 모습의 또 다른 그가 존재하는 것 같았다.

갑자기 창백하도록 시린 하늘에 새 한 마리가 날카로운 직선을 그리며 저 멀리로 날아갔다.

"실은 밤마다 악몽을 꾼다. 그 날의, 그 장소가 생각나. 나의 어리석음으로 인해서 얼마나 많은 것들이 파멸되어야했나를 생각한다. 세 가정의 부모들이 자식을 잃어버렸고 한 가정의 부인과 아이들이 가장을 잃어버렸다. 실은 그날 아버지와 대판 싸워서 집을 나와버렸어. 그래서 기분 내키는 대로 오토바이를 몰았던 거야. 그런데 이렇게 돼버릴 줄 몰랐어. 나 때문에 많은 사람들이 고통을 당해야 했어. 그런데 결국 나만 살아남은 거야. 시간을 돌릴 수는 없더라. 아무리 후회해도 너무 늦어버린 것 같았어. 잊혀지지도 않는다. 이대로 멈춰버렸으면 좋겠다."

어느 새 상협은 눈물을 흘리고 있었다. 진짜 남자가 흘리는 눈물이었다. 나같이 나약한 사람이 힘에 부쳐 흘리는 눈물과는 다른……. 상협의 꼭 쥔 두 주먹이 부들 부들 떨리고 있었고 질끈 감긴 눈에서는 눈물이 후회처럼 흐르고 있었다.

"그만해. 시간이 해결해 줄꺼야. 시간이……. 영원할 것 같은 아픔도 시간이 흐르면 지워져 가는 거야. 일부러 지우려 애쓰지마. 더 힘겨워 보인다. 그냥 시간에 기대어 흘려버려. 참다보면 잊을 수 있을 꺼야. 너 혹시 닌자의 뜻을 아니? 일본 전국시대의 닌자말야. 닌자는 참을 인(忍)에 사람 자(者)자를 쓴다. 닌자(忍者). 마음

(心)에 칼(刀)을 품고 참는 사람이란 뜻이다. 그래서 닌자는 눈앞에서 자기 아이가 죽어 넘어지는걸 보고도 달려나가지 않는데. 다만 참고 있을 뿐. 난 처음부터 니가 닌자같은 사람이라고 생각해왔었다. 어떤 일이 닥쳐도 참아내고 이겨내는……. 그러니까 참고 또 참아라. 그러면 지워질 꺼다. 분명히."

민수가 상협의 어깨를 누르며 말했다.

"그러냐? 이상한 일이군. 내가 그 날 탔던 오토바이도 이름이 닌자였다. 내가 가장 좋아하는 기종이었지. 참는다……. 참는다고? 그래. 생각해보면 니 말대로 난 그 동안 마음에 칼을 품고 참아왔는지도 모른다. 하지만 그게 얼마나 힘겨운 건지 아니? 칼이 마음을 찌를 때마다 얼마나 고통스러운 시간들을 보내야 했는 줄 아니?"

상협이 목소리를 가다듬으며 낮게 말했다.

"너니까 견뎌온 거야, 너니까. 닌자는 아무나 될 수 없잖아. 넌 앞으로도 잘 참아낼꺼다. 난 널 믿어."

민수는 상협을 보며 싱긋이 웃어 보였다.

"그래. 시간이 좀 흐르면……."

상협이 땅에 있는 돌멩이를 차며 말했다.

중원사에서의 시간이 흐르는 동안 우리는 많이 건강해져 갔다.

그러나 우리는 그런 평화로운 시간이 오래 가지 않을 것임을 알고 있었다. 우리는 운동도 할 겸 곧 내려가게 될 속세에 대한 적응도 할 겸 읍내로 나가게 되었다. 걸어서 마을까지 내려가 버스를 타고 간 읍내는 서울의 달동네보다도 작고 볼품없었지만 산속에 비하면 사치스럽기 짝이 없는 곳이었다.

나는 그곳에서 스님이 특별히 주신 만원으로 민수, 상협과 이리저리 굴러다니며 군것질을 했다. 그런데 길에서 호빵을 먹다가 나는 우연히 공중전화를 발견하고는 내가 지난 한 달 동안 PCS메시지를 확인하지 않은 것을 생각해내었다. 그래서 나는 동전을 넣고는 음성메시지를 확인하기 시작했다.

"첫 번째 메시지입니다."

그런데 나는 그 순간 처음으로 들려오는 웬 낯선 남자의 목소리에 그만 수화기를 놓치고 말았다.

"야! 너 왜 그래? 무슨 일 있니?"

민수가 멍하니 서 있는 나를 보고 물었다. 하지만 나는 입이 떨어지지 않아 아무 말도 하지 못하고 다만 몸을 부들부들 떨 뿐이었다.

"왜 그래? 무슨 일 있구나, 너. 음성 사서함에 뭐라고 메시지가 남겨져 있는데?"

나의 이상함을 발견한 민수와 상협이 내 쪽으로 다가오며 물었다.

"당장 가자. 서울로."

나는 겨우 입을 떼어 말했다.

"왜 그러는데?"

민수가 공중에 대롱대롱 매달려 있는 수화기를 들어 메시지 반복 청취 버튼을 누르며 말했다. 하지만 곧 수화기에서 민수의 질문에 대한 답이 흘러나왔기 때문에 민수 역시 입을 다물지 못하고 놀란 눈으로 나를 쳐다볼 뿐이었다.

9
사라져 버린 미래

"야! 너 진짜 확실한 거지?"

"아! 그래. 내가 처음 찍은 이후로 보름동안 뒤따라 다녔다니까!"

"너, 그러다 만약 좆되면 어떡할려구?"

"씨발. 너 쟤보면 그런 생각 싹 달아날걸? 내가 처음 쟤 보았을 때 천사 본 줄 알았어! 진짜 예뻐! 진짜!"

"후우~~! 그렇단 말이지. 좋아! 들어가자!"

한겨울의 삭풍이 부는 달동네의 한 판자집에 두 사내가 성큼 성큼 들어가고 있었다.

"누, 누구세요? 아악!"

허름한 문을 밀치고 들어간 두 사내는 방안에서 혼자 공부를 하고 있던 한 소녀를 순식간에 잡아밀쳤다. 소녀는 저항할 틈도 없이 방바닥으로 벌렁 드러누웠다.

"누구세요? 왜 이러세요?"

너무나 당황한 소녀는 어쩔 바를 몰라 커다란 눈에 두려움을 가득 담고 사내들을 바라보기만 할 뿐이었다.

"씨발년아. 몰라서 묻냐? 괜히 지랄하다가 뒈지지 말고 순순히
벌려!"

짧은 머리에 노랗게 물을 들인 사내가 소녀에게 달려들며 말했
다.

"안돼요, 제발. 다른 건 다 되지만 그것만은 가져가지 마세요."

소녀는 일어나려고 발버둥을 치며 사내에게 애원했다.

"안되긴 뭐가 안돼, 씨발년아! 지랄하지마!"

하지만 사내는 막무가내로, 일어나려는 소녀를 넘어뜨리며 말했
다.

"제발, 제발요. 다른 건 다 가져가도 되니까 그것만은. 그것만은
하지 마세요. 제발 부탁이에요. 그건 제가 가진 전부예요. 제에
발!"

소녀는 흐느끼며 사내에게 애원했다. 하지만 사내의 손은 멈추
지 않았다.

"씨발년아 니네 집에 가져갈 게 어딨다고 지랄이야! 다 쓰러져
가는 집구석에서 혼자 살면서! 넌 몸밖에 없으니까 그걸로 때워
라! 이런 집구석에서 널 낳은 니 아비가 개새끼지. 이런데 살면서
순결을 지키겠다고 생각한 것부터가 잘못이야!"

사내의 손은 소녀의 치마 속으로 들어가 스타킹을 벗기고 있었
다.

"절 좀 불쌍하게 여겨주세요! 아저씨 말대로 평생 가난하게 살
았어요! 하지만 그러면서도 순결 하나만은 지켜왔어요! 그러니까
한번만 봐주세요!"

"자꾸 조잘대지마!"

소녀의 눈물 어린 애원에 마음이 흔들리던 사내는 그만 소녀를
향해 주먹을 날렸다.

"아악!"

사내의 우악스러운 주먹에 소녀는 그만 바닥에 쓰러지고 말았다.

"씨발년, 지만 공준줄 아나! 어디서 순결이고 나발이고 잘난 체야! 나야 처녀면 더 좋지! 안 그래?"

사내는 뒤에서 차례를 기다리고 있는 검은 안경을 쓴 남자를 쳐다보며 말했다.

"야! 빨리빨리 해! 뒤에서 기다리다 죽겠다."

검은 안경은 노란 머리에게 빨리 하라고 재촉을 해댔다.

"아, 알았어!"

노란 머리의 사내가 소녀의 블라우스로 손을 가져가며 말했다.

"아, 아저씨! 제발요오~!"

그들이 말하는 사이 겨우 정신을 차리고 일어난 소녀가 눈물을 흘리며 애원을 했다.

"넌 내가 누군지 아직 모르는 모양인데 나는 하지 말라고 하면 더 하는 새끼야! 개새끼라고!"

사내는 이렇게 외치며 소녀의 여린 뱃가죽을 닥치는 대로 쳐 엎어버렸다. 소녀는 배를 움켜쥐고 나뒹굴었지만 그나마 사내의 손에 잡혀 몸도 웅크리지도 못하고 있었다.

"야! 이 년 죽이네! 씨발년아, 주사기 찌르고 좀 있으면 너도 재밌어질꺼야!"

사내는 이렇게 말하며 소녀의 블라우스를 확 찢어버렸다. 소녀의 희디 흰 살이 밖으로 드러났다.

"야! 씨발 이거 물건이네! 아. 비디오 있으면 찍어서 팔면 좋은데. 에이 다음에 찍지 뭐."

사내는 소녀의 계속되는 절규에도 아랑곳하지 않고 계속 옷을 벗기며 말했다.

블라우스가 떨어져나간 뒤 소녀의 스커트가 들어올려졌고 곧이

이겨버리고도 싫어하는 존재이기 때문이었다. 그렇게 사내는 찡그린 소녀의 얼굴을 핥으며 변태적인 욕망을 충족시키고 있었던 것이다.

더 이상 발버둥조차 치지 못한 채 입술만 깨물고 있던 소녀의 몸 위로 사내의 흔적이 남겨질 때마다 소녀는 쓰라린 고통과 굴욕을 느끼며 눈을 감고 있었지만 더 이상 그녀가 할 수 있는 것은 없었다.

이윽고 욕망을 충족시킨 사내의 몸이 소녀의 몸위로 쏟아져 내렸다. 사내는 소녀를 끌어안고 입을 맞추려고 했지만 소녀는 얼굴을 돌려 그의 얼굴을 피하는 것조차 힘이 들었다.

소녀의 다리 사이에서는 처음으로 남자를 맞아 흘리는 피가 계속 나오고 있었지만 지쳐버린 소녀는 다만 넋을 잃고 천장만 올려다 볼 뿐이었다.

"야! 너 씨발 진짜 처녀였구나. 하지만 너무 원망하지마라. 그게 없다고 세상이 어떻게 되는 건 아니니까. 언젠가는 사라질꺼였잖아. 상대가 나인 것을 감사하게 생각하라구."

노란 머리 사내는 정욕을 충족해 격한 감정이 수그러들었기 때문에 담배를 한 대 피워 물며 약간 미안하다는 말투로 이렇게 말했다. 하지만 소녀의 귀에는 그 어떤 말도 제대로 들리지 않았다. 노란 머리 사내는 허탈하고 씁쓸한 얼굴로 일말의 양심을 내비쳤지만 그것이 그의 행동을 정당화시켜 주지는 못했다.

"야! 씨발 다 했으면 나와! 미치겠잖아!"

게다가 그 이외에도 욕망에 미친 이가 한 명 더 있었다. 검은 안경의 사내는 노란 머리를 밀치고 소녀 위에 올라탔다. 소녀는 무의식중에 허공에 손을 휘저으며 저항을 해보았지만 짐승같은 남자들의 욕망 앞에서는 이미 아무런 힘이 없는 것이나 마찬가지였다.

검은 안경도 노란 머리와 똑같은 행동을 했고 눈물도 말라버린 소녀는 목이 메어 소리도 지르지 못한 채 켁켁거리기만 할 뿐이었다.

그들은 욕정이 다 하자 소녀를 방구석에 팽개쳐 버리고 소주를 사와 나눠 마시기 시작했다. 그리고 가끔씩 소녀를 힐끔 힐끔 바라보며 뭐라고 지껄여댔다. 그러나 소녀의 귀에는 멍한 울림만이 들릴 뿐이었다. 소녀는 넋이 나간 얼굴로 옷도 입지 않은 채 벽을 바라다보고 있었다. 온 몸이 쑤시고 아팠고 다리에서는 피가 계속 흘러나왔지만 몸에서 뼈가 사라져 버린 것처럼 아무런 힘이 없어 소녀는 그저 눈물만 흘리고 있을 뿐이었다.

사내들은 마음놓고 그곳에 앉아 계속 술을 마시다가 마음이 내키면 다시 소녀를 범했다. 소녀는 이미 영혼이 나가버린 사람처럼 그들의 폭력 앞에서 아무런 반응을 보이지 않았다. 하지만 그들의 몸이 소녀의 몸 위에서 격렬히 움직이기 시작하자 온 몸을 떨며 헛구역질을 해댔다. 사내들은 퀭하게 변해버린 소녀의 초점 없는 눈빛이 두려워지기 시작했지만 욕망의 파도에 밀려 그런 두려움은 금새 사라지고 말았다.

그곳에서 잠까지 자던 사내들은 점심이 되어서야 비로소 그 방을 나섰다. 하지만 소녀는 여전히 움직이지 않고 있었다. 오후가 되고 해가 져도 소녀는 옷도 입지 않고 방에 흘러내린 피도 닦지 않았다. 소녀는 석고상처럼 굳어 움직이지 않은 채 천장만 바라보고 있었다.

며칠 후 사내들은 다시 소녀의 집을 찾았다. 소녀가 신고를 했다면 자신들이 위험하다는 것을 알고 있는 그들이었지만 이미 아무도 없는 집인데다가 소녀의 향기를 잊지 못했기 때문에 그들의 발길은 자연스러웠다.

그 후 그들은 마약에 중독된 사람들처럼 겁도 없이 계속 소녀를 찾았고 소녀는 매일 매일 힘겹게 그들을 받아내었다. 그러던 어느 날 소녀는 자신의 몸에 이상이 생긴 것을 알게되었다.

소녀는 사내들의 씨를 배게 된 것이었다.

"여기 중환자실이 어딥니까?"

우리는 중앙의료원 정문을 밀치고 로비 안으로 뛰어들며 안내원에게 물었다.

"예. 밖으로 나가셔서 왼쪽으로 가시면 본관 옆에 따로 붙어 있는 건물입니다."

안내원은 우리의 다급함에 상관하지 않고 상냥하고 침착한 목소리로 말했다. 우리는 다시 문 밖으로 뛰어나가 중환자실로 향했다.

"여기 윤미래라는 환자 있습니까?"

나는 문을 여는 동시에 접수처 직원에게 빠른 목소리로 물어보았다.

"예? 윤미래씨요? 잠깐만요. 음. 아! 여기 308호 실로 가보세요."

이 사람 역시 아주 사무적인 말투로 간단히 대답했다. 이 말을 듣자 가장 먼저 아저씨가 잰 걸음으로 뒤뚱 뒤뚱 계단을 오르기 시작했고 우리가 그 뒤를 따랐다.

"미, 미래야!"

문을 열고 들어가자 6개의 침대 중 가운데에 누워있는 미래의 모습이 눈에 들어왔다. 중환자실에 산소호흡기를 하고 있는 미래를 바라보며 아저씨가 앞으로 달려나가려고 했지만 민수가 아저씨를 붙잡으며 더러운 몸으로 만지면 세균감염이 될지도 모른다고 말해 아저씨는 미래를 만져보지도 못하고 발만 동동 구르고 있었다.

미래는 창백한 얼굴로 침대 위에 누워 있었는데 숨도 쉬지 않는 것처럼 아무런 움직임이 없었다. 눈도, 입도, 팔도 모두 다 죽은 사람처럼 미동도 하고 있지 않는 미래는 잠을 자고 있다고 생각하기엔 너무나 파리한 얼굴을 하고 있었다.

"윤미래씨 보호자 되십니까?"

어느새 뒤에서 레지던트로 보이는 의사 한 명이 다가와 우리에게 물었다.

"예, 예. 제가 미래 아부지 되는 사람인디유. 근디 무슨 일로 우리 미래가 저 모양이 되었시유?"

아저씨는 구세주를 만난 것처럼 떨리는 목소리로 레지던트의 팔을 붙잡으며 물었다.

"음독자살입니다. WHO 1a나 1b 정도의 강한 독성을 가진 농약을 먹고 자살을 시도하신 것 같습니다."

레지던트는 진찰기록표를 보며 차분한 목소리로 말했다. 늘상하는 일인데다가 의사까지 흥분하면 일이 더 꼬이기 때문에 그런 줄은 알았지만 레지던트의 지나친 차가움은 나를 화나게 했다. 아니, 사실 난 지금 이 세상 모든 것에 대해 화가 나 있는지도 몰랐다.

"아니 우리 미래가 왜 자살을 했단 말이어유?"

아저씨는 레지던트를 보며 애원하는 목소리로 말했다.

"강간에 의한 충격 같습니다. 검사 결과 임신 사실이 확인되었습니다."

의사는 안경을 치켜올리며 역시 의례적인 목소리로 말했다.

"가, 가앙간이유? 도대체 어떤 새끼가 우리 미래를. 어이구. 미래야."

아저씨는 할 말을 제대로 찾지 못해 횡설수설하며 시선을 어디다 둘지 모르고 있었다. 나 역시 순간 너무나 당황해 머리가 아찔해져 벽을 잡고 눈을 감았다. 강간이라니……. 미래가…….

"상태는 어떻습니까?"

정신을 제대로 차리지 못하고 있는 아저씨를 대신해 상협이 물었다.

"예. 음독 후 상당 시간이 지난 뒤에 발견된 데다가 WHO 1급계라서 치료가 어렵습니다. 일단 알콜 피부세척과 안구세척, 위세척을 실시하였지만 경과가 좋지 않습니다. 빠른 시간 안에 장세척과 혈액투석을 해야 합니다. 수액투여와 수혈, 산소주입 등 가능한 모든 방법을 사용하여야 합니다. 현재 사건 후 이미 48시간이 넘은 상태이므로 적어도 6시간 안에 시술을 하지 않으면 환자는 사망하게 됩니다."

레지던트는 의사 특유의 차가운 표정을 지으며 말했다.

"그러면 빨리 해주세요!"

나는 어지러운 정신을 가라앉히며 가까스로 입을 열어 말했다.

"일단 의료보험증을 가지고 가셔서 수납을 하시고 오세요. 혈액투석은 의료보험 혜택을 적용받지 못합니다."

의사는 점점 귀찮다는듯한 목소리를 내고 있었다.

"뭐예요? 그러면 접수가 안 되서 약을 먹은 환자를 며칠동안 그냥 방치해 두었단 말이에요?"

뒤에서 갑자기 민수가 언성을 높이며 말했다.

"방치해 두지 않았습니다. 다만 심도 있는 치료는 제 마음대로 할 수가 없는 것이기 때문에 신원이 확보될 때까지 기다렸던 겁니다. 이 정도 치료만 해준 것도 저희로서는 상당한 부담이 따르는 것이었습니다."

의사는 우리가 은혜를 모르고 대드는 사람들이라는 식으로 말을 했다.

"뭐라구요? 당신은 피도 눈물도 없습니까? 어린 소녀가 죽어가는데 최선을 다하지 않는다는 게 말이 됩니까?"

민수의 억양은 점점 더 올라가기 시작했다.

"그만해라. 중환자실인데. 싸워봤자 우리만 손해다. 빨리 접수하자."

상협이 민수를 말리며 말했다.

"아저씨는 빨리 접수하시고요, 의사 선생님은 빨리 수술 준비해주세요."

나는 머릿속이 너무나 혼란스러웠지만 일단 미래를 살리는 것이 급했기 때문에 애써 정신을 차리고 말했다. 음독을 했건 강간을 당했건 미래는 미래였기 때문이었다.

우리는 정신없이 계단을 내려가 다시 접수처로 향했다.

"저기. 윤미래 환자 수속 밟으려고 왔는데요. 그리고 수술문제도 같이 처리해 주세요."

충격을 받은 나와 아저씨를 대신해 민수가 직원에게 말했다.

"예. 일단 의료보험증하고 주민등록증하고 먼저 주세요. 그리고 이거 한 장 써주시고요."

접수처 직원은 민수에게 흰 종이 한 장을 내밀며 말했다.

"아저씨 이거 쓰래요. 그리고 주민등록증하고 의료보험증 주세요."

민수는 아저씨에게 이렇게 말하며 종이를 내밀었지만 아저씨는 계속 땅만 쳐다보고 있었다.

"아저씨, 아저씨가 충격받은 건 잘 알겠지만 그래도 일단은 최선을 다 해야죠. 미래가 죽은 것도 아니잖아요. 막말로 미래가 이대로 있다가 죽으면 어쩌실려구 그래요?"

"그게 아니고 의료보험증이 없어. 주민등록증도 없고. 게다가 주거도 일정치 않고 무직에다가 재산도 하나도 없어."

아저씨는 침울한 목소리로 말했고 우리 역시 답답한 마음을 감출 수가 없었다. 모두 너무나 당황한 나머지 아저씨의 현실을 잊고 있었던 것이다.

"수, 수술비가 얼마나 드냐?"

내가 민수에게 물었다. 민수는 잠시 접수처에 가더니 직원에게 뭐라고 말을 했다. 그리곤 잠시 뒤에 돌아와 의료보험증이 없으면 입원비랑 치료비까지 합해 1,660만원이 든다고 말했다.

"가자."

내가 상협과 민수에게 말했다.

"어딜 가게?"

민수는 맥없는 목소리로 나에게 물었다.

"돈 구하러 가야 될꺼 아냐!"

나는 감정을 억누르지 못하고 민수에게 버럭 소리를 지르며 말했다.

"어디서 그 큰돈을 구하게?"

민수도 화가 났는지 나에게 소리를 질렀다.

"할아버지!"

난 짜증이 난 목소리로 말하고는 자리에서 홱 일어났다.

"뭐?"

민수가 의아한 표정을 지으며 물었다.

"그럼 어떡해? 거기라도 가보는 수밖에……."

나는 금방 풀이 죽어 말꼬리를 내리며 말했다. 사실 지금 이 순간 생각나는 사람이 할아버지밖에는 없다는 것이 내 자신도 한심스러운 일이었지만 앉아서 미래가 죽기만 기다리는 것보다는 나았다.

"가자. 가자고!"

나는 상협의 팔을 붙잡으며 소리쳤다.

"민수, 너는 여기 남아서 될 수 있는 대로 빨리 미래 혈액투석인지 개나발인지 그런 거 시켜!"

나는 상협과 함께 후다닥 밖으로 나가며 민수에게 소리쳤다.

밖으로 달려나간 상협이 길에 세워 놓은 오토바이의 전선을 뽑아 시동을 걸었고 우리는 전속력으로 합정동을 향해 달렸다. 결국 상협의 도움으로 우리는 40분만에 동교동에 있는 할아버지 댁에 다다를 수 있었다.

"할아버지 어디 있어요?"

나는 현관문을 열자마자 안으로 뛰어들며 할아버지부터 찾았다.

"니가 이 시간에 웬일이냐?"

그러자 때마침 할아버지가 안방 문을 열고 천천히 나오시며 나에게 물으셨다.

"할아버지!"

할아버지를 보자 내 얼굴에 안도의 웃음이 번졌다. 세월이 많이 흘렀지만 할아버지는 언제나 내게 커다란 산 같은 분이셨기 때문이었다.

"너 꼴이 그게 뭐냐? 어디서 뭘 하다 온 게냐?"

할아버지는 천천히 거실로 걸어나와 의자에 앉으시며 물으셨다. 아직도 아버지와 사이가 좋지 않아 내 소식을 잘 모르시는 모양이었다. 사실 정치가이신 할아버지와 달리 아버지가 사업가의 길을 걸으시면서 두 분은 점점 의견 차이 때문에 사이가 벌어지게 되었고 급기야는 명절 때만 찾아오는 사이가 되어버린 것이다.

"예. 좀 급한 일이 있어서……."

나는 할아버지 앞에 털썩 앉으며 말했다.

"니가 급하다는 소릴하는 걸 보니 급하긴 급한 모양이구나."

할아버지는 나의 눈을 뚫어지게 쳐다보시며 말씀하셨다.

"예. 실은 지금 정말로 급한 일이 있는데 2,000만원만 빌려주세요. 죄송합니다."

나는 나의 소신을 말하기 위해 땅으로 고개를 떨구지 않고 할아버지를 똑바로 쳐다보며 단도직입적으로 말했다.

"헛! 헛! 녀석. 물러터진 줄 알았더니 그 새 기백이 좀 늘었구나. 그래 어디다 쓰려고 그러느냐?"

할아버지는 주름진 얼굴에 미소를 띄우시며 말씀하셨다.

"제가 더 큰 사람이 되는데 쓰려고 합니다."

나는 주저하지 않고 소신껏 대답을 했다.

"허허. 내 손주가 큰 사람이 되는데 겨우 2,000만원 밖에 필요하지 않다고? 그것 참 남는 장사가 아닐 수 없구나. 그래. 투자가치가 충분한 것이로고. 여이. 아줌마. 우리 오월이한테 현금으로 2,000만원만 내주구려."

할아버지는 웃음이 가득하신 얼굴로 내 눈동자를 읽고 계셨다.

나는 할아버지에게 돈을 받아 후다닥 밖으로 뛰쳐나왔다. 지체할 시간이 조금도 없었기 때문이었다. 밖에서 시동을 켜고 기다리고 있던 오토바이에 재빨리 올라타자 상협은 그대로 핸들을 땡겨 앞으로 미끄러져 나갔다.

다시 병원에 도착했을 때는 이미 병원이 문을 닫은 뒤였다. 하지만 우리는 포기하지 않고 중환자실로 뛰어 들어갔다.

"야! 돈 여기 있어! 수술해!"

난 수납대로 뛰어들어가 돈을 쏟아 부으며 말했다.

"죄송하지만 이미 선생님들이 퇴근하신 후라서…… 잠깐만요. 일직 하시는 분 중에 시간이 되시는 분 알아볼께요."

수납원이 이렇게 말하며 전화를 거는 사이 나는 그 동안 뭘 했냐며 민수를 다그쳤다. 정말로 후회는 남기고 싶지 않았다. 지혜를 떠나보내며 후회했던 것처럼 미래를 저 세상으로 보내며 후회하고 싶지는 않았다.

대기실에 앉아 초조하게 의사를 기다리며 난 여러 가지 생각을 했다. 미래와의 기억도 생각해 보았고 지금 일어난 일들에 대해서 나름대로 정리도 해보았다. 하지만 미래가 강간을 당해 임신을 했고 그래서 음독 자살을 했다는 그 평범하고 간단한 이야기가 왠지 너무나 복잡하고 혼란스럽게 느껴졌다. 아무리 그것을 인식하려고 해도 현실로 받아들여지지 않았다.

나는 산다는 것이 무엇인가를 계속 잃어 가는 것이라는 사실을 또 다시 깨달아야했다. 세월이 지나면 소중한 것은 바스러져 버리고 순결한 것은 더러워져 버린다고 생각하지 않을 수 없었다. 그 소중한 것이 바스라지지 않게 하려면 도대체 얼마나 많은 눈물이 필요한 것인지 알 수가 없었다. 난 또다시 실패하고 싶지는 않았지만 자꾸만 실패할 것 같은 불길한 예감이 들었다. 왠지 모르게 난 또 하나의 별을 잃어버리고는 곧 체념할 것 같았다.

"윤미래씨 수술 들어갑니다."

이런 생각들을 하며 푹 꺾여 있던 나의 고개는 스피커에서 나오는 미래가 수술을 한다는 소리에 번쩍 치켜져 올라갔다.

수술실로 들어간 미래는 1시간이 지나도 나오지 않았다. 게다가 수술을 아까 그 레지던트가 집도하고 있었기 때문에 나의 불안은 더욱 커져만 갔다. 베테랑 전문의를 투입해도 시원치 않을 판에 무성의하고 냉소적인 햇병아리 레지던트가 수술을 하고 있으니 불안하지 않을 리가 없었다. 아저씨는 아까부터 고개를 푹 숙이고는 두 손을 모아 깍지를 끼고는 누군가에게 기도를 하고 있었다. 예전부터 무교(無敎)여서 절에서도 법당에 삼배(三拜) 한번 올린 적 없는 아저씨였기에 기도하는 모습이 더 안쓰러워 보였다.

시간은 너무도 느리게 흘러 쳐다보고 쳐다보아도 분침은 언제나 제자리였다. 나는 피우지도 못하는 담배를 한 대 피워 물고는 몇 모금 빨아보았지만 쓴맛조차 느껴지지 않았다. 결국 난 손이 너무나 떨려 잡고 있던 담배를 바닥에 떨어뜨려 버렸다. 절에서 배운 단전호흡을 해봐도 제대로 되지 않았고 명상을 하려 눈을 감아도 병원침대에 누워있는 창백한 미래의 얼굴만이 떠오를 뿐이었다.

"제길. 개새끼! 뭘 하는데 이렇게 오래 걸리는 거야."

"의사 욕하지 마라. 부정탄다. 이제 그 사람 손에 미래의 운명이 달려있잖아."

민수의 투덜거림을 상협이 나무랐다.

"그 새끼를 믿느니 차라리 내 손으로 수술하겠다."

"그만 하래도. 우리도 잘한 것 없다. 미래가 그 짝이 되도록 혼자 내버려뒀으니…… . 어린 여자애 혼자 허름한 단칸방에 두겠다는 생각부터가 잘못 된 거였어."

상협이 한숨을 쉬며 말했다.

사실 상협의 말이 맞았다. 난 미래를 지켜주겠다고 약속해놓고는 미래를 혼자 두었다. 미래 집 근처를 지날 때도 초라한 모습을 보여주기 싫다며 미래가 어떻게 지내는지 알아보지도 않았다. 서울역 집회다, 서울대 투쟁이다, 절에서 수양이다, 별 지랄을 다 하면서도 미래에게는 편지 한 장 쓰지 않았다. 결국 내가 미래를 저렇게 만들어 버린 것이었다. 나는 미래의 운명을 논할 자격이 없는 사람이었다. 나는 의사의 냉혈함을 비난할 자격이 없는 사람이었다. 나는 너무나 이기적인 놈이었다.

하지만 미래가 다시 살아난다면 그땐 정말로 잘 해주고 싶었다. 미래가 다시 살아난다면 예전에 지혜를 만날 때처럼 나 다시 열심히 할 수 있을 것 같았다. 미래만 살아난다면 다시 집으로 돌아가 미래에게 부끄럽지 않은 사람이 될 수 있을 것 같았다. 미래만 살아난다면 정말로 괜찮은 남자가 되어 미래에게 청혼을 하고 싶었다. 평생을 미래와 함께 하며 지켜주고 싶었다. 주위의 그 어떤 것이 우리를 힘들게 해도 미래만 있다면 정말로 잘 할 수 있을 것 같았다.

그때부터 나는 눈을 감고 미친듯이 기도를 하기 시작했다. 하늘을 바라보며 나의 죄를 참회하고 다시는 그러지 않겠다고 나는 빌기 시작했다. 미래만 살아난다면, 미래만 살아난다면 정말로 미래를 사랑하겠다고 아껴주겠다고 나는 눈물을 흘리며 참회를 했다. 평생 처음 만났던 그 모습 그대로 지켜주겠다고 다짐했다. 그렇게, 그렇게 난 병원 복도에 꿇어앉아 창문을 보며 기도를 했다.

시간은 느리게 흐르고 있었지만 멈춘 것은 아니었다. 이윽고 2시간쯤 지나자 수술실의 문이 열리고 레지던트가 마스트를 벗으며 걸어나왔다. 그는 피가 뚝뚝 떨어지는 장갑도 벗지 않은 상태였고 옷에도 미래의 소중한 피가 묻어있었다.

우리는 일제히 일어나 의사의 입만 뚫어지게 쳐다보고 있었다.

"죄송합니다. 너무 늦어서 어쩔 수가 없었습니다. 독이 이미 전신으로 퍼진지 10시간 이상이 경과했기 때문에……."

의사는 이 몇 마디만 간단히 남기고 뒤를 돌아 다시 수술실로 들어갔다.

순간 나는 다리에 힘이 풀려 자리에 주저앉고 말았다. 이렇게 쉽게 끝날 수 있다는 사실이 믿기지 않았다. 저 병신같은 새끼의 말 몇 마디로 미래를 영원히 다시 볼 수 없다는 것이 도무지 이해할 수가 없었다.

"야! 진짜냐? 저 새끼 장난까는 거지? 저 새끼 개새끼다. 그치? 씨발 장난칠게 있고 안 칠게 있지……. 저 새끼 개새끼다. 그치?"

나는 그 자리에 쓰러져 민수를 쳐다보며 이렇게 물어보았지만 민수는 아무런 대답도 하지 않았다.

"왜 그러냐? 너희들 지금 저 새끼 말이 진짜라고 생각하는 거냐? 아냐. 저 새끼 개새끼잖아. 저 새끼 처음부터 개새끼였잖아. 저거 구라야. 내가 얼마나 간절하게 원했는데. 아냐. 그럴리 없어."

하지만 왠지 모르게 눈에서 눈물이 미친듯이 솟아올라 참을 수가 없었다.

"씨발. 내가 왜 울지? 미래 안 죽었는데 내가 왜 울지?"

이런 말을 하는 내 눈에서는 눈물이 하염없이 흘러내렸다. 아까 기도를 하며 눈물을 너무 많이 흘려 이제 더 이상 흘릴 눈물이 없을 줄 알았는데 이상하게 눈물이 계속 흘러내렸다. 아무래도 내 정성이 부족해 눈물이 남아있는 모양이었다. 내가 아직도 흘릴 눈물을 남겨놓았기 때문에 미래가 죽은 것 같았다.

"씨발. 아냐, 그럴리 없어. 미래의 영혼이 떠나가는데 내가 느끼지 못할 리 없어. 미래는 아직 죽지 않은 거야."

나는 머리를 양쪽으로 휙휙 흔들어 머릿속에 떠오르는 불길한 생각들을 지우려 애썼다. 내게는 아직도 미래가 죽었다는 것이 현실이 아니었기 때문이었다.

아저씨는 한동안 식물인간처럼 멍하니 앉아있다가 눈물도 흘릴 자격이 있는 사람만 흘릴 수 있는 것이라는 말만 되풀이하며 어디론가 걸어가 버렸다. 투박하고 상처 많은 거친 손을 아래로 추욱 늘어뜨리고 낡은 운동화를 질질 끌며 걸어가는 그 뒷모습은 너무나 슬퍼 보였다. 그 슬픈 뒷모습을 보자 비로소 한 아버지가 자식을 잃었다는 것이, 한 소년이 지키고 싶었던 소녀를 잃었다는 것이 현실로 다가오기 시작했다.

내 머릿속에는 갑자기 미래의 모든 영상들이 되살아나 나를, 나의 가슴을 찔러대기 시작했다. 신촌에서 처음 만났을 때의 그 해맑은 미소부터 병원에 누워있던 그 창백한 모습까지 그 모든 것이 나를 괴롭혔다.

나는 술에 취해 나가떨어진 사람처럼 정신없이 바닥에 널부러져 버렸다. 갑자기 내 몸이 병원 바닥을 뚫고 아래로 침전하고 있는 것처럼 느껴졌다. 온 몸이 오싹해지며 끝없이 아래로 아래로 침전하고 있었다. 등골이 서늘해지며 심장 소리가 들려왔다. 아무래도 미래가 내 곁을 떠나며 작별인사를 하는 것 같았다. 멀리서 다가오는 미래의 모습을 보고 나는 이를 악물며 웃는 모습을 보이려 했지만 결국 찡그린 얼굴에 눈물 범벅이 된 모습을 보이고 말았다.

잠시 후 눈물이 마를 때쯤 담당 레지던트가 문을 열고 수술실 밖으로 나오고 있었다. 아마도 미래의 시신을 봉합하고 나오는 모양이었다. 나는 천천히 떨리는 발걸음으로 그에게 다가갔다. 그리고는 그 앞에 멈춰섰다. 민수와 상협도 자리를 털고 일어서 내 뒤편에 섰다. 레지던트는 날카로워 보이는 금테 안경을 쓰고 있었고 손에는 언제나처럼 차트를 하나 들고 있었으며 흔들리지 않는 얼굴을 하고 있었다. 그의 뒤에는 인턴으로 보이는 몇몇의 의사와 간호사들이 있었다.

"수술이 너무 늦었습니다. 뭐. 딱히 수술이라고 부를만한 것도 없었는데……. 일단 발견이 너무 늦었고 환자가 너무나 많은 양의 농약을 마셨습니다. 독성도 높은 것이었구요. 불가항력이었습니다. 애초부터 그다지 확률이 높지 않았고 수술동의서에 사인도 하셨으니까 어느정도 각오는 하고 계셨으리라고 생각됩니다. 혈액투석에 장세척, 위세척, 정맥주사, HIGH-FLUX HD, EDTA, PENICILLA MINE, 기계 호흡까지 현대의학으로 할 수 있는 치료는 모두 다 해봤지만 이미 늦었습니다. 죽으려고 작정을 하고 약을 먹었으니……. 최선을 다 했지만 어쨌든 죄송하게 됐습니다. 너무 상심하지 마십시오. 그리고 장례는 저희 병원에서 치르는 것이 좋습니다. 대개 그렇게 하구요. 그래서 시신은 내려보냈습니다. 경찰이 간단한 조사를 한다니까 협조해 주십시오."

날카로운 금테는 여전히 무덤덤한 목소리로 '치료는 다 해봤지만'과 '최선', 그리고 '저희 병원'이라는 말에 악센트를 넣어 말했다.

"당신 지금 거짓말 하고 있는 거지?"

내가 대뜸 금테에게 이렇게 물었다.

"죄송합니다. 저희도 여러분들이 충격 받은 것을 알고 있고 또 이해합니다. 하지만 이러시면 곤란합니다."

의사는 내 눈을 똑바로 쳐다보며 단호한 목소리로 말했다.

"너어, 솔직히 얘기해봐? 너 씨발 아까 우리가 꼬장부렸다고 구라치는 거지?"

나 역시 의사의 눈을 똑바로 쳐다보며 다시 물었다.

"당신같은 분들이 종종 있습니다. 아직 어려서 죽음을 현실로 받아들이지 못하지요. 하지만 시간이 지나면 괜찮을 겁니다. 그만 내려가세요."

의사는 금새 살기어린 눈을 풀며 말했다.

"너, 이 씹새끼야! 너 구라치는 거지?"

나는 갑자기 목소리의 톤을 올리며 따귀를 한 대 올려붙였다.

금테는 '억' 하는 소리를 내며 얼굴을 감쌌고 뒤에서 인턴들과 간호사들이 우리를 말리려고 했다. 하지만 금테가 손을 뒤로 뻗어 오지 말라고 손짓을 보냈기 때문에 그들은 그 자리에서 멈칫할 수 밖에 없었다.

"야! 너! 사람은 원래 죽기마련인 거야. 너만 특별한 척 하지마. 너 같으면 죽겠다고 자살한 놈을 한참 뒤에 데려다 놓고 살려내라고 하면 살려낼 수 있어? 인정할 건 인정해. 쟤는 지가 원해서 죽은 거야."

레지던트는 다시 눈에 독기를 품으며 힘을 주어 말했다.

"씹새끼야. 마지막으로 묻는다. 죽었어 안 죽었어? 안 죽었지?"

나는 어금니를 꽉 깨물고 입술 사이로 떨려나오는 파열음으로 물었다.

"죽었어. 완전히."

레지던트는 내가 한심하다는 말투로 내 질문을 밟아버렸다.

"씹새끼야! 구라치지마아아아!"

순간 나는 이렇게 외마디 소리를 지르고는 그 새끼의 뺨을 강하게 갈겼다. 순간 금테는 얼굴이 휙 돌아가 바닥에 내동댕이쳐졌다. 나는 쓰러진 그 새끼를 따라가 발로 찍어 차기 시작했다. 뒤에 서 있던 인턴들이 달려들기 시작했지만 민수와 상협이 그들을 막고 싸우기 시작했다.

"개새끼야! 죽었으면 니가 살려내! 씨발 새끼야! 니가 그렇게 만들었잖아!"

나는 미친듯이 울부짖으며 몸을 웅크린 금테를 밟아 지졌다. 그는 몸을 이리저리 돌리며 내 발을 피하려고 애쓰고 있었지만 나는 그의 몸을 따라 다니며 있는 힘을 다해 그를 구타했다. 그러나 그의 몸 위로 쏟아지는 그 수많은 발들이 내 것이 아닌 양 낯설게 느껴졌다. 마치 카메라로 찍은 발길질하는 장면을 영화관에서 보는 것처럼 내 발길질에서 현실감이 느껴지지 않았던 것이다.

"씹새끼야! 아까 그 당당하던 모습은 어디 갔어! 어디 또 그 주둥이 나불거려봐!"

그렇게 한참동안 녀석을 때리던 나는 결국 발길질을 멈추고 소리를 질렀다. 하지만 녀석은 여전히 몸을 웅크리고 부들 부들 떨기만 할 뿐 대답을 하지 않았다.

"씹새끼야! 얘기 안 하냐? 여기 너 도와줄 놈은 한 놈도 없어. 니 목숨은 니가 살려야지, 안 그래? 너도 미래짝 안 날리려면 대답해야지. 그럼."

나는 발끝으로 그의 몸뚱이를 앞으로 뒤집었다. 돌아선 그의 얼굴은 고통으로 찡그려져 있었고 얼굴은 코피로 범벅이 되어 있었다.

"어이구! 비강에 있는 모세혈관이 터졌구만. 이럴 땐 뭘 써야 빨리 낫죠? 의사양반?"

나는 이죽대는 목소리로 그에게 이렇게 말했다. 하지만 그는 아무런 대답을 하지 않았고 이에 화가 난 나는 그의 배를 다시 발로 밟아버렸다.

"어이구! 의사의 귀가 멀었을 때는 배를 차면 귀가 다시 들리게 되는구만?"

나는 배를 움켜쥐며 소리를 지르는 그를 내려다보며 이렇게 말했다. 이미 나의 눈은 분노로 가득 차 올라 다른 것이 보이지 않고 있는 상태였다. 나는 허리를 구부려 그의 멱살을 잡고는 팔에 힘을 주어 그를 끌어올렸다.

"으으으윽!"

그의 일그러진 눈 위에는 금테 안경이 완전히 부서진 채로 애처롭게 걸려있었다.

"왜 그러셔? 사람은 죽기 마련이라며? 넌 그렇게 간단히 안 죽을 것 같애?"

나는 그를 쳐다보며 이렇게 물었다. 하지만 그는 아무런 반응을 보이지 않았고 이에 화가 난 나는 다시 그를 죽도록 패버렸다. 누구든지 아무라도 죽도록 패주고 싶었다. 그런 면에서 의사는 제격인 사람이었다. 당장 눈앞에 있고 미래의 죽음에 책임이 있으며 내가 증오하는 사람이었기 때문이었다. 하지만 나 자신 역시 이런 세 가지 요소를 모두 가지고 있었다. 난 내 눈앞에 있었고 나는 미래의 죽음에 가장 큰 책임이 있으며 그런 내 자신이 죽도록 미웠기 때문이었다.

"개새끼야! 맛 좀 봐라!"

그러나 내 자신을 때릴 수 없는 나는 내 모든 증오를 모아 의사를 향해 내리쳤다.

"좆같은 새끼야! 돈이 그렇게 좋더냐? 미래의 생명보다 돈이 좋아? 그래 씨발 오늘 니 원하는 대로 돈이나 쳐먹어봐라!"

마음이 격해진 나는 금테를 향해 이렇게 소리치고는 주머니를

272

뒤져 아까 병원비를 치르고 남은 돈을 꺼냈다. 그리고는 그 만원짜리 한 움큼을 의사의 아가리에 집어쳐 넣었다.

"우우우욱!"

의사의 입에서 흘러나오는 피로 인해 돈은 피범벅이 되었고 의사는 헛구역질을 해댔다. 하지만 나의 손은 멈추지 않고 그의 목구멍까지 지폐를 쑤셔 넣었다.

"미친 새끼야, 돈맛이 좋냐? 꼭꼭 씹어 전부 처먹어라!"

나는 지폐를 토하려 이리 저리 흔드는 그의 몸뚱이를 다시 발로 차기 시작했다.

이리 저리 몸을 비튼 끝에 한참만에 겨우 토해낸 그 지폐뭉치에는 그의 이빨 두어 개가 붙어 나왔다.

"제길. 제길! 으아아아!"

의사를 때리다 때리다 지친 나는 천장을 보며 소리를 질렀다. 병원 복도에 흐르는 특유의 정적소리에 나의 울부짖음이 쩌렁 쩌렁 울렸다. 나는 더 이상 이 자식을 때리는 것이 아무런 의미가 없다는 것을 깨닫게 되었다. 더 이상 이 자식에게 질문을 하고 싶지도 않았고 더 이상 이 자식에게 거짓 대답을 듣고 싶지도 않았다.

나는 금테의 일그러진 얼굴을 쳐다보았다. 그 독살스럽던 눈은 일그러질 대로 일그러져 형태도 알아보지 못할 정도로 부어있었고 거침없는 말을 쏟아내던 입에서는 피와 신음소리만 흘러나오고 있었다. 그의 파르르 떨리는 새파란 입술을 보자 나의 손에 들어갔던 힘이 스르르 풀렸다.

"가자."

나는 의사 녀석을 바닥에 떨어뜨리고는 민수와 상협을 보며 말했다. 우리는 그렇게 뻗어버린 의사들을 뒤로 하고는 병원복도를 천천히 걸어갔다. 병원 안에 울리는 구두 소리의 에코에 심장 끝이 찌릿찌릿해질 정도로 온 몸이 예민해진 상태였다. 하지만 난 결코 쓰러지지 않았다. 아저씨의 말대로 우린 쓰러질 자격조차 없었다. 주저앉아 오열을 터트릴 수 있을 정도로 당당하지 못했다.

난 수술실이라는 불이 들어온 문 앞에 서서 숨을 크게 한 번 들이쉬었다. 그리곤 떨리는 손으로 수술실의 여닫이문을 천천히 밀었다. 끼이익 소리가 나며 어둠 속에 길게 그림자가 드리워져 있었다.

나는 민수와 상협에게는 밖에 있으라고 한 뒤 천천히 문을 열고 안으로 들어갔다. 문이 닫히자 어둠이 다시 빛줄기를 살라먹고 말았다. 아무 것도 보이지 않는 어둠 속에 나와 미래가 있었다. 이 어둠 속 어딘가에 나의 미래가 나의 후회가 누워있다는 사실에 나는 등골이 오싹해졌다. 내가 홀로 독대해야 하는 현실은 아직은 너무나 버거운 것이었다.

그렇게 잠시 미래와 같은 시간을 공유한 뒤 나는 다시 크게 호흡을 했다. 그리곤 벽에 손을 더듬어 스위치를 찾아냈다.

스위치를 켜자 갑자기 강렬한 빛이 쏟아져 내려 난 손으로 얼굴을 가렸다. 너무나 하얗게 되어버린 세상은 마치 천국같은 느낌이었다. 수술대와 수술 기구만 뺀다면…….

시간이 흐르자 내 눈은 시력을 되찾기 시작했고 점차 모든 것이 또렷이 보이기 시작했다. 나는 잠시 눈을 감은 뒤 서서히 눈을 떠 미래의 모습을 쳐다보았다. 미래는 침대 위에 똑바로 누워있었다. 핏기가 빠진 새하얀 얼굴은 하얀 조명 때문에 더욱 희게 보였고 내가 그렇게도 사랑했던 붉은 입술도 새파랗게 변해있었다. 힘없이 늘어진 팔에는 애처로워 보이는 손가락이 길게 처져 있었고 척추가 주저앉아서 그런지 쑥 들어간 배가 더 안쓰러웠다. 그리고 그 배 안에서 미래와 같이 죽어간 아기 역시 너무나 불쌍했다.

나는 사람의 시체를 만진다는 것이, 미래가 죽었다는 것을 인정하는 것이 너무나 두려워 견딜 수가 없었지만 미래에 대한 한없는 미안함을 생각하면 그런 것은 아무 것도 아니었다. 나는 용기를 내어 미래에게로 다가갔다. 하지만 막상 미래의 시신을 가까이에서 보자 난 그것이 낯설어 견딜 수가 없었다. 바로 얼마 전만 해도 나와 이야기를 나누었고 나를 향해 웃어주었던 그녀가 이제는 차갑게 굳어버린 채 아무런 말도 할 수 없다는 사실이 너무나 믿기 힘들었다. 그것은 뻔한 진리였지만 난 도무지 믿어지지가 않았다.

나는 손을 뻗어 미래의 손을 잡아보았다. 하지만 뻣뻣이 굳은 손이 납덩이처럼 무겁고 차갑게 느껴졌기 때문에 난 순간적으로 손을 놓았다. 마치 얼음 조각을 만지는 것처럼 미래의 손은 소름끼치도록 차갑게 굳어있었다. 내가 조금만 힘을 주어도 부서져 버릴 것 같이 단단히 굳어버린, 그 석고상같은 손이 미래의 것이라는 사실이 나를 공포스럽게 했다.

하지만 난 이내 그런 공포가 얼마나 바보같고 이기적인 감정인가를 생각하고는 다시 미래의 손을 잡았다. 잘 움직이지 않는 손이었지만 미래의 손은 여전히 아름다웠다. 나는 미래의 얼굴을 바라보았다. 그리고 그 고통스러웠던 시간을 함께 해주지 못한 것에 대해 한없는 미안함을 느꼈다.

난 얼굴을 숙여 미래의 그 차갑고 새하얀 입술에 살며시 입을 맞췄다. 그리곤 잠시 동안 미래의 모습을 바라보았다. 앞으로 영원히 잊지 않기 위해서 미래의 모습을 마음에 새겨두어야 했기 때문이었다.

이윽고 난 미래의 목과 종아리 사이에 손을 넣어 미래를 서서히 들어올렸다. 그리곤 수술실 문을 열고 밖으로 빠져나왔다. 문을 나오자 내 동공에 비쳐지는 민수와 상협의 얼굴이 눈물에 가려 흐려지기 시작했다. 하지만 난 눈을 감아 눈물을 짜내버리고는 병원 복도를 뚜벅 뚜벅 걷기 시작했다. 조용한 병원 복도에 우리의 발소리가 울려 퍼지고 있었다.

보고싶은 오월이에게……

처음인 것 같다. 이렇게 너에게 직접 편지를 쓰는 건. 하지만 예전부터 메일을 주고 받아서 그런지 별로 어색하지는 않다. 하지만 오늘 너에게 이렇게 편지를 남기는 건 평소와는 조금 다른 이유야.

그래, 본론부터 얘기하자면 너에게 작별인사를 하기 위해서야. 니가 나를 찾을 때쯤이면 더이상 난 너를 보며 웃을 수 없을 테니까……. 미안해. 내가 바보같은 건 나도 알아. 하지만 나 이러지 않고는 견딜 수가 없어. 나도 내가 왜 이렇게 나약한지 모르겠다.

널 처음 봤을 때가 생각나. 니가 힘든 일이 있다고 나를 불렀잖아. 실은 나 그때 너를 보고는 한눈에 반해 버렸어. 글쎄. 조금 우습지만 영혼이 떨리는 느낌이라고나 할까? 정말 그랬어. 얼마 전 일인데도 왠지 아주 오래 전 일처럼 멀게만 느껴진다. 그날 나 시간이 멈췄으면 좋겠다고 생각했어. 그때 그 느낌대로 영원히 널 기억하고 싶었어. 하지만 시간은 모든 걸 바꿔 놓나봐. 너도 나도 이제 너무나 다른 모습인걸. 특히 난…….이제 더러워졌어. 그래서 더이상 널 볼 자신이 없어. 하지만 니가 우리 집에 온 날, 니 전재산을 털어 내 학비를 주던, 그 고마웠던 니 마음만은 간직하고 갈게. 나 세상을 제대로 알지 못하고 사랑이라는 느낌을 제대로 알지 못한 채 삶을 접어야 하지만 너만은, 너만은 기억할게.

언제나 삶은 내게 너무나 힘들었어. 당장 먹을 것조차 걱정해야 했고 하루 하루 생활이 막막하기만 했어. 그래서 난 누구를 좋아할 여유가 없었어. 누구를 좋아한다는 감정조차 사치였으니까. 그런데 너를 본 순간 나 처음으로 두근거리는 감정을 느꼈어. 내가 살아온 18년 동안 단 한 번도 느끼지 못했던 떨림이었어. 어떡해야 할지 몰랐어. 니가 날 좋아할지 싫어할지 몰랐으니까. 그래서 애만

태우며 널 지워가려고 했어. 그런데 어느 날 우리 집에 니가 들어오는 거야. 믿을 수 있겠니? 난 만약 이 세상에 운명이란 게 있다면 바로 이런 것일 거라고 생각했어. 그래서 니가 아주 잠시 나를 스쳐갔지만 난 널 내 인연으로 생각했어. 바보같지?

하지만 이젠 전부 지워야 하나봐. 나 너무 바보같이 니가 없는 동안 내 몸 하나 지키지 못했거든. 정말로 지키고 싶었는데……. 널 위해, 너한테 주기 위해, 나 정말로 지키고 싶었는데……. 나 바보같이 뺏기고 말았어, 너무 미안해.

이런 몸으론 널 볼 수도, 천당을 갈 수도 없어. 뱃속엔 애기가 생겨서 몸이 무거워졌어. 이런 무거운 몸으론 하늘을 날 수도 없겠지? 솔직히 애기한테 미안해. 아무 죄도 없이 단지 내 뱃속에 있다는 이유로 태어나지도 못하고 나와 함께 가야한다니……. 하지만 나 이 애를 키울 자신이 없어. 실은 너무 너무 미워. 하지만 한편으로는 안쓰럽기도 하다. 이상하지? 나 정신이 어떻게 됐나봐.

오월아! 나 너에게 이해를 바라지 않아. 그리고 내 마음 때문에 부담스러워 하는 것도 원하지 않아. 하지만 하나만 기억해줘. 나 정말로 널……. 사랑했어. 바보같게도 이제서야 깨달았지만 더 늦기 전에 말할 수 있어서 다행이야. 저 세상에서 너에게 못 다한 말을 생각하며 계속 후회할 뻔 했으니까.

나 이제 아무런 후회도 없어. 누구도 원망하지 않아. 그러니 제발 날 살리려고 하지마. 만약 아버지가 나 때문에 뭘 하려고 한다면 제발 그만 두라고 말해줘. 병원도 장례식도 필요 없어. 그냥 나 화장해서 바다에 뿌려줘.

나 이제 널 두고 이곳을 떠나려해. 제발 부탁이야. 나 때문에 힘들어하지 말고 좋은 사람 만나서 잘 지내.

오월아, 사랑해.

　　　　　　　　　　　　　　　　－ 너의 영원한 짝지 미래가

미래가 내게 남긴 편지 위로 내 눈물이 떨어지고 있었다. 사랑하는 사람을 지키지 못한 내 자신의 나약함이 증오스러웠다. 미래를 지키고 싶었다. 하지만 결국 난 미래를 거친 벌판 한가운데에 혼자 놔둔 꼴이 되어버렸다. 그리고 미래는 그 거친 벌판을 혼자서 헤쳐가다 결국 무참히 짓밟히고 말았다. 하지만 그런 와중에도 미래는 자신의 병원비와 장례식비를 걱정하고 있었다.

내 머릿속에는 갑자기 '돈으로 사람을 살 순 있어도 사람으로 돈을 살 수는 없다' 는 말이 생각났다. 모든 것이 돈으로 돌아가는 세상 속에선 인간의 순결과 지조도 돈이 없이는 제대로 지키지 못하는 것이다.

미래는 그렇게 가버렸다. 비오는 날에 태어난 하루살이가 세상에는 비만 오는 줄 알고 죽듯이 미래는 세상의 거친 면만 보고 죽어갔다. 한번도 맑은 날을 경험하지 못하고 시궁창 속에서 비비적대며 헤매다가 이내 시들어 버린 민들레같은 인생이었다.

고귀한 것은 언제까지나 더럽혀지지 않을 것이라는 내 어린 생각은 결국 유치한 망상으로 끝나버렸다. 고귀한 것을 지키려면 힘이 있어야 한다는 사실을 난 온몸으로 깨달아야 했다.

"널 지키고 싶었어. 내 몸이 산산이 부서져도 너만은 지키고 싶었단 말야. 내가 이렇게 바보같은 줄 몰랐어. 그렇게 가버리면 난, 난……."

나의 떨궈진 얼굴 밑으로는 눈물이 쉴새없이 흘러 떨어지고 있었다. 철이 들고 나이가 먹는다는 것이 이런 것이라면 난 나이를 먹고 싶지 않았다. 어른이 된다는 것은 독약을 마시며 마라톤을 뛰는 것이라는 말이 생각났다. 남에게 속으며, 남을 속이며, 남을 이겨야 하는 그런 마라톤 경주 한가운데 난 어정쩡한 자세로 서 있는 것이었다. 세상을 속이며 때로는 내 자신을 속이며 그렇게 먼길을 혼자서 뛰어야 하는 것이었다. 그러나 그런 진리를 깨닫기 위한 대가로 미래를 잃는다는 것은 너무나 커다란 것이었다. 누구나 거치는 열병이라고는 하지만 왜 유독 나만 이렇게 처절하게 고통을 겪어야 하는 지 이해할 수가 없었다. 나에게 닥친 이 시련들은 단지 운명이라는 한 단어로 설명하기엔 너무나 고통스러운 것이었다. 그저 열병을 심하게 앓았다거나 남보다 더 흔들렸다고 생각하기엔 너무나 많은 것을 잃어버린 것 같았다.

"오월아. 그만 슬퍼해라. 이미 너무 늦었다. 니 마음을 이해 못 하는 것은 아니지만 시간은 되돌릴 수 없잖아."

민수가 미래의 사진을 바라보며 울고 있는 나의 어깨를 지긋이 누르며 말했다.

"썹새끼야! 그러니까 더 슬픈 거야. 시간을 되돌릴 수 없으니까. 씨발. 쪼끔만 더 일찍 갔더라면. 개새끼야! 니가 학생운동인지 지랄인지만 안 했어도 이 모양으로 되진 않았잖아!"

나는 눈물로 범벅이 된 얼굴을 들어 민수를 향해 괜한 화풀이를 했다. 하지만 민수는 오히려 나를 끌어안았다. 나는 그렇게 한동안 민수의 품에 안겨 미친듯이 울었다.

"그만해라. 그만해. 어쩔 수 없다. 정말이다. 진짜로 어쩔 수 없는 거다. 사람이 죽었다는 것은 어쩔 수 없는 거다. 하긴 사람이니까 미련이 남는 거긴 하지만……."

민수는 나의 머리를 감싸 안으며 내 귀에 대고 나직한 목소리로 이렇게 말했다. 하지만 지금 내 귀에는 그 어떤 말도 들리지 않았다. 그것은 아저씨도 마찬가지인 것 같았다. 아저씨는 어제부터 아무런 말도 하지 않고 그저 멍하니 하늘만 바라보고 있었다. 민수와 상협이 아무리 말을 시켜도 아저씨는 정신나간 사람처럼 그들을 바라보기만 할 뿐 아무런 말을 하지 않았다. 눈물도 흘리지 않고 한숨도 쉬지 않았다. 다만 하늘과 미래의 얼굴을 번갈아 쳐다보기만 할뿐이었다.

아저씨와 내가 그렇게 나가떨어져 있자 민수와 상협의 손이 바빠지기 시작했다. 생명을 잃은 인간의 몸뚱이가 썩기 시작하는 것에는 많은 시간이 필요하지 않았다. 장례식장도 잡지 않았는데 미래의 몸은 벌써 상하기 시작한 것이었다. 그나마 겨울이라 당장 썩어 문드러지는 것은 아니었지만 살아있는 사람의 몸이 아닌 이상 멀쩡하고 생생할 리가 없는 것이었다. 그러나 의사를 두들겨 패고 도망친데다가 찾아올 조문객도 없었기 때문에 따로 장례식장을 구할 수도, 구할 필요도 없었다. 그래서 민수와 상협의 상의 끝에 장례업자를 하나 구해 절에서 제를 지낸 뒤 화장을 하기로 했다.

그날 우리는 오랜만에 제대로 된 호텔에서 잠을 잘 수 있었다. 죽은 뒤에라도 미래를 깨끗한 곳에서 재우고 싶었기 때문에 나는 여관을 택하지 않고 굳이 호텔을 고집했다. 하지만 미래의 몸에서 피가 떨어지고 있었기 때문에 우리는 제대로 잠을 잘 수가 없었고 나는 피가 떨어지는 미래가 안쓰러워 또 한 번 눈물을 터뜨렸다.

다음 날 민수와 상협이 수술비에서 남은 돈으로 구로 공단 할인매장으로 가 한 벌에 7만원씩 하는 검은 양복을 네 벌 사왔다. 그리곤 돌아오는 길에 장의사를 한 명 불러왔다. 장의사는 남자 네 명이 여자의 시체를 호텔에 안치시켜놓은 것을 이상하게 생각했으나 민수가 20만원을 찔러주자 더이상 아무 것도 묻지 않았다.

"오월아, 아저씨 못 봤니?"

갑자기 방문을 열고 들어온 민수가 나를 보고 아저씨를 보았냐고 물었다. 하지만 나는 무릎에 깍지를 끼고 앉은 채 미래의 관만 바라보고 있었다.

"이상해, 아저씨 얼굴이 뭔가 결심한 사람 같았어. 오늘 나보고 처음 말을 걸었는데, 장례식 잘 치르라고 말하는 거 있지? 마치 장례식에 오지 않을 사람처럼 말야."

아저씨와 민수가 어디로 갔느냐는 상협의 질문에 아저씨는 바람을 쐬러 나갔고 민수는 아저씨를 찾으려고 뛰어 갔다고 말하자 상협 역시 이상한 낌새를 챈 표정을 지었다.

"야! 아저씨 옥상에 없는데? 아예 문이 잠겨서 밖으로 나갈 수 없게 되어 있던데? 어떻게 된거야? 설마……. 아니겠지?"

민수는 흔들리는 눈동자로 우리를 쳐다보며 물었다. 하지만 우리 중에 그에 대한 대답을 가지고 있는 사람은 아무도 없었다. 결국 우리는 민수의 예감에 이끌려 호텔 밖으로 뛰쳐나와 아저씨를 찾기 시작했다. 다리에는 아직도 힘이 없었지만 정말 민수의 생각대로 아저씨마저 죽으려고 한다면 그야말로 큰일이 아닐 수 없었기 때문에 난 정신을 차리고 아저씨를 찾았다.

아저씨가 바람을 쐬러 간다고 말했기 때문에 우리는 문이 열려 있을 법한 건물 옥상에 초점을 맞춰 아저씨의 얼굴을 찾아보았다. 그리고 한 10분쯤 지났을 무렵 한 아파트 공사장 옥상에서 아저씨의 그림자를 찾을 수 있었다. 과연 민수의 말대로 아저씨는 빨개진 얼굴로 아파트 꼭대기에 올라 땅을 쳐다보고 있었는데 금방이라도 떨어질 것 같은 그 위태 위태한 모습에 가뜩이나 헐어버린 입천장이 바싹 바싹 마르고 있었다.

우리는 아저씨가 서둘러 떨어질까봐 소리도 지르지 못한 채 미친듯이 계단을 올라갔다. IMF 때문에 부도를 낸 회사가 짓다만 아파트였기 때문에 아무도 아저씨를 보지 못했고 제지도 하지 않았다. 순식간에 19층 옥상까지 올라간 우리는 옥상 문 앞에서 잠시 멈춰 숨을 고르고는 떨리는 마음을 잡고 문을 열었다. 제발 아저씨가 이미 떨어져 버리지 않았기를 바라면서.

다행히 아저씨는 아직 떨어지지 않고 있었다. 하지만 난간에 걸터앉아 소주병을 든 그 모습은 너무나 위험해 보였다.

"저, 아저씨."

우리 중에 목소리가 제일 낮고 안정적인 내가 아저씨에게 말을 걸었다. 상대적으로 안정감을 줄 수 있을 뿐만 아니라 미래에 대한 슬픔을 가장 잘 알고 있었기 때문이었다.

순간 아저씨는 깜짝 놀라 우리를 돌아보았다. 우리가 도저히 이곳을 찾아오지 못할 것으로 예상했던 모양이었다.

"아저씨, 저 다가가도 되요?"

나는 아저씨의 눈치를 살피며 조심스럽게 말했다. 하지만 아저씨는 고개를 저었다. 그런데 머리를 숙인 채로 고개를 흔드는 아저씨의 모습이 너무나 위태로워 보였다. 아저씨는 내가 다가가자 고개를 들고는 다가오지 마라고 소리를 고래 고래 질렀다.

"아저씨, 왜 그러세요?"

"몰라서 물어? 죽을려고 하잖아! 니가 아버지가 되어서 딸의 죽음을 본다는 게 어떤 기분인지 알아? 그것도 아비가 못난 덕분에 딸년이 죽었는데 기분이 어떻겠냐구!"

"하지만 이건 소용없는 짓이에요! 미래도 아저씨를 잘 보살펴드리라고 말했단 말예요! 아저씨가 죽으면 미래가 편히 잠들 수 있겠어요?"

내가 이렇게 말하자 아저씨의 눈빛은 잠시 수그러들었다. 하지만 곧 그 눈빛이 다시 살아나기 시작했다.

"아니. 이젠 소용없어. 산다는 건. 아무런 의미가 없는 일이야. 그러니까 나 같은 버러지 인생에게 신경쓰지마! 어차피 죽어도 상관없잖아!"

"아니예요. 사람은 그렇게 쉽게 죽지 않아요. 사는 건 소중한 거예요."

나는 애원하는 목소리로 아저씨를 설득하려고 했다.

"아니. 사람은 쉽게 죽어. 오늘 하루만 해도 얼마나 많은 사람이 죽었는지 몰라. 다만 니가 느끼지 못할 뿐이야. 나같은 새끼는 백 명이 아니라 천 명이 죽어도 신문 구석탱이에 쬐그만 기사 한 줄도 안 나니까 니가 모를 뿐이야. 사람이 죽는다는 건 특별한 일이 아니야. 흔하디 흔한 일이지."

아저씨는 초점 없는 눈으로 나를 노려보며 말을 더듬 더듬 이어 나가더니 이내 술병을 바닥에 떨어뜨리고는 자리에서 일어서 난간 위로 기어올라갔다. 그리곤 두팔을 벌려 난간 위에서 균형을 잡았다. 아저씨는 이미 제 정신이 아닌 상태인 것 같았다. 빨리 저 곳에서 내려오게 하지 않으면 당장 아래로 곤두박질 칠 것 같았다. 그러나 바람만 불어도 천릿길 아래로 곤두박질칠 순간에도 아저씨는 실성한 사람처럼 웃고 있었다.

"아저씨! 하지만 아저씨에겐 소중한 인생이잖아요. 왜 그래요? 나도 아저씨가 없으면 싫어요. 가지 마세요. 아직 남은 게 있잖아요."

"내가? 내가 남은 게 있다고? 그게 뭔데? 가정? 재산? 직업? 번 듯한 집이나 옷? 도대체 내게 남은 게 뭔데?"

아저씨는 이렇게 묻고는 고개를 들어 나의 대답을 구했다. 하지만 난 아무런 대답을 할 수 없었다. 아저씨는 정말로 모든 것을 잃어버린 사람이었기 때문이었다. 아저씨에겐 정말로 그 어떤 것도 남아있지 않았기 때문이었다.

"아저씨. 왜 그러세요? 거기 서 있는 게 무섭지도 않아요? 죽는 게 두렵지도 않으세요?"

나의 손에서는 식은땀이 흐르고 있었다.

"두려워! 여기서 저 밑을 보니까 미칠 정도로 무서워! 내가 세상에서 사라져 버린다는 것이 몸서리쳐지고 겁나!"

아저씨는 바닥을 한 번 쳐다보더니 나를 보고 이렇게 절규했다.

"근데 왜 그러세요? 그렇게 무서운데 왜 죽으려고 하세요?"

나는 마지막 한 가닥 희망을 잡고 아저씨를 향해 물었다.

"사는 게 더 두려우니까. 이 세상을 살아간다는 게 죽는 거 보다 훨씬 무섭고 겁나니까."

아저씨는 어린애처럼 공포에 질린 얼굴로 나를 향해 외쳤다.

"아, 아저, 씨."

"그래! 난 이 세상을 살아가는 게 두려워! 아무런 힘없이 이 세상을 빌빌대며 살다가 죽어버리는 게 두렵단 말여! 나한테 밀려드는 이 고통과 시련들이 겁나! 나 이제 그만 포기할꺼여!"

절규 속에 묻어나는 아저씨가 살아온 그 길고 험한 시간들에 대한 기억이 나에게로 밀려와 나의 눈 밑에 눈물방울들을 그렁그렁 맺히게 했다.

"그치만, 그치만……. 아저씨 죽지 말아요. 아직 미래의 장례식도 끝나지 않았잖아. 아저씨가 죽으면 미래는 누가 있어 저승가는 길을 지켜줘요? 우리 마지막까지 잘 해요. 아저씨, 내려와. 응?"

나는 터질 것만 같은 가슴으로 아저씨를 바라보며 외쳤다. 그런데 그 어떤 말에도 흔들리지 않던 아저씨의 눈빛이 미래라는 한 마디에 크게 흔들렸고 몸이 기우뚱거리기 시작했다.

"아저씨!"

아저씨의 몸이 중심을 잃고 쓰러지고 있었고 그것을 본 난 순간적으로 아저씨에게 달려갔다.

"으, 으윽."

다행히 아저씨는 건물 안쪽으로 떨어져 목숨을 구했다. 아마도 미래에 대한 미련이 순간적으로 아저씨의 발이 안쪽으로 돌아서도록 한 모양이었다.

"아저씨! 다시는 그러지마!"

나는 쓰러져 정신을 차리지 못하는 아저씨의 얼굴을 부여잡고 소리내어 외쳤다. 하지만 술 냄새가 풍기는 아저씨의 검붉은 얼굴은 아무런 변화를 보이지 않았다.

　우리는 잠시 그곳에서 한숨을 돌린 뒤 아저씨를 업고 계단을 내려왔다. 아직도 세상에 대한 두려움이 계속되는지 민수에게 업힌 아저씨의 등은 부들 부들 떨리고 있었다.

　"여기 있습니다. 아주 깨끗이 되었습니다. 잔금은 삼십이만 원입니다."

　장의사의 그 몇 마디로 미래의 화장은 끝나버렸고 우리 손엔 하얀 천에 쌓인 나무상자가 하나 쥐어졌다.

　"끄, 끝난거냐?"

　난 어설픈 말투로 상협과 민수를 돌아보며 말했다. 시신이 들어간지 삼십 분도 되지 않아 미래는 덩그런 상자가 되어 밖으로 나왔다. 마치 참치 통조림을 만들 때처럼 미래는 간단하게 나무 상자에 담겨졌던 것이다. 미래는 장례식도 치르지 않았다. 장례식을 치를 거리가 없었기 때문이었다. 조문객이 없음은 물론이고 아예 관자체가 없어 무덤이 필요 없었기 때문이다. 결국 우리는 장의사가 미래를 태우는데 걸린 30분을 장례식으로 대체할 수밖에 없었다.

　"어떡하지?"

　미래의 유골을 받아든 우리는 어디로 가야할지를 몰라 망설이고 있었다. 이제 어디로 가야할지 무엇을 해야할지 아무런 계획이 없었다. 어제 걱정한대로 불투명한 미래가 당장 눈앞으로 다가왔다.

　난 미래의 상자 위에 손을 얹어 살며시 그것을 어루만져 보았다. 사랑하는 사람을 안을 수 있다는 것이 얼마나 행복한 것인가를 난 새삼 깨달아야 했다. 미래를 안고 싶었다. 가슴 가득히 미래를 꼬옥 안고는 놓지 않고 싶었다. 보고 싶었다고 그리웠다고 말하고 싶었다.

　저 멀리 길의 서쪽 끝에서부터 바람이 시원하게 불어왔다.

아직 겨울이 끝나지 않았지만 해는 예전보다 제법 길어졌고 정오가 지난 지 얼마 안 돼서 그런지 햇살은 따뜻했다. 나는 고개를 들어 저 멀리 빛나고 있는 태양을 바라보았다. 눈이 부셨지만 난 결코 눈을 감지 않았다. 저 밝음 속엔 뭔가 있어 보였기 때문이었다. 민수가 밖으로 걸어나와 옆에서 담배에 불을 붙였다. 그리곤 아주 길게 한모금을 빨더니 한숨을 쉬듯 연기를 후욱 뱉어냈다.

"이제 우리의 겨울도 끝나가는 거냐? 아니면 또다시 시작되는 거냐?"

민수는 하릴없이 주위를 휘휘 둘러보며 혼잣말처럼 말했다.

우리는 서로에게 질문을 하고 있었지만 그 어느 누구도 해답을 가지고 있지 않았다. 그렇게 길거리에 서서 길을 잃어버린 사람들처럼 우리는 주위를 두리번거리고 있었다.

"후우~! 바다가 보고싶다. 바다가. 그냥 파도가 치는 백사장 말구. 진짜바다 말여. 아산만처럼 밀물이 들어오고 썰물이 나가고. 갯벌이 있고 포구도 있구. 그런데 가보고 싶단말여."

오랜 정적을 깨고 마침내 아저씨가 입을 열었다.

"그럼 가요. 아산만으로. 멀지도 않은데."

민수가 아저씨의 말을 받아 말했다. 사실 아산만을 간다는 것이 그다지 어려운 일도 아니었는데 다가 바다에 가면 마음도 트이기 때문이었다.

"민수 너 오토바이 몰줄 아냐?"

그런데 옆에 있던 상협이 뜬금없이 오토바이 이야기를 꺼냈다.

"어? 어. 좀. 실은 쬐금 잘 타. 근데 왜?"

민수가 의아한 눈동자로 상협을 바라보며 말했다.

"왜긴 왜야. 오토바이 탈려고 하는 거지. 너하고 내가 몰고 아저씨하고 오월이는 뒤에 타서 아산만까지 달려보자."

상협이 이렇게 말하며 우리를 보고 싱긋이 웃었다.

"오토바이는 어디 있는데?"

민수의 질문에 상협은 턱으로 건너편에 서 있는 오토바이 두 대를 가리켰다.

"개소리 말고 기다리고 있어라. 형님이 뚝딱 해치울테니. 야! 민수야 따라와. 그리고 아저씨하고 너도 준비하고 있어라. 순식간에 일어날 일이니."

상협은 이렇게 말하며 횡단보도를 건너 오토바이가 있는 곳으로 달려갔다.

그리곤 저번에 보았던 그 능숙하고 잰 손놀림으로 오토바이의 전선을 꾀기 시작했다. 30초도 안 돼서 한 오토바이가 넘어갔고 다른 오토바이도 금새 시동이 걸리게 되었다.

"민수야! 끌고 와! 너희들도 빨리 타! 박스 열고 상자 넣고!"

상협의 목소리에 갑자기 속도가 붙기 시작하더니 이내 오토바이가 이쪽으로 미끄러져 왔다. 나는 재빨리 상협이 탄 오토바이 뒤에 붙은 상자를 열고 미래의 유골함을 반듯이 넣었다. 그리고는 세 번이나 박스가 잘 잠겼나를 확인한 뒤 뒷자리에 올라탔다.

"뒤돌아보지마! 땡겨!"

상협은 많이 해본 솜씨로 민수를 향해 이렇게 외쳤다.

"우하하하하하! 우후우~~!"

골목을 빠져 나온 상협은 갑자기 자리에서 벌떡 일어나더니 미친듯이 소리를 지르기 시작했다. 나는 상협이 서서 오토바이를 몰고 다니는 것이 무서워 견딜 수가 없었지만 조금만 움직였다가는 길바닥에 나동댕이쳐져 죽어버릴 것만 같았기 때문에 하는 수 없이 가만히 숨죽이고 있을 수밖에 없었다.

"이게 자유다~~!"

상협은 좌우로 미친듯이 오토바이를 밀고 다니며 소리를 질러댔다. 민수도 상협에 지지 않는 속도로 바이크를 요리 조리 몰고 다

넜다. 결국 바이크는 순식간에 도심으로 들어가기 시작했는데 신호도 지키지 않고 폭주하는 우리의 오토바이 때문에 길은 순식간에 엉망이 되어 버렸다.

마치 본능에 의해 흔들리는 사람들처럼 상협과 민수는 생각하기 전에 행동을 하고 있었다. 그들의 절규에 가까운 외침은 하늘을 향해 길을 열라고 말하는 것 같았다.

그렇게 한참을 달리던 상협은 바이크를 틀어 커다란 대로로 접어들었다. 드넓은 대로에 두대의 오토바이가 무서운 속도로 질주하고 있었고 다른 차들은 감히 우리에게 범접하지 못하고 있었다.

"와아 시원하다!"

그제서야 스트레스가 풀렸는지 상협은 자리에 앉아 느긋하게 오토바이를 몰기 시작했고 나도 비로소 약간 근심을 덜고 교외의 경치를 즐길 수 있었다.

아직 추위가 가시지 않은 날씨여서 달리는 오토바이 위로는 매서운 바람이 일고 있었지만, 그 바람은 그것 나름대로의 시원함을 가지고 있었다. 나 역시 이 시원한 바람을 맞으며 가슴이 트이는 것을 느낄 수 있었다. 오래된 번데기 껍질에서 막 깨어나온 나비처럼 자유로운 공기가 온 몸을 감싸 돌았다.

난 모든 것을 잊고 싶었다. 지금까지 지내온 그 많은 시간들을 기억 속에서 지워버리고 싶었다. 이렇게 끝없이 달리다보면 언젠가 잊혀질 수 있을 것도 같은데……. 시간에 기대어 흘러가다 보면 지워질 수도 있을 것 같은데…….

겨울은 아직도 끝나지 않아 매서운 바람이 횡횡 소리를 내며 귓가를 흔들고 저 멀리로 달아나 버리고 있었다. 난 상협의 등에 얼굴을 묻고는 애써 눈물을 감추려고 했다. 나만 힘든 것도 아닌데 왜 이리 눈물이 많은지 모르겠다.

도로를 싱싱 달리던 오토바이 오른 쪽으로 어느 새 바다가 보이기 시작했다.

"와! 바다다!"

민수가 어린 아이같은 목소리로 겨울 바다를 바라보며 소리쳤다.

국도를 달리는 오토바이의 오른 쪽으로는 은빛비늘로 차갑게 빛나는 겨울 바다가 우리를 향해 넘실거리고 있었다. 끝도 없이 펼쳐진 바다에서 밀려오는 소금기 묻은 바람에 나의 코끝은 알 수 없는 생명의 근원에 대한 동경으로 찌릿 찌릿 해졌다. 난 그제서야 아저씨가 바다에 가보고 싶다고 말한 이유를 알 것 같았다. 인간이 태어나서 돌아가는 근원. 어머니의 양수와 같은 포근함과 거대한 힘을 가진 바다. 그 바다 끝에서 미래를 보내고 싶은 생각이었다.

진짜 바다는 살아있는 것이었다. 칠흑 같은 은빛비늘로 스물 스물 넘실거리고 있는 두려움과 설레임의 근원. 그 복합적인 신비함은 우리를 끌어당기고 있었다.

우리의 오토바이는 어느새 국도를 벗어나 작은 2차선 도로로 접어들고 있었다. 마을은 전체가 소금기 어린 공기로 넘실대고 있었다. 상협은 앞서가는 민수의 움직임대로 오토바이를 몰았고 민수는 어느 작은 포구에 오토바이를 대었다.

작은 마을의 포구에는 그 흔한 횟집 하나 없었다. 마을 전체는 정적에 휩싸여 있었고 가끔씩 들리는 갈매기 소리만이 여기가 바닷가라는 사실을 상기시켜주고 있었다.

"전부 다 고기 잡으러 나갔나봐."

민수가 마을을 둘러보며 말했다.

"지리 교과서에 서해는 겨울에 바다가 얼어서 고기 안 잡는다고 하더니 완전히 구라구만."

나 역시 텅 빈 마을 저어 끝을 바라보며 말했다.

"솔직히 난 내가 지금 왜 이러는지 모르겠다. 사서 고생을 하는 것도 같고. 제길 그동안 너무 좆같은 일들이 많아서 도저히 감당할 수가 없다. 한 10년은 지난 것 같은데. 차라리 예전같이 지내고 싶지만 시간을 다시 되돌릴 수는 없잖아. 아무리 발버둥쳐도 이젠 예전과는 다른 삶을 살 수 밖에 없게 되었어. 사람도 죽였고."

민수는 바다를 보며 패망을 선언하는 일본의 히로히토 천황처럼 고개를 숙이고 지난날에 대한 후회를 고백했다. 처음에 그 당당하던 기세는 이젠 온데 간데없고 이제는 그때의 어리석음에 대한 후회만이 남아 있었다.

과연 우리는 더 강해지기 위한 값진 교훈을 얻은 것일까? 우리는 세상에 대해서 더 많은 경험을 쌓은 것일까? 정말 우리의 방황이 더 값진 삶을 살기 위한 여정이었을까?

아직은 알 수 없었다. 정말 지금은 아무 것도 알 수 없다.

하지만 왠지 많은 것을 잃어버린 느낌이었다. 무언가 소중한 것을 배우고 얻었다기보다는 무언가 소중한 것을 계속 길바닥에 흘리고 돌아다닌 것 같았다. 난 갑자기 민수가 너무 너무 원망스러워졌다.

난초는 온실에서 살아야 한다는 생각이 들었다. 괜히 개폼 잡으며 자유롭게 살고 싶다고 밖에 나갔다가는 매섭고 세찬 폭풍에 당장 모가지가 꺾이고 마는 것 같았다.

초췌해진 얼굴, 까칠한 피부, 쑥 들어간 눈.

이제 우리가 더 도망칠 곳은 없었다. 시간도 공간도 여기가 끝이었다. 우리는 저 바다 너머로 갈 수 없었다. 바다를 넘을 수 있는 유일한 길은 세상과 인연을 끊는 것뿐이기 때문이었다.

선택의 기로에 선 우리에게 남은 것은 오직 허망함뿐이었다.

아직 아무 것도 알 수 없는 나이에 겪은 방황, 세기말, IMF, 열병…….

이 모든 것이 자그만 몸을 스치고 지나간 뒤 남은 것은 오직 절망 뿐이었다. 난 아무것도 배우지 못하고 깨닫지 못했다. 이런 것이 커가는 것이라면 난 어린 그 모습 그대로 살고 싶었다.

결국 한참을 그 자리에 서서 멍하니 바다만 보고 있던 우리는 아저씨가 훌쩍임을 멈추자 대포집으로 들어갔다.

짧은 겨울 해는 초저녁부터 바다 너머로 지고 있었다. 서해에서는 정말 바다로 해가 진다는 것을 난 알게 되었다. 그 황홀한 저녁 노을을 등에 지고 우리는 홍합국에 소주잔을 기울였다. 여기 저기 어려운 세상이 뒹굴 뒹굴 굴러가는 속에서도 저녁 노을 만큼은 예전의 그 모습 그대로였다. 뉘엿뉘엿 넘어가는 그 붉은 불덩이를 보며 내 마음도 한결 시원해졌다.

우리는 남은 돈이 좀 있었기에 이것저것 되는대로 시켜 입안에 틀어넣기 시작했다. 홍합국이 비었고 매운탕이 바닥났으며 생태찌게가 넘어갔다. 양은 철판상 위에는 소주병이 하나둘 늘어갔고, 해도 어느새 바다 아래로 완전히 가라앉아 버렸다.

"힘든 세상이여. 없는 놈들한티는. 하긴. 언제 없는 놈들이 힘들지 않았던 때가 있었는감? 이리 돼지나 저리 돼지나 다 마찬가지지 뭐. 칫. 평등. 민주화? 좋아하네. 미친 넘덜. 어려운 놈들은 왜 다 옛날에만 있는댜? 60년대에는 6.25 때 어려웠던 얘기하더니, 70년대 되니까 보릿고개 넘은 거 야그하고 자빠졌고, 80년대 되니까 박정희 때는 못 사는 사람들이 많았다고 하고……. 허, 지랄 좆까구 있네. 지랄. 미친 기자놈들. 당시 정권들한테는 찍 소리 못하다가 시간이 지나면 그 땐 그랬다고 지랄하고. 지금도 봐. 어려운 새끼 세상에서 다 돼지고 완전히 평등한 사회가 된 것 같잖아. 서민들은 IMF건 아니건 맨날 맨날 나자빠지는디 정보화가 어쩌구 저쩌구, 옛날엔 어려웠다구 어쩌구. 에이. 엠병. 내가 월남에 있을 때는 그래도 이것보다 나았어. 비록 내가 죽을 고비를 수 차례 넘기기는 했지만 말여. 그래도 그 총탄을 뚫고 달리면서 살아있는 걸

느꼈단 말여. 귀국해서도 동네에서 윤병장이라면 모르는 사람이 없을 정도로 대우가 좋았는디 말여. 동네 색씨들이 나만 지나가면 얼굴을 붉히고는 저들끼리 뭐라고 좋알 좋알 댔단 말여. 근디 지금은 이게 뭐여. 완전히 좆 됐잖여. 엠병. 그때 월남에서 고엽젠가 뭔가, 그 허연 가루를 맞고는 힘도 제대로 못 쓰고 직장에서는 눈치받다가 짤려나가구. 가족은 풍비박산 나고. 딸년은……. 그려. 하나 남은 딸은……. 쓰발. 그래도 너들이 복수를 해줘서 내 마음이 쪼끔은 낫다. 그렇다고 미래가 살아오는 것은 아니지만. 그래도 그 씹어 죽여도 시원치 않은 놈들은 응당 죽어야 했어. 암. 그러니 너그들도 죄책감 갖지 말고 정신 똑바로 차리고 살어. 특히 너, 민수 놈아. 괜히 겉멋 들어 건들대지 말구. 이 아저씨가 이 모양 이 꼴이 됐어도 너보다 인생 짬밥은 많잖여. 너 그 모양으로 살다가 나중에 내짝 난다. 소중한 걸 지키고 싶거든 힘을 키우란 말여. 건들건들 다니다가는 이 모양이 되는겨! 알겠어? 후우…….! 그래도 사우디에 갔을 때만해도 이렇진 않았는디…….”

숙이 걸쭉히 오르자 아저씨는 주절주절 말을 늘어놓기 시작했지만 우린 아무 말도 하지 않고 아저씨의 말에 귀를 기울였다.

“우리 미래는 정말로 이렇게 죽을 것 같지는 않았는디. 소중한 것은 절대루 이리 허무하게 죽어 없어지지는 않을 것 같았는디. 내가 다니던 회사맨꼬로 하루아침에 사라져버리는구나.”

아저씨는 더 이상 말을 잇지 못하고 고개를 떨구었다. 난 더 이상 그 자리에 앉아 있을 수 없어 낡은 문을 열고는 밖으로 나갔다.

난 점점 모든 것이 선명해짐을 느끼고 있었다. 난 결국 아직도 사각의 링 위에 서 있는 것 같았다. 다만 그것을 외면하고 있었을 뿐, 아직도 그 위에서 홀로 서 있었던 것이다. 나 혼자의 힘으로, 정면 승부로 해결해야 하는 그 많은 시련들은 아직도 변하지 않은 채 그곳에 서 있는 것이었다. 난 다운당해 땅에 쓰러진 상태에서 다만 링 위의 천장을 올려다보고 있을 뿐이었다. 결국 모든 승부는 아직도 나 혼자의 문제로 그곳에 변하지 않은 모습으로 남아 있었다.

바다 저 멀리서부터 파도가 밀려와 방파제를 때렸다. 밤이 되자 밀물이 밀려와 갯벌을 채웠다. 정말 민수의 말대로 물이 2층 건물 높이 정도로 차 올라 아까는 육지였던 갯벌이 모두 물에 잠겼고 허공 위에 떠있던 부두도 어느새 바다에 닿아 있었다.

달은 만월이라 바다 위를 환하게 비추었고 차가운 하늘엔 수도 없는 별들이 무리를 지어 흩어지고 있었다. 낡은 배들은 오징어등을 밝히고 바다로 나가려고 하고 있었지만 동해와는 달리 영세하고 초라한 어선들은 활기차기보다는 외로워 보였다. 썩은 고기 한 마리를 차지하려고 달려드는 갈매기떼처럼 어부들은 입에 풀칠을 하기 위해, 자식들을 학교에 보내기 위해 초저녁부터 새벽고기잡이를 위해 부산하게 준비를 하고 있었다.

집에 돌아가 백기 투항을 하고 싶지는 않았다. 방황이었다고, 철없는 아이의 실수였다고 말하고 싶지는 않았다. 내가 걸어온 이 길이, 그 길에서 스쳐지나갔던 소중한 사람들과의 인연이 슬픔이었다고, 잘못된 만남이었다고 후회하고 싶지는 않았다. 비록 슬픔으로 망가져버린 인연이었다고 해도 난 그 사람들을 알게되어 행복했다고 말하고 싶었다. 하지만 그런 내 맘과는 달리 내 모습은 이렇게 초라하게 변해버린 채 어디로도 가지 못하고 길 한가운데서 굳어져 버리고 말았다.

난 고개를 들어 하늘을 보았다. 검은 바다와 검은 하늘이 만나는 곳에선 아무런 경계를 느낄 수 없었다. 사람이 죽는다는 것도 저렇게 경계를 느낄 수 없는 부분을 넘어가는 것 같았다. 사람이 지쳐가고 무너져 가는 것도 저렇게 경계를 느낄 수 없는 부분을 넘어가는 것 같았다.

　결국 난 내일 겁쟁이처럼 집으로 돌아가 고개를 숙이고 평생을 살아야 할 것이다. 그러나 내가 민수와 같이 산다고 해서 그것이 고개를 들고 사는 것이라고 할 수 있을까?

　아닌 것 같았다. 산다는 건 무언가를 계속 잃어가면서 계속 초라해지는 것의 연속인 것 같았다. 승자도 패자도 없이 모두가 다 무너져가는 것 같았다.

　그때, 선술집의 낡은 미닫이문이 열리고 술이 얼큰하게 취한 아저씨가 밖으로 나왔다. 아저씨는 술이 많이 취한 상태였지만 눈빛만은 그 언제보다 더 생생하게 빛나고 있었다. 난 고개를 돌려 시퍼렇게 살아있는 아저씨의 눈동자를 보았다. 아저씨의 손에는 미래의 유골상자가 들려있었다.

　"어딜……."

　난 아저씨를 보며 말을 했지만, 그 눈빛에 압도되어 중간에 말꼬리를 내렸다. 아저씨의 등 뒤에 서 있는 민수와 상협의 눈빛에도 근심이 서려 있었다. 우리는 한번도 아저씨의 눈빛이 그렇게 진지하게 빛나는 것을 본 적이 없었기 때문이었다. 아저씨는 지금 자결 전의 사무라이 같은 얼굴을 하고 있었다.

　"제길. 엔딩은 좀 더 멋있을 줄 알았는데……. 추리하구먼."

　민수가 주머니에 손을 넣고는 하늘을 올려다보며 말했다.

　아저씨는 그렇게 한동안 그 자리에 서 있더니만 곧 무언가에 홀린 사람처럼 어디론가 걸어가기 시작했다.

　"아저씨 어디로 가냐니까요? 예? 제발 정신 좀 차려요! 우리보다 더 어린 것 같애! 왜 그래요?"

　난 저벅 저벅 걷고 있는 아저씨를 바쁘게 따라가며 이렇게 말했지만 아저씨의 눈동자는 오로지 앞만을 바라보고 있었다.

　"말 좀 해봐요? 지금 여기가 어딘데 술을 그렇게 마시고 가는 거예요?"

마침내 난 아저씨의 팔을 잡아 아저씨의 발걸음을 멈추게 했다.

"미래를 묻으러 간다."

아저씨는 몸은 움직이지 않고 고개만 오른 쪽으로 돌려 나에게 말했다.

"이 시간에 왜 미래를 묻으러 가요? 내일 가요. 내일요."

난 아저씨를 계속 붙잡으며 말했다.

"내일은 안 돼. 오늘이 아니면 못할 것 같아."

아저씨의 음성은 떨리고 있었다.

"왜 안 돼요? 이렇게 술에 취했는데 미래를 제대로 묻겠어요? 저도 마음이 아프지만 내일 제대로 경건한 마음으로 묻어요. 예?"

"니가 마음이 아파도 애비 마음만큼 하겠냐? 넌 모른다. 딸을 잃은 애비 마음을……. 지금이 아니면 못한다."

아저씨는 목구멍 끝에서부터 숨을 끌어올려 말하고 있었다.

"왜 하필 지금이에요? 이 깜깜한 밤에……."

"하늘 보기가 두려우니까. 벌건 대낮에 하기가 두려우니까. 천벌을 받을 일이다. 벌건 대낮에 맨 정신으로 17살밖에 안 된 딸년을 바다에 뿌린다는 건. 밤이 좋아. 이렇게 보름달이 은은하게 뜬 밤이. 보름달은 원망하지 않을게다."

아저씨는 고개를 들어 보름달을 그윽히 쳐다보며 말했다. 그 눈빛에는 내가 이미 어떻게 할 수 없는 그 무엇이 들어 있었다. 아저씨는 포구 쪽을 향해 어둠 속으로 한걸음 한걸음 제겨 디뎠다.

"뭐래?"

우리의 뒤에서 아무 말없이 기다리고 있던 민수가 나에게 다가와 물었다.

"미래를 바다에 뿌리러 가겠데. 지금이 아니면 절대로 안 된데. 말려선 안 될 것 같아. 왠지."

난 넋이 나간 사람처럼 터벅 터벅 걷고 있는 아저씨를 바라보며 말했다.

"너 미쳤어? 그렇다고 그냥 보내는 게 어딨어?"

민수는 평소의 성격처럼 화를 버럭 냈다.

"왠지 그래야 될 것 같아. 사람은 결국 남들이 뭐래도 자기하고 싶은 대로 하는 법이거든. 사실 그게 진짜 행복일지도 몰라. 바람직하게 사는 것보다 원하는 대로 행동하는 게……. 아저씨가 지금 미래를 묻고 싶어한다면 지금이 제일 좋은 시간인 거야."

순간 난 그렇게 할 수밖에 없었던 아저씨의 선택에 마음이 아팠다.

"어쩔 수 없다. 아무일 없는지 따라가 보기라도 하자."

상협이 재빨리 상황을 정리하고는 아저씨의 뒤를 쫓았다. 아저씨는 허름한 부둣가에서 한 어부 얘길하고 있었다.

"저기요. 제가 이 배를 좀 빌리려고 하는데 얼마면 될까요?"

아저씨는 낡은 조각배 한 척을 가리키며 어부에게 말했다.

"그냥 가져갔다오슈."

어부는 아저씨를 위아래로 훑어보다가 마침내 아저씨의 손에 들린 유골함을 보고는 이렇게 말했다.

"아니오. 꼭 돈을 주고 빌리고 싶습니다. 어쩌면 돌려주지 못할 것도 같고. 딸애를 보내는데 이번만은 돈을 주고 당당하게 태우고 싶습니다."

아저씨는 어울리지 않는 표준어로 또박또박 말을 이어갔다.

"그럼 그렇게 하슈."

어부는 그물 손질에서 눈을 떼지 않고 이렇게 말했다. 아저씨는 주머니에서 십만 원 짜리 수표를 두 장 꺼내 어부에게 건넸다. 어부가 돈이 너무 많다고 사양했지만 아저씨는 배를 사는 것이라고 말하고는 한사코 돈을 건넸다.

어부가 그물 손질을 멈추고 아저씨를 쳐다보았다. 그리고 잠시 뒤 아무 말 없이 그 돈을 건네 받았다.

"고맙소."

아저씨는 어부에게 짧게 인사를 했다. 잠시 후 어부가 아저씨에게 담배를 한 대 권하고 자신도 한 대를 피워 물었다.

"세상 살기 참 어렵소. 난 여기서 고기만 잡으며 57년을 살았소. 그런데 나랑 아무런 관계가 없는 저 멀리 서울에서 일어난 영삼이 개삽질이 이제 우리 어선까지 남의 손에 넘어가게 만들었소. 우리 마을 사람들은 남들한테 죄 지은 적 없고 싫은 소리한 적 없는데 이번 아이엠에픈지 아이엠씹새긴지 때문에 다 죄인이 되고 빚쟁이가 되었단 말이여. 난 이 마을을 떠나 밖에서 지랄한 적이 한번도 없는데 말이여. 보아하니까 형장도 그동안 숱한 사연이 있었을 것 같소. 하지만 일단 산 사람은 살아야 하지 않것소. 내 이런 말을 하는 이유는 형장의 눈빛이 불안하기 때문이오. 내가 비록 바다밖에 모르는 무식쟁이지만 파도와 살면서 사람의 마음과 자연의 움직임에 관해서 대충이나마 느낀 것이 있소. 초면에 실례하는 말이 아닐지 모르나 생각을 고쳐먹고 기운을 내시오. 산다는 건 꼭 삶이 아름답기 때문만은 아니라오."

어부는 오랜시간 그물을 잡아 상처투성이인 거칠고 두꺼운 손으로 담배를 입가에 가져가며 말했다. 그러나 어부의 말에도 아저씨는 별다른 반응을 보이지 않았다. 아마도 우리처럼 감정에 쉽게 흔들릴 나이는 아닌 모양이었다.

아저씨는 그렇게 잠시동안 부둣가에 걸터앉아 겨울바다를 바라다보았다.

그동안 민수는 애써 분위기를 바꿔보려고 지난 날 자신의 추억을 주저리 주저리 늘어놓았다. 민수는 동해 바다에 놀러가 주문진에서 한밤중에 광어회에 소주를 마시며 친구들과 밤새 놀았다고,

그리고 그 바닷가에서 여자애를 헌팅해 하룻밤 진하게 보냈다고 으쓱대며 과장어린 목소리로 말했다. 하지만 그런 말로는 아저씨의 무거운 마음을 바꿀 수 없다는 것을 민수 자신도 잘 알고 있었기에 그의 말은 이내 생기를 잃기 시작했다.

견디기 힘든 무거운 시간이 흘렀다. 아저씨는 뭔가를 정리하는 사람처럼 바다를 응시하며 생각에 잠겼고, 그것을 바라보는 우리는 자꾸 불안한 생각이 떠나질 않았다. 우리는 모두 같은 생각을 하고 있었지만 누구도 선뜻 아저씨에게 그 말을 꺼내진 못하고 있었다.

말을 꺼내면 현실로 되어버릴 것만 같았다. 견디기 힘든 시간은 언제나 너무도 느리게 흐른다. 1시간, 아니 30분쯤 지나자 아저씨가 자리에서 일어났다. 그리고 입을 열었다.

"화려하지도 않은 보잘것없는 인생이었지만 50년을 살던 존재가 그 끝을 보려고 하는데 어찌 비감함이 없겠냐. 나 돌아갈런다. 그동안 고마웠다. 나 너희들과 집을 비운 사이 미래를 잃었지만 너희를 원망하지 않는다. 아니. 오히려 고마워하고 있다. 특히 오월이. 미래에게 처음으로 사랑을 가르쳐줘서 고맙다. 미래도 나도 후회 많은 인생이었지만 언제까지 그 후회를 안고 살수만은 없잖아. 나 미래와 함께 가련다. 너희는 집으로 돌아가 오늘 일을 모두 잊어버려라. 멀쩡한 사람이 길을 잃고 뒷골목으로 들어왔다고 해서 뒷골목 인생이 되는 건 아니잖니? 돌아가라. 너희에겐 아직 꿈이 있어. 비록 그 꿈이 허무해 보이고 덧없어 보여도 꿈이 없는 것 보단 낫단다. 난 가련다. 잘 있어라."

아저씨는 낮고 분명한 말투로 이렇게 말했다. 갑자기 아저씨가 굉장히 낯설어 보였다. 내가 아는 아저씨와는 너무나 다른 모습에 난 잠시 혼란스러워졌다.

"아저씨 그게 무슨 말이야? 간다니? 어딜 가게? 미쳤어?"

민수가 목청을 높이며 말했다.

"난 끝났다. 암에 걸린 사람과 똑같애. 모르겠니? 내 영혼은 이미 썩어버렸어. 회생할 가능성이 없어. 난 내 인생을 선택할 권리가 있어."

아저씨의 눈빛은 단호하게 빛났다.

"그러면서 왜 우리보곤 돌아가란 거야? 아저씬 죽을꺼면서? 죽는 게 나약한 게 아니고 뭐야?"

민수는 떼를 쓰는 아이처럼 아저씨를 향해 소리를 질러댔다. 처음으로 그의 입에서 '죽음'이라는 단어가 튀어나왔다.

"암 말기 환자와 감기환잔 달라. 난 이미 늦었어."

"그렇지 않아. 아저씨 우리랑 살아. 내가 아저씨 아들 될게. 응? 내가 아들하면 되잖아. 평생 같이 살게. 나 실은 아버지가 없어. 그동안 아무한테도 말하진 않았지만 나 실은 아버지가 있음 했어. 아저씨면 될 것 같아. 편하고 친구같고 언제나 내 곁에 있을 사람. 가지마, 응?"

난 민수가 저런 말투로 애원하는 것을 한번도 듣지 못했기 때문에 민수의 말이 더욱 가슴 아프게 느껴졌다. 그리고 그동안 민수가 방황했던 것이 아버지가 없어서 그랬던 것이라는 것도 알게 되었다.

아저씨는 민수의 마지막 말에 약간 흔들리는 기색을 보였다. 민수의 말대로 민수가 아들이 된다면 아저씨도 새롭게 희망을 가지고 살 수 있기 때문이었다.

"생각해보마. 배를 띄운다고 당장 죽는 것도 아니니……."

하지만 결국 아저씨는 배 위에 올라탔다. 실낱같은 희망만 남긴 채…….

"아저씨 안 돼! 제발 가지마! 제발! 아저씨이이!"

아저씨가 배 위에 올라타자 민수의 절규는 톤이 더 올라갔다. 민수는 억센 손으로 배를 묶은 동아줄을 부여잡고는 놓지 않았다.

"놔! 생각해 본다고 했잖아! 니가 이러면 나 정말로 돌아오지 않는다!"

아저씨는 아버지같은 목소리로 민수에게 호통을 쳤다.

"그래, 민수야. 내가 따라가 볼테니 일단은 그냥 보내자."

상협도 옆에서 아저씨를 보내자고 설득했다.

"싫어! 씹새끼야! 너도 죽으려고 그러는 거지! 그만 좀 해! 왜 내 곁에 있는 사람들은 전부 다 떠나는 거야! 세영이서부터 시작해서 미래까지 도대체 몇 명이나 죽어야 하는 거야! 너희들 왜 이래? 사는 게 그렇게 좆같애? 죽으면 장땡이야? 피하지마! 당당하게 맞설 수도 있잖아! 너희만 슬퍼?"

민수는 미친 사람처럼 눈을 감고는 팔을 내저으며 소리를 질러댔다. 하지만 그러는 사이 아저씨와 상협은 재빨리 배를 타고 바다로 나가버렸다. 너무나 순식간에 일어난 일이라 민수는 미처 대응도 하지 못한 채 아저씨를 보내버렸다.

"돌아와! 씨발 안 돌아와? 빨리 와! 제발 부탁이야! 야! 씨발 비열하게 울고 있는데 도망쳐 버리냐? 빨리 와! 와서 말로 하자!"

수영을 못하는 민수는 아저씨를 따라가지도 못하고 발만 동동구르며 온 동네가 떠나가도록 소리만 지르고 있었다.

"야! 씨발! 경찰 불러! 아니, 배 줘! 빨리!"

민수는 이렇게 외치며 주변에서 또 다른 배를 찾아보았다. 하지만 아무리 바닷가라고 해도 넉넉치 않은 사정에 조각배가 남아돌리 만무했다. 배들은 대개 출항을 했고 남아 있는 배도 전부 모터가 달린 커다란 것 뿐이어서 민수가 탈만할 배는 없었다.

"씨발! 무슨 눔의 항구에 배도 없어? 씨발 좆같은. 빨리 큰 배라도 몰아!"

민수는 어부에게 다가가 배를 몰라고 외쳤지만 어부는 아무런

300

대답도 하지 않고 민수를 바라보기만 했다.

"내 말 안 들려! 넌 쟤네들 죽게 내버려둘 꺼야?"

민수는 계속해서 어부에게 소리를 질러댔다.

"저 분이 저런 선택을 했다는 것은 분명 아이들이 우발적으로 하는 행동과는 다른 것 같네. 젊은이가 안타까워하는 것은 알겠지만 좀 기다려보세. 가장 현명한 선택을 하실 테니."

어부는 변하지 않는 얼굴로 민수를 향해 이렇게 말했고 그 말을 들은 민수는 시멘트 바닥 위로 무너져 내렸다. 난 얼른 달려가 민수를 끌어당겼다. 하지만 민수는 뼈가 없어진 사람처럼 무겁게 밑으로 침전했기 때문에 난 민수를 감당하지 못했다.

아저씨와 상협을 태운 배는 어느새 저 멀리로 나아가 있었다. 민수의 말대로 아저씨는 실랑이도 하지 않고 재빠르게 배를 몰았다. 민수가 야속해 할만도 한 일이었다.

배는 눈에서 가물가물한 지점까지 흘러가서야 멈췄다. 그리고 잠시 후 배에서 흰색 가루가 흩날리기 시작했다.

'미래가 가는구나. 이제 드디어 그 어느 곳에서도 미래의 흔적을 느낄 수가 없게 되는구나. 난 이제 또다시 아픔을 견뎌야 하는 거구나.'

이런 생각을 하니 갑자기 속에서 눈물이 울컥 솟아올랐다. 분명히 배 위에 타고 있는 아저씨도 울고 있을 것 같았다. 흩날리는 가루라 떨리고 있는 것을 보아도 알 수가 있었다.

한 많은 인생들…….

가루가 더이상 날리지 않게 된 뒤 한참이 지나도 배는 움직이지 않았다. 고요해진 바다에 희미하게 아저씨와 상협의 두런거리는 소리가 이따금씩 들릴 뿐이었다.

둘은 생과 사의 갈림길에 서서 결정을 보지 못했는지 계속 무언가를 이야기하고 있었지만 나와 민수는 불안하게 그것을 지켜볼 뿐 아무 것도 할 수가 없었다.

특히 민수는 아저씨가 떠나간 것이 못내 아쉬웠는지 계속 끌탕을 하고 있었다. 언제나 냉소적이고 차가웠던 민수가 아저씨에게 이런 집착을 보이는 것은 정말로 놀라운 일이었다.

"난 지쳤어, 이제. 어떤 것에 대해 애정을 보이고 어떤 것에 대해 희망을 건다는 게……. 의미가 없어. 세상은 너무나 거칠고 살기 힘든 것 같아. 이대로 무너져 가는 게 인생인 것 같아. 내가 집을 나오지 않았어도 마찬가지일 꺼야. 세상에 치이고, 사회에 밟혀서 결국 길들여지고 말 테니까. 움직일 기운이 하나도 없다. 한 걸음도 못 움직일 것 같다. 쉬고 싶다. 피곤해."

난 땅바닥에 주저앉아 멀리 보이는 나약한 조각배 한 척을 바라보며 기운 없는 목소리로 말했다.

"내 꿈은 ONLY 서울대였어. 단지 서울대에 가는 것이 목표였지. 넌 한심하다고 생각하겠지만 말야. 근데 그게 의미가 없는 거란 걸 알았어. 제길. 파도치는 바다에 조각배하나 띄워놓고 죽겠다고 하는 놈이나, 그거 바라만 보고 있으면서 뱃살 좋게 딴소리하고 있는 놈이나 주접떨고 있는 건 똑같다. 엠병. 게임오바다. 다 물거품이 되어버렸어. 아무 것도 생각하기 싫다. 될 대로 되라."

시간이 지나도 나의 주접은 계속되었다. 그리고 그런 주접은 민수의 외침이 있고 나서야 끝이 났다.

"야! 저거 뭐야! 배가 가라앉잖아!"

민수의 손가락 끝이 가리킨 곳에 떠있는 아저씨를 태운 조각배는 정말로 점점 가라앉고 있었다.

"배가 왜 가라앉는 거야! 제길! 배 띄워! 씨발! 개 어부새끼 어디 갔어?"

민수가 당황해 배를 띄우기 위해 어부를 찾았지만 어부는 이미 자리에 없었고 마땅히 탈 배도 보이지 않았다. 민수가 이렇게 외치는 상황에서도 배는 빠른 속도로 가라앉고 있었고 우리가 미처 대응을 할 새도 없이 배는 벌써 거의 다 바닷속에 잠겨버렸다. 아마도 아저씨가 배 밑바닥에 커다란 구멍을 낸 모양이었다.

"어떡해! 개이씨발! 벌써 배가 물밑으로 넘어갔잖아?"

민수는 절망에 젖어 거의 절규하는 목소리로 말했다.

"끝났다. 니가 해결할 수 있는 선을 넘어갔어. 받아들여라. 언제나처럼. 금방 끝날 꺼다."

난 이미 낙담한 목소리로 민수에게 말했다.

"금방 끝날 꺼라고? 받아들이라고? 그게 할 소리냐? 넌 소중한 사람이 눈앞에서 죽어 넘어지는데 그걸 보고만 있으라는 거냐? 뻔히 살릴 수 있는 멀쩡한 사람이 죽는데 그걸 보고만 있으라고? 그게 말이 되냐?"

지쳐 고개를 숙였던 민수는 나의 말에 눈을 돌리곤 소리를 질렀다.

"그럼 어떡하니? 아저씬 아저씨 말대로 마음이 완전히 병들었어. 아무도 구제해줄 수가 없어. 부인과 딸 곁으로 가는 게 차라리 편한건지도 몰라. 게다가 지금은 딸과 함께 묻히는 거잖아."

난 침착함을 잃지 않고 나름대로 조리있게 말하려고 애썼다. 지금은 민수도 위험한 상황이라고 생각했기 때문이었다.

"개새끼야! 넌 편하게 생각해서 좋겠다. 니가 그렇게 생각하니까 미래가 죽은 거 아냐! 넌 그러곤 어쩜 그렇게 태연할 수가 있냐? 난 그렇겐 못해!"

민수는 이렇게 외치고는 옆에 있는 고기잡이배에 올라탔다. 고기잡이배라고 해봤자 크기가 그다지 크진 않았지만 조각배에 비하면 거대한 것이었고 조종법도 복잡했다. 게다가 아저씨가 탄 배는 완전히 가라앉아 가망도 없어 보였고 만약 운 좋게 다가간다 해도 고깃배가 만들어내는 물살 때문에 조각배는 완전히 뽀장이 날 것이 분명했다.

그러나 민수는 절대로 포기할 애가 아니었다. 고기잡이배의 유리창 안으로 시동을 걸려고 안간힘을 쓰는 민수의 얼굴이 보였다. 민수는 필사적으로 이것저것을 만지며 시동을 걸어보려고 했다. 하지만 아저씨의 배는 이미 자취를 감춘 지 오래였고 그 위로 아저씨와 상협의 인기척도 없었다. 배가 자취를 감춘 후에도 민수는 한참동안 배를 잡고 씨름을 했지만 끝내 시동을 걸지는 못했다.

나는 고개를 들어 다시 바다를 보았다. 아저씨와 상협이 떠나기 전과 떠난 후의 바다는 하나도 변한 것이 없었지만 적어도 내게는 전혀 다른 의미였다.

바다가 슬퍼 보였다. 견딜 수 없을 만큼. 파도도, 물결도, 바람도……. 앞으로도 그럴 것 같았다. 왠지 앞으로도 바다를 생각하기만 해도 슬퍼 눈물이 나올 것 같았다.

이제 게임은 끝이 났다. 완전한 패배였다. 승패가 무의미하다고 아무리 생각하려해도 머릿속에서 패배라는 글자가 지워지지 않았다. 모두가 떠나고 나만 홀로 남았다.

언제나처럼 난 또다시 나만의 힘으로 세상을 걸어가야 하는 것이다.

배에서 내려온 민수가 주머니를 뒤져 담배를 꺼냈다. 하지만 담배가 물에 젖어 제대로 피울 수 없었기 때문에 민수는 담배를 꾸깃꾸깃 구겨 바닷속에 던져버렸다.

난 청바지에 손을 넣어 저번에 민수에게 받아 아직 한 개비밖에 피우지 않은 담배갑을 꺼냈다. 그리고 담배 한 개비를 꺼내 민수의 입에 물려주고 불을 붙여주었다.

민수는 아무런 말 없이 담배를 피웠다. 난 그제야 민수가 담배를 왜 피우는지, 사람들이 왜 담배를 피우는지 알 것 같았다. 칠흑 같은 어둠 속에서 빠알간 담뱃불이 유달리 빛났다.

"사람이 태어나서 이래저래 살다가 죽는 것이야 당연한 일이고, 누가 막을 수 있겠냐만은 보내는 사람의 마음은 그런 게 아니다. 당연하다고 생각하면서도 미련이 남는 게 남은 사람의 마음 아니겠냐. 잊을 수 없을 것 같다. 정말로. 시간이 지나도."

민수는 그렇게 말하며 멍하니 바다를 바라다보았다. 민수의 얼굴은 바닷물에 젖어 있었지만 난 민수가 눈물을 흘리고 있다는 것을 뚜렷이 알 수 있었다.

"사는 법을 배우는 대가치고는 너무 큰 것이었어, 그치? 감당하기 힘들어. 정리할 수 없을 것 같다. 그냥 묻어둬야 할 수밖에 없을 것 같다."

난 민수 옆자리에 주저앉으며 말했다.

시간이 지나자 우리의 등뒤로부터 빛이 보이기 시작하더니 이내 커다란 태양이 모습을 드러냈다. 우리는 그 때까지도 꾸리한 모습을 하고 부둣가에 주저앉아 있었다. 어디로 갈지도 몰랐고 무얼 해야 할지도 몰랐으며 어떤 것을 할 기운도 남아있지 않았기 때문이었다.

난 지금 집에 돌아가서 쓰러져 자고 싶은 생각이 가장 간절했다. 그리고 그렇게 자고 난 뒤 지금까지 겪은 일들을 모두 잊고 싶었다. 하지만 집에 돌아가면 예전같은 지겹고 의미 없는 생활을 다시 하고 싶지는 않았다. 이런 생각을 조금만 하다보면 머릿속이 복잡해 터질 것만 같았다. 그래서 난 아무런 생각 없이 민수에게 기대에 가끔씩 숨만 쉬고 있었다. 그런데 잠시 후 우리에게 그림자 하나가 덮쳐왔다. 우리는 아무런 기운이 없었기 때문에 처음엔 그 그림자가 지나쳐 가겠거니 하면서 고개를 돌리지 않았지만 시간이 지나도 그 그림자는 그 자리에 그대로 서 있었기 때문에 우리는 마침내 고개를 치켜올렸다.

"상협아!"

놀랍게도 그 자리엔 상협이 서 있었다.

"야! 어떻게 된 거야?"

방금 전까지도 낙지처럼 늘어져 있던 민수가 튀어올라 상협의 팔을 덥썩 잡았다.

"살려고 왔다. 너희들이랑. 너희들 말대로 재판에서 이기고, 마음잡고 살련다."

상협은 평소처럼 듬직한 웃음을 지으며 말했다.

"개새끼! 잘했다! 너 어떻게 왔냐?"

순간 민수의 얼굴엔 웃음이 피어올랐다.

"헤엄쳐 왔다. 내가 너처럼 수영도 못하는 빙신인줄 알았나?"

상협은 특유의 웃음을 지으며 말했고 민수는 고개를 설레설레 흔들었다.

"하아~! 아저씨는 죽었다. 하지만 후회는 남기시지 않은 것 같았어. 나도 더이상 말리지 않았다. 실은 민수 너하고 사는 것을 고민 많이 하셨는데 역시 안되겠다고 말하셨다. 너하고 사는 건 정말 좋지만 살면서 순간순간 떠오를 미래를 생각하니 견딜 수가 없을 것 같데. 매일매일 생각난데. 너보고 이해해 달라고 말씀하시더라. 그리고 자기 없어도 잘 살길 바란다고 하시더라."

상협은 고개를 숙이며 말했다. 그러자 민수의 얼굴에 다시 그림자가 드리워졌다.

"가자. 어쩔 수 없다."

난 재빨리 민수를 끌어당겼다. 민수도 우리의 말에 수긍해 발걸음을 옮겼다. 우리는 어저께 술을 마셨던 그 식당으로 다시 들어갔다. 그리고 몸을 녹이며 국밥을 세 그릇 시켜 먹었다.

창 밖으로 보이는 아저씨와 미래가 잠든 바다가 햇살에 빛나 반짝이고 있었다.

306

에필로그

"와우! 나이샷!"

"뭘요. 고맙습니다."

난 그녀에게 인사를 한다. 왠지 느낌이 좋다. 이번에도 잘 될 것 같은 느낌.

"임팩트 순간에 코킹만 좀 더 잘 되면 괜찮을 것 같아요."

"예. 기억해 둘께요."

난 다음 볼에 채를 가져가며 말한다.

"이제 드라이버도 제대로 잘 되는 것 같은데요."

공이 제법 비거리를 내며 날아간다.

"오늘 수업은 여기까지입니다. 다음에는 모두 7번 아이언 이상 으로 칠 수 있도록 연습하세요."

강사가 수업이 끝남을 알린다.

"거기요. 다음 시간에 수업있어요?"

"아니요. 별루."

시영이라는 여자가 나에게 말을 건넨다.

"잘 됐네요. 제 차 타고 T.G.I.나 가요. 친구들이 거기 있다는데……."

그녀가 키로 차문을 열며 말한다.

"그래요? 근데 아직 시영씨 친구를 보기는 좀 그런데."

난 짐짓 물러서는 체를 했다.

"뭐, 어때요? 사귄다고 하면 되지."

시영이는 처음부터 대담한 말투다. 하긴 요즘은 여자 애들이 더 하니까.

"그래요. 그럼."

난 말없이 그녀의 재규어에 몸을 싣는다.

"여자 분이 재규어를 모세요?"

"예. 어차피 음대면 차가 있어야 하고, 전 스피드 광이거든요."

시영이는 이렇게 말하며 배시시 웃는다.

"참. 반말 써도 돼죠? 내가 한다리 위니까?"

"그러세요."

난 주춤하면서도 시영이의 의견을 받아들인다.

"아이 그럼 재미없지. 오월이도 반말 써. 말 까자고, 응?"

시영이가 능숙한 솜씨로 차를 뒤로 빼며 말한다.

"그래. 그럼. 근데 골프는 언제부터 배웠니?"

나 역시 편안한 마음으로 대하고 싶은 마음이 있다.

"응? 예고 다닐 때부터."

"응. 어느 예곤데?"

"선화."

"어? 진짜. 그거 어린이 대공원 있는데 있잖아. 리틀엔젤스회관 옆에."

"아네?"

"당근이지. 내가 그 옆에 잠깐 살았거든. 고등학교가 그 옆에 있어서."

"너 외고 나왔구나?. 하여튼 내가 아는 애들은 반이 예고고 나머지 반이 외고, 과고라니까."

시영이가 좌회전 깜빡이를 넣으며 말한다.

"에이. 귀찮다. 우리 T.G.I.처럼 꾸리한데 가지 말고 교외로 빠지자. 괜찮지?"

사당에서 좌회전을 하려던 시영이가 핸들을 급하게 틀어 직진을 하면서 말한다.

"그, 그래."

시영이는 사당에서 경기도로 빠지는 국도를 타고 속도를 올리기 시작한다.

"야! 너 깡 쎄다. 운전이 장난이 아닌데?"

난 시영이의 세련된 모습에 뻑 가버린다.

"너는 왜 차 없니?"

시영이는 예전의 민수처럼 단도직입적이다.

"응? 면허 없어. 귀찮아서……."

"면허 없다고 차 못 모니? 다들 몰던데……."

"난 간이 작아서, 그리고 아저씨가 늘 태워주는데 뭐."

"그러니?"

시영이는 무관심한 얼굴로 앞을 바라보며 말한다.

"너 음대면 유학 안 가니? 너희 대개 가지?"

"응. 곧 가. 이번 여름에도 낭스로 잠깐 연수가는데."

"진짜? 나도 여름에 유럽 가는데?"

"그래? 그럼 그전에 빨리 꼬셔놔야겠는데."

다시 생각해보니 시영이는 민수보다 더 한 것 같았다.

"너 내가 맘에 드니?"

나도 시영이의 스타일에 맞게 대응한다.

"당근이쥐. 넌 맘에도 없는 애한테 삽질하니?"

역시 시영이는 지지 않는다.

"음대면 바이올린 비싸겠다. 신문보니까 양아치들이 음대 애 꼬셔서 6,000만 원짜리 바이올린 썹였다고 하던데."

"1억."

시영인 여전히 무표정이다.

"그러냐? 얘긴 들었어. 내가 음대애들 좀 알거든. 너 혹시 장영은 아냐?"

"응. 우리 과인데다가 우리 동문이야. 모를 리 없쥐. 근데 넌 어떻게 아냐?"

"아차산에서 혼자 살 때 내 옆 원룸에 살았다."

"얼! 그럼 너 사고 좀 쳤겠다?"

"뭐야? 내가 양아친줄 아냐?"

"상관없어. 다만 지금부터 넌 내꺼양. 그것만 알아둬랑."

시영이의 말투가 갑자기 애교있는 톤으로 바뀐다.

"헐! 너도 애교라는 글자를 아냐?"

"뭔 소리여! 나를 무시하지 말랑꼐롱."

우리는 이렇게 농담을 주고받으며 국도를 달리다 고속도로로 들어섰다.

"어디까지 가게?"

하지만 나의 질문에도 시영이는 대답을 하지 않는다. 표정이 제법 진지해지고 속력도 올라간다. 나도 아무 말 없이 창 밖을 바라본다. 한여름의 무성한 나무들이 벽을 이루며 층층이 흩어진다. 벌써 내 여름은 지고 있다.

게임은 끝났다. 그리고 난 집으로 돌아왔다. 아무도 내게 묻지 않았지만 난 알고 있었다. 내 봄과 여름은 지나갔다는 것을. 그날 이후 난 공부를 했다, 열심히.

묻기 전에 공부를 했다. 공부를 하는 이유가 무엇인지를 묻기 전에 아무 생각없이 공부를 했다. 가끔씩 열병을 앓고 있는 것처럼 가슴이 터질 것만 같았지만 난 참았다.

전쟁 중에 전쟁의 이유와 참혹성에 대해서 철학적 사고를 하는 사람은 없다. 단지 살기 위해 상대를 죽일 뿐이다. 일단 살기 위해 싸울 뿐이었다. 난 살기 위해 발버둥쳤다.

일 년이 지나고 또 다른 겨울이 왔다. 그리고 난 수능을 쳤다. 내가 집을 나가있는 동안 겨울 방학 기간이 겹쳤고 나머지 기간은 엄마가 빽으로 메웠기 때문에 내신은 문제가 되지 않았다. 어차피 학교의 어떤 놈도 내신 따위에 신경을 쓰진 않았으니까…….

수능이 쉬워지고 1년을 지옥에서 보낸 덕에 수능에서 388점이 나왔다.

그리고 난 서울대학교 경제학부에 합격했다, 당당히.

대학에 들어온 후로 난 아무 일도 없었던 사람처럼 소개팅을 하고 나이트를 다녔다. 다른 보통 대학생들과 똑같이 수업을 듣고 MT를 갔으며 친구들과 밤새 술을 마셔댔다. 더이상 지혜나 세영이나 미래를 생각하지 않았다. 다만 그것은 과거의 기억이라고 애써 외면하려 했다.

그리고 또다시 1년하고도 반이 지나고 난 벌써 3학년 2학기를 준비하고 있다. 사법고시라는 또 다른 싸움을 눈앞에 두고…….

난 그동안 너무나 많은 것을 잃어왔지만 더 이상 슬퍼하진 않는다. 내 운명은 원래 그렇다는 것을 깨달았기 때문이고, 나 역시 이기적인 놈이라는 것을 알기 때문이었다. 난 결국 쓰러지지 않았다. 잠시 넘어졌을 뿐. 난 다시 그 많은 사람들의 고통을 짓밟고 일어서 혼자 살아남은 놈이 되었다.

잘난 서울대학교에는 나같이 이기적인 놈이 많았다. 나의 추악함이 일반화될 수 있어 난 학교 다니기가 한결 수월했다. 더 이상 거기에 대해 고민하지 않았다.

김대중이 정권을 잡은지 4년이 되가고 경제 위기도 한고비를 넘겨 이젠 모두들 4년 전의 일들을 잊어가고 있다. 조금만 더 지나면 그 날의 그 아픔들은 신문에서만 볼 수 있는 과거로 묻혀질 것이다. 그러나 난 알고 있다. 적어도 내 머릿속에선 영원히 그 날이 지워지지 않을 것이란 사실을.

민수는 여전히 음악 선생님과 동거를 하고 있다. 나의 생각과는 달리 쉽게 깨질 커플 같지는 않다. 결혼이라는 단어까지 나오는 걸 보니 그 둘의 사랑이 쉽게 끝날 것 같지는 않다.

그리고 얼마전 상협의 결심 공판이 있었다. 항소에 상소를 한 끝에 상협은 무죄를 선고받았다. 이유는 증거불충분. 내가 태어나서 처음으로 남의 일에 적극적으로 도움을 주었다. 변호사를 선임해준 것이다. 경찰관이 사살된 사건이라서 그런지 이번 공판은 매스컴의 주목을 받았고 상협은 강한 이미지로 일순간에 스타가 되었다.

민수와 상협은 지금 상협이 알고 지내던 카센터에서 일하고 있다. 민수는 고려대 법대에 수석으로 합격했지만 한 학기만에 장학금도 포기하고 뛰쳐나와 상협과 카돌이로 일하고 있다. 난 얼마전 녀석들과 차돌백이에 소주를 마시며 그런 민수를 싸이코라고 놀려주었다.

그렇지만 그들이 언제까지 카센터에서 일할지는 불분명하다. 민수는 매일같이 인터넷 벤처사업을 하겠다고 큰소리치고 상협은 매스컴의 주목을 받았으니 방송계로 나가겠다고 허풍을 떨고 있는 것이다. 그치만 민수는 매일 게임방에서 스타크래프트나 두들기고 있어 벤처사업가보다는 프로게이머가 차라리 어울리는 상황이었고 상협 역시 범죄자 이미지만 찍혔을 뿐 방송에서 뜰 기회는 찾지 못하고 있었다. 어쨌든 이제 둘 다 죽는다는 엄살은 떨지 않으니

다행은 다행인 것 같다.

　시간은 흐르고 과거에 멈춰진 사람들은 시간의 흐름에 씻겨 자꾸 떠 내려만 간다. 하지만 나는 그들을 쉽게 잊을 수가 없다. 아마 더 많은 시간이 흘러도 아픔은 계속될 것만 같은 느낌이 든다. 아마 아저씨가 자살을 택한 이유도 그래서인 것 같다.

　난 이제 당당한 서울대학생이다. 이제 세상에서 그 어떤 누구도 날 무시할 수 없다. 나도 이제 기득권 층에 한몫 끼게 된 것이다. 집에서는 벌써부터 내 미래의 길을 열어주는 준비로 부산하다. 나에 대한 기대 역시 고등학교 때와는 비교도 되지 않을 정도이다.

　이젠 투표권도 생기고 사회적 지위라는 개념도 생겨나기 시작했다. 그리고 난 거기서 상당히 유리한 고지를 점령하고 있다. 난 이제 우리 나라 최고의 대학을 다니고 있으며 나의 선배들은 정계, 재계, 법조계를 독식하고 있다.

　앞으로 시간이 지나면 난 아마 더 거창해질 것이다. 하루하루 싸워나가며 더 커다란 옷을 입게 되고 더 커다란 목소리를 낼 수 있게 될 것이다.

　분명 난 점점 더 거창해지고 있고 남들은 점점 나를 부러워하기 시작하고 있다.

　하지만 난 여전히 두렵다.

　예전과 조금도 달라지지 않았다. 사는 것이 죽는 것보다 더 두렵다는 아저씨의 말처럼 나 역시 세상에 한 걸음 한 걸음 내딛는 것이 견딜 수 없을 정도로 두렵고 무섭다.

　시간이 흐를수록 더 많은 것을 잃어가고 더 많은 껍데기를 지고 나갈 내 모습이 혐오스러워 견딜 수가 없다. 난 내 자신이 더욱 더 증오스러워진다.

　그러나 난 알고 있다. 결국 난 그 길을 갈 것이라는 사실을. 난 계속 태연하게 사람들을 베어나가며 나의 길을 열어갈 것이라는 것을……. 나의 번민은 결국 자기합리화의 위선이라는 사실을.

그치만…… 그치만, 난 아직도 무섭고 두렵다.

시간은 흘렀지만 난 여전히 두렵다.

그리고 여전히 지혜가 그립다.

서울대생이 추천하는 대입전략의 모든 것

심층면접(준비에서 면접 도중 위기관리까지)과 논술 그리고
수능 과목별 공략방법 및 개인 수준별 공부방법을 제시

※ 저는 당신의 선배가 되고 싶습니다. 부디 합격하십시오.

수능을 잡아봐라바라밤!

캬! 수능이라……

음…… 모든 학생의 기본 다마이지. 사구로 말하면 40점. 아무리 공부하기 싫어하는 놈도, 대학 안가겠다고 용쓰며 꼬장 부리는 놈도 결국 모의고사 한·두 번은 보는 거 아니겠어?

아무리 요즘 모의고사를 못 보게 하네 수능을 없애네 지랄 지랄을 혀도 지구상에 대학이 있는 한, 그리고 대학을 가겠다고 지랄을 하는 놈들이 있는 한, 입시는 있을 것이고 그 입시의 이름이 학력고사든, 본고사든, 수학능력섬이든 간에 섬은 있을 것이다. 그리고 그 시험은 반드시 전국적인 섬일 것이다.

자아! 공부 못 해 서러운 놈, 공부 잘 해 으쓱한 놈, 대학 포기해 울먹이는 놈, 건달된다 개폼 잡는 놈, 더 잘 할려고 아둥 바둥대는 놈, 성적 안 오른다 불평하는 놈. 이리 다 모여. 여기를 보시라. 공부 못하는 놈 기초알려줘, 보통 하는 놈 더 잘 알려 줘, 잘하는 놈 서울대 가게 해! 날이면 날마다 오는 게 아니여! 자아아 ~~! 그럼 지금부터 구라없는 수능 설명 개봉박두!

우선 이 글은 공부 못하는 놈서부터 중간하는 넘, 잘 하는 넘. 이 세단계로 나뉘어져 있어. 왜냐면 그래야 하니까! 맨날 공부 못하는 넘에게 정식 방법을 가르쳐 줘 봤자 아무 쓸모도 없다. 왜냐하면 그렇게 할 수 있으면 이미 공부를 못하지 않지……. 그리고 세상 놈이 다 공부밥 먹냐? 니네는 다양화도 모르냐? 난 말야, 내가 공부 잘 하지만 딴 놈 무시 안 해. 걔들은 지네 밥그릇이 따로 있을테니까. 하지만 우리 현실상 간판 없이는 아무 것도 안되니 일단은 아무데라도 쑤시고 들어가야 허니, 그런 넘들은 그런 방법을 배우고……. 또, 공부 잘 하는 넘도 보통의 방법으로는 안되지. 뭔가 남들하고 달라야 무슨 장사를 해먹지. 따라서 이 글에서는 세 단계로 나눠서 알아보겠당.

• 대상 1 : 공부 못하는 넘들

음……. 공부 못하는 넘이 대학가기라. 「김종석 대학가기」

보다 어렵다. 종석이 봐라. 전형적인 '공부 평생 안 하다 오랜만에 해서 대학가기' 형이다. 근데 건달같이 평생 놀다가 고3말에 어떻게 한 번 해 볼려고 하면 어쩐란 말이냐? 사실 나도 공부 못하는 애 많이 가르쳐봤는데 공부 안 한다고 뻐팅기는 놈들은 힘들어. 허지만 이 글에서는 그나마 최단기간 안에 가능한 대학을 잘 갈 수 있는 방법을 쓰기로 하지.

본론으로 돌아가서 공부 안하는 넘들이 점수를 따려면 우선 시간이 많이 드는 과목이나 기본 다마로 할 수 있는 과목은 제껴야 한다.

시간이 젤로 많이 들어가는 과목은 뭐지? 고렇쥐. 바로 솩이지. 그럼 어떻게 하지? 그렇지 수학은 제껴야지. 언제 수학하냐? 그 다음은? 영어야.

그렇담, 기본 다마로 치는 과목은 뭐지? 바로 언어 영역이지. 분명히 언어 영역은 국어랑 다른 과목이야. 노력을 해도 안되는 자식이 있는가 하면 공부 하나도 안해도 잘 나오는 넘이 있지. 내 동생도 딴 건 다 꽝이어도 언어는 한 100나오는 놀라운 필살기를 보여주고 있지.

그럼, 남는 건? 수탐 투 밖에 없지. 암기 과목이니까 잘 할 수 있다고. 특히 사회탐구가 최단 시일 (약 한 달) 내에 할 수 있는 과목이야. 빠르지? 공통과학 정도도 한 달이면 대충 다하지.

하지만 이것은 정말로 한 수능 2, 3달 전에 정신차린 놈이야기고, 입학한 다음해에 졸업하는 학교 말고, 4년 동안 놀수 있는 학교정도 가려면 수학, 영어도 제껴서는 안되지. 한 350은 나와야 하니까……

그러기 위해선 최소한 고3초에는 정신을 차려야 해. 늦지 않냐구? 가능해.

10개월은 너무 짧아! 가장 어려운 걸림돌은 바로 솩이야. 하지만 중학교 때 솩을 제대로 했다면 10개월로 불가능한 건 아냐. 우선 기초만 알면 돼. 모든 과목이 마찬가지지만 최소의 시간으로 최대의 효과를 거두기 위해선 응용 문제를 제끼는 것이 좋아. 모든 문제를 다 하다가는 결국 다 끝내지도 못하고 지쳐버려 포기한 상태에서 수능을 맞이하게 되지. 또, 모르는 상태에서 너무 많이 배우다 보면 내용이 뒤죽박죽이 되고 앞에 배운 것도 뒤에 꺼 배우다 다 까먹어. 그래서 기초를 배우는 사람은 자세히 배우기보다는 좀 엉성하더라도 쉽고 빠르게 전부 보는 것이 낫지.

예를 들어 시간이 없으면 공통수학만이라도(공통 수학이 문과의 경우 전체의 70%, 이과의 경우 50%나 차지한다) 풀어 봐야 돼. 수학 교과서의 예제 문제만 푸는 것이 가장 효율적이야. 만약 다 했다면 수학1교과서 예제를 하고. 이 정도만 다 풀어도 수학에서 80점 중에 60점은 따고 들어가거든. 특히 쉬워진 수능에서는 교과서 예제 문제 중에서 숫자만 바꾸고 출제하는 것들도 있어서 아주 효율적인 학습법이 될 수 있지. 문제집은 선택하지 않는 것이 더 나은 상황이야. 교과서에만 매달려랑.

다음으로 잡아야 하는 것이 영어인데……. 이것도 기초가 없으면 안돼. 최소한 'too~to'가 'so~that cannot'이라는 것 정도는 알아야해. 사실 외국어 영역은 문법보다는 독해가 훨 중요해. 문법은 55문제 중에 겨우 1문제가 출제되지만 나머지는 전부 독해, 듣기거든. 따라서 공부도 당연히 독해에 치중되어야 하지. 괜히 문법책 같은 거 보지 말구, 쉬운 문제집을 중심으로 문제를 건진다는 마음으로 다소 빠르게 푸는 것이 좋아. 교과서를 보는 것은 자살행위야. 한 문제도 안나오거든. 괜찮은 책으론 블랙박스 정도가 무난하지 않을까? 건질 수 있는 것만 건지자! 명심해라!

언어 영역은 감으로 좌우되는 것이 특징인데, 최악의 학습법은 학원에서 하라는대로 하는 거야. 고3때 학원을 다니면 보통 시나 소설을 한 2~3달 잡아서 줄줄이 꿰는데, 이건 거의 미친 짓이라고 봐도 무방하지. 차라리 흐름을 읽는 것이 더 이익이다. 그렇다면 이 '흐름'은 무엇인가? 그것은 '추리, 독해, 유형' 등을 말하는 것이지. 따라서 모의고사를 풀어보고 해설을 보는 것이 가장 빠른 길이지. 그러면 언어영역의 유형이 어떤 것인지 알 수 있거덩. 한샘 학원 근처 같은데서 파는 모의고사 문제집을 풀도록.

남은 것은 수탐 투인데 가장 공략하기 쉽고, 간단한 과목이 이 수탐 투이지. 물론 많이 하다보면 가끔씩 어려울 때도 있지만 어느 정도 수준까지는 별 무리없이 점수를 올릴 수 있는 과목이지. 왜냐면 암기과목이 많기 때문이지. 하지만 노력하기 귀찮아하는 애들에게는 외울 것이 많기 때문에 가장 지겨운 과목이기도 하지. '긴급호출'인가? 수탐 투 정리해 놓은 거 있잖아. 그런 거 봐도 괜찮고.

음······. 지금까지 뒤늦게 새출발하시려는 분들의 공부법을 가르쳐 드렸는데 아무래도 시간이 촉박하신 분들이라 여러 가지로 엉성한 부분이 있지요? 하지만 최소한의 시간으로 최대한의 효과를 보자면 위의 방법이 최선이라고 생각됩니다요, 헤헤. 마지막으로 한 번 더 강조하는데 수능은 본고사랑 달라서 전체적인 능력이 지엽적인 능력보다 중요시 돼. 최근 수능이 쉬워지기도 했고. 그러니까 쬐끄만 내용에 목숨 걸지말고 좀 전체적으로 쉬운 문제를 중심으로 공부하셔요~~! ^.^

• 대상 2 : 공부 좀 하는 자슥들의 전략!!

참 애매모호한 놈들이지. 잘한다고도 할 수 없구, 못한다고도 할 수 없구. 다 그 놈이 그 놈인 놈들······. 공부밥을 먹자니 별로 실력이 안 따르고 딴 걸 하자니 뭐 별달리 잘 하는 것도 없고. 어려운 학술용어로 이런 사람들을 '어중이 떠중이 대중이'라고 하지······. 음······ 하지만 이런 어설픈 넘들은 반대로 말하면 뭐든지 잘 할 수 있는 넘들이잖아? 실제로 나한테 과외받아서 성적 오른 애들은 이런 애들이 많아. 즉, 그만큼 발전 가능성이 많은 사람들이지. 반에서 30등에서 5등까지가 전부 이 아이들에 속하지. 이런 넘들은 차별화 전략이 중요해.

이런 분들 중에는 공부하는 양에 비해 성적이 오르지 않으시는 분들이 많지. 공부를 많이 하건 적게 하건 간에 많은 경우 이들의 공부 방법에는 여러 가지 문제가 있어. 즉, 이들의 학습법이 효율적이지 못하다는 데에 있어.

중위권 학생들이 생각만큼 성적이 오르지 않는 가장 큰 이유 중의 하나가 너무 두꺼운 문제집을 풀기 때문이야. 얼핏 생각하면 두꺼운 책이 더 자세할 것 같지만 실제로 이런 책들에는 쓸데없는 군더더기 문제들이 많아, 거의 모든 학생들이 다 풀기도 전에 지쳐버려. 이런 책들을 보면 대체로 처음 부분은 열심히 풀고 그 다음부터는 거의 풀지 않았다는 특징이 있지. 왜 단어장 같은 것도 보면 처음 단어는 달달 외우는데 그 다음부터는 꽝이잖아. 그러니까 괜히 풀지도 못할 문제집 사서 처음만 풀다가 그만두지 말고 얇고 간단한 문제집부터 차례차례 여러 권을 푸는 것이 낫지.

중위권 학생들은 말야, 제끼는 과목이 있어선 안돼. 특히 수능이 쉬워진 이후로는 수학 못한다고 제끼거나 그러는 일이 있으면 죽음이지.

언어는 감각을 기르는데에 핵심이 있어. 언어를 못 푸는 아이들의 특성은 어떤 구체적 지식이 부족하다기보다는, 어떤 접근방식이 필요하고 어떤 사고가 필요하다는 생각이 없다는 데에 있다구!

예를 들어, 비문을 찾는 문제가 나오면 어떤 항목이나 부분에서 비문이 많이 나오는지 알아야 한다는 얘기지. 접속사나 주어, 술어의 일치, 첩어(疊語) 사용 등을 살펴보아야 하는데 어떤 애들은 걍 문장을 다 읽고 찾으려니 한심한 일이지. 언어는 시 하나, 소설 하나 읽는 것보다 모의고사 해설을 읽으며 제목이나 주제, 특징 등을 간단히 알아두는 것이 좋아. 그리고 평소 상식을 쌓아야 하는데 이것도 신문 같은 것을 읽어서 얻기보단 문제집을 통해 얻는 것이 낫지. 예를 들어, 가이아 이론같은 건 문제집에 뻔질나게 나오잖아. 다시 말해, 언어는 지속적인 훈련을 통한 감각에 그 핵심이 있다는 것이야. 추천할 문제집은 「창과 창」 언어영역이나 「디딤돌」이 좋아.

수학…….. 아이들이 가장 겁내는 과목이지. 하지만 최근은 점수 인플레 때문에 고득점을 맞지 않고는 넘어갈 수 없는 부분이기도 하지. 이런 말이 있어. '수학, 영어 70점 이상 맞지 않고는 서울에 있는 대학 갈 수 엄따.' 사실 이 말은 객관적으로 옳은 소리라 할 수 있지. 왜냐면 서울에 있는 웬만한 대학 가려면 한 360은 맞아야 겨 들어갈 텐데 그러려면 솩, 영어는 70이 필수야. 더군다나 고득점으로 갈수록 언어와 수탐 투의 기복이 심해지기 때문에 솩과 영어 점수가 안정적이어야 고득점이 가능하지.

만약 니가 솩에 기초가 없다면 어떡하지? 이 페이지는 보통 하는 놈들이 보는 것이니 아무 것도 모르는 넘은 빼자. 너에게 급한 것은? 당연히 기초를 잡는 일이지. 기초를 잡는 가장 좋은 방법은 시대에 따라 천차만별이야. 특히 솩은……. 최근에는 솩이 쉬워지고 교과서 위주로 나오는 추세이니 자세히 해설이 나온 문제집에서 개념을 잡고 교과서 예제를 푸는 것이 좋아. 단, 증명 같은 것은 빼고……. 「신사고」가 수학은 잡고 있으니 「신사고」 문제집을 사보도록……. 다만 이상한 박사그림이 있는 책이 있는데 다소 어려우니 그 책은 피하는 것이 좋을 듯. 아참! 수(秀) 씨리즈가 나왔는데 기초가 없는 학생은 그것으로 기초를 잡으면 되겠더군…….

수탐투는 하나 하나 잡는다는 생각으로 풀지말고, 다 잡고 또 다 잡는다는 마음으로 풀어라. 무슨 말이냐고? 그러니까 공통 과학 같은 것을 풀면서 4개로 짤라진거 사서 하나하나 풀지말고 좀 댕강댕강하는 한이 있더라도 쫙 풀라는 뜻이여. 사탐은 비교적 암기가 중요하고, 과탐은 외운 것을 문제에 어떻게 적용하여 푸느냐가 중요하니 뽀인트를 맞추도록……. 대표적인 암기 과목인 수탐투지만 예전 본고사 시절에 비하면 외울 것이 적지. 그러니 일종의 전략도 필요해. 예를 들어, 너희가 문제집을 푸는 태도를 고치도록 하는 것도 좋은 방법이야. 너희는 보통 문제집을 잡고 풀 때 빨리 푸는 것은 빨리 풀고, 느리게 푸는 것은 느리게 풀지. 하지만 수탐투는 이런 식으로 풀어서는 곤란해. 필히 외워야 하는 부분에서는 정신을 집중해 외우고 나중에 외웠는지 꼼꼼히 확인해봐야 하고, 그냥 해설로 나온 부분은 가볍게 읽으면 돼. 너희도 보면 알겠지만 항상 외워야 하는 중요한 부분이 있어. 예를 들어, 나트륨 금속의 특징이라든지 운동의 법칙에 대한 공식, 카르스트 지형, 16세기 사림의 특징, 의회제와 대통령 중심제의 비교……. 이런 것은 반드시 기억해야 하는 부분이지. 물론 이런 부분이라고 해서 '대통령 중심제는 직선으로 선출된 대통령이 어쩌구 쩌쩌구…….' 라는 식으로 딸딸 다 외울 필요는 없지만 문제가 나왔을 때 그 특징을 확연히 알 수 있도록 잘 기억해 둬야겠지. 어설프게 외운 내용은 비교 문제나 틀린 것을 묻는 문제가 나왔을 때, 헷갈리게 하는 주범이지. 사실 그렇잖아? 이런 문제나오면 꼭 두 개의 보기가 남는데 그 중에 틀린 거 고르고 그러지? 히힛.

문제집은 무엇을 풀을까여? 사탐은 파우어시리즈(교학사)로 기초를 잡으면 좋아. 푸는 것은 역시 「디딤돌」. 과학은 한 권으로 되어 있거나 4개로 나뉘어져 있어도 얇은 것. 교학사에서 나온 4권짜리가 괜찮던데……. 수능의 영원한 스타 「디딤돌」도 괜찮고…….

영어는 독해야. 최근의 영어는 독해와 듣기로 가는 추세인데, 듣기는 둘째 치더라도 이 독해는 영어의 전부라고 할 수 있지. 언어 다음으로(어쩌면 언어보다 더 한다). 학교 수업과 동떨어진 출제 방식이 사용되는데 특징은 문법이 제로라는 것이야. 사실 주제 고르기, 빈칸 채우기, 순서 배열하기 등등 유형은 많지만 독해를 토대로 하는 것은 공통적이지. 그럼 이 부분은 어떻게 해결해야 할까? 우선 단어가 어느 정도 되어 있다고 치고(안되어 있으면 능률 보케부러리 별표 두 개짜리만 다 외워라. 나머진 필요없다. 시간이 남아 돌면 한 개짜리도 외우고…….) 문제는 독해인데 상당한 집중력이 키워드지. 많은 반복학습으로 독해력을 높여야 하는데 언어 능력도 아주 중요해. 약간의 추리 능력도 필요하지. 사실 해석이 잘 안 되는 부분을 누가 더 잘 찍느냐가 관건이 된다고 할만큼 외국어는 논리력이 중요해. 다시 말해, 영어단어만 많이 안다고 해석이 잘 되는 것은 아니라는 거지. 훈련 방법 중 가장 나쁜 것은 영어신문을 읽는 일이야. 어느 바보 같은 선생들이 애들보고 영어신문 보면 독해능력이 증대된다고 구라치는데 괜히 읽으면서 겁먹들고 시간 낭비하지 말고 걍 문제집이나 풀어. 영어야말로 딱히 좋은 문제집이 없이 다 고만고만한데 이름 있는 거 아무거나 풀면 된다.

• 대상 3 : 공부 왕왕 잘 하는 넘

참……. 세상에 공부 잘 하는 넘들 많지. 어렸을 적에 한가닥 안 해봤던 넘 있으면 나와보라고 혀! 암도 없지. 허나 정말로 잘하는 분이 얼마나 계실는지……. 어쨌든 이 장은 그런 분들을 위해 쓰여졌다용. 근데 쪼까 문제가 있는디. 첫째는 공부를 잘하면 잘 할수록 공부 방법의 개인차가 심하다는 것이고, 둘째는 공부 잘 하는 분헌티 감히 나같은 넘이 조언을 할 주제가 되냐는 것이여. 허지만 이런 상황에도 불구하고 감히 나는 나와 나의 친구들이 사용했던 공부법을 적어보겠다. 그것은 잘 하는 사람에게는 조금이라도 도움이 되고자 함이요. 잘 하려고 하는 사람에게는 길을 알려주고자 하기 때문이지. 잘 하는 넘의 하루 평균 공부 시간은 12시간에서 16시간 정도이당(방학 기준). 16시간이면 자는 시간 7시간에 잡시간 1시간이 포함되는 것으로 밥도 공부하면서 먹는 것이당. 나의 경우에는 예전의 여자 친구하고 헤어졌을 때, 공부를 안해서 성적이 떨어졌을 때가 있었다. 그거 올릴 때 하루에 16시간씩 방학 내내 공부했당. 잉잉, 슬프당. 내가 아는 사람 중에 이보다 공부 더 열심히 하는 사람은 오승은(99 수능 만점)인데 3일 밤 정도는 너끈히 샐 수 있다고 한다(이 사람은 미안하지만 약간은 괴물 타입이당. 무서버^^;).

이런 사람은 사실상 제외해야 되지만 일종의 귀감으로 삼을 수는 있지. 하지만 보통 하루 12시간 정도는 해야 비로소 '노력했다' 라고 말할 수 있지.

공부 잘 하는 사람 중에 내가 몇 가지 지적하고 싶은 불쌍한 유형이 있어. 상당히 빈번히 나타나는 타입으로 주로 침착하고 조용한 사람에게서 발생하는 유형인데 바로 공부하는 것만큼 성적이 오르지 않는 사람이야. 정말 많이 있지. 내 친구도 내가 잘 때 밤새 공부했는데 성적은 항상 나보다 낮았어(물론 내신은 좋았지만). 이런 사람들은 몇 가지 안 좋은 특징이 있어.

우선 두꺼운 책을 봐. 30년 전통의 문제집 같은 거 말야. 거의 죽음이지. 그걸 다 푼다면 분명 인내심이 있고 성실한 사람일 테지만 분명 실력은 더 떨어질 거야. 따라서 짧은 문제집을 위주로 감각을 잃어버리지 않게 하는 것이 중요해. 수능은 거의 만점에 도전하는 것이야. 100점 만점으로 97점은 맞아야 한다구. 실수는 없어. 문제집을 다 풀었다고 그 문제집을 다 맞추는 것은 아니잖아? 왜 할 것이 없다고 생각하지? 수능은 복습 또 복습이야. 성적이 잘 안 오르는 사람들의 두번째 특징은 암기를 위주로 한다는 것이야. 이런 사람들은 '노력하면 뭐든지 할 수 있다.' 라는 이상한 생각을 가지고 있기땜에 이해가 잘 안되면 외워버리려고 하는 경우가 많아. 하지만 설사 그걸 왼운다 해도 응용 문제엔 대처할 수 없지. 그러니까 응용력과 상상력이 중요하지. 물론 이런 애들은 어릴 때부터 곱게 자라 응용력이 자연히 약해. 문제지……. 이런 애들의 세 번째 특징은 바로 간이 약하다는 점이야. 왜 여자애들이 서울대나 연, 고대에 많이 못 가는 줄 알아? 남녀차별 때문에? 천만의 말씀! 여자애들이 고등학교에서는 남자애들보다 잘 하지만 막상 수능때는 그렇지 못하지. 왜? 간이 약하니까! 마음이 약하고 담이 세지 못한 애들은 공부를 아무리 잘해도 실전에서 밀리게 되어 있어. 그러니 평소에 담을 키우도록!!

공부 잘 하는 애들이 가장 궁금해하는 것 중에 하나가 바로 푸는 문제집의 양이야. 사실 요즘 추세로 보면 중간 정도 하는 애들은 문제집을 고르지만 잘 하는 애들은 닥치는 대로 풀잖아. 내가 내 친구들과 나를 비교해봤는데 푸는 문제집의 양 차이가 많이 나서 개략적으로 말하기가 어렵더라구. 하지만 보통 3년 동안 100권에서 300권 정도 푸는 것 같더라. 여기서 100권은 완전히 푼 것을 기준으로 하는 것이고 300권은 자습서나 풀다만 것, 내신 문제집까지 합친 것이야. 많지? 나도 언제 풀었나 싶더라. 지금도 방에 문제집이 한 200여권 있는데 버리기도 그렇더라구……. 어쨌든 최근의 추세가 많이 푸는 것이니까 괜히 수학 문제집 한·두권 풀고 다 똑같다고 큰 소리 치지마.

자, 이제 본격적으로 구체적인 학습법을 알아보기로 하자구!

언어영역! 기복이 가장 심한 과목이당. 평균적으로 100은 넘어야 하지만 기복이 심하기 때문에 언제나 감각을 잃지 않도록 해야 한다. 적어도 110은 맞아야 고득점이라고 할 수 있당. 근디 110은 꼭 실력이라고 할 수 없다. 왜냐면 언어는 실력이 좋아도 그 날 감각이나 컨디션, 아는 문제가 나온 정도, 운에 따라 100~118까지 기복이 심해. 따라서 문제집을 많이 풀어 감각을 잃지 않게 하는 것이 중요. 시나 소설은 거의 외우다시피 해야 해. 시나 소설이 나왔는데 모르는 것이 있다면 무덤을 파는 거야. 그리고 사회 과학이나 자연 과학에서 나오는 문제도 생소한 지문이 있다면 곤란해. 언어영역의 지문이 그다지 폭넓지 않으므로 문제집을 많이 풀면 대부분의 지문은 다 알 수 있게 되지. 교과서 지문이 한 개 나오는데 이것은 지문을 읽지 않고도 풀 수 있도록 평소에 준비를 해두어야 하지. 나의 경우에 외고에서 관동별곡을 배우지 않았는데 수능 직전에 겨우 읽어 다 맞출 수 있었어. 만약 그 때 읽지 않았더라면? 그대로 재수지. 명심해라! 1점이 운명을 가른다. 준비 또 준비. 문제집은 시중에 나온 거 다 풀어야겠지. 언어 영역은 문제집과 모의고사가 거의 같다는 특징이 있어. 철저히 문제 위주이지. 하지만 그 속에서 흐름을 잡는 것이 중요해.

　　수학은 유형을 전부 완전히 다 외운다! 단 한 문제라도 처음 보는 유형의 문제가 나오면 안돼. 무조건 80점이다. 실수로 한 개 정도 틀릴 수도 있지만 나중에 치명타가 될 가능성이 많다. 모든 유형을 다 알면 2번 정도 검산할 시간이 남는다. 원래는 한 번 풀기도 힘들었는데 수능이 쉬워지면서부터 검산을 할 수 있게 되었다. 꼼꼼히 한 번 다 푼 뒤. 자신이 풀이한 것을 중심으로 검산을 해봐야지. 물론 검산을 한답시고 문제를 소홀히 하거나 모르는 문제를 제껴두면 안되지. 하지만 중요한 것은 그만큼 수학의 만점이 중요하다는 점이야. 수학은 문제의 유형도 정해져 있고 어느 정도의 확실성도 있으니 문제를 딱 보면 생각하는 시간이 거의 없이 바로 풀 수 있도록 해야 하지. 실수 줄이고! 수학은 실수가 많은 부분이야. 그리고 그 실수가 니 인생을 가르기도 하지. 의사가 될 사람이 과학자가 되기도 하고 판사를 할 사람이 공무원이 되기도 하지. 배점이 큰 수학 한 문제가 인생을 바꿀 수 있단 말야. 수학에서는 「신사고」가 스타이지. 다른 것은 다 디딤돌이 잡았는데 이 수학만큼은 신사고가 잡았거든 「신사고」 수리영역 중에 어려운 것이 있으니 찾아 풀도록. 「디딤돌」 수리영역도 정리하기 편하던데……

　　수탐투는 반유동적인 성격이 강한 과목이지. 어느 정도는 실력에 의한 객관성이 확보되는 과목이지만, 문제 수가 많고 시간이 모자라는 특성이 있어 신중함이 요구되는 과목이지. 누누이 이야기하지만 수능에서 한 챕터 당 10점씩만 나가도 360이야. 하지만 수탐투는 삑사리가 나오기 쉬운 부분이야. 언어가 모호한 문제가 많다면 수탐투는 아리송한 문제가 많아. 분명 둘 중에 하나인데 모른단 말이지. 공부를 잘 하는 모든 학생이 그렇겠지만 수탐투 공부는 중학교 때부터 하는 것이 좋아. 사실 후반에는 계속 문제만 풀지 새로 배우는 것은 없거든. 일찍 배우면 배울수록 시간을 벌지. 운동의 법칙이라든가 여러 가지 원소, 중요 역사적 사실, 지리 특징……. 이런 건 미리 미리 머리에 콱 박아놔야 나중에 세밀한 부분에 시간을 투자할 수 있어. 쉬워진 수능. 거의 만점을 받아야 하는 현실. 기본 개념 알아야지, 세밀한 부분 알아야지, 응용할 줄 알아야지, 실수하지 말아야지……. 쉬워질수록 더 어려운 면도 많으니 주의하도록…….

영어는 수학과 같아. 80점을 다 받아야돼, 실제로 나와 내 친구들을 보면 언어와 수탐투는 기복이 있어도 수학과 영어는 늘 80점이었어. 영어는 시간이 모자르니 빠르게 독해하되 문법 문제는 특히 신경을 써서 3번 정도 읽을 여유를 확보해 두자. 영어에서 공부 잘 하는 애들이 하는 실수 중에 비교적 일반적인 것은 건너뛰기야. 시간은 모자른데 뻔한 문제가 있어. 어떡하지? 대강 읽고 답 쓰지? 실수도 용납이 안 되는데 넘어가다니……. 힘들더라도 정신을 조금만 집중하면 돼. 시간 배분이 중요하다. 모든 시험이 다 그렇지만 이 수능은 시간 배분이 중요해. 시간이 얼만큼 지나면 몇 번 문제를 풀고 있어야 하는지도 다 알아야 하고, 언어영역같은 경우는 교과서 지문을 읽지않아 보는 시간도 계산에 넣어야 해. 영어같은 경우는 문법 문제에 시간을 더 배분해야 하고……. 아는 것은 빨리 풀고 모르는 것은 2, 3번 씩 읽어라. 인문계의 경우 수탐투에서 과학이 32문제밖에 안 나와도 과학과 사회에는 같은 시간을 배분해야 돼. 과학이 어렵거든. 그리고 같은 분량의 문제라도 부분에 따라 다른 시간을 배분해야 돼. 영어는 듣기가 있기 때문에 이런 배분이 더욱 중요하지.

시간 배분에 실패한 사람은 이미 끝난 게임을 하는 사람이야. 아무리 지금까지 다 맞았다고 해도 5문제 못 풀고 내봐. 그게 뭐야? 철저한 시간 배분은 계산으로 하는 게 아냐. 졸라 많은 실전 모의고사를 통해 얻는 것이지. 그러니까 모의고사가 중요하다니까!

사실 공부 잘 하는 넘들은 어떤 영역을 어떻게 푸느냐,

어떤 문제집을 푸느냐보다 얼마나 참아내느냐가 중요해. 흔들리는 고3시간에 누가 더 버텨내느냐가 중요하지. 청춘을 저당 잡히는 것은 쉬운 일이 아니거든. 하지만 내가 분명히 말하는데 너희가 일년을 희생한다면 너희는 일년을 보상받을 것이다. 분명히 세상에서 가장 자유로운 일년이 너희를 기다리고 있을 것이다. 참아라!

고3 때는 계속 문제집만 풀어야 해. 초반에는 해설이 조금씩 나와있는 책으로 된 문제집을 꾸준히 풀어야지. 그리고 혹시 모르는 부분이 있으면 끝까지 추적해서 채워 넣어야 해. 빈칸을 만들어서는 안돼. 그러다 넘기는 문제집이 나오기 시작하면 그때부터 넘기는 것을 풀면 돼. 물론 2학년 때도 넘기는 것을 풀어야지. 넘기는 것은 빨리 풀면 이틀에 한 권씩은 푸니까 부지런히 풀면 시험 전에 시중에 나와있는 문제집은 거의 다 풀 수 있어. 하지만 너무 무리하게 문제집 숫자나 속도에 연연해서는 안돼. 어렵거나 힘들면 조금 속도를 늦출 수도 있고……

난 정말 너희 모두가 다 원하는 만큼의 성적으로 대학에 갈 수 있기를 바란다. 인생에 대한 후회를 남기지 마라. 결승선 뒤에선 더 이상 달릴 기회가 없으니까. 건투를 빈다. 안녀영~~! ^.^a

논술 X 파일: 공격 논술을 알려주마!

서론 : 논술에는 전략이 있어야 한다.

초기의 논술은 그저 통과의례였지만 현재는 수능이 쉬워진 만큼 논술의 변별력이 매우 커졌단다. 게다가 수행평간지 뭔지의 시행으로 글을 논리적으로 쓴다는 것은 이제 필수요건의 하나가 되었지. 외고에서 내신이 많이 깎여서 서울대를 갈 형편이 안됐었어. 하지만 난 논술을 잘 써서 어렵지 않게 대학에 진학했단다.

그런데 자기가 진학하려고 하는 대학이 어떤 대학이든지 간에 그 대학을 진학하는 사람들은 수능실력이 비슷한 만큼 논술 실력도 비슷해. 어떤 학원 선생들은 수능 성적하고 논술하고는 전혀 상관이 없다고 하지만 그건 장사 속이야. 생각해봐. 연말에 공부 잘하는 애들이 논술도 잘 쓰지 않던? 그러니까 어느 대학이든 시험장에 온 사람들은 기본적으로 어느 정도의 논술실력을 가지고 있다고 봐야해.

그럼 우린 어떻게 해야할까? 가고 싶은 학교, 가고 싶은 과에 수능성적이 모자라거나 간당간당할 때 우리는 무조건 하향 안전지원을 해야하나? 아니쥐......

우린 모험을 할 수 있어. 어떻게? 논술을 잘 써서쥐. 그럼 어떻게 논술을 잘 쓸까?

난 논술학원에서처럼 쓸모가 하나도 없는 원고지 교정 부호나 외우게 하고, 어설픈 형식따윈 얘기하지 않겠어. 핵! 심! 만! 이야기하지....

본론 : 수비논술과 공격논술

이 수비논술과 공격논술이라는 개념은 내가 만든 개념이란다. 요점부터 말하자면 수비논술은 점수가 남는 즉, 수능점수가 넉넉한 아이들이 써야할 논술이고 공격논술은 자신의 점수보다 높은 데를 지원한 나처럼 간이 부은(이런 놈들을 흔히 간경화라고 하지...^^) 놈들이 써먹어야 할 전략이쥐.

* 수비 논술 !

수비논술은 말 그대로 지키는 논술이야. 하지만 그렇다고 평소에 학원이나 학교에서 배우는 논술을 생각해서는 안돼. 왜냐면, 그런 논술들은 점수를 까먹는 논술들이거든. 그렇게 논술 쓰다가는 대학은 빠이빠이야.

그럼 어떻게 해야할까? 우선 중요한 것은 언제나 자신의 글을 채점자의 눈으로 쓰는 것. 당연하쥐. 채점자 맘에 들어야 점수를 잘 줄 테니까. 그럼 채점자는 누구인가? 당근 대학 교수이지.

그럼 어떻게 그 사람들 마음에 쏘옥 드는 글을 쓸까? 흐음. 그건 참으로 힘든 일이쥐? 어려운 말을 쓰면 좋지만 잘못 쓰면 건방지다고 하고, 만약에 그 내용이 사실과 다르면 걍 빵점이야. 학교나 학원선생들은 무식혀서 쬐끔 속여도 모르지만 대학교수들은 꼬장꼬장해서 한번에 걍 찍어내거든....

<u>내용은 진보적이되 주장과 형식은 보수적으로!!!</u>

대학교수들은 보수도 아니고 진보도 아니야. 교수들의 사상은 고리타분하면서, 새로운 것을 좋아하는 아주 이상한 넘들이거던. 그리고 생각해봐. 인류가 2000년이 넘게 사상을 발전시켜왔는데 니가 새로 주장할 것이 있겠어? 이미 기원전에 플라톤은 부인을 공동으로 소유하자는 부인공동체론을 주장했어. 그런데 니가 새로운 생각을 할 수 있니? 니가 성악설, 성선설, 성무선악설 빼고 다른 이론을 주장할 수 있어? 그러니까 너희들은 그러지 말구 평범하게 주장해. 특이한 주장은 공격논술을 하는 고급 논술자들이 하는 거라구. 알았쥐?

그럼 뭘로 점수를 얻쥐? 당근 예시와 형식으로 점수를 따야쥐. 신선하고 새로운 예시. 정말루 중요한 것이지. 왜냐면 이 세상에 주장은 몇 개 밖에 없어도 예시는 무궁무진하거든. 그래서 신선한 예시는 글의 생명이야. 예시를 생각해내는 데에는 적어도 30분은 투자해야 돼. 물론 이 시간은 예시를 생각해내고 그 구체적인 내용도 구상하는 시간이지.

근데 예시는 어떻게 써야 잘 쓰는 거지? 고전을 많이 읽어서? 바로 그거야. 따라서 너는 이런 고전이나 요즘에 시사성이 있는 이슈들을 제기하면서 논리의 타당성을 얻어야 돼.

그런데 고전의 내용을 어떻게 알지? 고전을 읽어야 한다구? 그건 아니야. 대개 엄마들이 애들한테 고전 문학 전집을 사 읽히는데 그건 정말루 시간 낭비야. 야! 솔직히 니가 머리를 싸매고 고전 전집을 3년 동안 읽었다고 치자. 니가 내용 기억하니? 그 글의 주제가 뭔지 사상이 뭔지 알아? 모르겠지? 그럼 어떻게 고전을 안 읽고 고전을 읽은 티를 낼까? 그래! 바로 요약본을 보는 거야.

"세계 명작 111선"

이거 떡 하나만 읽어. 이게 없으면 세계 명작 100선이나, 뭐 이런 종류 아무 거나 읽어도 돼. 하지만 우리 문학 작품들은 가치가 떨어지니 되도록 읽지 말구. 될 수 있는 대로 1권에 축약해 놓은 것을 보는 것이 좋아. 호훗 좋지? 여기에다 요즘에 문제가 되고 있는 시사성 있는 내용만 보강하면 너의 예시는 만점이야. 그리고 정 예시가 궁하면 수업시간에 배운 홉스의 리바이어던이나 문제집에 많이 나와있는 가이아 이론 등을 언급하면 되쥐.

이렇게 하면 탄탄한 예시는 완비되는 거야. 그러면 수비 논술은 다 되는 건가? 아니쥐. 구슬이 서말이어도 꿰어야 보배이쥐. 이런 훌륭한 예시를 담아놓을 형식이 중요하쥐요.

'논리의 축을 세워라!'

논리의 축은 엄청난 설득력을 가지고 있어서 채점자를 혹하고 매혹시킬 수 있어.

그럼 이런 논리의 축이란 과연 무엇인가?

98학년도 서울대 모범 논술을 보자. 거기에 보면 서론, 본론, 결론에 다 '정보 통제'라는 말이 써 있어. 이것이 칼포머에 대한 언급과 함께 최우수 답안이 된 이유 중에 하나이지. 논리의 축은 요구된 내용을 충실히 담으면서도 짧은 글 안에 자신의 주장을 담는 것이야. 웬만하면 4자 안으로 쓰는 것이 좋아. 한자 성어이면 더 좋고.

예를 들어, 사기(史記)의 서문을 제시하고 사마천이 사기를 지은 이유에 대해 논술하라고 하면 '정의구현'이라는 사기(史記) 서술의 이유를 서론, 본론1, 본론2, 결론에 각각 언급하는 것이 좋아. 그러면 논리의 통일성이 주어져서, '아! 이 학생은 사기(史記)를 정의구현의 관점에서 분석하고 있구나!' 라는 인상을 주지.

주의할 것은 이 서술 방법이 상당히 고급 논술에 속한다는 거야. 따라서 논리의 축은 매우 섬세하고 세심하게 세워야 돼. 만약 니가 제대로 논리의 축을 세우면 세울수록 니 점수는 높아져. 다시 말해, 정곡을 찌르면 찌를수록 점수가 높아지지. 하지만 너무 깊이 들어가서 자칫 엉뚱한 소리를 하는 것이 겁난다면 무난한 범위에서 논리의 축을 세울 수 있지.

이렇게 깊이 들어가 논리의 축을 세우는 것은 공격논술에 해당하고, 안전하게 어느 정도의 범위에서 논리의 축을 세우는 것은 수비 논술에 속하는 것이쥐. 이런 논리의 축은 개요서부터 시작되기 때문에 개요를 작성할 때부터 완결된 글의 내용을 미리 고려해야 돼.

글을 못 쓰는 사람들의 특징 중에 하나가 바로 개요를 대충대충 쓰고 글을 쓰면서 고치려 한다는 것이야.

음……, 말이 나온 김에 얘기를 해야겠군.

개요는 있잖아 글의 핵심이야. 글의 정수라고 할 수 있지…….

개요는 단순히 글의 어떤 뼈다귀를 나타내는 개념이 아니야. 개요는 글의 흐름을 논리적으로 정비하는 역할뿐만 아니라 글을 옮기는 순간에 일어날 수 있는 실수를 미연에 예방해 주지. 글을 그냥 쓰다 보면 할 말이 대충 끝나고 더 이상 할 말이 없는 경우가 있지. 그리고 결론에 올 내용이 서론에 온다든지 혹은 똑같은 내용이 말만 바뀌고 여러 부분에 중복되는 경우가 있어. 게다가 어떤 경우에는 간결하게 쓰여질 수 있는 부분이 상당히 장황하게 언급되는 경우가 있어. 다시 말해, 한 줄이면 충분한 내용이 두 문장, 세 문장으로 길어져 글의 여러 부분에 계속 언급되는 경우가 많다는 얘기지. 이런 것은 논술에서 가장 빈번히 일어나는 실수이자 가장 치명적인 실수야.

논술에서 1,800자 정도는 언뜻 보면 상당히 길어보이고 칸 수 채우기도 힘들어 보이지만, 실은 굉장히 짧은 분량이지. 그래서 이런 말, 저런 말을 중언부언하다보면 퇴고를 하거나 글을 다시 읽을 때, 별 내용이 없다는 것을 알 수 있어. 자기 딴에는 머리가 아프게 고민해 썼는데 나중에는 자기가 읽어봐도 별 내용이 없는 글이 되어버리는 거지.

논술은 될 수 있는대로 간략한 표현을 써, 주어진 분량 안에서 논리적이고 압축적인 주장을 해야 해. 그래서 실제로 나중에 논술을 쓰다보면 대부분 글자수가 모자라게 되어있어. 그리고 그 글자 수를 줄여 주어진 칸 수 안에 맞춰야 좋은 논술이 되는 거지.

자, 정리해보자.

첫째로 글자수 제한을 약 1.5배 초과하는 글을 쓰는 거야. 그리고 후에 중복된 표현과 길어진 표현을 줄여 글자 수를 맞추는 거지. 예를 들어, 글자수 제한이 1,500자라면 처음에는 한 2,200자 정도 쓴 후 그것을 줄여 1,500자로 만드는 거지. 어떻게 그럴 수 있냐고?

그 대답이 바로 상큼한 개요의 작성에 있지. 실제로 2,200자를 다 쓴 후에 1,500자로 줄이려면 힘도 들고 시간도 들고 지겹잖아. 그리고 실전에서는 그렇게 여유롭게 글을 쓸 수가 없지. 나도 실제로 우리 학교 논술에서 두 번 글을 쓰다가 시간에 쫓겨 거의 백지 낸 사람을 봤다. 하지만 개요에서는 그럴 수 있어.

개요에서는 2,200자 짜리 개요든지 1,500자 짜리 개요든지 별 차이가 없어. 게다가 글의 배열과 압축, 이동이 자연스럽고 쉽지. 예를 들어, 서론에 쓴 내용을 결론으로 옮기려 할 때, 실제의 글에서는 거의 불가능하지만 개요에서는 그냥 쭉 화살표를 그어 결론에 옮겨 놓으면 돼. 그리고 만약 같은 내용이 써져 있다면 그냥 지우면 되고 중복되는 내용이 있으면 간략하게 만들면 돼.

개요는 이렇게 고치기가 쉬운 장점 이외에도 여러 가지 장점이 있어. 그 첫째가 논리적인 글을 쓰게 된다는 것이지. 글이 체계적으로 배열되니까 논리적인 비약이나 전도가 없이 글이 논리의 축을 가진 체계적인 글로 되는 거지. 실제로 글을 쓰다보면 자기 자신도 왠지 글이 꼬이고 어수선하다는 생각을 하게 되는데 개요는 이런 점을 막아주지. 그리고 갑자기 쌈박한 예시가 생각날 경우에도 개요에는 언제라도 첨가할 수 있어. 하지만 실제의 글에서는 이미 그 부분을 써버린 경우가 많고, 아직 쓰지 않았다고 하더라도 연결 부분이 매끄럽지 않게 되는 경우가 많지.

그러면 이제부터 구체적으로 「글의 개요」 쓰는 법을 가르쳐주지. 대강의 형식은 시중에 나와있는 논술해설서처럼 서론, 본론, 결론으로 나누어 각각의 주장과 근거, 예시를 적으면 돼. 여기까지는 누구나 아는 사실이 아니겠어? 하지만 형식보다는 내용이 중요한 것이 바로 논술이지.

개요는 글의 뼈대이자 내용이야. 따라서 개요에서 글의 80%정도가 결정된다고 생각해야 돼. 따라서 개요에서의 주제와 근거, 그리고 예시는 사실상 고정된 것이야. 물론 이런 개요는 글을 쓰는 과정에서 얼마든지 바뀔 수는 있지만 실질적으로는 거의 고정되어 있다고 보아야 해.

여기서 잠깐! 논술에서의 시간 배분은 어떻게 하는가?

우선 지문을 읽는데 약 10분이 소요된다. 여기서는 글의 중요부분에 밑줄을 긋고 주제를 파악하는데 집중한다. 대부분의 논술문제가 글의 주제와 관련하여 논지를 펼 것을 주장하므로 이 부분에서는 글의 지엽적인 문제보다는 근원적인 문제를 밝히는 데 초점을 맞춰야 돼.

그 후에는 글을 다시 한 번 읽는데 이것은 혹시 잘못 파악했을지 모르는 주제를 정확히 파악하고 혹시 빠진 내용이 없나를 살펴보는데 목적이 있지. 여기엔 한 5분이 소요되지. 이 부분은 정신을 특히 집중해서 주제를 정확히 파악해야 해. 실제로 서울대 98년 논술에서 대부분의 학생이 주제를 잘못 파악해서 최악의 점수를 받았고 우리 때, 즉 99년에는 고려대 논술에서 주제를 파악하기가 어려워 나도 상당히 애를 먹었던 기억이 있어. 결국 난 점수가 좀 남는 고대에는 수비 논술을 해 논제의 범위를 좀 넓혔어. 그래서 대충 논제를 맞출 수 있었지만 시험이 끝난 뒤 해설에 나오는 주제와 내가 공격 논술의 주제로 생각했던 것과는 상당히 거리가 있었어. 결국 내가 공격논술을 사용하였더라면 아마 많은 점수를 잃었을 꺼야. 따라서 이런 경우에는 주제를 찾는 시간을 좀 더 할애해야 해.

그 다음에는 요구하는 논제를 분석하고 주제를 설정해야 한다. 이는 개요쓰기의 전단계로 약 10분이 소요된다. 여기서는 주요 주제뿐만 아니라 보조 주제나 근거도 대강 생각해야 하는데 생각해야 할 분량에 비해 시간이 적으므로 빠르고 쌈박한 머리 회전이 요구되지. 아참! 바로 여기서 논리의 축이 세워지지. 글의 주제에 맞춰 일찌감치 논리의 축을 세워야 글의 통일성이 조기에 확보되는 거야.

그 다음이 개요야! 여기서는 주제를 중심으로 보조 주장을 열거하고 그 밑에 논거와 예시를 배열해야 돼. 소요시간은 약 40~50분 정도로 상당히 길어. 길이가 긴 만큼 여기서 수립된 내용에 살만 붙이면 바로 완성된 글이 되도록 세심하고 완성된 개요의 작성이 필요해. 아주 작은 언급이나 예시도 일단 글에 나온다면 모두 언급하는 것이 좋아. 개요는 바로 글이니까 말이야.

그 후에 비로소 글을 쓰기 시작하는데 소요 시간은 역시 40~50분 정도이지. 너무 짧은 시간이라고 생각하기 쉽지만 개요가 완벽하면 오히려 논의의 전개가 매끄러워 시간이 남을 수도 있다구!

마지막으로 퇴고를 하는데, 뭐 논술해설서에서는 긴 시간을 잡으라고 하던데 막상 그럴 시간은 없구, 한 5분 남겨 놓고 표현이 잘못된 것이나 문법이 틀린 것을 빨리 찾아내 고치면 돼. 역시 스피드가 요구되는 부분으로 집중해서 한, 두 번 정도 빨리 읽으며 쓱쓱 지우고 고치면 돼. 어떤 선생들은 그렇게 지저분하게 글을 고치면 점수가 안나온다고 하는데 내가 알기로 틀린 문법에 점수 안 깎는 학교 없고, 글씨가 더럽거나 글을 많이 고쳐 지저분하다고 점수 깎는 학교 없어. 실제로 내가 학교 들어와서 교수들한테 물어봤는데 인간이 알아볼 수만 있게 쓰면 글을 끌고 다니던, 글로 줄넘기를 하던 점수 안 깎는다고 하더라.

그럼 다시 본론으로 돌아가서, 이렇게 공을 들인 개요는 거의 완벽해야 해야 돼. 그 동안 쌈박한 예시도 다 생각해야 되고 좋은 표현이 있다면 구체적으로 그 내용을 적어야해.

*공격논술!!

공격논술은 누가 쓰는가? 커트라인인데 지원한 미친놈, 그리고 커트라인보다 더 낮은데 지원한 더 미친놈, 마지막으로 최저점 합격을 노리는 왕미친 개깡다구를 가진 놈……. 이런 넘들이 휘갈겨대는 논술이지. 한 마디로 논술 믿고 대학 쓴 놈들이 쓰는 논술이지.

너희들 각 대학에서 발표하는 모범 논술 답안을 보면 뭔가 이상하다는 거 느끼지? 그치? 나한테 과외받는 애들이 공통적으로 말하는 거야. 뭐가 이상하냐고? 분명 학교나 학원에서 논술을 배울 적에는 형식도 글자 수 제한도 엄격하고 내용도 일정하잖아. 그런데 소위 모범 논술이라고 나온 것은 어떻지?

결론이 전체의 반이나 차지하는 것도 있고, 글이 8개의 문단으로 이루어져 있는 것도 있고, 내용이 이상한 것도 있지? 그치?

신기하지? 보통 1,600~1,800자 글은 5개의 단락이고 서론, 결론의 양도 보통 정해져 있고 내용도 일정한 형식에 맞춰야 하잖아. 그런데 왜 이런 글이 쌈빡한 글이 되었을까?

바로 이런 글은 이런 형식을 중요시하는 다른 천편일률적인 글과 다르기 때문이야!

하지만 튀는 글은 다른 말로 하면 야시꾸리한 글일 수 있고 독특한 글은 다른 말로 하면 논지와 논리를 무시한 이상한 글일 수 있는 거야! 그래서 잘 쓰면 최우수 답안이지만 잘못 쓰면 0점짜리 글인거야. 게다가 이런 글은 그 날의 컨디션이나 사고의 흐름, 갑자기 떠오르는 아이디어, 심지어는 채점 교수의 개혁 성향에까지 영향을 받기 때문에 그야말로 위험한 일이라고 할 수 있지.

하지만 막상 수능 접수가 나오면 가고 싶은 대학과 접수차가 좀 나는 경우가 있고 그럴 때를 대비해 이 공격논술이 필요한 거쥐. 그러면 이제 알아보자고! 공격 논술을!

주장도 새롭고 날카로워야 한다!

공격 논술의 제 1조건이야. 수비 논술에서는 보통 주장, 큰 범위의 주장도 먹혀들겠지만, 이 공격 논술에서는 그게 통하지 않아. 따라서 넌 쌈박하고 새로운 주장을 제시문과 정확히 부합하는 내용으로 주장해야 돼. 쉽지 않지. 특히 여기서 새로운 주장을 한다는 것은 거의 불가능한 일이야. 내가 전에도 말했듯이 인류의 기원이래 수많은 학자들이 수많은 주장을 하였기 때문에 니가 쌈박하고 새로운 주장을 한다는 것은 거의 불가능하지. 자칫 잘못하다간 논술 초기에 바보들이 실수했듯이 어린 왕자가 지문으로 주어진 글에서 '목욕탕에서 같이 목욕을 한다'를 전인격적 관계 형성의 조건으로 제시하는 경우 같은 현상이 생기지. 새로운 생각은 안 나고 해서 이런 생각을 적었다간 엉뚱한 답안으로 신문에는 날지 몰라도 거의 O점에 가까운 점수를 받게되지. 따라서 무리하게 새로운 주장을 하기보다는 기존의 주장 중에서 비교적 참신한 주장을 끌어온다거나 커다란 주장 중에서 일부를 발췌해 자세히 분석하려는 노력이 필요해. 물론 공격논술에서 가장 흔하고 비교적 성공적인 경우는 논점을 정확히 제시하는 경우이지. 다시 말해, 제시문을 정확히 독파하고 그 주제를 꼬옥 찝어내는 거야. 그러면 상당히 높은 점수를 받는 것이 가능해지지.

예를 들어, 98학년도 서울대 논술에서 동물 농장의 주제를 살펴보자. 보통의 수비 논술에서 그 소설의 주제는 '자유의 박탈'이나 '억압된 사회구조' 정도가 될꺼야. 하지만 조금 더 공격적인 사람은 '정보 통제'라는 정도를 언급할 것이고 정말 공격 논술을 하는 사람은 (모법답안도 여기에 해당된다.) '공산주의 사회 아래서의 정보 통제'라고 대답할 꺼야. 이럴 경우 수비 논술의 경우에는 주제 면에서 좋은 점수는 받지 못하지만 최소한 까먹지는 않고 표현이나 형식면에서 점수를 얻을 수도 있으니까 안전한 것이고 공격 논술의 경우에는 점수는 많이 따지만 제시문을 잘못 분석할 경우 점수를 오히려 까먹는 경우가 생길 수 있지. 다시 말해, 후의 주제가 훨씬 좋지만 그렇게 범위를 좁히다 전혀 다른 주제를 도출하면 점수를 왕창 까먹을 수 있단 얘기지.

하지만 지금 당장 급한 사람은 급한대로 이 방법을 쓸 수밖에 없지. 음, 그렇고 말고. 그럼 어떻게 이런 주제를 잡아낼 수 있을까? 어떻게 하면 좁은 범위의 주제를 정확히 알아낼 수 있을까?

한마디로 수능에서 언어영역을 잘하면 되지. 왜 그런 문제 있잖아. '다음 글의 주제는?' 이런 거 묻는 문제. 지문도 논술 지문하고 비슷하고 구체적인 것도 비슷하고……. 물론 공격 논술이 더 심오하긴 하지만……. 어쨌든 그러면 돼. 그럼 언어영역은 어떻게 맞추나? 뭐, 감이지. 정 못하겠으면 신문 사설 보던가.(제발 유치하게 스크랩 같은 거 해서 보물 단지처럼 가지고 있지는 마라. 신문 사설 논술에 별로 도움 안된다) 어쨌든 이렇게 해서 쌈박한 주제를 만들어야 한다.

쌈찔한 예시는 기본!

쌔끈한 예시가 없는 논술은 공격논술로도 수비논술로도 불합격점이다. 남들이 다 아는 사건, 남들이 다 쓰는 속담. 최악이야. 급속한 성장이 낳은 문제를 논하라는 문제가 나왔다고 치자. 주장으로 '빈부 격차', '위화감 조성', 예시로 '성수대교', '삼풍백화점 붕괴', '과소비'. 최악이다. 무덤판다. 신문 안보냐? 그리고 속담 인용할 때 제발 '아니 땐 굴뚝에 연기 나랴?', '윗물이 맑아야 아랫물이 맑다.' 같은 초등 학생들이 쓰는 속담 좀 쓰지 마라.

웬만하면 수비 논술에서 말했듯이 전문 서적을 언급하고 너무 위험하다 싶으면 (내용을 잘 모르는데 괜히 썼다가 뽀롱날까봐) 차라리 수업 시간에 배운 것이나, 하다 못해 헌법조문 (예를 들어, 남녀 평등 조항 같은거……)이나 주변에서 본 적절한 사례를 써. 물론 예시의 생명력은 적절성과 전문성에서 드러난다. 그 부분에 꼬옥 맞고 무릎을 칠 정도의 예시면 공격논술 예시로서도 오케이!

내용, 구성, 표현도 새롭게!

매너리즘에 빠진 글은 최고의 점수를 받을 수 없다. 따라서 내용도 새로워야 한다. 유연한 내용이 필요하겠다. 게다가 구성도 일반적이 4, 5단 구성이 아닌 다양한 형식으로 해야 하고 (필수는 아니지만……) 분량도 더 자유스러워야 한다. 즉, 어떤 단락은 한 문장으로 끝낼 수도 있고, 어떤 단락은 전체의 반을 차지하도록 안 끝날 수 있다. 사고의 흐름을 중시해서 쓰다보면 단락은 자연스럽게 개판으로 나뉘어지게 되어있다. 게다가 표현마저도 새로워야 한다. 남들이 다 쓰는 딱딱한 표현보다는 자유롭고 창의적인 표현이 필요하다. 하지만 싸가지 없는 말투나 땍땍대는 말투는 금물이다. 그리고 감정이 들어간 표현도 금물이다. 다만 말투가 너무 '시험용' 말투가 아닌 '사고적' 말투이어야 한다는 것이다.

논술은 배포에 따라 졸라 기복이 심한 편이다. 실력이 고정되어 있는 것도 아니고. 배짱있게 써라! 원하는 대학에 당첨되기 바란다! (헉! 당첨이다!)

심층면접 완벽대비

얘들아 안녕!

2002년부터는 대학에서 면접의 비중이 과거와는 비교가 되지 않을 정도로 높아진다고 하지? 근데 사실 거기에 대한 준비가 좀 부족한 것 같애. 학원 강사들이나 선생들이 대비를 하고 있겠지만 말야. 사실 면접관들은 대학교수거든. 그래서 대학을 다니는 내가 느끼는 대학 교수들의 면접방법을 좀 말해보려고. 너희들한테 아주 조금이라도 도움이 되게 말이야.

사실 난 외고다녀서 내신이 많이 깎였었는데 면접과 논술이 거의 만점이 나와서 대학에 붙은 것 같애. 그리고 이번에 내친구가 3수를 했는데 충분히 갈 수 있는 과였는데도 면접에서 버벅대다가 떨어졌다고 하더라고. 면접의 중요성이야 두말할 필요도 없는 거지만 막상 수능보다 더 큰 파워를 내니까 겁이 나더라구. 수능처럼 준비도 열심히 안 했는데 말야.

　　사실 우리때만해도 면접은 말문만 안 막히면 선방했다고 하던 과목이었어. 그래서 흔히 학원들에서는 '모르면 모른다고 솔직히 대답하라.' 라는, 말도 안 되는 거 가르치고 있었고. 하지만 요즘은 모르는 것이라고 정말로 '저 사실 모르는데요.' 라고 했다가는 기냥 떨어져버리지. 예전의 면접은 단지 요식행위였지만 지금은 사정이 다르거든. 그래서 너희에게 처음으로 하고 싶은 얘기는 '절대 긴장하지 말고 공격적으로 대답하라.' 는 것이양. 더 이상 면접은 예의바른 학생을 뽑기 위한 시험이 아니거든. 그리고 '아는 지식을 총동원해서 예를 드는 것' 도 정말 잊어서는 안 되지. 예시나 근거 없는 주장은 너무나 공허하거든. 다음 예를 보면 좀 더 실감이 날꺼야.

　　내가 대학 들어갈 때 서울대 면접에서 내가 1번 타자였어. 그 때도 지금처럼 소양평가와 전공평가로 나눠서 두 번 면접을 봤는데, 처음 소양평가는 그런대로 선방했어. 문제가 'HOT와 같은 연예인과 이순신 장군과 같은 위인 중에 누가 더 영웅인가?' 라는 것이었는데 난 당근 이순신 장군이라고 대답했지. 혹시나 해서 하는 말인데 이중에서 설마 에쵸티가 더 위인이라고 대답할 바보는 없겠지? 설사 니가 에쵸티 팬클럽회장이고 21세기 전문직 사회에 높은 평가를 하고 있다고 해도 그런 대답은 절대 금물. 왜냐고? 교수는 6.25때 부산 피난소에서 한문으로 된 이순신 전기 읽은 사람이거든. 게다가 교수들이 대학 다닐 때 좀 모범생이었겠냐? 대학은 일단 보수적이야. 그리고 좀 개방된 대학이 있다고 해도 그건 학생들이 자유로운 거지, 교수들까지 그런 건 아니니까. 항상 감독자의 입장에 서서 감독관이 좋아할 만한 말을 하는 것은 면접의 기본 아니겠어? 물론 에쵸티가 위인이라고 해도 높은 점수를 받는 사람이 있겠지만 말이야. 그건 정말 100명 중에 한 명도 되지 않는다는 걸 명심해 둬라. '감독관이 원하는 대답을 한다' 잊지 말자구.

　　어쨌든 난 서슴없이 이순신이 위인이라고 말했지. 하지만 면접이 '예, 아니오' 를 듣기 위한 건 아니잖아. 내가 '이순신이요.' 라고 말하니까 교수가 답배를 '후~우!' 뱉더니 '왜?' 라고 말하는 거 있지. 하지만 난 쫄지 않고 당당하게 'HOT는 전문적인 매니지먼트로 상업적 이익을 우선시 하는 사람들이지만, 이순신은 나라를 위해 백의종군까지 했던 사람들입니다. 즉, 에쵸티는 소(小)를 위해 대(大)에 편승하는 사람들이지만 이순신은 대를 위해 소를 희생하는 사람이기 때문입니다.'라는 요지로 약간의 감동적인 미사여구를 섞어가면서 대답을 했줘. 그래서 소양평가는 그런대로 넘어갔어.

근데 문제는 이 전공평가였어. 문제가 '사교육은 필요한가?'였는데 나는 사교육이 우리나라 교육 풍토를 황폐화시키기 때문에 평등의 관점에서 허용되어선 안된다고 대답했지. 근데 이게 결정적인 실수였어. 나의 극단적인 주장에 먹이감을 찾은 교수들이 그 때 내 말꼬리를 자르더니 '그럼 서울대에는 지방학생들만 뽑아야 되겠네? 서울 학생들은 사교육 기회가 많잖아?', '그럼 학생같이 공부 잘 하는 학생들이 저 지방대로 내려가는 건 어떻나? 그러면 대학 교육이 평등해지잖아.' 등등 말도 안 되는 질문들을 두 교수가 쏟아 붓기 시작하는 거야. 순간 나는 당황을 했지만 온 힘을 다 해서 머리를 짜냈어. 실제로 면접을 보다보면 이렇게 당황하는 경우가 무지 많거든. 그래서 당황하는 것은 별로 문제가 안되지만 그 당황을 밖으로 드러내서 버벅대는 것은 큰 문제가 되지. 어쨌든 난 고등학교에서 배운 별로 내용없는 지식 쪼가리를 들고서 니부어의 이론과 절차적 평등, 실질적 평등 등의 예를 들어가면서 교수의 공격을 막으려고 애를 썼지. 그런데 시간이 지나고 교수가 열을 받다보니까 2분 정도면 끝날 면접이 20분을 넘어가더라고. 그래서 난 면접이 끝나고 떨어졌다고 생각했지. 근데 내 다음 타자가 한영외고애였는데 개가 면접 끝나고 나오더니 자기가 들어갈 때 교수들이 '방금 나간 학생 면접 준비를 상당히 많이 한 것 같아.'라고 말했다고 하더라구. 결국 난 이렇게 대학에 붙었고 말야.

이 얘기를 왜 하는지 이해하겠니? 면접의 기본은 절대 당황하지 말고 자기가 알고 있는 모든 지식을 동원해서 교수의 논박을 막아내는 것이기 때문이야. 사실 면접에 나는 문제는 뻔해. 하지만 정말 중요한 건 그 뻔한 문제가 아니고 그 다음이지. 내가 대학 다니면서 알아본 결과 면접 문제 자체에 대해 교수와 대화하는 시간은 평균 30초가 안됐어. 나머진 전부 그 문제에서 파생되는 여러 가지 문제들에 대한 너희들의 논리력을 테스트하는 것이지. 물론 그 논리를 얼마나 적절한 예시로 증명하느냐도 너무 너무 중요한 일이지만.

하지만 의외로 고등학교 때 공부만 한 넘들은 교수 앞에서 쫄아서 제대로 자신의 의견을 피력하지 못하는 경우가 너무 많아. 사실 고등학생들의 입장에서 보면 면접은 대단한 것이지만 교수 입장에서 보면 대학 중간고사 채점보다도 더 시시한 일이거든. 그래서 교수는 부담없이 질문을 마구 쏟아내는데 학생들은 그걸 방어할 능력이 너무 부족한 것 같아.

그래서 말야. 논술 준비할 때 면접도 같이 준비하는 게 좋을 것 같아. 우선은 교양서를 한·두권 정도 필독하는 게 좋겠지? 올해 같은 경우에는 김용옥이 쓴 「노자와 21세기」를 읽었더라면 적어도 교양 평가에서는 무슨 예시든지, 적어도 두 개는 들 수 있었을 꺼야. 물론 논술과 면접의 예시를 동시에 준비하는 것도 좋은 방법이지. 예를 들어 세계 명작을 한페이지 정도로 요약한 책을 읽고 가면 논술 때도, 면접 때도 두루 두루 예시로 사용할 수 있지 않겠어?

그리고 이제 정말로 중요한 이야기를 할게. 심층면접에서 성공하는 방법말이야. 사실 심층 면접이 별거는 아니야. 그냥 수능하고 내신에서는 이 학생이 정말로 우리 과를 원하는지 모르니까 그걸 테스트하는 게 심층면접이야. 앞으로 확대되는 고교장 추천제나 수시모집에서도 아주 중요한 역할을 하지만 말야.

자 그럼 심층면접의 포인트는 무엇이냐? 바로 그 과가 어떤 과인지를 아는 거지. 대답은 너무 쉽지만 문제를 이렇게 바꿔보면 어떨까?

'경영학과와 경제학과의 차이점을 설명하시오.'
'사법학과와 공법학과의 차이점을 설명하시오.'

대답을 잘 할 수 있겠니? 우리 대학은 경제학과와 경영학과가 전혀 별개의 단과대에 속해있어. 배우는 과목도 대개 다르고. 그래서 이런 문제가 나올 가능성은 매우 많지. 하지만 고등학생들이 그 차이점을 몇 가지나 들 수 있을까? 그럼 다음 질문을 봐라.

'경제학에는 크게 두 가지 학파가 있는데, 그것이 무엇인지 또 그것은 어떤 차이점이 있는지 설명하시오.'

'12살의 소년이 살인을 저질렀는데 그 사건의 민사책임과 형사책임이 어떻게 달라지는지 설명하시오.'

'환자가 뇌사에 빠졌다. 현대 형법에서는 뇌사를 인정하지 않는다. 당신은 뇌사자의 장기를 이식하고 살인을 했다는 오명을 쓸 것인가, 아니면 이식을 하지 않고 다른 환자가 장기 이식을 받지 못해 고통 속에서 죽어가는 것을 지켜 볼 것인가?'

'유교 사상의 관점에서 공자의 말을 인용해가며 최근 김용옥의 강의를 비판하시오.'

'최근 NMD에 대해 외교통상부가 내린 유보적 결정에 대한 자신의 입장을 피력하시오.'

'지구환경시스템 공학과에서 배우는 내용에 대해 간략히 설명하시오.'

자. 이제 심층 면접이 뭔지 대강 감이 잡히니? 그래 심층 면접에서는 대개 대학교 1학년 때 배우는 내용 중에 가장 기초적인 핵심 내용을 물어보게 돼. 그게 교수가 물어보기도 쉽고 또 그 과의 특성을 가장 여실히 보여주는 것이거든. 그런데 솔직히 학생들이 눈치 작전으로 접수보고 학과를 선택하지 그 과를 정말 원해서 가는 사람이 몇이나 되겠니? 그래서 문제도 대개 완전히 전문적인 전공 지식을 가져야 풀 수 있는 문제보다는 그 과의 핵심적인 특성과 최근의 시사적인 문제가 결합된 스타일로 많이 나오지. 그래서 시사에도 관심이 많아야 하고 그 학과의 기본적인 (어쩌면 상당히 전문적인) 특성을 알고 있어야 해. 김용옥이 무슨 말을 했는지도 모른다면 일단 당황하게 되고 대충 대충 끼워 맞춘다 해도 그 방면에 능통한 교수에게는 금방 걸리고 말지. 그러니까 적어도 니가 지원한 학과의 특성은 물론이고 그 과와 관련된 기본적인 지식을 아는 것도 매우 중요한 일이여.

그럼 어떻게 그 과의 개략적인 특성을 알 수 있을까? 가장 쉬운 방법은 그 학과의 개론이나 원론을 읽고 가는 것이지. 문과대 대개의 학과에는 개론이나 원론 강좌가 개설되어 있어. 개론은 주로 타과생들의 교양을 위해 개설된 것이고 원론은 학과1학년 신입생들을 위해 개설된 과목이지. 예를 들어 '정치학개론',

'법학개론', '경제학원론', '철학개론' 등이 그것이지. 이 정도만 읽고 들어간다면 문과에서 교수에게 밀릴 확률은 거의 제로에 가깝고 다른 학생들에 비해서 월등히 높은 지위를 접할 수 있지. 괜히 시중에 나온 면접책 같은 거 읽지 말고 원서쓰고 난 다음에 그 학과의 개론이나 원론 교과서 아무 거나 하나만 읽고 가라. 보통 일주일도 안 걸려. 일주일을 투자해서 다른 학생들보다 월등히 높은 접수를 받는다면, 수능에서 20점 정도의 차이를 낼 수 있다면 그거야말로 남는 장사 아니겠어? 하지만 정말로 시간이 촉박하다면 할 수 없이 개론을 요약해 놓은 것을 찾아보는 수밖에 없지. 대학 다니는 선배나 인터넷을 통해 알아본다면 어렵지 않게 구할 수 있을 거야. 명심해라. 문과에서는 개론이나 원론 지식을 알고 가는 것이 거의 당락을 좌우하는 요소니까.

그럼 이과는 어떻게 준비해야 할까? 역시 일학년 때 배우는 과목(대개 미적분학이 필수지. 생물이나 물리도 거의 필수이고)을 마스터하고 가면 돼. 사실 이과는 개론이나 원론 같은 과목이 없어서 다소 막막하긴 하지. 게다가 면접 때 갑자기 문제를 풀어보라고 하기까지 하지. 하지만 그 문제는 말야, 대개 대학 1학년이 아무 무리없이 풀 수 있는 문제야. 대학교수도 너희들에게 박사과정의 문제를 요구하지는 않는다고. 다만 너희가 그 학과를 지원했을 때, 이 정도는 알아야 하겠다는 수준의 문제를 낼 뿐이야. 물론 준비를 전혀 안한 학생들에게는 벅찬 수준의 문제가 많지. 하지만 적어도 심층면접이면 옥석을 가릴 정도의 변별력은 있어야 하지 않겠어? 따라서 문제도 상식 이상의 상당히 전문적인 문제가 많이 나와.

따라서 그 대학에 지원을 할 때 과방이나 접수처에서 마주치는 그 대학 그 학과 1학년생에게 1학년 1학기에 전공 과목이 뭐냐고 물어보는 게 좋아. 기왕이면 그 때 교수가 나눠준 프린트라도 몇 장 얻어오면 더욱 좋지.

그 다음에 할 일은 그 원론의 중요한 내용을 추려서 암기하는 거지. 사실 책 한권에서 아무데나 찍어서 교수가 묻는다면 학생 입장에서는 말문이 막히는 경우가 많지. 게다가 긴장을 한 상태라면 생각이 날듯 말듯해서 더 미치게 될꺼야. 그러니까 정말로 핵심적인 내용은 미리 체크하는 게 좋아. 만약 뭐가 중요한지 모르겠으면 다른 대학생들에게 물어보거나 아니면 나한테 직접 물어봐도 좋아. 이 글 맨 마지막에 있는 이메일 주소로 질문을 보내렴. 너의 특성과 성격을 묻는다면 아주 친절하게 대답을 해줄게.

이렇게 지식이 쌓여도 조리있게 말을 못하면 그건 좋은 면접이 될 수 없겠지. 논술이 단순히 자기 느낌과 생각을 쓰는 것이 아닌 것처럼, 면접 역시 그 때 그 때의 느낌을 말하는 시험은 아냐. 물론 재치나 순발력이 중요하긴 하지만 아무리 뛰어난 재치라도 오랫동안 준비해온 사람을 따라갈 수는 없지. 수능 문제가 어느 정도 예상되는 것처럼 면접 문제도 학과의 특성에 맞춰 어느 정도 정해져 있어. 그러니까 그 학과에 맞는 문제를 집중적으로 탐구하면 어느 정도 대비는 되지.

이렇게 문제를 예상했다면 그걸 어떤 식으로 전개할 것인지 생각해야 해. 어떤 주장을 펼치고 어떤 근거를 들 지가 매우 중요하지. 논술에서 예시가 생명인 것처럼 면접도 좋은 예시와 근거가 없다면 그 면접은 떨어진 거나 다름없어. 그러니까 예시도 항상 넉넉하게 준비를 해 둬야지. 가장 중요한 포인트는 니가 한마디하는 즉시 언제나 교수가 말을 끊을 수 있다는 점이야. 사실 면접에서 가장 당혹스러운 부분이지. 교수는 시험지나 원고지가 아니야. 사람이라구. 게다가 니 말을 경청하지 않아. 하루에도 수백, 수천명씩 똑같은 대답을 하는데 그 말을 누가 귀담아 듣겠어? 그러니까 교수는 주어진 문제는 간단히 묻고는 니 진짜 능력을 테스트하기 위해 이것 저것 묻는다고. 이 때 교수들의 호기심을 자극해야 돼. 많은 학생들이 그냥 뻔한 대답을 하고 면접장을 나오면서 '야! 무사히 넘겼구나!' 하고 생각하는데 실은 무사히 넘긴 게 아니라 최하 점수를 받은 거야. 교수가 그 학생에게 흥미를 느끼지 못한 거거든. 그러니까 교수가 말을 자르고 끼어 들면서 엉뚱한 질문을 퍼붓더라도 '아! 내가 잘하고 있구나!'라고 생각하고 끝까지 교수의 주위를 끌어라. 니가 생각했던 방식과 말들을 사용할 기회가 없다고 당황하지마. 면접은 예상문제를 달달 외워서 복창하는 게 아니거든. 그러니까 준비는 철저히 하되 계획이 변경되었다고 당황하지는 마. 교수는 그 순간의 니 모습을 주시하고 있으니까.

다음으로 얘기할 것은 긴장된 순간에 순발력을 어떻게 발휘할 것인가에 대한 얘기야. 니가 지원한 대학의 수험생의 지적 수준은 대개 너랑 비슷해. 당연한 얘기지만 다른 애들도 너 정도 공부했으니까 그 대학을 쓴 거고 고등학교 때 특별히 대외활동을 하지 않았다면 발표력도 너랑 비슷할 꺼야. 우리 학교 안에서도 고교장추천을 통해서 들어온 애들은 뭔가 다르더라. 그건 면접도 보고 그러잖아. 걔네들은 대개 깡성도 많고 말도 똑부러지게 하고 그렇더라구. 근데 사실 보통 고등학생은 그렇지가 않잖아. TV에 나왔던 교수가 눈앞에서 담배를 피고 있는데, 게다가 자신의 운명을 결정짓는 대학 입시에서 평소의 지식을 100%발휘한다는 건 거의 불가능할 꺼야. 게다가 생각할 시간조차 없다면 말야. 그래서 평소에 연습을 많이 해보는 게 너무나 중요해. 예를 들어 니가 문제집만 풀고 모의고사는 한 번도 보지 않은 채 수능시험을 본다면 분명히 니가 원하는 점수를 받을 수 없을 꺼야. 실전에 적응하기 위해서 모의고사가 있는 거잖아. 그러니까 면접도 가급적 어려운 사람 앞에서 약간 얼굴이 팔려가면서 연습을 하는 게 좋아. 이런 면에서는 학원을 다니는 것도 하나의 방법이 될 수 있겠지. 매년 텔레비전 인터뷰에서 전체 수석이 단과학원만 다니고 교과서 위주로 공부했다고 하는데 그거 100% 거짓말이야. 기자가 '교과서만 봤죠?'라고 물어보거든. 그러니까 면접도 실전에 맞춰서 진지하게 준비하란 말이야. 학원도 다니고.

면접책에 서울대 합격생 수기 중에 제일 많이 나온 말이 뭔지 아니? 바로 '교수가 다리를 꼬고 담배를 피면서 질문을 던져서 상당히 건방지다는 인상을 받았다.'란다. 그래, 사실 나도 면접 볼 때 내가 들어가자마자 교수가 담배를 피고 있어서 약간 당황됐거든. 하지만 어떻게 생각해보면 교수가 그걸 노리는 걸지도 몰라. 즉, 약간 위압적인 분위기를 일부러 만들어서 니 순발력을 테스트할 수도 있다는 얘기지. 그러니까 너도 절대 당황하지 말고 평소 실력을 잘 발휘하라고.

왜 면접을 일부러 보겠니? 수능하고 논술로는 측정할 수 없는 능력을 측정하기 위해서야. 그 능력이 뭘까? 맨날 방안에서 책하고 뒹구는 약골들은 가질 수 없는 진취성, 순발력, 그리고 자기보다 높은 사람 앞에서도 당당히 말할 수 있는 자신감을 테스트하기 위한 것이야.

사회는 시험으로 돌아가지는 않아. 때로는 원리 원칙보다 변칙적인 플레이가 더 잘 먹히는 경우가 많지. 그리고 면접은 그런 사회적응력을 테스트하기 위한 시험이야. 이걸 명심해라. 교수 앞에서는 절대로 떨지마라. 공손은 하되 니 생각을 당당히 말해. 그리고 절대로 뒤로 물러서지 마라. 한번 뱉은 말은 다소 문제가 있더라도 끝까지 밀어붙여서 교수가 너를 설득하는 게 아니라 니가 교수를 설득하는거야. 이게 사실 면접에서 제일 중요한 요소지. 사실 면접은 정치인의 연설과 다른 점이 하나도 없어. 정치인의 공약을 봐라. 그건 실현될 수도 있고 안 될 수도 있는 거잖아. 그런데 언제 정치인이 '가급적이면 하는 방향으로 하겠습니다.' 라고 말하는 거 들어봤니? 못 들어봤지? 면접도 마찬가지야. 자기가 확신이 없으면 상대도 설득되지 않아. 자기가 아무리 아는 걸 말했다고 해도 그 말 자체에 카리스마가 담겨있지 않으면 상대는 니 말을 의심하게 되지.

옛날 ACE OF BASE 1집 중에 이런 노래가 있었지. 'YOUNG AND PROUD!'

나이먹은 교수들에게 너의 젊음과 너의 용기와 너의 위풍당당함을 보여줘라. 그럼 교수도 '나도 젊었을 때는 자네처럼……' 이라고 하면서 분명히 좋은 점수를 줄꺼야. 물러서는 것은 젊음이 아니다. 언제나 당당하게, 쫄지말고 진짜 너의 생각, 진짜 너의 느낌을 표현해라. 그러면 심층면접이든 구술고사든 니 앞에 힘없이 무릎을 꿇게 될테니까.

대학교수들의 기본적인 마인드가 그래. 냉철한 머리, 따뜻한 가슴. 기왕이면 조리가 있으면서도 재치가 있어야겠지만 택일을 하라면 소심함보다는 무모함이 낫지. 너희는 아직 젊잖아. 실수할 수도 있지 뭐. 교수에게 강한 인상을 줘야 해. 너를 놓치면 그 대학이 돌이킬 수 없는 실수를 하는 거라는 인식을 심어주는거야. 그것만 심어줄 수 있다면 니가 다소 삽질을 하더라도 충분히 커버할 수 있을 거야. 미국에서는 영재들이 대학원에 들

어갈 때 지도 교수가 써주는 추천서에 이런 얘기가 자주 써 있
어.

　　'그는 천재다.'

　　'이 학생을 받는 즉시 당신 학교의 교수자리를 하나 비워
두기 바란다.'

　　'이 학생을 놓치면 당신은 1,000년의 천재를 알아보지
못하는 아둔한 사람이 되고 만다.'

　　이 학생들이 대학원에 합격한 건 당연한 얘기겠지? 그리고
이 세 명이 훗날 모두 노벨상의 주인공이 되었다는 것도 너무
당연한 얘기겠지? 이 사람들은 이 세상 그 누구에게도 확신을
심어줄 수 있는 사람들이었으니까……

　　넌 평소에 너의 담임 선생님이 너를 이렇게 신용할 수 있
도록 하고 있니? 혹시 주변 사람들에게 버벅대는 스타일은 아니
겠지?

　　자신감을 가져라. 세상은 다 니 꺼니까 말이야. 그럼 화팅
이여~~~!

　　이메일 주소: maymunsu@hanmail.net

세상 끝에서

초판 1쇄 인쇄 · 2001년 7월 17일
초판 1쇄 발행 · 2001년 7월 19일

지은이 · 김문수
펴낸이 · 박대용
편집 · 임혜란, 조지연
펴낸 곳 · 도서출판 징검다리
표지 및 본문 디자인 · 편집회사 금하 Tel. 337-6765

인쇄 · 계성인쇄(대표 최성근) T.704-7014
제본 · 민중문화사(대표 안길웅) T.336-4894
출판등록 · 1998년 4월 3일(제10-1574)

주소 · 121-220 서울시 마포구 합정동 426-1
Tel. (02)3143-1966 / 332-3880 · Fax. (02)3143-2757
ISBN 89-88246-33-0-03810

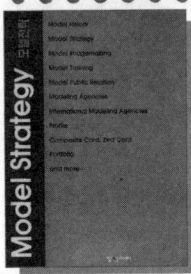